KB111563

그 남자의 사전

그 남자의 사전

초판 1쇄 찍은 날 | 2014년 2월 14일
초판 1쇄 펴낸 날 | 2014년 2월 20일

지은이 | 한승희
펴낸이 | 예경원

편집 | 유경화

펴낸곳 | 예원북스
등록번호 | 제396-2012-000132호
등록일자 | 2012. 7. 25
YRN | 제1-0054호

주소 | 경기도 고양시 일산동구 무궁화로 8-28 삼성메르헨하우스 712호 (우) 410-837
전화 | 031-819-9431 팩스 | 031-817-9432
http://cafe.naver.com/yewonromance
E-mail | yewonbooks@naver.com

ISBN 979-11-5630-035-9 03810

※ 이 도서의 국립중앙도서관 출판시도서목록(CIP)은 서지정보유통지원시스템 홈페이지(http://seoji.nl.go.kr)와 국가자료공동목록시스템(http://www.nl.go.kr/kolisnet)에서 이용하실 수 있습니다.

YEWONBOOKS ROMANCE STORY

한승희 장편 소설

그 남자의 사전

※ 차례

* “ ” 표기는 한글, 『 』 표기는 영어입니다.

1. 대박! 공공재 출현

버스를 내려 느린 걸음으로 5분 정도 걷다 보면 어느 순간 기와를 얹은 고만고만한 단층집들이 오종종하게 늘어서 있는 골목들이 갑작스레 눈앞에 탁 하고 나타난다. 이 길목이 초행인 사람은 별생각 없이 발을 들였다가도 이내 고개를 갸웃하며 주변을 다시 둘러보곤 하는데, 그도 그럴 것이 여느 골목이라면 으레 몇 채씩 서 있기 마련인 다세대주택은 고사하고 이층집도 찾아보기 어렵기 때문이다.

벽돌을 쌓아 올려 만든 굴뚝이 마당에서 제 몸을 절반이나 드러낸 채로 담 밖 구경을 하고 있는 것도, 야트막한 담장 윗면이 기와로 치장되어 있는 것도, 구경꾼들의 호기심 어린 눈길을 단호하게 거부하는 듯 보이는 육중한 나무 대문들도 대개의 사람들의 눈에는 낯설기 그지없는 광경이었다.

군데군데 서 있는 가로등이나 전봇대, 집마다 벽을 따라 설치된 계량기와 도시가스관이 아니었다면 100년 전쯤의 광경을 찍은 빛바랜 흑백 사진에서 봤던 장면이라고 착각을 할 만도 했다.

타다닥.

빠른 걸음 소리가 골목 안에 울려 퍼졌다.

발소리의 주인공은 제 성격을 그대로 보여주는 듯 걸음의 간격이 빠르되 규칙적이었고 또한 경쾌했다. 엊그제 시골에서 올라온 붉은 고추를 마당에 널어 말리던 정 작가댁 노할머님의 귀가 담 밖에서 들리는 발소리에 쫑긋해지는가 싶더니 이내 그 주인을 알아차리고는 고개를 끄덕였다. 같은 시각, 골목과 접해 있는 집 마당에 있던 몇몇도 노할머님처럼 알겠다는 얼굴로 고개를 끄덕이고 있었다.

한자리에 터를 잡고 짧게는 이십여 년, 길게는 삼사십 년 이상을 살아온 이들이라 이젠 골목을 지나는 발소리만 들어도 어느 집의 누구인지 대강 짐작할 수 있을 정도였다. 그래서인지 얼마 전 독립하기 전까지 연애질에 빠져 허구한 날 날밤을 새고 새벽별을 친구 삼아 귀가하던 성 화백 집 아들내미의 힘 풀린 걸음새는 종종 동네 아줌마들 사이에서 재미있는 이야깃거리가 되곤 했다. 그런가 하면 낮술에 취해 흥에 겨워 노랫소리가 곧잘 담 밖을 넘는 오 교수 댁에서 새나오는 혜은이나 이은하가 부르는 흘러간 가요

레퍼토리는 누구든 지나다 들으면 다음 소절을 따라 흥얼거릴 정도였다.

그러니 이웃해 사는 이의 얼굴을 익히고 간혹 마주칠 때 인사를 나누고 사는 것만으로도 대단하다 여기는 요즘 사람들이 사는 모습과는 달라도 한참 다른 풍경이었다.

옆구리에 끼고 있던 몇 권의 책을 힘겹게 추스르면서도 여느 때와 다르지 않게 흐트러짐 없던 손희의 걸음걸이는 저만치 대문이 눈이 들어오자 눈에 띌 만큼 느려졌다. 걸음이 늦춰지자 몸에 부리고 있던 짐은 더더욱 무겁게 느껴졌다. 손희는 아침에 별생각 없이 들고 나온 작은 숄더백과 손에 들고 있는 책들을 원망스러운 눈길로 바라보았다. 모두 오후에 이영과 서점에 갔다가 충동적으로 들고 온 아이들이었다.

누구라도 혹하지 않을 수 없는 50% 할인 행사에 낚여 보는 족족 집어 들었던 책들은 하필이면 도판이 화려한 화집과 두꺼운 몸피를 자랑하는 인문서들이었다. 혹여라도 누가 먼저 낚아챌세라 재게 눈알을 굴리고 빠른 손놀림으로 득템득템했다며 뿌듯해한 것도 잠시. 지하철과 버스를 몇 번이나 번갈아 갈아타는 동안 그것들은 말 그대로 짐이 되어 있었다. 그것도 공짜로 줘도 절대 반갑지 않을, 거추장스럽고 무겁기만 한.

서점을 나설 때의 경쾌하기 그지없던 걸음걸이는 그새 흔적도 없이 사라지고, 손희는 자꾸만 흘러내리려는 숄더백 추스르느라 또 책을 잔뜩 먹어 배가 볼록 솟은 서점의 종이백이 혹여 찢기기라도 할세라 신경을 곤두세우고 있었다.

"휴우, 서점에 갈 거면 미리 말을 하든가. 하여튼, 송이영 고건 도대체가 생각이라고는 병아리 눈곱만큼도 없으니까."

상기된 얼굴에 이마에는 땀이 송알송알 맺힌 채로 걷던 손희의 입에서 기어이 곱지 않은 말이 튀어나왔다. 나이는 동갑이지만 촌수로 따지면 그녀에게는 엄연히 고모가 되는 이영을 향한 원망이었다. 오늘 서점에 갈 거라고 미리 말만 해줬어도 어지간한 짐은 넉넉히 집어넣을 수 있는 푸짐한 사이즈의 백팩이나 튼튼한 보조백을 들고 나왔을 거고 그랬으면 이렇게나 힘들진 않았을 거 아닌가.

정작 서점엘 가자며 꼬드겨 낸 이영보다 제가 더 신이 나서 보이는 대로 집어 들었다는 생각은 이미 뒷전. 당장 오늘 밤부터 읽어낼 생각에 잔뜩 부풀었던 기대감도 지금의 손희에게는 안중에도 없었다.

씩씩대면서도 제법 빠르게 걸음을 옮기던 손희가 대문을 저 앞에 두고 잠깐 멈춰 섰다. 오른쪽 어깨를 살짝 기울여 숄더백의 한쪽 끈이 스르르 미끄러져 내리자 쥐고 있던 종이백을 왼쪽으로 옮겨 보태고 빈손을 가방 안으로 넣었다.

찾는 것이 쉽게 손에 잡히지 않자 미간을 찡그리는 순간 가방 속 전화기가 부르르 떨며 메릴 스트립의 애절한 음색을 토해내기 시작했다.

The winner takes it all the loser standing small besides the victory that's her destiny.

이미 한참 전에 유행이 지난 영화, 그리고 그보다 훨씬 더 아주 오래된 노래. 수신음 설정을 해둔 것을 듣자마자 동생 걸이는 촌스러움과 청승이 적절하게 배합된 딱 송손희다운 노래라고 평가했고, 덕분에 등짝에 야무지게 매를 벌었다.

[언니, 대애애애애박!!!]

벨소리와는 도무지 어울리지 않는 싱싱한 목소리가 전화기 저편에서 들려왔다. 대학원 후배 진경이었다.

"뭐가, 또?"

무게를 이기지 못한 종이백의 끈이 왼손바닥을 무섭게 파고들자 반문하는 손희의 인상이 절로 찡그려졌다.

B학점만 받아도 대박, 전공 수업 들어온 젊은 강사의 넥타이가 바뀌어도 대애박인 아이지만 평소보다 심히 흥분한 걸 보니 이번에는 길 가다 먼발치에서 소지섭이라도 본 건가. 거기가 어디였니?

[오 교수님요. 완전 대애애박!!]

심히 흥분 가득한 목소리에 귓가에 대고 있던 전화기를 저만치 떼어놓으며 손희가 얼굴을 찡그렸다.

얘 취향이 서른다섯 살 이상 나이 차이 나는 연상남이었어? 아니면 코앞이 환갑인 양반이 대박일 게 뭐가 있어. 설마. 끝장나는 연애가 일생의 목표이자 꿈이라고. 분명 제 입으로 그렇게 말하는 걸 몇 번이나 듣기는 했었다. 그치만, 그치만 말이다아, 진경아…….

"그, 글쎄…… 아무리 그래도……."

손희의 입술이 하고 싶은 말을 품은 채로 몇 번이고 달싹거렸다.

아무리 좋아도 황혼의 아버지뻘은 곤란하지 않겠니. 네 부모님 아시면 머리 박박 깎여 집 안에 갇히고 말 텐데. 그보다 앞으로 몇 년 뒤, 너가 서른이면 칠순을 바라보게 될, 아직까진 가상남편인 그분은 너보다 나이 많은 아들을 하나도 아닌 둘씩이나 둔 유부남이라고.

전화로 길게 늘여 할 말은 아니지만 어쨌든 들어두면 피가 되고 살이 될 조언들은 뒤이은 진경의 말에 입안에서 나오기도 전에 사라지고 말았다.

[잠깐 봤는데도 완전 끝장이에요. 오 교수님은 대체 어디서 그렇게나 바람직한 공공재를 찾으셨대요? 아무리 탐문을 해도 도무지 알고 있다는 사람이 없어서. 언니는 혹시 뭐 아는 거 있어요?]

대애박!을 외치는 대상이 오 교수님이 아니라는 데 우선은 안심이었다. 하지만 이내 손희의 눈초리가 가지런한 선을 그리며 올라섰다.

그러니까 지금 오 교수님하고 동행한 남자의 정체가 궁금하다는 시답잖은 호기심을 풀어주기 위해서 무거운 짐 든 채로 길 한복판에서 전화를 받고 있다는 거지, 내가?

집 앞까지 오는 내내 한 번도 손에서 내려놓지 않았던 짐들이 풀썩 바닥에 떨어졌다.

"도로, 교통, 항만 중에서 골라봐."

[네?]

중학교 사회 시간에나 나올 법한 단어에 진경이 잠시 주춤한 새 손희가 쏘아붙였다.

"네가 본 그 남자 공공재더라면서. 그럼 공중이 공동으로 사용할 수 있는 거라야지. 그러니까 공공재로 쓸 수 있는 것 중에서 골라보라고."

이쯤에서 전화기 저편의 진경은 이미 궁금증을 못 이기고 기어이 전화기 버튼을 누른 자신의 손가락을 원망하고 있었다. 그러는 한편으로 '저 죽일 놈의 성질머리'라고 속으로 궁얼대며 눈앞에 없는 손희를 노려보는 것도 잊지 않았다.

[아이잉, 언니이.]

하지만 썩어가는 표정과 달리 진경의 목소리는 참기름을 바른 듯 매끄럽기 그지없었다. 그도 그럴 것이 성질 더럽기로 소문난 송손희에게 밉보였다가는 남은 학기 내내 고생이 자심할 것이 불 보듯 뻔했으니 말이다.

"공 교수님 수업별로 들어온 리포트 정리는 끝내놓고 나한테 놀자고 덤비는 거지?"

[손이 안 보이게 하고 있는 중이에요.]

"뻥치시네. 커피 창고에 앉아서 달달한 라테 홀짝이고 있는 거

누가 모를까 봐?"

죽치고 앉아 있는 학교 안 커피 전문점의 이름이 단박에 튀어나오자 진경의 눈이 휘둥그레졌다.

[언니, 귀신! 혹시 나한테 추적 장치 같은 거 달아놨어요?]

"시답잖은 소리 걷어치우고 얼른 들어가서 일이나 끝내놔. 그 전에 리포트에 커피 쏟으면 죽을 줄 알고."

대답을 듣기도 전에 손희는 전화를 끊고 가방 속에 던지듯 집어넣었다.

"차암 귀신같은 소리 하고 계신다."

내려놓았던 짐을 다시 쥐며 그녀가 구시렁거렸다.

진경이 제가 무슨 초능력 소녀라고 조교실에서 일하면서 닫힌 문을 투시해서 오 교수님을 봤을 리는 없고 연구동에서 나오시는 걸 봤을 게다. 그렇담 그 앞에 있는 커피 전문점이 목격 장소라는 건 눈 감고도 알 수 있는 것을.

한번 내려놓아서인지 짐들은 조금 전보다 더 무겁게 느껴졌다. 얼마 남지 않은 대문을 향해 손희는 다시 힘을 내어 걷기 시작했다.

"손희 이제 오니?"

막 지나쳐 온 집의 대문이 열리는 소리가 들리는가 싶더니 이내 그녀를 향해 인사가 날아왔다. 이크! 한발 늦었다.

"네. 안녕하세요."

재빠르게 몸을 돌린 손희가 제법 허리까지 숙여가며 인사를 했다. 물론 상냥한 목소리도 잊지 않았다. 어른을 봐도 대개는 그저 고개만 까딱하고 마는 요즈음의 기준으로 보자면 공손하기 그지 없었지만, 하는 쪽이나 받는 쪽이나 으레 당연하다는 얼굴이었다.

목소리만 들어도 누군지 빤히 아는 동네 가운데 살면서 무엇보다 필수적으로 갖춰야 할 덕목은 인사성이다. 어떤 상황에서도 무조건 웃는 얼굴로 상냥하게 인사하기. 만일 그러지 않고 데면데면 뚱하니 굴었다가는 그 이유를 막론하고 입에서 입으로 옮겨지지만 그 장악력과 파급 효과만은 타의 추종을 불허하는 '우리 동네 통신'에 의해 장렬히 전사하게 될지니.

그중에서도 지금 그녀와 인사를 나누고 있는 강 여사는 '우리 동네 통신' 내에서도 막강한 파워를 자랑하는 실력자 중의 실력자였다.

"장 보러 가세요?"

손바느질로 누빈 작은 토트백 사이로 작게 접힌 장바구니를 본 손희가 물었다.

"오늘이 예영이 신혼여행에서 돌아오는 날이잖니. 며칠 전부터 이것저것 준비를 한다고 했는데도 몇 가지 빠진 게 있어서 나가는 길이란다."

아아, 그제야 시장 길에는 어울리지 않는 공들인 화장과 힘을 준 머리 모양을 알아차린 손희가 알겠다는 듯 고개를 끄덕였다.

동양화 쪽에서는 꽤나 명성이 높다는 성 화백님댁 고명딸 예영이 대학도 졸업하기 전에 결혼식을 올린 게 불과 열흘 전의 일이었다. 예영의 결혼 소식이 들리자마자 골목 안 아줌마들의 사랑방이자 '우리 동네 통신'의 본산지이기도 한 어머니의 작업실은 연일 분주함에 몸살을 앓을 정도였다.

'쳐다보는 것도 아깝다던 고명딸을 왜 이렇게 후다닥 시집보내나 몰라.'

'대학 졸업도 하기 전에 서둘러 해치우는 거 보면 뻔하지.'

'응?'

'둔한 척하기는. 그거 있잖아, 그거.'

'아유, 저이는 그렇게 에둘러 말해주면 못 알아들어. 요즘 애들 말로 직구를 날려야지. 이 사람아, 예영이 배에 혼수 실었을 거란 얘기야.'

'어머, 정말?'

'세상에, 눈치가 그렇게나 없어서 어떡하니.'

'거봐. 내가 저럴 거라고 했지?'

'자기 혹시 젊었을 때 남편 바람난 것도 모르고 넘어간 거 아냐?'

'아유, 무슨 그런 말도 안 되는 소릴. 우리 남편은 그런 짓 안 해. 나한테 얼마나 끔찍한데.'

'한때 안 끔찍했던 남편 있으면 어디 한번 나와보라고 그래.'

'우리 집 남자 있잖아. 막 결혼해서나 30년 넘게 산 지금이나 한결같이 무뚝뚝한. 하여간 일관성 하나는 끝내주는 양반이니까.'

'그 집 남편이야 원래 성격이 그런 거고. 아무튼 신혼 때는 징그러울 정도로 딱 붙어서 예뻐 죽겠다고 쓰다듬고 만져 대면서 도통 떨어질 줄을 모르더니 이젠 무슨 핑계를 대서든 옆에 안 오려고 하잖아. 어디 저만 그런가, 나도 영감 냄새 풍기는 저 싫은 건 모르고.'

'어쨌든 예영이는 좋겠다. 지금이 제일 좋을 때 아냐. 결혼 날짜 받아놓고 세상이 다 제 것 같을 텐데.'

'아이고, 그때가 언제였나 싶다. 그때는 나도 꽤 예뻤는데.'

확신 가득한 섣부른 추측이 한바탕 몰아친 뒤에는 다들 인생의 정점이라고 생각하고 가슴 떨려 했던 어느 한순간을 떠올리며 한숨을 쉬기에 바빴다.

굽이진 골목 안을 채우고 있는 거의 대부분의 집들이 대를 이어 살아온 터라 다들 서로 살아가는 사정에는 훤했다.

요즘 집들 같지 않게 집을 에워싸고 있는 담들은 낮았지만 제각각 흙이나 돌을 사용해 쌓아 올려서인지 오히려 고풍스러운 맛은 훨씬 윗길이었다. 어디 그뿐인가. 세월의 흔적이 고스란히 남은 폭 넓은 대문, 가마에서 구워낸 벽돌로 한껏 치장을 한 굴뚝이며 기와를 올린 지붕, 돌보는 이의 정성스러운 손길이 느껴지는 정원수까지. 어느 한 집도 허투루 지나칠 수 없을 만큼 골목 안의 집들은 충분히 예스럽고 멋스러웠다.

그 때문에 한동안은 부러 먼 곳에서 찾아와 구경을 하는 사람들로 한적했던 골목 안이 꽤나 북적이던 때도 있었지만 고옥(古屋) 구경도 이젠 한풀 꺾였는지 요즘에는 서서히 다시 이전의 고요함을 되찾고 있었다.

"바쁘실 텐데 제가 도와드릴까요?"

사근사근한 손희의 물음에 강 여사가 빙긋이 웃으며 말했다.

“너 손끝 야무져서 탐은 난다만 요즘 논문 때문에 바쁘잖니. 너 데려다 일시키는 거 예영 아버지가 보시면 바쁜 애 애먼 데다 붙들어 맸다고 괜히 나만 한 소리 듣는다.”

그 말을 들은 손희가 수줍게 얼굴을 붉히며 웃었다. 아유, 하여튼 이놈의 인기란. 눈치 빠른 그녀가 어릴 적부터 갈고닦은 처세술이 제대로 발휘된 곳이라 그런지 골목 안에서만은 성격 싹싹하고 손재주 엽렵하다며 곧잘 칭찬을 받곤 했다.

“잠깐 몇 시간은 괜찮아요.”

내친김에 인심 쓰리라 작정을 했다. 그런데,

“어유, 아니야. 예영이 고모들도 와 있고 준영이 여자친구도 돕겠다고 아침부터 와 있단다.”

아.

손희의 작은 어깨가 잠시 잠깐 굳었다. 입가를 채운 미소도, 생글거리는 눈매도 그대로였지만 종이백의 끈을 쥐고 있는 손가락들에는 자동적으로 잔뜩 힘이 들어갔다.

이런 씨이. 성준영 이 인간, 여자친구는 대체 또 언제 만들었데. 맨날 뭐 사달라는 애 귀찮고 성격 안 맞아서 집어치웠다고 술 사달란 게 한 달이 됐어, 두 달이 되길 했어. 무한 리필 조개찜 집에서 테이블 위에 놓인 초록색 소주병 뚜껑이 각자 앞에 다섯 개씩 놓일 때까지 부어라 마셔라 했던 게 불과 3주 전이다. 이래서 개 꼬리 삼 년 묵어도 황모 안 된다는 말이 있는 거다.

촉촉이 젖은 눈으로—이제 보니 순전히 술기운이었지만—그윽하게 바라보며 방황은 그만하고 정말 좋은 여자 만나서 착실하게 연애하고 결혼하겠다는 말에 가슴이 설레지 않았다면 거짓말이었다.

누굴 탓해. 성준영이란 인간의 진심이라는 게 샴푸 거품만도 못하다는 걸 잠시 잊은 게 죄라면 죄인 것을.

"듣고 보니 정말 저 아니어도 충분하겠어요."

사람 좋은 것에 비해 눈치는 한참이나 느린 예영의 모친은 오늘따라 더욱 화사하게 웃는 손희의 모습에 속으로 '참 곱다, 얘도 때 놓치지 말고 어서 시집을 가야 할 텐데' 하고 물색없이 오지랖 넓은 염려를 하는 중이었다.

"이따 이바지 음식 좀 보낼 테니까 어르신 드리고."

"예. 그럼 다녀오세요. 저도 들어갈게요."

인사를 마치고 돌아선 손희의 귀에 종종걸음으로 서둘러 멀어지는 발소리가 들렸다.

쳇!

발끝에 걸리는 돌멩이를 차내며 손희가 혀를 찼다.

한 골목에서 어릴 적부터 거의 매일이다시피 보고 자라서인지 골목 안 또래들의 친밀감과 유대감은 남다른 편이었다. 코흘리개 적부터 거의 매일 얼굴을 보며 유치원과 초등학교, 중학교를 줄곧 같이 다니다 보니 그럴 만도 했다. 그래서 윗집 아이, 아랫집 아이, 옆집 아이 할 것 없이 모두 친구 이상 친동기간 미만 정도의 사이였는데, 그중에서도 특히 성씨 집안 남매는 출중한 외모 덕에 또래들 사이에서도 인기가 많은 편이었다.

하지만 잘난 것들 치고 인물값 안 하는 놈은 없는 법. 여동생 예영이 새침을 떨며 대시해 오는 남자애들을 족족 까내는 걸로 인물값을 대신했다면, 준영은 말 그대로 오는 여자 반가이 맞이하고 가는 여자는 웃으며 손 흔들어 보내는 걸로 인물값을 제대로 했다고나 할까. 이 말인즉슨, 곧 바람둥이라는 말씀.

최장 기록을 세운 연애 기간이 한 달 반. 일 년이면 바뀌는 여자들의 숫자가, 많을 때는 자기 집 담벼락의 벽돌 개수만큼이나 많다는, 일명 연애계의 전설 중의 전설. 덕분에 그에게 호감을 가진 친구들이며 선배 언니들한테 얻어먹은 튀김이나 떡볶이도 상당했고 그녀의 손을 거쳐 전달된 러브 레터는 더 상당했다.

"성준영이 솔직히 멋있긴 하지."

중학교 교복을 브랜드의 슈트 모델이나 되는 것처럼 쫘악 빼입고 담벼락에 삐딱하게 기대어 서 있던 모습을 떠올리며 손희가 중얼거렸다.

성준영보다 두 살 어린 그녀가 아직 초딩 소리를 들을 때였으니 중학교 교복을 입은 그가 멋져 보였던 건 어찌 보면 당연했지만, 그래도 아직까지 그 순간을 잊을 수 없는 건 친한 동네 오빠쯤으로 생각하고 있던 그가 남자라는 걸 처음으로 깨달은 날이었기 때문일 거다.

중딩 주제에 어쩌자고 교복은 그렇게 잘 어울려서는. 코 밑에 수염도 안 난 어린 게 벌써부터 짝다리 짚고 분위기 잡겠다고 나섰으니, 그때부터 이미 싹수가 노랬던 거지.

손희는 벌써 수년 동안 몇 번째 반복되고 있는지 모를 말을 혼자 속으로 투덜댔다.

막상 준영이 사귀자고 달려들기라도 하면 펄쩍 뛰면서 바람둥이는 절대 싫다며 손사래부터 저어댈 게 분명한데도 손희는 가끔씩 그를 궁금해하고, 혼자서 도무지 말도 안 되는 질투를 하기도 했다. 바로 조금 전에 그랬던 것처럼.

"찔러보고 싶지 않은 못 먹는 감인 거지."

한숨과 함께 발부리에 걸린 돌멩이를 걷어찬 손희가 이내 씩씩한 걸음으로 대문 앞에 섰다.

가방에서 꺼낸 열쇠고리에는 한복 차림의 앙증맞은 새색시 인형이 매달려 있었다. 손안에 쏙 들어갈 크기의 작은 인형이지만 자세히 살펴보면 눈이며 코며 입매가 또렷하게 자리를 잡고 있고 제게 꼭 맞는 색동저고리에 연노랑 치마까지 걸치고 있었다. 침선으로는 우리나라에서 한 손에 꼽히는 어머니 이정옥 여사의 솜씨였다.

손가락에 닿는 감촉만으로 서너 개의 열쇠들 중 가장 큰 것을 쥔 그녀가 조금의 틈도 없이 열쇠 구멍으로 열쇠를 밀어 넣고 익숙하게 손목을 돌렸다. 뒤이어 탁, 하는 경쾌한 소리와 함께 자물쇠가 열렸다.

시간의 더께가 꽤나 두툼하게 내려앉은 듯 보이는 대문이 무거운 소리와 함께 안으로 밀리며 스르륵 열렸다. 안으로 들어온 손희가 문이 연결된 경첩 쪽을 힐끗 쳐다보았다. 소리가 심상치 않다 싶더니 역시나 아래쪽 귀퉁이에 녹이 슬어 있다.

마당 가운데 평상 위에 짐을 부리고 굳은 어깨를 돌려 풀며 한 손을 허리에 턱 올린 손희가 한숨을 쉬었다. 입바람의 서슬에 이마에 내려와 있던 몇 가닥의 머리칼이 잠시 허공에 부웅 떴다가 다시 내려앉았다.

걸이 이 녀석, 고등학생이라고 요즘 한동안 잔소리를 쉬었더니 그새로 빠져 갖고. 하여튼 이 집안에서는 내 손 안 가면 뭐든 되는 게 없지.

잠깐 사이, 조금 전의 짝사랑 실연 모드는 금세 온데간데없이 사라지고 없었다. 머릿속 뒤죽박죽 엉키는 걸 본능적으로 기피하는 탓에 어지간한 일은 그 자리에서 툭툭 털고 잊는 성격을 다행이라고 해야 할지.

투덜거리며 대청 아래에 선 손희가 댓돌 위에 신발을 확인했다. 그녀의 눈길이 가장 먼저 멈춘 곳은 역시나 조부님의 신발. 발뒤꿈치가 가지런히 모인 채로 얌전하게 놓인 구두의 모습이 보기만 해도 퍽이나 단정했다. 즐겨 신으시는 구두가 제자리에 놓인 걸 보니 오늘은 외출을 하지 않으신 모양이었다. 옆에 자리하고 있는 두 켤레의 낯선 신발의 주인은 아마도 손님일 테고.

마루로 올라선 손희는 그대로 곧장 인사를 하기 위해 조부의 서재로 향했다.

"이제 오니?"

미닫이 유리문을 옆에 두고 길게 놓인 마루의 모퉁이를 돌았을 때 때마침 서재에서 나오던 이모가 반가운 얼굴로 그녀를 맞았다.

"손님 오셨어요?"

이모의 손에 들린 빈 쟁반을 보고 묻자 그녀가 고개를 끄덕였다.

"한동안 방문객이 뜸하다 했더니 오늘은 두 분이나 오셨구나. 오 교수님하고 음……."

잠시 말을 멈춘 혜옥이 어떻게 표현을 해야 좋을지 모르겠다는 듯 고개를 갸웃했다.

"왜요?"

이웃해 사는 오 교수님은 그녀가 어릴 적부터 조부님께 배움을 얻겠다며 줄곧 드나드는 양반이라 새삼스러울 것도 없었다. 그리고 조부님의 손님이라면 패턴이 정해진 사람들처럼 거의 비슷한 분들일 텐데, 이모가 망설이는 까닭을 손희는 선뜻 짐작하기 힘들었다. 게다가…….

"글쎄, 긴 것 같기도 하고 아닌 것 같기도 하고……."

하며 말끝을 흐리는 품 또한 퍽 수상했다.

"밖에 손희더냐?"

무슨 영문인가 싶어 재차 물으려는데 안에서 부름이 들렸다. 그 사이 두 사람 사이에 오간 말이 안으로 스민 듯했다.

"예, 할아버님."

서둘러 대답하는 손희에게 혜옥이 어서 들어가 보라는 손짓을 했다. 그 잠깐 사이에 손을 뻗어 이마 위로 내려온 머리칼 한 가닥을 정리해 주는 것도 잊지 않았다. 이모의 손길에 손희는 웃으며 고갯짓으로 조금 있다 부엌에서 보자는 신호를 남기고는 문 앞에 섰다.

"들어가겠습니다."

조심스러운 기척과 함께 서재의 문을 열었다.

늘 그렇듯 오래된 책들과 묵향으로 가득한 방에서 풍기는 낯익은 기운이 그녀를 먼저 반겼다.

"다녀왔습니다."

자라오는 동안 늘 그러했듯이 손희는 방 가운데 소파의 상석에 자리한 조부를 향해 공손히 인사를 올렸다. 가지런히 모은 두 손, 높지도 낮지도 않은 차분한 목소리, 단정한 몸가짐새가 말 그대로 얌전하기 그지없는 요조숙녀의 모습 그대로였다.

"이제 오는가, 송 조교."

조부의 오른편에 앉아 있던 오 교수가 웃으며 그녀에게 인사를 건네왔다.

"오셨습니까, 교수님."

역시 조금 전과 다르지 않은 모습으로 예의 바르게 고개를 숙이는 손희와 눈이 마주치자 오 교수가 장난스럽게 한쪽 눈을 찡긋했다.

동기들은 물론이고 교수들 사이에서도 괄괄한 성미로 소문이 난 그녀가 조부 앞에서만은 천하에 다시없는 요조숙녀 흉내를 내는 것이 볼 때마다 퍽이나 재미가 있는 모양이었다. 이순(耳順)이 코앞인 노교수의 장난기 넘치는 표정을 본 손희는 저도 모르게 순간 허물어질 뻔한 한쪽 입매에 간신히 힘을 주어 버텼다.

어려서는 이웃해 살았고 커서는 오 교수가 있는 대학의 학부와 대학원에 진학을 하는 바람에 거의 평생 그를 보아왔다고 해도 과언은 아니었다. 그저 착하고 얌전한 아이인 줄로만 여겼던 그녀의 본색을 알고 난 후 오 교수는 그녀를 재미있어했고 더불어 두 사람 사이의 친분도 더욱 두터워졌다.

다만 부작용이라면 시시때때로 발동하는 그의 장난기였는데, 아니나 다를까, 오 교수가 송 옹을 향해 고개를 돌리며 너스레를 떨었다.

"교수들 사이에서 송 조교 칭찬이 자자합니다. 요즘 처녀들답지 않게 얌전하고 여간 예의 바르지 않아서 말이지요. 게다가 생전 가야 목소리 한번 높이는 걸 본 적이 없으니 아무리 봐도 버릴 데가 하나 없습니다."

"아직 배울 것이 많은 부족한 아이인 것을요. 그게 다 오 교수처럼 훌륭한 스승이 계셔서 좋게 봐주시니 그런 것 아니겠소."

덤덤하게 답하는 송흥 옹의 반응에도 아랑곳하지 않고 오 교수의 입가에서는 연신 웃음기가 가실 줄을 몰랐다.

괄괄한 성미로 학부생들은 물론이고 가끔은 교수인 자신마저도 휘어잡는 손희가 조부 앞에만 서면, 타임머신을 타고 조선시대에서 건너온 규수인 양 돌변하는 건 늘상 봐도 신기했다. 그래서 지금처럼 기회만 생기면 놀려주고픈 것이다.

"아유, 어르신도. 겸양이 지나치십니다. 그게 다 어릴 적부터 고매하신 어르신의 가르침을 받고 자랐으니 가능한 게 아니겠습니까. 가정교육이 훌륭하니 그저 제 성질대로만 사는 요즘 애들과는 다를 수밖에 없는 것이지요."

이 양반이 오늘따라 왜 이러시나. 대체 점심으로 뭘 드셨기에 너스레가 한 바구니야. 저번 중간고사 끝나고 온통 욕으로 도배돼서 날아온 메일이 몇 통인데.

시험 감독만 들어갔다 하면 눈을 벌겋게 뜨고, 부정행위 하는 학생들을 눈에 뜨이는 족족 잡아내기로 유명한 그녀였다. 일단 발각이 되면 그 자리에서 시험지를 뺏고 강의실 밖으로 쫓아내는 통에, 손희는 학부생들 사이에서는 나름 악명을 떨치고 있었다.

어디 그뿐인가. 그렇게 쫓아낸 학생의 시험지에 여지없이 붉은색의 펜으로 '부정행위 적발로 퇴실 조치' 라고 써넣어 다른 시험지들과 함께 담당 교수에게 제출하는 건 당연한 다음 순서였다. 학번과 이름이 적힌 시험지에 부정행위를 한 사실이 고스란히 담겨 담당 교수에게로 넘어가니 해당 학생들의 원망을 사는 건 당연했다.

처음에는 격분해서 조교실까지 쫓아와 길길이 날뛴 학생들도 부지기수였다. 그깟 조교가 무슨 대단한 벼슬인 줄 아느냐, 학점 펑크 나서 이번 학기 죽 쑤고 졸업 못하면 네가 책임질 거냐, 등등의 말들로 을러대며 따지고 덤벼드는 학생들이 속출했다. 그 때문에 한동안 그녀가 있는 조교실은 전쟁터를 방불케 할 만큼 거친 말싸움들이 오갔다.

하지만 송손희가 누군가. 담 크고 말 기세 좋기로는 따를 사람이 별로 없는 그녀였다. 아담한 그녀의 생김새만 보고 쉽게 여겨 함부로 덤비던 학생들은 여지없이 손희의 혀끝에서 장렬히 전사해 실려 나가기 일쑤였다. 그런 일이 몇 차례 반복된 후에는 적어도 그녀가 감독을 하는 과목에서는 부정행위가 거의 사라졌지만, 대신 아예 시험을 치르지 않거나 학번과 이름만 쓰인 채로 제출한 백지 답안지의 숫자도 만만치 않았다.

그런 사정을 뻔히 잘 아는 오 교수이고 보면 지금 목소리 운운하는 말은 일부러 그녀를 약 올리려는 속셈이 분명했다. 아마도 내일쯤 조교실에 나타나 어제 조부님 앞에서 체면 서게 해줬으니 시원한 커피 타내라고 채근을 해댈 것이다. 하여튼 여우 같은 양반이라니까!

"송 조교가 탐이 난다며 자부(子婦) 삼고 싶다고 어르신께 은근히 말을 넣어달라고 청을 하는 이도 벌써 몇이나 됩니다. 하하하."

허얼, 보자 보자 하니까 대체 저 양반이 지금 뭐라고 하는 거야.

손희의 두 주먹에 힘이 불끈 들어갔다.

학교였다면, 아니, 적어도 조부님의 면전만 아니라면, '당장 앰뷸런스 보내라고 병원에 전화 넣을까요? 아님 119 불러 드려요? 학생들 보기 창피하니까 사이렌은 끄고 와달라고 해야겠죠?' 라며 빈정거리기부터 할 텐데 자리가 자리니만큼 그럴 수도 없는 노릇이었다.

어떻게 된 신세가 홈그라운드에서 더 힘을 못 쓰는지 몰라.

손희는 속으로 한탄을 했다. 그러는 사이 오 교수의 말은 점입가경으로 치닫고 있었다.

"마침 괜찮은 젊은이가 있어서 한번 다리를 놓아볼까 하는데 어르신 생각은 어떠신지요?"

아예 오늘을 송손희 골탕 먹이는 날로 작정을 하신 모양이다. 살짝 수그리고 있던 고개 아래 손희의 두 눈이 가느다란 빛을 발했다.

안 되겠다. 내일 새벽에는 연구실로 숨어 들어가 고물장수도 거저는 안 들고 갈 낡은 의자 아래 사제 폭탄이라도 설치해야지. 1교시 수업이 있는 날이니까 첫 수업을 끝내고 연구실로 올 시간에 맞춰서 타이머를 조작해 놓으면, 알아서 뻥!

혹여 학생들에게 알려질까 싶어 쉬쉬하고는 있지만 벌써 치질 수술을 세 번이나 받은 양반이니 한 번 더 터진다고 해서 크게 문제 될 건 없겠지. 아, 그럴 게 아니라 이참에 저 양반 치질 수술 받았다고 알림판에 확 터뜨려 버려?

인터넷 뒤져 사제 폭탄 만들고 연구실까지 갖고 가서 설치하려면 일이 만만치 않을 텐데. 차라리 책상 앞에 앉아 손가락 잠깐 움직이는 걸로 깔끔하게 마무리할 수 있는 쪽이 손희는 훨씬 더 마음에 끌렸다.

그녀가 그렇게 머릿속 계획에 정신 팔린 동안 표정은 더없이 얌전했지만 눈빛만은 쓸데없이 비장한 자신을 지켜보고 있는 시선이 있다는 걸 손희는 느끼지 못했다.

두고 봅시다, 교수님.

손희는 슬며시 볼 안쪽을 깨물며 속으로 투덜거렸다. 하지만 이런 속내가 겉으로 드러나지 않게 조심하는 것도 잊지 않았다.

불퉁해 있는 모양새를 조부께 들키기라도 했다가는 앞으로 일 년 내내 매일 참을 인 자를 아침저녁으로 삼백 번씩 써야 할 것이다. 고지식한 걸로는 대한민국 어디에 내놓아도 절대 빠지지 않을 분이 그녀의 조부니 말이다.

반백이 넘는 머리 색깔과는 도무지 어울리지 않게 개구진 미소를 띠고 있던 오 교수가 복수를 다짐하는 손희의 눈빛을 뒤늦게 알아차리고는 화들짝 놀라 몸을 바로 했다.

재미있다 싶어 시작한 게 너무 멀리 간 게 아닌지. 그제야 슬슬 걱정이 되기 시작했다. 누가 제 할아버지 손녀 아니랄까 봐 송손희 저거 성격도 보통은 넘는데. 너무 건드렸나.

허둥지둥 빠져나갈 곳을 찾던 그가 때마침 바로 눈앞에 있던 출구를 발견하고 일순 환하게 웃었다.

"참, 내 잠시 깜박했구만. 인사하지, 송 조교. 이쪽은 미국에서 온 그렉이야. 그렉, 우리 대학원에서 국문과 석사 과정 중인 송손희 양이라네. 어르신의 하나뿐인 손녀이기도 하고."

익숙한 모국어에 섞인 이국적인 이름에 놀랄 틈도 없이 오 교수 맞은편에서 그녀의 앞으로 기다란 산이 우뚝 솟았다.

히익. 이건 뭐…….

놀라 동그래진 손희의 두 눈이 눈앞의 산을 위에서부터 주욱 더

듬어 내렸다. 남자를 본 순간 조금 전까지의 피비린내 가득했던 다짐은 어느새 머릿속에서 사라지고 없었다. 동시에 헐렁한 교복 입고 짝다리 짚고 서 있던 준영의 모습은 한 줌도 안 되는 연기가 되어 흩어졌다.

바야흐로 중국에서는 중일전쟁이 발발하고, 러시아에서는 스탈린에 의해 강제 이주 정책이 시행되던 해에 태어나 대한민국 근현대사의 피바람을 온몸으로 겪어낸 송흥 옹도 그러했지만, 조부님을 제외하면 이 집에서 유일한 남자라고 할 수 있는 그녀의 동생 걸이도 요즘 아이치고는 그다지 큰 키가 아니었다.

그러니 순식간에 장승처럼 눈앞에 우뚝 선 남자를 보고 놀라지 않을 재간이 손희에게는 없었다. 잠깐 올려다보고 있자니 한껏 뒤로 젖힌 뒷목이 뻐근할 지경이었다.

가까이서 보니 조금 전 서재 밖에서 혜옥이 고개를 갸웃거렸던 이유를 알 수 있었다.

깔끔하게 다듬어져 있기는 했지만 빈말로라도 단정하다고는 말하기 애매한 길이의 고수머리는 가을을 품은 담갈색이었다. 훤칠한 이마 아래 자리한 이지적인 눈매는 동양인 특유의 날카로움을 담고 있지만 그 안에 담긴 눈동자는 머리칼의 색깔보다 옅은 황금빛에 가까웠다.

하지만 손희를 더욱 놀라게 한 건 다음 순간이었다.

"처음 뵙겠습니다."

눈을 감고 들었으면 한 점 의심의 여지가 없었을 정도로 남자는 완벽한 발음의 한국어를 구사하고 있었다. 그제야 손희는 오 교수가 조금의 머뭇거리는 기색도 없이 말끔한 한국어로 그녀를 소개한 까닭을 알 수 있었다.

남자가 그녀를 향해 손을 내밀었다.

"그렉 로빈슨입니다."

"송손희입니다."

자신을 향해 내밀어진 손을 얼결에 맞잡은 손희의 심장이 일순 선득해졌다.

2. 빼어난 미모는 결정적 한 방이 되기에 충분하다

샤워를 마치고 나오기가 무섭게 기다리기라도 했다는 듯 전화기가 요동을 쳤다. 수건으로 머리에 남은 물기를 닦으며 테이블 위에 전화기 액정을 확인한 그렉의 미간이 보일 듯 말 듯 좁혀졌다.

[그렉?]

『예, 아버지.』

[자는 걸 깨운 건 아니지?]

조심스러운 물음에 그렉의 눈이 힐끗 시계로 향했다. 자정이 조금 넘은 시각. 시애틀은 지금쯤 하루를 시작하려는 사람들로 거리가 분주해질 무렵이었다.

[시차라는 게 도통 헷갈려서 말이다.]

『한국은 이제 자정 지났어요.』

그의 대답에 다행이라는 듯 낮은 한숨 소리가 들려왔다.

[밤낮이 완전히 뒤바뀌었는데 피곤하지 않아?]

걱정스러운 물음에 그렉은 고개를 저었다.

『불편하지 않게 잘 넘긴 것 같아요. 저녁 시간에 비행기 내려서 호텔 들어와서 체크인하니까 곧장 밤이 되더라고요. 다행히도.』

이 또한 비행기를 예약한 부친의 보이지 않는 배려라는 걸 그렉은 잘 알고 있었다. 덧붙인 한마디로 아들의 마음을 읽은 아놀드의 입가에 지금쯤 잔잔한 미소가 번져 가고 있으리라.

[인터뷰는 어땠는지 궁금해서 말이다.]

『다음 주부터 강의하기로 얘기가 됐어요.』

[기왕이면 쉬면서 한국 생활에 적응할 기회를 가지는 게 낫지 않았을까 하는 생각이 뒤늦게 들더구나.]

내켜하지 않는 자신을 떠밀다시피 한국으로 보낸 것을 후회라도 하는 듯한 목소리였다.

『말씀은 그렇게 하시면서도 속으로 좋아하고 계시는 거 다 티 나요.』

[으흠. 대체 무슨 말인지 모르겠구나.]

딱 집어서 하는 말에 아놀드가 발뺌을 했다.

『늘 느끼는 거지만 아버지는 다른 건 몰라도 연기력은 정말 짱이에요.』

짐짓 안타까워하는 그렉의 말에 아놀드가 발끈한 척 대꾸했다.

[하나밖에 없는 아들을 멀리 보내고 슬퍼하는 늙은 애비한테 고작 한다는 말이란 게. 고약한 놈 같으니라고.]

『지금이라도 앤지한테 전화해서 어떡하고 계시는지 확인해 볼까요?』

[융통성이라고는 도통 모르는 녀석.]

낮은 투덜거림과 함께 아놀드가 재빠르게 항복을 선언했다. 오랜 연인인 자신보다 아들인 그렉과 더 죽이 잘 맞는 앤지까지 합세하면 도저히 이길 수 없다는 걸 그간의 경험으로 잘 알고 있는 탓이었다.

잠시 유쾌한 웃음소리가 두 부자 사이를 이었다.

『잘 지낼 수 있을 것 같아요. 염려 마세요.』

그의 말에 안심을 한 듯 아놀드의 목소리가 한결 밝아졌다.

[살 곳은 정했고?]

『마침 학교 근처에 적당한 오피스텔이 있어서요. 주말에 이사할 예정이에요.』

[오 교수는 만났지?]

아놀드의 물음에 그렉의 머릿속에는 자연스레 낮에 만났던 여자가 떠올랐다.

『그럼요.』

한국이 아직까지도 보수적인 성향이 강한 나라라는 사실은 이미 알고 있었지만 요즘 젊은 세대에서는 그런 경향도 점차 사라지고 있다고 들었다. 그런데 조부 앞에서 지나치다 싶게 순종적인 태도를 취하는 그녀를 보며 꽤나 의외구나 싶으면서 한편으로는 답답함마저 느꼈다.

하지만 다음 순간, 공손한 태도와 달리 뭔가 다른 생각으로 가득 찬 채로 분주하게 움직이는 그녀의 눈동자를 보고 말았다. 그녀가 방으로 들어오자 재미있는 놀잇감이라도 발견한 듯 연신 싱글거리던 오 교수의 표정이 그제야 이해가 되면서, 지금 앉아 있는 자리도 잊은 채 하마터면 그도 웃음을 터뜨릴 뻔했다.

가만히 지켜보고 있자니 오 교수의 말이 계속될수록 그녀의 입술은 꼭 다물려지고 목에는 보일 듯 말 듯 힘줄이 섰다. 자그마한 머릿속으로 무슨 궁리를 하는지 동그란 눈동자는 위로 아래로 양옆으로 바쁘게 움직였다.

물론 그러는 동안에도 몸 앞으로 가지런히 모은 두 손과 어른의 말씀에 귀를 기울이는 듯 아래쪽으로 약간 숙인 고개는 여전히 그대로였다. 우연히 오 교수의 시선을 따라 눈을 옮기지 않았더라면 그마저도 깜박 속고 말았을 정도로 겉보기에는 얌전함 그 자체였다.

[그렉.]

부친의 부름에 잠시 다른 곳으로 흘러가던 생각이 다시 제자리를 찾았다.

[네가 이번 한국행을 내켜하지 않았던 거 잘 안다. 싫다는 걸 억지로 떠밀다시피 해서 가게 한 것도 미안하게 생각하고 있어.]

『아버지.』

[그렇지만 언제까지 외면만 하고 있을 수는 없지 않니? 이젠 제대로 대면할 때가 됐어. 그래야 마음속에 갖고 있는 원망도 털어낼 수 있을 테고. 넌 아직 젊어. 앞으로 살아야 할 인생도 길고. 그런 네 안에 언제까지고 미움이 담겨 있는 걸 난 바라지 않는다.]

그렉의 대답이 쉽사리 뒤를 잇지 않자 잠시 후 아놀드의 멋쩍은 목소리가 들려왔다.

[내 연기가 서투르긴 하지? 생각 깊은 아버지인 척해보려고 했는데 쉽지 않은 걸 보니 아직 연기 연습이 더 필요한 것 같구나. 하하.]

『부딪쳐 볼게요.』

[그렉.]

『아직 한국에 오기로 한 게 잘한 결정인지는 모르겠어요. 그래서 당분간은 지금까지처럼 앞만 볼 생각이에요. 어쩌면 한국을 떠날 때까지도 뒤를 돌아보지 않을지도 모르겠어요. 하지만 아버지 말씀대로 어떤 식으로든 제게 기회가 온 거니까요. 조금의 후회도 남기지 않을 생각이에요.』

[그거면 됐다. 됐어.]

예상보다 진지한 그렉의 대답에 아놀드는 무릎을 치며 기뻐했다. 한국의 대학에 교수로 재직 중인 지인의 후배가 병 치료 때문에 학기 중에 학교를 그만두게 되었다는 소식을 듣자마자 그는 적극적으로 나섰다. 내켜하지 않는 그렉을 설득하는 한편으로 한국의 대학과 접촉해서 그의 프로필을 비롯한 서류들을 만들어 보내고 인터뷰 일정을 잡았다.

인문학으로는 명문인 대학에서 학부와 석사, 박사를 차례로 거친 덕분인지 예상대로 그렉은 쉽게 서류 심사를 통과했고 마지막으로 형식적인 인터뷰가 남자 그는 '아비 생애의 최초이자 마지막 소원' 이라는 말로 설득을 시도했다.

그의 품에서 자라는 내내 기대를 한 번도 저버리지 않았던 아들은 결국 그를 이기지 못하고 두 손을 들었다. 오랫동안 그렉과 종종 속 깊은 친구처럼, 때때로 잔소리 많은 이모처럼, 가끔은 자애로운 엄마처럼 지내온 앤지의 진심 어린 조언도 그의 마음을 돌리는 데 큰 역할을 했다.

『그런데 아버지.』

싱글벙글, 얼굴에서 웃음기를 감추지 못하고 있던 아놀드는 아들의 은근한 부름에 기꺼운 마음으로 대꾸를 했다.

[왜 그러니, 아들?]

『연기는 좀 더 연습하셔야겠어요. 매일매일. 틈날 때마다. 그럼 이만 끊습니다. 바이.』

보나마나 끊어진 전화기를 들고 방방 뛰고 있을 아놀드의 모습을 상상하며 그렉은 피식 웃었다. 싫다는 자신을 굳이 먼 한국까지 보낸 그의 마음을 모르는 바는 아니었다. 오히려 감사하게 생각해야 한다는 것도 알고 있었다.

거기까지.

곧장 뒤를 이어 나오려는 '하지만' 을 그렉은 재빠르게 막아섰다.

통화를 하는 사이 제멋대로 뻗친 채로 말라 버린 머리를 손가락으로 쓱쓱 털어내며 그는 냉장고에서 맥주 한 캔을 꺼내 들었다.

❖

아그작 아그작. 강냉이 씹는 소리가 낮게 틀어놓은 음악 사이로 파고들었다. 쟁반으로 하나 가득 부어놓은 강냉이는 잠깐 사이에 벌써 절반 넘게 사라지는 중이었다. 마주 앉은 채로 누가 많이 먹나 내기라도 하듯 손바닥에 하나 가득 강냉이를 쥐고 입안에 털어놓고 있는 사람은 손희와 그녀의 동갑내기 고모 이영이었다.

PMS 때문에 우울해서 죽을 지경이라며 징징대던 이영은 막상 그녀가 오자 내가 언제 그랬냐는 듯 먹고 얘기하는 데 열중하고 있었다. 어차피 전화를 받았을 때부터 짐작했던 터라 손희도 별말 없이 푹신한 침대에 자리를 차지하고 앉은 참이었다.

무릇 여자라면 먹는 입과 수다를 떠는 입이 따로 있다는 말을 증명이라도 하듯 끊임없이 먹는 중에도 두 사람의 이야기는 단 한 번도 끊기는 법 없이 이어지고 있었다.

가수 누구는 근육을 너무 키워 둔해 보이더라, 미소년일 때가 훨씬 나았다. 바람피운다는 소문이 자자했던 회계학과 강사 모 씨가 여자랑 모텔에서 나오다가 처남한테 딱 걸렸다더라, 그런데 하필 처남도 같은 입장이라 눈물을 머금고 눈감아주다가 마누라한테 걸려 둘 다 작살이 났다더라. 바람꾼 성준영이 또 여자친구를 바꿨다더라, 갠 원래 그런 애니 신경 쓸 필요도 없다. 영국으로 유학 갔던 오 교수님 아들 강윤이 곧 들어온다더라, 잘생긴 오빠 볼 생각을 하니 벌써부터 눈물이 앞으로 가린다, 앞으로 한동안 눈이 호강하겠구나.

대본을 들고 읽는 듯 죽이 잘 맞는 대화 중에 손희가 낮의 일을 꺼냈다.

"거짓말!"

손발이 착착 맞아 들어가던 조금 전까지와 달리 이영이 단박에 끊어냈다.

"백부님이 보시는 앞에서 네가 남자, 그것도 외국인하고 손을 잡았다고?"

"악수라니까, 악수. 잡는 거하고 악수하고 구분 못해?"

어림없는 소리 말라는 듯 콧방귀를 뀌는 이영에게 질세라 손희는 코웃음으로 답했다.

"요게! 감히 고모한테 코웃음을 날려?"

가소롭다는 얼굴로 응수하는 손희를 향해 이영이 짐짓 눈을 부라렸다. 곧장 뻗어나간 손희의 검지 끝이 그런 그녀의 이마를 꾸욱 눌렀다.

"어쭈! 송이영. 오냐오냐 봐줬더니 소금쟁이 염전에 빠져 꼬르락거리는 소리 하고 계신다. 나보다 생일도 한참이나 느린 주제에 고모는 개뿔이 고모야? 너는 오뉴월 하루 볕이 무섭다는 말도 못 들어봤어? 스마트폰으로 게임질만 하지 말고 공부 좀 해, 이 계집애야! 찾아보면 사전 어플도 잘 나온 거 많으니까 하다못해 속담사전이라도 꾸준히 읽으라고.”

도무지 어울리지 않는 어른 노릇을 하려고 드는 게 아니꼬워서 손희는 일부러 더 면박을 줬다.

자신처럼 대학원에 적을 두고 있기는 하지만 이영은 공부에 별다른 흥미도 취미도 갖고 있지 않았다. 그건 학부 때도 마찬가지였다. 운이 좋았는지 아니면 그해 이영이 지원한 학과가 경쟁률이 유독 낮았는지 명문 소리를 듣는 대학에 같이 입학을 하기는 했지만, 4년간 전액 장학금을 보장받은 손희와 달리 이영의 학점은 내내 바닥을 기었다. 그런데도 대학원 진학을 결심한 건 순전히 취업 준비를 하기 싫어서였다.

“히이잉. 너 자꾸 이러면 큰아버지한테 가서 너 했던 짓 고대로 이를 거야.”

아니나 다를까, 언제 어디서 누구에게든 애교와 어리광이 차고 넘치는 이영이 코맹맹이 소리로 우는 척을 했다.

그런 그녀를 향해 곧장 손희의 한심하다는 시선이 날아갔다.

이게 어디서 우는소리야. 다른 사람이라면 몰라도 이 송손희에게는 절대 통하지 않는다는 걸 이제는 그만 알 때도 되었건만. 어찌 된 게 저놈의 레퍼토리는 스무 해가 넘도록 도무지 바뀔 줄을 모르니. 이러니 대응하는 방법도 식상할 수밖에 없는 거다.

“일러라, 일러! 응? 응?”

한마디씩 할 때마다 이영의 이마를 톡톡 누르는 손끝에는 점점 더 힘이 들어갔다.

요 계집애랑은 자그마치 생일이 아홉 달이나 차이가 난다. 한두 달 차이로도 태어난 해가 바뀌기 예사인데 어찌 된 게 이 재수 좋은 계집애는 그녀보다 아홉 달이나 늦게 태어나고도 동갑내기가 되어 같은 해에 초등학교를 입학했다.

어디 그뿐인가. 손희에게는 한없이 어렵기만 한 조부님을 얘는 무려 큰아버지라고 부른다. 덧붙여 설명하자면 이 아이는 조부님의 아우님, 그러니까 손희에게는 종조부 되시는 손철 옹이 쉰 살을 목전에 둔 연세에 얻은 귀하디귀한 따님 되시겠다. 늘그막에 얻은 하나밖에 없는 딸을 종조부는 더할 수 없이 아꼈고 그래서인지 동갑이라고 해도 이영은 손희에 비해 철이 심하게 없는 편이었다.

아무런 목적의식이 없으면서도 고민 한번 하지 않고 손희를 따라 덜컥 대학원을 선택한 것도 턱없이 낙천적인 그녀의 성격이 큰 몫을 차지했다. 물론 그 배경에는 어마무시한 대학원 학비와 묵직한 용돈을 눈 한 번 꿈쩍 않고 턱턱 내놓는 종조부님의 영향도 컸겠지만.

더없이 보수적이고 한없이 고지식한 손홍 옹의 영향 아래 늘 묵직한 기운이 감도는 손희의 집과는 달리, 이영의 집 분위기는 제법 개방적이어서 꽤나 밝은 편이었다. 물론 여기에는 두 분 형제의 성격 차이도 있겠지만 그보다는 젊어서 세상을 떠난 손희의 부친, 조부에게는 하나뿐인 아들의 죽음으로 인한 영향이 더욱 클 것이다.

손희의 부친은 그녀의 동생 손걸이 태어난 지 채 백 일도 되지 않아 교통사고로 세상을 떠났다. 선대부터 대대로 명망 있는 학자를 배출하여 명문가로 손꼽히던 집안에서도 그 존재감이 뚜렷해서 가문의 기대를 한 몸에 받던 외아들을 하루아침에 잃은 후 송흥 옹은 한동안 말문을 닫았다고 했다. 요절한 아들은 송흥 옹에게 세상 무엇과도 바꿀 수 없는 인생 최대의 목표이자 목적이었다고 하였으니 그럴 만도 했다.

그전까지는 전업주부였던 어머니가 바늘을 들고 자신의 일을 찾은 것도 그즈음이었다. 시아버지를 모시고 남편의 수발을 들며 자식을 건사하는 것밖에 모르던 어머니는 침선을 시작하며 집안일에서 완벽하게 손을 떼었다. 동시에 자식들에 대한 관심도 거두어들이는 바람에 그녀와 걸이는 조부님과 이모인 혜옥의 손에서 컸다고 해도 과장은 아니었다.

별채의 작업실에 틀어박혀 며칠 가야 얼굴도 제대로 볼 수 없었던 어머니, 지금과는 딴판으로 당시에는 낯설기만 하던 혜옥 이모, 엄한 조부님 사이에서 아직 어렸던 손희는 한동안 제 갈피를 찾지 못했다.

게다가 젖먹이라 손이 많이 가는 걸이 때문에 채 열 살이 되지 않았던 그녀는 더더욱 관심 밖일 수밖에 없었다. 혼자 뒤뜰에 쪼그리고 앉아 눈으로 별채를 더듬어 어머니가 바느질을 하고 있을 자리를 짐작해 한없이 바라보고 있을 때면 어깨 위로 느껴지던 기괴스러울 만큼 무거운 침묵과 막막함이라니.

진저리쳐지도록 싫었던 그때의 기억 때문인지 아직까지도 간혹 어둠과 침묵에 둘러싸여 주저앉아 있는 악몽을 꿀 때가 있었다. 지금 생각해 보면 아무리 어렸다고 해도 아버지를 잃었다는 상실감을 느낄 겨를도 없었을 정도였다.

그 무렵 귀찮을 정도로 말을 걸고 되지도 않는 애교를 부리며 곁에 있어준 사람이 지금 눈앞에서 입술을 삐죽이고 있는 이영이다. 그때를 생각하면 당연히 고마워해야 하는 게 옳지만, 문제는 얘가 지금처럼 되지도 않게 속을 긁는 데도 재주가 탁월하다는 점이었다.

그러니까 한마디로 요약하면 함께한 세월만큼 정도 깊고 원한도 맺힌 사이랄까. 굳이 따지고 든다면 공존하는 애증 사이에서 그나마 애 쪽이 조금 더 우세하다고 할 수 있겠다.

"근데 정말 그렇게 잘생겼어? 뻥 아니고?"

불퉁거리던 것이 언제였나 싶게 이영이 다가들며 물었다.

그새 눈빛이 초롱초롱해진 걸 보니 티격태격하는 동안에도 내내 궁금하긴 했던 모양이었다.

남자 인물 따지는 건 손씨 집안 여자들의 기나긴 내력. 그러니 고모든 조카든을 떠나서 잠깐 사이에 두 여자의 관심사는 곧장 한 남자에게로 향했다.

"무지 잘생겼더라. 실사로 저 정도의 인물을 언제 어디서 또 볼 수 있을까 싶을 정도로."

"흐음."

뭐야. 심드렁하기 짝이 없는 저 반응은.

기대했던 것과는 확연히 다른 이영의 표정에 손희의 눈이 가느스름해졌다. 이 정도 말이 나왔으면 키, 이목구비 등의 기본 옵션은 이미 체크를 끝내고 바디 라인이며 목소리 같은 디테일까지 물 흐르듯 파고들어 가는 게 순서 아니었어?

"정말이라고. 이 언니, 남자 인물 같은 중요한 문제 갖고 장난치는 실없는 사람 아니다."

농담까지 섞어가며 재차 강조해 말해봤지만 역시나 고개만 한 번 까딱하고는 그만이었다.

하아, 송이영. 얘가 또 오랜만에 사람 성격 나오게 만드네. 이래서 애증이 공존할 수밖에 없다니까.

"뭐냐? 그 시원찮은 반응은?"

"생각해 보니까."

몰랐다. 송이영이 생각이란 걸 하고 사는 인종인 줄은.

"너 남자 보는 눈이 바닥이잖아."

"뭐어?"

하아! 뭐냐, 이 사라진 어이는. 바닥이라는 건 구멍 난 학점 때워 제때 졸업하기 위해 매 방학마다 어영차 소리가 나게 계절 학기를 들어야 했던 송이영의 성적 따위를 가리키는 것일 뿐. 절대 그 남자에게는 전혀 해당 사항이 없는 말이란 말이다!

"그러니까 누가 들어도 이해할 수 있게 설명을 해보란 말이야.

소지섭 정도다, 송중기 과다. 뭐 그런 식으로."

"못할 것도 없지."

호기롭게 입을 떼기는 했지만 막상 떠오르는 인물은 없었다. 잘생긴 거 보고 감탄할 줄만 알았지, 누구 딴사람에게 대입을 할 생각은 미처 못했던 탓이다. 머릿속 얄팍한 인물 사전을 뒤적이고 있는 그녀를 향해 이영이 거봐란 듯 자신감 충만한 코웃음을 날렸다.

"제대로 말 못하는 거 보니까 뭐, 대강 알겠네."

미적거림을 망설임으로 착각한 이영이 이죽거리는 사이, 이내 엄지와 중지를 힘 있게 튕겨내며 손희가 탄성을 질렀다.

"미스터 맥기니스!"

"하여튼."

혹시나 싶어 잠시 들떴던 이영의 표정이 금세 가라앉았다.

"당최, 아는 외국 배우라고는 맥기니스밖에 없으니까. 어떻게 된 게 모든 잘생긴 남자의 기준이 무조건 맥기니스야."

빈정거리는 말에 심정이 상한 손희가 그녀를 노려보았다.

"왜 맥기니스뿐이야? 톰 아저씨도 있고, 그…… 그 누구야. 누구였지?"

"누구? 존 말코비치? 리암 니슨? 쯧쯧, 어째 아는 배우들이라는 게 하나같이 얼굴에 다리미질 필요한 올드한 아저씨들뿐이야. 조카님, 그럴 바에는 하다못해 로다주 정도라도 불러줘야 하지 않겠어요? 연세는 짱짱하지만 명색이 액션 히어로신데."

"로다주?"

생전 처음 듣는다는 듯 혼잣말처럼 되묻는 손희를 향해 이영이 혀를 끌끌 찼다.

"로버트 다우니 주니어. 아이언맨. 어휴우 님하, 톰 아저씨가 케이티 언니하고 이혼한 건 알고 계세요?"

송손희를 약 올릴 기회라는 게 날이면 날마다 오는 게 아니라서 이영은 아주 신이 났다.

"설마 님하라는 말도 너 전공 따라서 '아소 님하', 이런 걸로 알고 있는 건 아니지?"

고등학교를 졸업한 지가 대체 언젠데. 참새 대가리 이영이 고려 가요의 구절을 아직까지 기억하고 있다는 게 놀랍긴 했지만 이 상황에서 괜히 딴죽을 걸었다가 말이 더 길어질 것 같아 손희는 입을 다물었다. 그리고 혼자 신나서 어쩔 줄 모르는 이영의 모습이 귀여워 조금 더 봐주자는 생각도 물론 있었다.

"시끄럽고. 멀쩡한 남의 이름을 왜 맘대로 고쳐들 부르는 거야."

투덜거리는 손희를 향해 이영이 혀를 끌끌 찼다.

"그런 걸 두고 애칭이라고 하는 거다. 이 무식한 조카님아. 근데 진짜 맥기니스 과였어?"

"그렇더라고."

난데없이 앞으로 내밀어진 손에 당황스럽던 기억을 떠올리며 손희가 고개를 끄덕였다. 좀처럼 보기 힘든 큰 키도, 뚜렷한 이목구비도, 얼굴 생김새와 좀처럼 동화되지 않는 완벽한 한국어 인사도 모두 그녀에게는 낯설기만 했다.

그래도 조부님의 눈치를 살피는 것도 잊은 채 이내 악수에 응했던 건 다름 아닌 그의 손 때문이었다. 다른 곳의 생김새와 마찬가지로 크긴 하지만 그의 손에서는 위압감을 느낄 수가 없었다. 손에도 표정이라는 게 있다면 아마 그의 손은 상대의 말을 경청하는 모범생 같은 거라는 생각이 순간 그녀의 머리를 스쳤다.

"근데 아아, 맥기니스……. 좀 약하지 않니? 난 별로거든. 그냥 키 좀 큰 아저씨 타입인 거 아니야?"

생각에 잠겨 있는 그녀를 향해 이영이 의심스러운 눈빛을 발사했다.

"뭐어? 아저씨이?"

발끈한 손희가 미간을 있는 대로 찌푸리더니 금방이라도 한 대 쥐어박을 듯 주먹을 불끈 쥐었다.

"요게 귀엽다 귀엽다 해줬더니 이젠 막 기어올라. 언다 대고 누굴 감히 아저씨래?"

기실 이영은 맥기니스를 가리켜 하는 말이었지만 손희의 귀에는 꼭 그렉을 지칭하는 것처럼 들려 더욱 파르르 떨었다.

"너 자꾸 이딴 식이면 정말 큰아버지한테 이른다!"

발끈한 이영이 다시 목소리를 높였다.

아마도 말이 트였을 무렵부터 지치지도 않고 계속된 협박이었다. 연식이 오래된 만큼 하는 쪽이나 듣는 쪽 모두 약발이 떨어진 지는 이미 오래전이지만 그래도 송이영이 궁지에 몰렸다 싶으면 어김없이 빼 드는 카드들 중 하나였다.

"놀고 계신다. 뭐라고 이를 건데? 내가 때렸다고? 아님 너를 고모라고 안 불렀다고?"

그 정도야 눈 동그랗게 뜨고 '세상에, 제가 어떻게 감히 고모한테 그럴 생각이나 했겠어요' 라며 가증 한번 떨면 끝이다. 하지만 아직까지도 상황 파악이 안 된 이영은 제법 손가락까지 접어가며 꼽기 시작했다.

"어디 그것뿐이야? 툭하면 불러들여 제가 할 일 나한테 떠맡기고, 틈만 나면 이 계집애, 저 계집애 욕하고. 제 맘에 안 들면 손부터 날아오고. 내가 정말 그동안 너한테 당한 걸 생각하면 억울해서 잠도 안 와."

집안 내력으로 성격이 급한데다 어휘력까지 달린 편이라, 평소 특히나 달변인 손희 앞에서는 되도록이면 길게 말을 하지 않으려 드는 걸 감안하면 꽤나 장광설이었다. 물론 그나마도 손희의 코웃음에 곧장 날아가고 말았지만.

"잠이 안 오긴. 어떤 상황에서든 일단 베개에 머리가 닿기만 하면 코까지 골면서 잘만 자면서. 너처럼 크게 코 골고 자는 애는 아직까지 보지를 못했어, 내가."

"야! 그 소리 그만하랬지!"

그예 얼굴이 빨개진 이영이 덤빌 듯 달려들었다.

제 스스로 생각하기를 완전무결에 가까운 인간 송이영에게 딱 아쉬운 점 한 가지가 바로 그 죽일 놈의 코골이였다.

165센티미터에서 살짝 아쉬운 키에 50킬로그램이 넘을까 말까 한 날씬한 체격과 팔다리가 유독 날씬하고 긴 비율 좋은 몸매. 여기까지는 송씨 집안의 내력이라고 치더라도, 사흘에 피죽 한 그릇도 못 먹은 사람처럼 대놓고 허여멀겋기만 한 손희와 달리 옅은 구릿빛이 감도는 건강한 피부 빛깔이며, 한 달이면 서너 번씩 단골 미용실에 들러 수시로 만지고 바꾸는 헤어스타일은 염색 한 번 하는 법 없이 몇 년째 허리께까지 닿는 긴 머리를 고수하는 손희와는 애초에 비교하는 것 자체가 자존심 상하는 일이었다.

손희가 학부 시절 내내 공부를 잘해서 교수님들의 귀여움을 독차지하기는 했지만, 그깟 공부 좀 한답시고 연애는커녕 묘묘한 분위기에서 남자와 마주 앉아 커피 한잔 제대로 마시는 꼴을 못 봤다. 일 년에 거의 한 번 꼴 정도로 눈이 뒤통수 아래쪽에 달린 놈이 수작을 부릴 때도 있지만, 그나마도 눈이라도 마주칠라 치면 송손희 기에 눌려서 제대로 된 말 한마디 꺼내보지도 못하고 어버버거리다 끝이었다.

반면 자신은 그런 손희와 달리 그녀는 중학생 때부터 좋다는 녀석들이 줄을 이었었고, 대학에 입학한 후로는 수업 듣는 시간보다 남자들과 어울리는 시간이 훨씬 더 많았다. 바꿔 말하면 송손희는 책이나 들입다 팔 줄 알지 매력이라고는 약에 쓸래도 찾아볼 수 없는 성질머리 더러운 연애 맹탕이었고, 송이영은 어딜 가나 인기가 발끝에서 연기처럼 피어오르는 화제의 중심이나 마찬가지였다.

그런 그녀이지만 애석하기 그지없게도 남들 다 가는 MT나 야유회는 기를 쓰고 빠져야만 했으니, 그게 다 그놈의 코골이 때문이었다. 하지만 '다소 거칠다고 할 수 있는 잠버릇'—순전히 이영이 자신의 입장에서 최대한 순화한 표현이다—은 겉으로는 완벽해 보이는 송이영도 결국에는 어쩔 수 없는 인간임을 보여주는 작은 틈에 불과했다.

그렇지만 인정머리라고는 병아리 콧구멍만큼도 없는 송손희는 인생 막장으로 치닫는 중늙은이가 술독에 빠져 뻘겋게 된 콧구멍 하늘 향해 쳐들고 가르랑거리고 자는 꼴이라는 말로 가차 없이 평가를 했다.

이유야 여하튼 객관적으로든 주관적으로든 가능한 한 영원히 감추고 싶은 그녀의 '인간적인 틈'을 손희는 지금처럼 시시때때로 아무런 거리낌 없이 아무 때나 입에 걸고 흔들어댔으니. 대외적으로는 초인간적인 면만 보여주고픈 이영으로서는 이가 부득부득 갈리도록 약이 오를 일이었다.

"그게 언제적 일인데. 고등학생 때 공부하느라 며칠 밤새고 피곤해서 코 살짝 곤 거 가지고 벌써 몇 년을 우려먹냐?"

벌게진 얼굴로 이영이 왈칵 목소리를 높였다.

"그으래? 난 또 엊그제 내 옆에서 다리 사이에 베개 끼고 널브러져 드글드글 코 골고 잔 게 넌 줄 알았지. 혼자 자기 무섭고 심심하다고 내 방에 제 베개까지 두고 수시로 자러 오는 인간은 송이영 도플갱어였나 보구나. 그래얐구나아. 그럼 앞으로 출입 금지

시켜야겠네. 그럴 게 아니라 집에 가면 당장 베개부터 치워 버려야겠다."

대(對) 송손희 전(戰)에서 무승전패라는 치욕스러운 기록을 가졌으면서도 틈만 보이면 덤비는 건 그녀의 오래된 습관이었다.

제 분을 이기지 못하고 씩씩거리는 이영의 머리를 손희가 쓱쓱 쓰다듬었다.

"아유, 우리 고모님. 화나쪄요? 그러게 착하디착한 조카님을 왜 건드리니, 이 못된 고모야. 가만히 있는 조카님 자꾸만 화나게 하면 나쁜 고모 되는 거야. 알았지?"

"저리 치워!"

눈을 흘기며 이영이 그녀의 손을 털어냈다. 하지만 일단 재미가 들린 손희가 순순히 따를 리 없었다.

"우리 이영이, 언니한테 자꾸 이렇게 기어오르면 종조부님 카드로 아이돌 애들 선물 긁어서 보낸 거 확 까발린다?"

"헉!"

그녀의 협박에 이영의 얼굴이 파랗게 질렸다.

핸드폰을 온통 꽃돌이 아이돌의 사진으로 도배를 했을 만큼 이영의 아이돌 사랑은 유별났다. 고등학교 가면 덜하겠지, 대학교 졸업하면 그만두겠지 했던 것이 무색할 정도로 오히려 요즘 들어는 점점 더 빠져들기만 하는 눈치라 내심 걱정이 되는 것도 사실이었다.

당장 이번 달만 해도 백화점의 화장품 매장에서 겁도 없이 모

브랜드의 옴므 라인을 한꺼번에 열 세트도 넘게 사들이는 걸 보고 식겁을 했으니까. 그러면서 하는 말이 애들 안 서운하게 각자 하나씩 갖게 해줘야 한다나, 뭐라나. 그러는 저는 정작 로드샵에서 미스트 하나를 사면서도 샘플 하나라도 더 얻으려고 악착을 떠는 주제에 말이다. 문제야, 문제.

용돈 떨어지면 쓰라고 쥐어준 카드를 그렇게 긁어댔으니. 모르긴 몰라도 다음 달 청구서에 모 백화점에서 일시불로 결제된 금액을 보면 딸 사랑에 눈이 먼 종조부님은 우리 딸이 마음에 든 명품 가방이라도 하나 장만했나 싶어 뿌듯해하실 거다. 그럼 얘는 옷장 안에 모셔둔 애들 중 아무거나 하나 집어 들고 요번에 산 아이라며 가증을 떨 테고.

"치사한 년."

대뜸 나오는 욕설에도 손희는 눈 하나 깜짝 안 했다.

"새삼스러운 말씀을."

"그래도 절대 너랑은 딜 안 해."

딜은 생각도 안 했는데 먼저 덤비니 응하지 않을 수도 없고, 이것 차암.

"하게 될걸. 내가 알기로 카드 청구서가 아마 월초에 날아오지? 오늘이 며칠이더라? 그러고 보니 말일도 며칠 안 남았네."

벽에 걸린 달력을 힐끗, 한번 쳐다보자 이영이 다급하게 달려들었다.

"책 열 권."

"스무 권에 커피 서른 번."

"열다섯 권. 커피는 스무 번."

"열여덟 권."

"후아, 아예 거덜을 낼 셈이야? 못된 것. 열일곱 권으로 해. 커피는 그대로 살게."

"할 수 없지 뭐."

손희가 아쉬운 듯 입맛을 다시며 꼬리를 내렸다.

책값이 만만치 않은데도 이영이 딜의 조건으로 먼저 외쳤던 건 제 부친에게 이런저런 경로로 들어오는 문화상품권이 끊이질 않는 탓이다. 당연히 그 상품권들은 고스란히 이영의 수중으로 떨어졌으니 그녀로서는 손해를 보지 않고 해결할 수 있는 방법이 책이었다. 다행히 손희가 책이라면 환장하기도 했고.

말 몇 마디로 손쉽게 한 달간 마실 커피와 읽을 책들을 손에 넣은 손희는 희희낙락이었고, 이와는 반대로 이영의 표정은 소금을 한 움큼 입안에 털어 넣은 듯 짜게 식어갔다. 재수 좋은 년은 짬뽕을 처먹다가도 진주를 찾는다더니.

그나마 큰 출혈 없이 커피 스무 잔으로 해결했으니 이영의 입장에서 보자면 어쨌든 다행이었다. 어차피 매일 마시는 커피이니 한 잔쯤 더 산다고 해서 손해 볼 건 없다. 게다가 그녀에게는 '아빠카드'라는 만능 해결사가 있지 않은가!

"대신에 비밀은 확실하게 지켜줘야 한다."

"대신에 너도 다시 한 번만 더 그따위로 허투루 카드 긁어대면 그땐 무조건 종조부님한테 그동안 뭐 하느라 카드 썼는지 싹 다 고해바칠 거다."

"협박이 전공이냐?"

"부전공이 치사하게 걸고넘어지기다. 몰랐냐?"

촌수로는 고모와 조카 사이지만 사실 세상 그 어떤 사이보다 절친한 두 친구 사이에 사흘이 멀다 하고 오가는 설전의 결말이었다.

협박, 아니, 심하게 남는 장사였던 딜의 일차 대가로 얻은 커피—무려 샷까지 추가한 모카 프라푸치노 벤티 사이즈 되시겠다—한 잔을 들고 만족스럽게 조교실로 돌아오는 길.

복도의 모퉁이를 막 돌았을 때 뒤에서 낯익은 목소리가 송 조교를 불러댄다.

옳다구나 싶어진 손희가 발뒤꿈치를 축으로 삼아 힘을 주고 빙그르르 제 몸을 뒤로 돌렸다. 오늘은 운수가 튼 날인가. 그렇지 않아도 엊그제 일로 벼르고 있던 차인데, 그런 마음을 알아주기라도 하신 듯 이렇게 손수 찾아주시니.

이미 이영과의 일전에서 승리를 거머쥔 직후라 그녀의 얼굴에서는 힘이 넘쳤다.

"어머나, 교수니임."

여느 때보다 상냥한 미소와 목소리로 인사를 하는 그녀를 오 교수가 미심쩍은 눈으로 살폈다. 본래가 뒤끝 길기로 소문 자자한 송손희였다. 그런 그녀가 유감을 풀지 않은 상태에서 생글거리는 걸 보니 얼마 안 가 뒤통수 부여잡고 바르르 떠는 자신의 모습이 저절로 떠올랐다. 이거 정신 바짝 차려야겠는걸.

"점심 먹고 오는 길인가?"

"네. 참한 요조숙녀답게 패티 두 장 든 빅 사이즈 햄버거에 양파하고 치즈 추가해서 두어 입에 후딱 해치우고 오는 길이에요. 콜라도 두 번이나 리필해서 후루룩 마셔줬고요."

"하하하. 우리 송 조교는 차암 농담도 잘하지. 한마디 한마디가 아주 위트가 넘쳐."

"차암, 교수님도. 조신하기 짝이 없는 제가 어떻게 교수님 앞에서 시답잖은 농지거리나 하고 있겠어요."

"그나저나 턱 밑에 밥풀은 떼야겠다. 비빔밥 먹었니?"

"어, 네에."

죽었어, 송이영! 조금 전 헤어지고 돌아설 때 히죽대는 옆얼굴이 어쩐지 수상타 싶더니.

손가락으로 재빠르게 턱 밑을 훑어 내린 손희가 아무 일 없었다는 듯 커피를 후루룩거리며 딴청을 했다.

"달달한 게 맛있어 보이는구나. 양도 많고."

"한 모금 드리고 싶은데 카운터에서 받자마자 침 뱉어놓은 거라서요."

"우리 송 조교는 어찌 농담도 진담처럼 잘할까."

"진담을 농담처럼 듣는 사람들 때문에 안 그래도 요즘 고민이 많아요."

호로록, 소리를 내며 일부러 달게 한 모금을 마시고는 씨익 웃어 보였다.

"고민 얘기가 나와서 말인데. 내가 송 조교한테 부탁할 게 있어서 말이야."

"부탁…… 요?"

잠시 후 오 교수의 연구실에서 손희의 작은 비명 소리가 터져 나왔다.

"저더러 그 사람 조교를 맡으라구요?"

"사정이 복잡해서 그런데 내 생각에는 손희 너만큼 적역인 사람도 없다 싶구나."

그날 조부님의 서재에서 봤던 젊은 남자가 교수라는 사실만으로도 이미 놀라운 사실인데 거기다 그 남자 조교를 맡으라니. 이거야말로 놀랄 노 자를 백 번쯤 써야 할 일이다.

아쉬운 부탁을 할 때면 늘 오래 알아온 인연을 앞세우는 습관대로 오 교수의 말투는 편한 쪽으로 돌아서 있었다. 말만 독하지 실상 알고 보면 속마음은 약해 빠진 손희가 그럴 때마다 한 뼘 얼굴의 무서움을 이기지 못한다는 사실을 알기 때문이었다.

"그렇지만 영문과 교수님이니까 그쪽에서 조교가 오는 게 맞을 거 같아요."

손희가 은근슬쩍 한 걸음 뒤로 물러섰다.

주 전공인 국문학 이외에 영문학을 복수전공 하는 동안 두 학과 모두에서 수석을 놓치지 않았던 탓에 영문과 학생들에게 은근히 견제도 당했던 경험이 있는 터였다. 처음 대학 진로를 결정할 때 사학과나 한문학과, 국문학과 중에서 택일을 하라는 조부님의 강요를 이기지 못하고 국문학을 택하긴 했지만 본래 그녀가 꿈꿨던 진로는 영문학과 번역대학원의 코스였다.

그래서 뜻대로 하지 못한 아쉬움을 달래고 미래에 대한 돌파구도 하나 더 열어둘 겸 영문학을 부전공으로 선택했다. 스스로 목말라 하며 선택한 공부여서인지 수업은 재미있었고 성적은 기대 이상이었다.

하지만 아쉽게도 졸업학점을 이수할 때까지 영문과에는 제대로 된 친구를 한 명도 만들지 못했다. 그쪽 과 학생들의 입장에서 보자면 다른 과 애가 복수전공을 한답시고 저희들 전공 수업마다 들어와 좋은 점수를 쓸어가니 곱게 보일 리가 없었을 터였다. 그러니 당연히 손희는 그들 사이에서 외톨이 아닌 외톨이가 될 수밖에 없었다.

그때 소소하게 부딪혔던 애들 중에서 가칭 '미스터 맥기니스'의 조교를 하겠다고 두 손 들고 나설 애들은 얼마든지 있었다. 그러니 이번만큼은 다소 아쉬워도 끊는 게 옳았다.

무엇보다도, 보기 좋은 떡은 그냥 보고만 있을 때 가치가 높은 법이다. 온갖 색소 범벅에 모양을 내겠다며 손으로 온통 주물럭댔을 떡은 눈의 사치를 위해 만들어진 것이지 입의 호사를 위한 건 절대 아니니까.

"그쪽으로도 알아봤는데 그렉이 원치 않더라고."

오마나. 그럼 잠깐 한 번 본 나를 콕 짚어서 선택했단 말이야? 일순 손톱 끝이 간질거리며 가슴 한가운데로 연한 훈풍이 지나간다. 역시나 잘난 놈은 다르구나. 사람 볼 줄 아는 게지, 암.

하지만 착각이 깨지는 건 순식간이었다.

"굳이 영문학 쪽이 아니어도 된다고 해서 내가 손희를 추천했어. 그렉이 한국어를 제법 잘한다고는 해도 처음에는 적응하기가 힘들 테니까, 손희처럼 영어 잘하고 한국 문화에 능통한 사람이 적격일 것 같아서. 어차피 학기 끄트머리라 방학도 얼마 안 남았으니까 그때까지만 수고를 좀 해줬으면 싶은데."

"저라고 시간이 남아도는 줄 아세요?"

의도한 건 아니지만 저절로 톡 쏘는 투의 말이 나와 버렸다. 좋다 말았다는 건 바로 이런 경우를 두고 하는 말일 테지.

한국 문화 운운하는 걸 보니 박물관이나 민속촌 같은 데 데리고 다니고 자신의 집에 초대해서 한국음식 대접해 줄 사람이 좋겠다고 했겠지. 누굴 가이드쯤으로 아시나. 그나저나 말도 안 되는 이 실망감은 대체 뭐니.

"그러니까. 그렉하고 일하게 되면 지금 맡고 있는 잡무들은 안 해도 될 테니 공부할 시간도 더 늘 거고."

잠시 말을 멈춘 오 교수가 손희를 향해 눈을 찡긋했다. 어머나, 대체 이 무슨 만행이람.

놀랄 겨를도 없이 그가 말을 이었다.

"손희 너도 이미 봤지만 결정적으로 그렉이 잘생겼잖아. 그보다 더 좋은 조건 있으면 어디 한번 나와보라고 해."

하아. 진정 결정적인 한 방 되시겠다.

❖

두 번째 만남이 이루어진 곳은 교수 연구동 맨 위층 후미진 복도 끝의 작은 방이었다.

노크 소리에 짧게 대답하자 문이 열렸다.

"교수님."

오 교수의 등장에 그렉은 정리하고 있던 책을 손에 쥔 채로 고개를 숙여 인사를 했다. 한국식 인사법에 오 교수의 얼굴이 한층 밝아지는 걸 보고 그는 다시 한 번 마음속으로 아놀드에게 감사했다.

미국으로 건너간 직후부터 그는 그렉에게 한국 문화원이나 대사관에서 여는 교육 프로그램은 빠짐없이 등록을 해서 배우게 했었다. 당시에는 그것 때문에 늘 툴툴거렸는데 막상 한국에 온 뒤로는 알게 모르게 큰 도움이 되고 있었다. 그러니까 아놀드는 언제든 그를 한국으로 되돌려 보낼 준비를 하고 있었던 거였다.

자신의 뒤에 서 있는 여학생에게 손짓을 해 앞으로 오게 한 오 교수가 물었다.

"여기 송 조교하고는 구면이지?"

구면?

"아, 그러니까 전에 만났던 사이라고."

"네. 맞습니다. 구면."

잠시간의 머뭇거림을 알아차린 오 교수의 설명에 그렉이 그제야 알겠다는 듯 고개를 끄덕였다. 그의 성장 배경을 모르는 사람이라면 거의 알아차릴 수 없을 정도로 그렉의 한국어 실력이 뛰어난 건 사실이지만 그렇다고는 해도 한자어나 순우리말은 아무래도 약할 수밖에 없었다.

"반가워요."

그렉이 그녀를 향해 손을 내밀며 악수를 청했다.

오늘 중으로 그를 도와줄 어시스턴트를 데리고 오겠다고 하더니 이 여자였나 보다. 앤지가 즐겨 보던 한국의 역사 드라마에 나올 법한 오래된 그녀의 집과 다른 듯하면서도 묘하게 어울리던 그녀의 첫인상이 떠올랐다.

"안녕하세요."

처음 만났던 날도 그러더니 오늘도 역시나 입술 오른쪽 아랫부분에 보일 듯 말 듯 바늘로 콕 찔러놓은 것 같은 보조개가 쏙 들어가 있다.

"방이 좀 좁지?"

연구동에서도 가장 작은 축에 속하는 방을 둘러보며 오 교수가 안쓰러운 듯 물었다.

"괜찮습니다. 이 정도면."

"학기 중에 갑작스럽게 이동이 이루어져서 학교 쪽에서도 정신이 없었을 거야. 다음 학기에는 더 나은 방으로 배정이 될 테니 잠깐 동안만 참으라고."

이동이니 배정이니 하는 익숙하지 않은 단어들이 튀어나왔지만 이번에는 알겠다는 듯 그렉은 잠자코 고개를 끄덕였다.

아마도 다음 학기에는 더 좋은 방을 주겠다는 말인 것 같은데 그런 거야 아무래도 좋았다. 오히려 오가는 사람 누구든지 쉽게 들를 수 있는 위치보다 마음먹지 않으면 좀처럼 찾기 어려운 지금의 방이 그는 훨씬 더 마음에 든다고 생각하고 있었다.

"저는 이 방이 좋습니다. 작으니까 정도 금방 들 것 같아요."

"허허, 그래? 듣고 보니 틀린 말은 아니네. 그렇지, 송 조교?"

"네? 네, 뭐……. 하하."

갑작스럽게 질문을 받은 손희가 웃으며 얼버무렸다.

가급적이면 일상적인 대화에서는 빼주셨으면 한다는 거죠, 하는 말이 목구멍을 타고 넘어왔지만, '조신하기 짝이 없는' 그녀로서는 상상도 할 수 없는 대꾸였기에 그저 빙긋이 웃을 뿐이었다.

마음에 없는 미소에 더욱 쏘옥 들어가는 보조개를 그렉이 더욱 눈여겨본다는 사실을 알 리 없는 손희는 그저 생긋 웃고만 있었다.

"참, 내 정신 좀 봐. 두 사람 정식으로 소개하지. 그렉, 아니, 미스터 로빈슨, 여긴 송손희. 대학원에서 국문학 공부 중인 학생이고, 오늘부터 자네의 어시스턴트가 될 거야. 송 조교, 이쪽은 미국에서 온 로빈슨 교수. 이번 학기에는 마빈 교수가 담당했던 과목들을 맡을 예정이야."

"남은 학기 잘 부탁드립니다."

깍듯한 손희의 인사에 그렉도 엉겁결에 고개를 숙였다.

"잘 부탁합니다."

"자아, 두 사람 통성명도 끝났으니 난 이제 그만. 송 조교가 쓸 책상은 오늘 중으로 들이도록 조치하겠네."

그것으로 자신의 일은 다 마쳤다는 듯 오 교수는 짧은 인사만을 남기고 날렵하게 몸을 움직여 그렉의 연구실을 빠져나갔다. 그렉이나 손희가 붙잡을 틈도 없었다.

그렉의 연구실 문을 노크하기 직전까지도 손희가 조교를 하겠다고 확답을 주지 않은 것이 마음에 걸려 있던 터라, 뒤늦게라도 혹여 그녀가 딴말을 하지 않을까 싶어 서둘러 자리를 피한 것이었다.

닫힌 문 뒤로 애매한 침묵이 흘렀다. 마주 보고 있는 두 사람의 눈이 이젠 어쩌지? 하는 듯 껌벅이고 있었다.

어색함을 이기지 못한 손희가 결국 먼저 말문을 열었다.

"원래 성격이 급한 분이세요."

조금 전 오 교수가 사라진 문을 가리키며 하는 말에 그렉이 알겠다는 듯 고개를 끄덕였다.

"이웃이라는 얘긴 들었어요."

"예. 그래서 어려서부터 뵙고 자랐거든요."

"나하고 일하는 거 괜찮아요?"

무슨 말로 화제를 이어가야 하나 속으로 고민하던 손희는 그의 물음에 화들짝 놀랐다.

"네? 뭐……."

답지 않게 얼버무리며 속 시원한 대답을 하지 않는 그녀에게 그렉이 일렀다.

"내가 한국 사정을 잘 몰라서 많이 귀찮게 할 거예요. 일이 서툴러서 나 대신 해야 할 일들도 생길 거고. 그러니까 혹시 나하고 일하는 게 불편하거나 싫으면 지금 말해요."

이래서야 싫어도 싫다는 말을 할 수가 없는 거다. 어떻게 된 남자가 생긴 것 못지않은 매너까지 갖출 수가 있어. 조금 전까지 보기 좋은 떡이 눈에 좋네 마네 했던 거 다 취소다, 취소. 보기 좋은 떡은 존재만으로 눈이든 입이든 행복하게 한다. 지금 그녀의 앞에서 환하게 빛을 발하고 계시는 이분처럼!

3. 알고 보니 소문난 쌈닭

그렉은 대학 동기였던 은형을 한국에서, 그것도 같은 대학에서 만나게 될 줄은 꿈에도 몰랐다. 일 년에 서너 차례 주고받는 메일을 통해서 한국의 어느 대학에서 강의를 하고 있다는 말을 들은 기억은 있었지만 막상 마주쳤을 때의 놀라움이란.

한국 유학생들이 모인 자리에서 안면을 익히기는 했지만 썩 가까운 사이는 아니었다. 그래서 지나간 시간이 남기고 간 어색함에 다소 서먹해하는 그와 달리 은형은 진심으로 반가워하는 기색이 역력했다.

"한국에 올 생각이란 말은 한 적 없잖아."

"계획에 없었으니까."

때마침 앞에 놓인 음식에 눈을 주며 그가 대답했다. 퓨전이 어쩌고 하더니 진한 갈색의 속이 우묵한 도자기에 파스타가 담긴 것이 신기했다.

"오면 온다고 메일이라도 보내지."

서운해하는 그녀의 말에 그렉은 미소로 답을 했다.

"거기서 딱 안 마주쳤으면 영영 몰랐을 거 아니야. 온다는 말도 없이 왔으면서 바쁘다고 술 한잔도 같이 안 하고. 내가 몇 번이나 졸랐는데. 오늘 점심까지 거절했으면 정말 삐쳤을 거야."

"미안. 처음이라 정신이 좀 없었어."

"내가 뭐 도와줄 건 없어? 필요하면 언제든 얘기해."

제발 자신의 도움을 필요로 하기를 절실하게 바라며 한 말이었는데 돌아오는 대답은 기대와 영 딴판이었다.

"괜찮아. 어시스턴트가 워낙 훌륭해서 필요 없을 거 같아."

끄응.

은형이 입술 사이를 비집고 나오려는 한숨을 애써 삼켰다. 이 남자, 눈치가 없는 건지 아니면 일부러 그러는 건지.

내친김에 한 번 더 시도를 해봤다.

"자기 어시스턴트하는 애, 아직 어려서 서투른 데가 많을 거야."

"나한테는 충분해. 신경 써줘서 고마워."

환한 미소로 포장해서 보내는 완벽한 거절이었다.

조금 전 삼켰던 한숨이 몸피를 부풀려 다시 찾아들었다. 잘난 놈이 눈앞에서 세상 부러울 것 없을 것 같은 미소를 보내는데도 기쁘기는커녕 서글프고 서운한 마음뿐이다.

"그런데 난 왜 하필 그런 쌈닭을 붙여줬나 모르겠더라."

나오는 대로 툭 말을 꺼내놓고 나니 얼굴이 화끈거렸다. 늘 그의 가까이에 있는 손희를 향해 무의식적으로 표출된 질투라는 걸 아는 까닭이었다.

그녀의 말을 들은 그렉의 미간이 세로줄을 그리며 좁혀졌다.

"쌈닭?"

"송손희가 조교라는 말을 듣고 내가 얼마나 놀랐는지 알아?"

제 스스로의 치졸함에 부끄러워했던 것도 잠시. 은형은 이내 작정한 듯 말을 이었다.

"여기 온 지 얼마 되지 않아서 자기는 아직 못 들었겠지만 걔 학부생들 사이에서는 유명해. 얼마나 악명이 높은데."

내친김에 혀끝에 손희를 올려놓고 잘게 다지고 있는 은형은 아랑곳없이 그렉의 신경은 온통 조금 전 들은 '쌈닭'이란 단어로 가 있었다.

쌈닭이 뭐지?

그의 눈이 자연스레 테이블 가운데에 놓인 플레이트로 향했다. 방금 전 들은 은형의 말 때문인지 한입 크기로 먹기 좋게 썰려 오렌지색의 소스에 버무려져 있는 치킨 조각들의 모양새가 어쩐지 예사롭지 않아 보인다. 이것들을 로메인이나 토르티야 같은 거에 싸서 먹으면 그게 쌈닭인 건가? 근데 그게 대체 손희하고 무슨 상관이라는 거야.

"영문과에도 괜찮은 애들이 얼마나 많은데 하필이면 왜 송손희 같은 애를 조교 자리에 앉힌 건지."

입가에 침을 발라가며 손희를 깎아내리는 데 여념이 없는 은형에게는 안타깝게도 그렉의 정신은 온통 조금 전 들은 '쌈닭' 에 가 있었다. 쌈닭이라. 요리한 닭을 뭔가에 싸서 먹는다는 건 알겠는데 말이지.

한국에 와서 알게 된 건데 한국 사람들은 뭔가에 싸거나 돌돌 말아서 먹는 걸 상당히 좋아했다. 자르지 않은 김 한 장에 밥을 비롯한 몇 가지 재료를 넣고 싼 김밥이라는 걸 먹기도 하고, 구운 김을 잘라 밥을 돌돌 말아 한입 크기로 싸먹기도 했다. 어디 그뿐인가. 밀가루를 투명할 정도로 얇게 부쳐낸 거나, 미끈덩거리는 해조류, 데친 양배추나 오래된 김치의 잎사귀도 쌈 재료가 될 정도로 요리의 종류도 다양했다. 특히 고기류를 먹을 때는 별의별 모양과 향을 가진 채소들이 상을 가득 채우고는 했다.

지난 한 달간 스스로 생각하기에도 뿌듯할 정도로 한국어 실력이 늘었다고 자부하는 그렉이었다. 그러니 '쌈' 이라는 단어를 별다른 어려움 없이 쉽게 캐치해 냈을 뿐 아니라, 그 쓰임에 맞는 상황과 단어들을 어렵지 않게 떠올리고 있는 자신이 대견하기 그지없었다.

이제 곧 은형이 말한 '쌈닭' 이 '싸서 먹는 닭 요리' 가 아닌 싸움닭의 줄임말이라는 걸 알면 몹시 슬퍼할 정도로 이 순간 그렉은 잔뜩 자부심에 부풀어 있었다.

"여자애가 오죽하면 쌈닭이라는 별명이 붙었겠어. 누가 한마디만 하면 죽기 살기로 덤벼드는."

"Wait."

그렉이 손을 들어 장황하게 이어지는 은형의 입을 막았다.

"쌈닭이 정확하게 무슨 뜻이지?"

스스로 자랑스러워했던 것과 다르게 자신의 한국어 실력은 하나도 늘지 않았을지 모른다는 불안감이 불현듯 들었다.

"아, 미안! 자기한테는 쉬운 말로 해줬어야 했는데."

혼자서만 실컷 떠든 꼴이 된 것이 무안했는지 은형이 재빨리 사과를 했다. 그보다 물었던 단어의 뜻이나 알려주었으면 좋겠는데 말이지.

"그러니까 쌈닭이 뭐냐면…… Game Cock. Game Cock을 한국말로는 싸움닭 혹은 줄여서 쌈닭이라고 하는데. 한국에서는 호전적인, 그러니까 Aggressive한 사람을 두고 쌈닭이라고 표현해."

"그럼 '쌈' 이라는 게."

"'싸움' 을 줄인 말이지."

하아. 역시나 어렵구나, 한국말. 쌈닭 한마디에 머릿속으로 쌈을 이용한 한국의 온갖 닭요리를 떠올려 보던 그렉은 그만 맥이 풀렸다.

하지만 이내 드는 의문에 그가 물었다.

"그런데 손희 별명이 왜 쌈닭이지?"

"애가 싸움꾼, 그러니까 파이터 같아서."

점심을 먹는 동안 송손희 성토대회 비슷했던 분위기가 실은 알고 보니 혼자서 북 치고 장구 치는 꼴이었다는 사실을 깨닫고 나자 은형의 목소리에서는 확연히 힘이 빠졌다.

"나는 전혀 모르겠던데."

그냥 해보는 말이 아니라 그렉이 보기에 손희가 딱히 시빗거리를 찾아 싸움을 걸거나 하는 사람처럼은 보이지 않았다. 그의 조교가 된 지 이제 갓 한 달. 짧다면 짧은 시간이었지만 그녀가 성실하고 주관이 뚜렷한 사람이라는 사실을 알기에는 충분했다.

은근슬쩍 손희의 편을 드는 듯한 그렉의 태도에 은형의 입매가 잠시 일그러졌다. 이 정도 애기하면 대부분은 '개가 그런 애였냐' 하며 놀라는 게 보통인데 어떻게 된 게 이 남자는 꼭 예상치 못했던 지점에서 기대했던 것과 다른 반응을 보인다.

"자긴 아직 개에 대해서 잘 알지 못하니까. 모르는 게 당연하지."

"그런 별명으로 불리게 된 이유가 있어?"

그렉의 물음에 은형이 속으로 한숨을 삼켰다.

이 분위기에서 다른 사람이 그렇게 물었으면 남 말하는 동안 귓구멍에 참기름을 들이붓기라도 했냐며 한바탕 면박을 줬을 테지만, 상대는 다른 누구도 아닌 그렉이다. 몇 년 전 처음 본 순간 한눈에 넌 내 거라고 점찍어놓고 한국으로 돌아오기 직전까지 공을 들였던 남자란 말이다.

"그게 말이지."

허리에 심을 박은 듯 곧추세운 은형이 미소와 함께 대답했다.

"시험 감독 들어가서 부정행위를 하는 애들을 보는 족족 밖으로 쫓아냈거든."

"부정행위라는 게 Cheating을 말하는 거지?"

눈치로 알아듣고 확인차 묻는 말에 은형이 고개를 끄덕였다.

"물론 그 애들이 잘못을 하긴 했지만 학점 관리도 생각을 해야지. 무작정 부정행위라고 몰아붙여서 시험도 못 보게 하고 무턱대고 쫓아내면 어떻게 되겠어. 만일 그것 때문에 학점이 모자라면 졸업하는 데 지장이 있을 수도 있고, 한 학기를 완전히 망칠 수도 있잖아."

은형은 이쯤에서 내내 참기만 했던 한숨을 정말 걱정스럽다는 듯 한 번 내쉬고는 다시 말을 이었다.

"그래서 처음에는 그 일 때문에 화가 나서 찾아가 따지는 애들이 많았거든. 근데 눈이 뒤집혀서 쫓아간 애들한테 한마디도 안 지고 어찌나 논리적으로 말을 잘하는지 아무리 해도 도무지 이길 수가 없더라잖아. 일대일이든 여럿이든 상관없이 말이야. 개중에는 우락부락한 남학생들도 여럿 있었는데 겁은커녕 눈 하나 꿈쩍을 안 했다고 하더라니까."

"그건 손희가 잘못한 게 아니잖아."

기대했던 것과 전혀 다른 반응에 은형이 의아해할 겨를도 없이 그렉의 말은 이어졌다.

“시험 준비를 하지 않고 부정행위를 하려던 건 누가 뭐래도 그 학생들의 잘못이야. 만일 자신의 그런 행동이 졸업 같은 중요한 일에 영향을 줄 수 있었다면 더욱 열심히 했어야지.”

“개인적인 사정 때문에 시험 준비하기가 어려웠을 수도 있잖아.”

“그런 상황이었다면 담당 교수에게 미리 이야기를 했어야 해. 어려운 사정 털어놓으며 도움을 요청하는 학생을 모른 척할 교수는 없을 테니까. 그런데 그 학생들은 그런 최소한의 절차조차도 무시한 채 정직하지 않은 방법으로 자기를 가르치는 사람을 속이려고 했어. 그걸 나무란 게 뭐가 잘못이라는 거지?”

단호한 그렉의 말에 은형은 대꾸할 말을 찾지 못하자 입을 딱 다물어 버렸다. 졸지에 잘못을 감싸주려는 사람이 된 꼴이니 기분이 더러웠다.

그럼에도 앉은자리를 박차고 일어나지 못하는 건 처음 봤을 때와 마찬가지의 농도로 진하게 남아 있는 이 남자에 대한 미련 때문이다. 자존심이 그에 대한 미련보다 병아리 발톱 끄트머리만큼이라도 더 컸으면 맛도 없는 이딴 점심 따위 집어치우고 망설임 없이 자리를 떴을 텐데. 아쉽게도 그를 알고부터 지금까지 자존심 따위는 책상 위를 구르는 먼지만큼도 안 되었으니까.

“내가 그 자리에 있었어도 손희처럼 행동했을 거야.”

“세상 모든 일이 너나 손희처럼 예, 아니요로 구분될 수 있을 것 같니? 누구한테든 어쩔 수 없는 사정이 있을 수 있고, 그래서 다들 속는 거 아닌가 하면서도 눈감아주는 거야."

그녀의 말이 끝나기가 무섭게 그렉의 입가가 묘하게 비틀렸다. 그 모습에 더 이상 참지 못하고 그녀는 일어섰다. 더 있다가는 그렉에게만큼은 절대로 보여주고 싶지 않은 저의 다른 모습을 드러내게 될 것 같았다.

"약속이 있는 걸 깜박했어. 먼저 갈게."

새침한 뒷모습을 보이며 그녀가 나간 뒤 그렉은 앉아 있던 의자에 깊게 몸을 파묻었다.

"어쩔 수 없는 사정이라고? 잠깐 몇 시간만 투자하면 쉽게 해결되는 일 따위에 어떻게 감히 어쩔 수 없었다는 말을 쓸 수 있는 거지?"

연인들의 소소한 말다툼이 벌어진 거라고 생각했는지 웨이터가 주저하며 다가와 후식을 서빙하기 시작했다. 잠시 후 그렉의 앞에 주인 없는 찻잔과 디저트 접시가 놓였다.

밀려오는 졸음을 이겨보려 눈에 잔뜩 힘을 준 채 책을 들여다보던 손희가 결국 크게 하품을 했다.

"하아암."

지난밤에 제사를 모시느라 종일 지지고 볶고 새벽까지 일을 몰아쳤더니 오후가 되면서 피로가 한꺼번에 밀려왔다. 남들은 일 년에 제사가 몇 번이 있든 하루 날을 받아 한꺼번에 모시기도 한다는데 그녀의 집에서는 언감생심 어림 반 푼어치도 없는 일이었다.

어디 그뿐인가. 제사상을 물린 뒤에는 찾아온 일가 어르신들의 야참 상까지 일일이 차려내야 했다. 어른들이 음복하시는 동안에는 찾아주신 분들께 들려서 보낼 음식들을 종류별로 가짓수대로 싸고 손님들이 가신 뒤에 상을 치우고 마지막 설거지까지 하고 나면 으레 아침이었다.

평소에는 집안일에 손가락 하나 까딱 않지만 제사나 명절만큼은 어머니도 나와서 손을 거들곤 했다. 하지만 다음 달부터 영국에서 열릴 세계 전통 공예 전시회에 출품할 작품 때문에 두문불출한 채 요즘 매일이다시피 밤을 새는지라 이번에는 혜옥과 단둘이 해낼 수밖에 없었다. 그래서인지 어느 때보다도 더욱 몸이 고되고 힘이 들었다.

눈가에 제법 눈물까지 고여가며 다시 한 번 크게 하품을 한 손희가 전화기를 집어 들었다.

이러고 하품만 하고 있을 게 아니라 커피라도 한잔 마셔야겠다.

익숙한 단축번호를 누르고 통통 튀는 통화 연결음을 얼마나 들었을까.

[우웅.]

잠에 파묻힌 목소리가 저편에서 들려오자 손희가 입을 삐죽이 내밀었다.

“설마 집이야?”

[당연히 집이지. 제사 때문에 아침 다 돼서 잤단 말이야.]

이봐, 이봐. 너 지난밤 제사에 코빼기도 안 비쳤잖아.

이를 악문 채로 손희가 물었다.

"팔자 좋은 고모님. 제사 준비해서 모신 건 우리 집인데 그대가 왜 피곤해?"

[아빠가 음복하고 기분 좋아서 오셔서는 한잔 더 하자고 자꾸 귀찮게 하잖아. 할 수 없이 새벽까지 술 상대해 드렸지.]

그러면서 말끝에 하품을 입이 찢어져라 한다.

참, 기가 막혀서. 팔자 좋다는 건 바로 이런 걸 두고 하는 말이다. 나이는 동갑인데 누구는 제사 모신다고 며칠 전부터 동동거리고 잠 못 자, 누구는 집구석에서 손가락 하나 까딱 안 하고 있다가 코앞까지 해다 바친 음식 안주 삼아서 새벽까지 술 처마셔.

지난밤 사뭇 달랐을 이영과 자신의 모습이 텔레비전 채널 두 개를 나란히 겹쳐 놓은 듯 훤히 보였다. 어지간한 눈치라면 이쯤 해서 어제 정말 고생 많았겠다 정도로 마무리를 지어야 하는데, 설탕인지 밀가루인지 꼭 손으로 찍어서 맛을 봐야 알아차리는 이영이 하는 말이라는 게.

[육전하고 산적 맛있던데. 네가 한 거지? 확실히 집에서 정성 들여 만든 건 따라갈 수가 없다니까.]

"거기까지."

[응?]

더 듣고 있다가는 폭발할 것 같아 손희는 이영의 입을 다물게 하고 잠시 숨을 골랐다.

"이 언니가 지금 심신이 심히 고단한데 여기서 네 말 더 듣고 있다가는 이대로 꽁지에 불붙이고 우주로 궤도 잡을 거 같아."

[아아하, 많이 피곤하지? 일하느라 잠도 못 잤을 텐데.]

그제야 싸한 분위기를 알아챈 이영이 재빠르게 멋쩍은 웃음과 함께 심심한 위로의 말을 건네왔다.

"그러엄, 피곤해 죽을 지경이지."

그렇지만 이따위 얍삽한 말 한마디로 넘어갈 타이밍은 이미 훨씬 전에 지났다. 잠기 잔뜩 묻은 목소리로 전화를 받았을 때부터.

씨익. 사악한 미소가 손희의 입가에 자리를 잡았다.

"그래서 말인데."

잠시 뜸을 들인 손희가 오늘의 지시사항을 하달했다.

"커피가 무지 고프네."

[그, 그래?]

"응. 되지도 않은 아메리카노 말고 크림 듬뿍 얹고 시나몬 파우더 톡톡 뿌린 카푸치노. 아, 샷 추가하는 것도 잊지 말고."

[하아.]

들려오는 낮은 한숨 소리는 곧 카푸치노를 들고 와야 할 사람이 누군지 알아차렸다는 뜻이렷다.

"오늘은 시나몬 그다지 안 땡기니까 꼭 두 번만 톡톡 뿌려야 한다. 알았지?"

[차라리 라테를 마시는 건 어때? 시나몬이 그렇게나 안 땡기면.]

이를 악문 듯한 물음이었다. 모처럼 허락받은 땡땡이에 늦잠을 즐기고 있던 터에 난데없는 커피 심부름이라니. 벼락 맞은 것 같긴 하겠지.

"거품이 다르잖아. 참, 올 때 베이글도 사와. 플레인으로. 크림치즈 잊지 말고."

[그건 계약에 없었잖아!]

"음복하고 기분 좋아지신 종조부님께 귀염 떨어서 용돈 받았을 거 아냐. 입으로만 고모라고 유세 떨지 말고 이럴 때 어른 노릇 한 번씩 해주면 얼마나 좋을까나. 안 그래, 철 안 든 고모님아?"

그대로 종료 버튼을 눌러 버렸다. 난데없는 전화에 자다 깨서 머리는 산발을 한 채로 끊긴 전화기를 들고 울부짖고 있을 이영을 상상하니 절로 웃음이 나왔다.

덩달아 잠이 살짝 깨는 것 같기도 하다.

"흐흐흐, 이 맛에 애들 데리고 논다니까."

"재미있는 일 있으면 같이 놀죠."

키득거리는 그녀의 귓가에 웃음기 묻은 목소리가 파고들었다.

깜짝 놀라 자리에서 일어나는 손희를 보며 그렉은 치미는 웃음을 간신히 눌러 참았다. 듣는 사람이 아무도 없을 거라고 생각하고 마음껏 키들거리는 걸 들켜서인지 평소에는 침착하기 이를 데 없는 표정에서 눈만 뎅그렇게 커져 있었다.

"언제 오셨어요?"

놀란 게 언제였나 싶게 금세 표정을 수습한 손희가 물었다. 기실 수습했다는 건 본인만의 생각이고 양볼은 여전히 발그레했다.

"조금 전에."

그럴 거면 기척이라도 낼 것이지. 못마땅한 마음에 책상으로 향하는 그렉의 뒤통수를 향해 손희가 콧등을 찡그렸다.

보통은 과별로 조교실이 별도로 있지만 아직은 여러 가지로 낯설 그를 위해서 아예 그의 방 한쪽에 책상을 하나 더 들여 손희가 사용하고 있었다. 한국말에 능숙하다고는 하지만 한국 생활은 처음인 그를 위한 학교 측의 배려였다. 넓지 않은 방에 책상 건너에 마주 보이는 그가 처음에는 몹시 조심스럽고 불편하기도 했지만 한 달 정도가 지난 지금은 거의 완벽하게 적응을 끝낸 상태였다.

그녀가 그렉의 조교가 됐다는 사실이 알려지고 난 후 가장 많이 들었던 질문이 '어지간한 배우가 구경 왔다가 싸대기 맞고 울고 가게 생긴 남자와 어떻게 진종일 같은 공간에 있을 수 있느냐' 였다. 전화로 천하일색 그렉의 등장을 알리며 시종일관 '대애애박'을 외쳤던 진경은 부러움 그득한 눈으로 숨 들이마실 때마다 콧구멍 늘어나는 꼴 보일까 봐 무서워서 어디 숨이나 제대로 쉴 수 있겠냐고도 했다.

하지만 모두의 기대 섞인 우려—혹은 우려 섞인 기대—와 달리 그렉과 그녀는 지극히 평범하고 무난하게 지내는 중이었다. 그간 드라마에서 질릴 정도로 봤던 '미남=싹수없는' 이라는 공식은 적어도 그렉과는 맞지 않는 듯 보였다. 성장기를 외국에서 보낸 대개의 사람들이 한국 문화를 잘 몰라서 흔히 저지르곤 하는 실수들도 그렉은 의외로 쉽게 비켜갔다.

어떤 상황에서도 당황하지 않도록 만일의 사태에 대비해 〈미스터 G가 실수했을 때의 대처〉라는 매뉴얼이라도 미리 작성해 숙지해야 하나 은근 걱정이 많았던 손희가 되레 놀랐을 정도였다.

그렇다고 모두의 생각처럼 그가 그저 둥글둥글 모난 데 없이 누구와도 쉽게 어울릴 수 있는 성격이냐 하면 그건 또 아니다. 일례로 그렉은 그녀에게 늘 깍듯이 존대를 하는데 다소 아쉬운 어휘력을 제외하면 꽤 유창하게 한국어를 하는 평소 모습을 생각했을 때 단순히 실수를 할까 봐 조심스러워서라기보다 보이지 않게 금을 그어놓은 테두리 안으로 들이지 않겠다는 의도가 다분해 보였다.

물론 손희로서도 그러는 편이 그를 대하기에 편했다. 간혹 불어를 가르쳐 주겠다, 독일 문화를 알려주겠다, 한국문화를 배우고 싶다며 은근슬쩍 조교들이나 대학원생들에게 치근대는 외국인 원어민 강사들이 꽤 있었다.

처음 오 교수가 그렉의 조교 일을 맡겼을 때 그녀가 은근히 염려했던 것도 바로 그 부분이었다. 처음 그를 만났던 곳이 어딘지를 떠올리며 허튼짓은 안 하겠지 싶으면서도 슬그머니 고개를 쳐드는 걱정은 어쩔 수 없었다.

하지만 애초의 걱정과 우려가 무색하게 그는 담백하고 산뜻하게 굴었다. 처음 경계심을 품었던 것이 속으로 미안할 정도였다. 적당히 친밀하고 적당히 거리감 있고 적당히 예의 바른. 그렉과 그녀의 사이를 굳이 정의한다면 딱 이 정도였다.

"3시에 성문관 5층에서 수업 있는 거 아시죠?"

자리에 앉는 그를 향해 손희가 묻듯이 다짐을 했다.

"알고 있어요."

"저번처럼 엉뚱한 건물로 가시면 안 돼요."

"건물 이름이 헷갈렸던 거라고 했잖아요."

"그러니까 잘 확인하고 가시라고요."

엉뚱한 건물 운운하기가 무섭게 즉시 고개를 숙이고 바쁜 척 뭔가를 끄적여 대고 있는 그렉을 향해 손희가 입술을 삐죽 내밀었다.

처음에 그녀가 놀랐을 정도로 한글을 똑떨어지게 쓰고 읽는 그가 건물 이름을 헷갈렸다는 말이 전혀 믿기지가 않았다. 한쪽은 단순히 헷갈린 거다, 다른 한쪽은 길을 잃었던 거다 라며 옥신각신한 것이 벌써 3주째였다.

"애초에 건물 이름이 너무 비슷하잖아."

실수한 것이 못내 마음에 걸린 듯 종내는 그가 낮게 투덜거렸다.

"애초에 강의실 확인 안 한 건 어떡하고요."

손희의 응수에 그렉은 멋쩍은 듯 헛기침을 두어 번 했다. 건물 이름을 잘못 알았던 거라고 우기고 있기는 하지만, 성문관 가는 길을 못 찾고 헤매다 수업 시작 30분을 넘겨 들어가는 바람에 본의 아니게 휴강을 하게 된 건 지금 생각해도 민망한 일이었다.

"선데이 음식은 어땠어요? 요즘 뜨고 있는 핫 플레이스라 안 그래도 궁금하던 참이었는데."

무슨 말인지 도통 모르겠다는 듯한 눈으로 그가 쳐다보았다. 어머나, 이 양반 그렇게 안 봤는데 내숭도 떨 줄 아시네. 귀엽기도 하셔라.

"김은형 강사님하고 선데이에서 점심 드신 거 아니었어요?"

단정 짓는 그녀의 물음에 말 그대로 그렉의 두 눈이 휘둥그레졌다. 그 모습에 미남이라면 껌뻑 죽는 그녀의 심장이 간만에 제대로 요동을 친다.

세상에, 어쩜 좋아. 대체 어떡하면 놀라는 표정까지 예쁠 수가 있니. 선 굵은 이목구비와는 도통 매치가 될 것 같지 않은 귀염성까지 갖췄구나. 대체 부족한 게 뭐야.

겉으로는 절대 내색하지 않고 있었지만 머릿속에서는 불끈 쥔 두 주먹 입가에 대고 꺄아악 소리를 연신 질러대고 있는 손희였다.

한편 그렉은 겉보기에는 그저 동그란 눈 반짝이고 있는 듯 보이는 그녀를 보며 조금 전 나갈 때 자신이 그녀에게 행선지를 알렸던가를 곱씹고 있었다.

"어떻게 알았어요?"

잠시간 몇 번에 걸친 반추 후에야 비로소 아무 말 하지 않았다는 결론을 내린 그가 자못 비장한 투로 물었다.

이 남자, 아직도 모르나 보구나.

우쭐해진 손희가 모르는 척 읊기 시작했다.

"월요일 점심은 영문과 강 교수님과 함께 교수 식당에서 찌개 백반 드셨어요. 숙주나물하고 두부조림은 다 드셨는데 어묵하고 무생채, 도라지 무침은 거의 손도 안 대셨고. 후식으로 나온 복숭아 맛 요거트를 밥보다 맛있게 드셨다고요. 화요일은 길 건너 투썸에서 아메리카노 큰 사이즈하고 햄, 치즈 들어간 파니니 샌드위치로 대강. 수요일에는 오 교수님하고 미담에서 갈비탕 특으로 드시면서 국수사리 추가하셨다면서요. 어제 화풍에서 짜장면 드실 때는 단무지에 식초를 몇 방울 친다는 게 너무 많이 부어져서 단무지 한 입씩 드실 때마다 어쩔 줄 몰라 하셨다면서요. 다시 갖다 달라고 하면 될 거 가지고 그 신 걸 왜 참고 드셨어요."

외계에서 떨어진 신기한 생물체라도 보는 양 그렉의 시선이 달라졌다. 지극히 평이한 어조로 지난 일주일간의 점심 스케줄을 외어내는 손희가 그렉의 눈에 정상으로 보일 리 없었다.

그저 메뉴뿐이었다면 또 모른다. 그런데 마치 옆에서 본 것처럼 상황까지 일일이 짚어내고 있지 않은가. 이 여자, 어쩌면 의외의 면에서 스토커 기질이 있는지 모른다. 그렇지 않고서야 자신의 일거수일투족을 눈으로 본 것처럼 자세히 알고 있을 수가 없는 일이다. 은근슬쩍, 그녀가 무서워지려고 그런다.

긴장한 탓인지 그렉의 단단한 목에 힘줄이 서는 것을 보며 손희는 삐져나오려는 웃음을 간신히 참았다. 자신을 향해 있는 눈빛이 조금 전과 확연히 달라진 것에서 은근히 경계하는 기색을 읽어낼 수 있었다.

이쯤에서 보기와 다르게 개미만 한 심장을 가진 그에게 '겁먹지 마세요. 스토커 아니에요' 라고 안심시켜 줘야 하는 거 아닌가 하고 잠깐 실없는 걱정을 심각하게 했을 정도였다.

"손희."

그렉이 심각한 투로 말문을 뗐다. 대체 그녀가 무슨 까닭으로 자신의 행적을 일일이 꿰고 있는지 물어도 될까. 물으면 솔직하게 대답은 해줄 건가.

"설마, 나 미행해?"

긴장할 때면 그렇듯 불쑥 반말이 튀어나왔다. 속마음으로는 '나한테 관심 있어?' 라고 묻고 싶은 걸 꾹 참고 돌려 물은 말이었다.

"에이, 그럴 리가요."

말도 안 된다는 듯 손희가 웃으며 손사래를 쳤다. 얼굴 가득 무척이나 즐거워 보이는 미소를 띤 그녀를 보고 있자니 뭔가 속은 것 같다는 생각이 서서히 들기 시작했다. 공짜로 얻은 사탕 썩 내키지 않아 손에 쥐고 먹을까 말까 망설이다가 뺏긴 것 같은 기분이 들기도 하고.

"그런데 어떻게 그렇게 자세히 아는 거지? 내가 누구랑 어디서 뭐 먹었다고 말한 적…… 이 물론 있기는 하지만, 그렇다고 디테일한 것까지 일일이 알려준 적은 없잖아. 안 그래?"

아아, 흠잡을 데 없이 잘생긴 얼굴은 인상을 써도 미모가 바래

질 않는구나.

심각한 그렉은 아랑곳 않고 손희는 그저 속으로 감탄하기에 바빴다.

저러니 가는 곳마다 사생팬을 자처하는 애들이 진을 치고 따라붙는 거다. 자기가 잘생긴 거 알고 잘난 척 재수 없게 구는 놈들보다, '내가?' 라고 되물으면서 시크하게 눈썹 치켜 올리는 저런 남자가 진정한 옴므 파탈인 거지.

"교수님, 그동안 메일 확인 한 번도 안 하셨죠?"

이제 그만 궁금증을 풀어줄 때가 됐다고 생각한 그녀가 운을 뗐다.

"그건 손희가 알아서 하라고 했잖아."

대개의 원어민 교수들처럼 그렉도 그녀를 송 조교라는 호칭 대신 이름으로 불렀다. 언어 습관이 그러니 응당 그러려니 하면서도 막상 그의 입술이 동그랗게 오므려지며 '손희' 라고 부르는 걸 보고 있으면 어쩐지 어금니 안쪽이 간질간질거리며 저절로 목이 움츠러들려고 해서 곤란한 때가 종종 있었다. 더러 나이 든 교수님들이 '누구야' 하고 어린 손자 부르듯 하는 것과는 다른 차원의 간질거림이었다.

"그래서 말씀드리는 거예요."

"뭘?"

"파파라치들이 따라붙는 거 아직도 모르셨어요?"

"파파라치?"

"사생팬이라고 해도 좋고요."

신조어에 익숙하지 않을 그렉을 위해 손희가 설명을 했다.

"사생팬이 뭐냐면, 자기가 하는 일도 팽개치고 좋아하는 연예인을 죽기 살기로 쫓아다니는 사람을 사생팬이라고 해요."

"무슨 소리인지 모르겠어."

하지만 그는 여전히 상황 파악을 못하고 있었다. 답답해진 손희가 사정을 설명하기 시작했다.

"교수님한테 반해서 쫓아다니는 애들이 많다고요. 그러니까 조금 전에 제가 읊은 것처럼 점심 메뉴부터 시작해서 누구와 어디서 먹었는지, 무얼 더 먹고 어떤 음식을 남겼는지까지 관찰을 하는 거죠."

만일 그렉이 식사 중에 자신을 향해 집중되어 있는 뜨거운 시선들을 알아차렸다면 밥이 목구멍으로 넘어가는지 콧구멍을 막는지도 몰랐을 정도로 당황했을 것이다.

"끔찍하군."

짧은 감상에 손희도 고개를 끄덕였다. 그런데 이내 그녀를 향하고 있던 그의 눈빛이 날카로워진다.

"그런데 손희는 그 사람들이 알고 있는 걸 어떻게 손에 넣었지?"

"하느님이 보우하사 스티브 잡스가 계셨잖아요."

손희의 손가락이 컴퓨터 모니터를 가리켰다가 곧장 책상 위에 스마트폰으로 옮겨갔다.

"이런 것도 필요 없이 요거 하나면 된다고요."

"하느님이 뭐?"

말장난에 익숙지 않은 그가 되묻자 손희가 됐다는 듯 손을 저어댔다. 잘생긴 얼굴에 귀염까지 봤으니 오늘 하루 분으로는 충분했다. 여기에 굳이 얼빵한 것까지 넣어 정화된 물을 흐릴 필요는 없었다.

"그건 됐고요. 어쨌든 요 손바닥만 한 기계 하나면 교수님 현재 상황을 누구와도 공유할 수 있다는 말이죠."

"그 공유라는 말이 그러니까……."

"Share."

"그런 뜻일 줄 알았어."

중얼거리며 고개를 젓던 그가 퍼뜩 그녀를 노려봤다. 어지간한 배짱을 가진 손희도 순간 움찔했을 정도로 눈빛은 어느 때보다 매서웠다.

"왜, 왜요?"

순식간에 말더듬이가 되고 말았다. 무섭고 엄하기로 소문이 자자한 조부 손홍 옹 앞에서도 한 번도 없었던 일이었다. 하지만 그는 한동안 아무 말 없이 그녀를 노려보기만 했다.

"송손희."

이윽고 그의 입술이 열렸다.

살벌한 표정과는 어울리지 않는 부드럽고 나긋한 부름이라니. 오히려 더 무섭다.

"믿어도 되지?"

"뭐, 뭐, 뭘요?"

또다시 제멋대로 부르르 떨리는 입술.

"네 스마트폰에서 Sharing, 그 공유라는 걸 할 자료들이 보관 또는 유출되지 않는다는 거."

"물론이죠."

사람을 대체 뭐로 보고.

이 대목에서는 왠지 소리가 나도록 껌을 짝짝 씹어대며 짝다리를 짚어야 할 것 같다.

인물 준수하시고, 팔다리 길이 우월하시고, 목소리 아름다우신 걸 빼면 그저 흔한 흔남일 뿐인 그를 두고 뭘 그리 좋아서 찧고 까불어댈까 싶어 가끔 들여다보는 것이지. 진심 그렉의 사생팬들과 뭔가를 교류할 생각은 추호도 없었다. 오히려 그렉의 곁에 붙어 있다는 것 때문에 이유 없이 잘근잘근 씹힐 때가 부지기수인 걸 보면 도리어 손희 쪽에서 멀리하고 싶은 심정이었다.

"확실해?"

"네."

"진심으로?"

"A hundred percent sure! 아니면 다른 말로 해드려요? 그래야 확실히 이해할 수 있으세요?"

연이어 확인하며 반문하는 말에 발끈하고 만 손희의 목소리가 자못 날카로웠다.

다른 때 같았으면 사람을 뭐로 보고 그러느냐, 내가 고작 그 정도 인간으로밖에 안 보이느냐, 당장 사과해라…… 등등 한바탕 야단을 했을 것이다. 하지만 그녀를 고작 염탐꾼 취급을 하려 드는 걸 보고 예의 그 불뚝한 성질머리가 솟아버린 것이다.

고작 여학생 몇몇이 좋다고 꺅꺅대는 걸로 기고만장해서는. 작정하고 찾자고 들면 눈에 돋보기 댈 것도 없이 발길에 차이는 게 미소년들이고 꽃남들인데 말이지. 오늘 무슨 수를 써서든 저 인간 기를 꺾어놓고 말리라.

조교 주제에 교수와 기 싸움이라니. 다른 사람 같으면 어림도 없는 일이지만 그렉의 나이가 이제 겨우 30대 초반이고 보면 기실 두 사람의 나이 차이는 얼마 되지 않았다.

그래서인지 간혹 지금처럼 별것도 아닌 일로 지나치다 싶을 정도로 치열하게 대립하는 경우가 있었다. 그럴 때마다 두 사람 중 한쪽이 못 이기는 척 한발 물러나곤 했지만, 오늘은 사정이 조금 달랐다.

모르는 사이에 자신의 일상이 세세히 다른 사람들에게 노출되고 있었다는 사실에 충격을 받은 그렉과 자신을 무슨 염탐꾼 정도로 취급하는 그렉에게 단단히 열이 오른 손희. 두 사람의 대치는 한참이 지나도 풀릴 줄을 몰랐다.

"조카니임, 여기 주문하신 커피가 와써용. 어머!"

얼음장 같은 방 안 가득 호들갑스러운 목소리가 울려 퍼졌다. 손희의 주문대로 휘핑크림 듬뿍 얹은 커피가 담긴 캐리어를 제 얼굴 높이로 쳐들고 여봐란 듯 흔들어대던 이영은 그렉을 발견하자마자 어색하게 손을 내렸다.

"교수님도 계셨네요. 손희가 어젯밤 제사 모시느라 제대로 못 자서 피곤할 것 같아 커피 사갖고 온 건데. 야아, 교수님 계시면 아까 통화할 때 말을 하지. 하. 하. 하."

누가 어느 때 들어도 어색하기 짝이 없게 똑똑 끊어 '하. 하. 하.' 를 수줍게 날린 이영이 잔뜩 굳어 있는 두 사람의 얼굴을 탁구 심판처럼 연신 번갈아 쳐다보길 몇 차례.

"수업하러 갑니다."

말 그대로 벌레 씹은 얼굴로 그렉이 빠르게 사라진 후 이영은 가슴에 손을 얹고 보란 듯이 과장되게 큰 숨을 몰아쉬었다.

"후아, 너네 정말 장난 아니다. 싸운 거 맞지?"

"내가 할 일이 없어서 교수님하고 싸워?"

큰 컵에 담긴 커피를 호로록 소리가 나도록 쪽쪽 빨아 마시며 손희가 퉁명스럽게 대꾸했다.

"눈에 살기가 겁나 도는 거 보니까 딱 봐도 한바탕했는데 뭘."

그래, 애들은 원래 싸우면서 크는 거란다. 눈동자가 뒤로 돌아가도록 흘기는 손희는 아랑곳 않고 그렉의 책상으로 다가간 이영이 손가락 끝으로 그 위를 사악 하고 훑었다.

"오마나, 울 교수님. 멋진 줄만 알았더니 화도 낼 줄 아셨어."

"댁네 교수 아니거든?"

단숨에 절반 넘게 비운 커피 컵을 내려놓으며 퉁명스럽게 빈정거린 말은 어디로 흘렀는지 이영은 입가의 흐뭇한 미소를 지우지 못했다.

"그러니까 한마디로 마성의 그대인 거지. 이러니까 계집애들이 미치는 거고. '그 교수의 하루' 라는 블로그 너도 알지?"

모를 리가 있나. 조금 전 사단이 바로 그거 때문에 시작된 건데.

"대체 정보원이 몇 명이나 데리고 있어야 그 정도로 자세하게 알 수 있을까? 운영자 만나면 한번 물어보고 싶더라."

"공부는 안 하고 '그 교수' 만 쫓아다니나 보지."

학생들 사이에서 그렉은 그 교수로 불렸다. 이름인 그렉의 첫 글자를 따서 누군가 장난처럼 부르기 시작한 게 이제는 거의 모든 학생들이 그를 그렇게 부르고 있었다.

"너는 혹시……. 아니지?"

분명 입으로는 '아니지?' 라고 묻고 있는데 '너 맞지? 너 맞잖아!' 라고 들린다. 온몸을 비비 꼬며 두 눈에는 은근한 빛 가득 담고 반짝거리는 걸 보니 그동안 직접 묻지는 못하고 어지간히 궁금했던 모양이다. 송손희 상대 전패라는 전적만 아니었으면 진즉에 그녀의 멱살을 부여잡고 바른대로 고하라며 짤짤 흔들었을 기세다.

"죽고 싶지?"

간결한 대답이 떨어지기가 무섭게 이영이 체념과 실망이 절반씩 섞인 얼굴로 고개를 끄덕였다.

"하기야 귀찮아서라도 블로그질 할 네가 아니지. 게다가 달리는 댓글들도 보면 죄다 타도 송손희던데."

익히 알고 있는데도 막상 다른 사람 입으로 듣고 보니 새삼 열불이 치받는다. 선플도 모르는 무식한 것들 같으니라고!

"알면서 대답하는 입 아프게 뭘 물어."

맹렬한 기세로 남은 커피를 단숨에 끌어 올려 마시며 손희는 눈을 흘겼다.

4. 말도 안 되는 사다리 대용품

거울 앞에 선 손희의 입술이 한데 모아지더니 이내 새침하게 앞으로 내밀어졌다. 고등학교 때 입었던 낡은 면바지와 동생 걸이가 버리겠다고 내놓은 셔츠의 조합은 아무리 너그러운 눈으로 봐주려고 해도 영 어색하고 허술했다.

유행이 지나도 한참 지난 바지는 허리선이 배꼽 언저리까지 올라오고 그 위에 걸쳐 입은 셔츠는 그저 큼지막하니 두루뭉술하게 크기만 했다. 게다가 두건이랍시고 머리에 두른 건 어머니 작업실에서 나온 자투리 천 쪼가리들을 모아 되지도 않은 바느질로 얼기설기 엮다시피 한 것이다.

"후움."

잠시 고개를 갸웃하던 그녀는 그렇지만 이내 어깨를 으쓱하고 말았다. 아무려면 어때. 그렇지만 근거 없는 자신감도 잠시.

방 밖으로 나간 손희를 본 혜옥이 잠시 놀라는 듯하더니 이내 배를 쥐고 웃기 시작했다.

"이모!"

"아하하, 그 컨셉은 대체 뭐야? 스타일 채널에서 보라색 바지하고 초록색 체크 남방이 유행이라고 그러든? 하긴 걔네 같았으면 퍼플 컬러의 루즈한 배기팬츠와 박시한 스타일의 그린 패턴 체크 셔츠라고 했겠지만."

그러면서 손희의 머리를 보더니 또 까르르 웃는다.

평소 케이블 패션 채널의 열혈 시청자다운 비유에 짐짓 화난 척 발을 구르며 눈을 흘기던 손희도 이내 따라서 웃고 말았다.

부엌일에는 손이 야무지면서도 바느질만큼은 엄마를 전혀 닮지 않은 그녀가 그야말로 대강 얽어놓은 것이니 말이 좋아서 두건이지 딱 봐도 흥부네 막내 기저귀 정도로나 쓸 법한 모양새였다.

"함부로 입어도 괜찮고 편한 걸 찾다 보니 이런 애들만 걸리잖아."

어색하고 말 안 되는 조합이란 건 알지만 허드레 집안일을 할 때 입던 옷들이 지난 봄 대청소 중에 모조리 헌옷 수거함으로 들어가는 바람에 본의 아니게 우스꽝스러운 조합이 되고 말았다.

허접한 차림새와는 도무지 어울리지 않은 당당한 자세로 부엌 옆에 있는 다용도실 문을 연 손희가 한쪽 무릎을 꿇고는 바닥에 놓인 공구 상자를 꺼냈다.

"그냥 사람 부르지."

어느새 웃음기가 가신 혜옥의 목소리가 등 뒤에서 들려왔다. 이럴 때마다 늘 하는 말. 그때마다 대꾸하던 말로 손희가 답했다.

"뭐 얼마나 대단한 거라고."

공구 상자를 들고 일어서던 손희가 웃으며 가볍게 대꾸했다.

어느새 싱크대 아래 서랍을 연 혜옥이 두툼한 목장갑을 꺼내 들고 앞서 가는 조카의 뒤따랐다. 한발 앞서 가는 조카의 뒷모습을 보는 그녀의 눈에 애처로움이 담겼다.

혜옥이 이 집에 살러 들어온 지도 어언 18년째에 들어서고 있었다. 그 햇수를 함께 사는 동안 젖먹이였던 걸이는 어느덧 고3 수험생이 되었고, 동그란 눈으로 낯선 자신을 경계하며 눈치를 살피던 꼬맹이 손희는 이십대 중반을 훌쩍 넘겨 서른이 몇 해 남지 않은 어엿한 어른이 되었다.

사고로 졸지에 남편을 잃은 육촌 언니 정옥이 집에서 붙박이로 살림을 해줄 사람을 찾는다는 얘기를 들었던 건 그녀가 5년간의 결혼 생활을 정리한 직후였다.

결혼한 지 여러 해가 지나도록 남편과의 사이에서는 아이가 없었다. 임신은 뜻대로 되지 않았고 겨우겨우 됐다 싶어서 안도하는 찰나, 어찌 된 일인지 금세 놓쳐 버리기 일쑤였다. 그렇게 서너 차례 유산이 거듭되면서 그녀의 몸과 마음은 서서히 지쳐 갔다.

그럴수록 조실부모했다며 가뜩이나 결혼 전부터 그녀를 마뜩잖아 했던 시어머니의 혀끝은 점점 더 매워졌고 그녀를 보는 시선은 얼음을 품은 듯 차가웠다. 하지만 그 무엇보다 그녀를 지치게 했던 건 남편이었다.

결혼을 망설이는 그녀에게 온갖 달콤한 말을 늘어놓으며 안심을 시키던 남편은 알고 보니 원래 아내를 제외한 모든 여자들에게 꿀 같은 말을 바르는 데 타고난 재능이 있는 사람이었다. 아이 없는 결혼 생활이 3년째로 접어들면서 남편은 다른 여자의 체취를 묻힌 채로 집에 돌아오기 시작했다.

남편의 차 안에서 곧잘 발견되곤 하던 수상한 흔적들, 업무를 핑계로 손에서 떼지 않던 여러 개의 전화기는 밖에서 남편의 행실이 어떤지를 어렵지 않게 짐작할 수 있게 했다.

빈집에서 혼자 나쁜 새끼를 연발하면서도 술잔 대신 쓰디쓴 한약을 눈물과 함께 목구멍으로 들이부었던 그녀는 결국 5년 만에 모든 것에서 손을 놓았다.

이혼 수속을 마치고 아쉬운 듯, 개운한 듯 돌아서는 남편의 뒷모습을 보며 그녀는 언젠가 보았던 영화의 한 장면을 떠올렸다. 사랑하는 여자의 마음을 얻기 위해 눈이 내리든 비가 떨어지든 상관 않고 매일 밤 여자가 나오기를 기다리다가 결국 천 일째 되던 날, 자신을 맞이하기 위해 나오는 여자를 외면한 채 뒤돌아섰다던 남자의 이야기를 들려주던 늙은 영사기사의 표정이 너무도 잊히지 않았다.

미처 추스르지 못한 헛헛한 마음으로 들어선 이 집에서 그녀는 손희를, 걸이를 만났다. 그리고 비록 자신이 그 아이들을 낳지는 않았지만 한결같이 아끼는 마음으로 최선을 다해서 손희와 걸이를 돌봤고, 다행히도 착한 심성을 가진 아이들은 얼마 가지 않아 그녀에게 마음을 열었다. 그렇게 자신이 낳지 못한 혹은 잃어버렸던 아이들을 대신해 정을 주어 키워온 아이들이 어느새 저만치 자랐으니.

몇 걸음 앞서 걸어가는 손희의 뒤태를 보고 있자니 지난 세월이 완전히 헛것만은 아니었다는 생각이 문득 들었다.

"참, 이모. 그저께 손 벤 건 괜찮아? 덧나진 않았어?"

고개를 돌린 손희가 곧 며칠 전 마늘 채를 썰다가 칼에 베인 손가락을 떠올리고 물었다.

"괜찮아. 네가 사다 준 항생 연고 바르고 밴드 붙이니까 금방 괜찮아지더라."

"정말?"

다행이라는 듯 묻고 있는 눈가가 휘어지도록 웃음기가 그득 담겨 있었다. 평소 표정이나 말투가 덤덤한 편이라 모르는 사람이라면 서운하다 생각할 수도 있겠지만, 정작 지금 그녀를 향해 있는 눈빛을 보면 그런 생각은 곧 거둬들이고 말 것이다.

"새살 솔솔 연고만 있는 줄 알았는데 그것보다 효과가 좋은 걸 보니까 나름 신상이었나 봐."

"아무렴! 내가 이모 바를 걸 아무거나 샀을까 봐?"

그러고는 또 속없는 듯 금세 씨익 웃더니 이내 앞장을 섰다. 오늘은 막일하는 송손희를 보는 날이다.

사돈어른도, 그녀의 언니이자 손희의 어머니인 정옥도 집 안의 일에는 무심해서 깜박이는 형광등 하나도 갈아 끼울 줄을 몰랐다. 덕분에 손희는 중학생 때부터 의자 위를 딛고 서서 형광등을 갈고 벽에 못을 박았다. 지금 마당 한쪽에 쳐진 빨랫줄도 물론 손희의 작품이었다.

혜옥이 처음 이 집에 왔을 때만 해도 이런 자질구레한 일에도 일일이 사람을 불러 해결을 했었다. 그런데 손희가 중학교 다닐 무렵 한밤중에 걸이 방의 형광등이 갑자기 나간 적이 있었다. 지금까지 그랬던 것처럼 사람을 불러야겠다고 생각하던 중에, 제 방에서 나와 다용도실로 건너간 손희가 손전등과 형광등을 들고 왔다. 그리고 그날부터 집 안팎의 자질구레하고 억센 일들은 점차로 손희에게로 넘어갔다.

"가자고, 조수!"

그렇지만 씩씩하게 걸어나가던 손희의 걸음이 이내 멈춰지더니 슬쩍 몸을 틀었다.

"할아버님 아까 나가신 거 맞지, 이모?"

조곤한 톤으로 묻는 양이 방금 전까지의 기백은 흔적도 없고 조심스러워하는 기색이 역력했다.

"같이 배웅했잖아."

대문을 닫고 돌아서자마자 '옷 갈아입고 올게' 하고 팔랑거리며 제 방으로 뛰어들어 갔던 걸 금세 잊었을 리는 없고, 몸에 밴 제 조부에 대한 조심스러움 때문에 다시금 확인해 두려는 걸 그녀 또한 모르지 않았기에 대답은 선선했다.

혜옥의 말에 옷 갈아입으러 가기 전의 일을 다시금 떠올리고 안심한 손희가 앞장을 섰다. 바깥 외출할 때는 몰라도 집에서만큼은 되도록 얌전하고 여성스러운 차림새를 바라는 조부님의 눈에 허름한 바지와 다 낡아 실밥이 터지기 직전인 셔츠가 마뜩잖을 거라는 사실을 잘 알기 때문에 외출하신 틈을 타 해결을 하려는 참이었다.

잠시 후 손희의 발이 가장 먼저 멈춘 곳은 대문 앞이었다.

"조수."

왼손을 내밀자 눈앞에 척하니 장갑이 대령되었다.

"유능한 조수로군요. 마음에 들어요."

"역시 사람을 알아보는 안목이 탁월하시군요, 마스터."

손희의 농담에 혜옥이 가볍게 고개를 끄덕이며 대답했다. 잠깐 사이 역할극에 심하다 싶게 몰두한 두 사람이었다.

쭈그리고 앉은 손희가 반대편 손에 들고 있던 공구 상자를 내려놓고 목장갑을 끼었다. 그리고는 공구 상자에서 원통 모양의 파란색 캔을 꺼내, 긴 대롱이 달린 스프레이를 경첩 가까이 대고 몇 차례 시원하게 분사를 했다. 그간 대문을 드나들 때마다 삑삑대며 거슬리는 소리를 내던 경첩을 이제야 손보는 중이었다.

진즉부터 생각은 있으면서도 공부에, 조교 일에 이래저래 치이고 조부님 눈치까지 보느라 오늘에야 겨우 약간의 짬이 났다. 문을 손보고 나면 며칠 전부터 깜박거린다는 창고와 걸이 방의 형광등도 갈고, 고정 나사가 느슨해져 흔들거리는 욕실 선반도 만질 생각이었다. 한동안 집안일에 손을 대지 못했으니 둘러보면 그거 말고도 할 일이 제법 될 터였다.

"걸이 시킬 걸 그랬다."

작은 손에 지나치게 헐거운 장갑을 추스르는 한편으로 문 끄트머리를 잡고 계속 여닫으며 윤활유가 잘 스며들도록 하는 모습을 보며 혜옥이 말했다.

하지만 그런 걱정이 무색하게 손희는 비웃음을 날렸다.

"행여나 그 뺀질이가."

집안에 남자라는 종족은 이제 팔순을 넘긴 조부님과 고등학생인 걸이가 전부였다. 조부님이야 연세가 있으시니 다소 그렇다고 치더라도—평소 하시는 걸 보면 아마도 평생 집안일이라고는 손가락 하나 안 대셨을 분이지만—걸이 녀석까지 이 핑계 저 핑계 대며 쏙쏙 빠져나가기 바빴다. 눈에 불을 켜고 공부에 전념해야 할 수험생 주제에 하는 걱정이라고는 5대 독자이자 장손인 자신에게 나중에 시집올 여자가 없으면 어떡하나 정도니 그다음이야 말 안 해도 뻔했다.

여러 번 윤활유를 뿌리고 스며들게 하고를 반복하고 나자 대문에서는 거짓말처럼 아무 소리도 나지 않았다.

"역시 내가 좀 한다니까."

으스대며 그녀는 다음 차례인 창고로 향했다.

"좀 그렇지?"

"그렇네."

팔짱을 낀 채로 한곳을 응시하고 있는 두 여자의 얼굴이 제법 심각했다. 창고의 형광등을 갈려고 보니 사다리가 문제였다. 창고는 보통 쓰는 방보다 천장이 훨씬 높아서 의자로는 어림도 없었다. 그래서 항상 접이식 사다리를 써왔는데 며칠 전 옆집에서 잠깐 쓰겠다고 빌려간 것을 아직 돌려받지 못했다는 거다. 문제는 엊그제 그 집 가족 전체가 미국 여행을 떠났다는 건데.

"마음의 안식 찾겠다고 세도나까지 날아갔다며. 빌려갔던 물건 안 돌려준 게 찜찜해서 마음이 편안해지겠어?"

"깜박하고 돌려달란 말 안 한 내가 잘못이지."

모처럼 난 시간에 저 하고 싶은 것도 많을 텐데 궂은일 하겠다고 나선 손희에게 괜스레 미안해진 혜옥이 자신의 탓을 했다. 집안 살림만큼은 남들에게 뒤지지 않고 해낸다고 스스로에게 자부하는 그녀이지만 부엌 바깥의 궂은일에는 이상하다 싶을 만큼 서툴렀다. 그녀뿐만 아니라 온 집안 식구들이 다 그 모양이니 하다못해 형광등 하나 가는 것도 손희의 손을 빌릴 수밖에 없는 것이다.

"그럼 여긴 옆집 사람들 돌아오고 나서 하자. 내가 옆집 대문 열리는 소리 나기가 무섭게 뛰어나가서 받아올 테니까. 응?"

"일주일이 될지, 한 달 있을지 모르겠다고 했다면서."

"그러긴 했지만."

잠시 생각하는 듯 보이던 손희가 이내 고개를 저었다.

"안 되겠다. 내가 나가서 사다리 빌려올 테니까, 이모 잠깐만 기다려.”

“애!”

미처 말릴 틈도 없이 쌩하니 멀어지는 손희를 혜옥이 다급하게 불렀다.

“세상에, 옷을 저래 갖고 어딜 나간다고…….”

그렇지 않아도 낡아서 아랫단은 여기저기가 너덜거리고 사이즈는 커서 한쪽 어깨가 반 넘어 드러난 꼴을 하고 어디를 가려고.

벌써 마당을 반 이상 빠져나가는 손희의 뒤를 쫓아 혜옥이 뒤늦게 걸음을 재촉했다.

어느 집에 가서 빌려야 할까나.

큰소리를 치고 나오기는 했지만 손희는 슬쩍 고민이 되었다. 잠깐 머리를 굴린 것으로도 마땅히 손 벌릴 곳이 없었다.

모르긴 몰라도 이 골목에 거주하는 사람들의 평균 연령이 70은 훌쩍 넘을 것이다. 동네가 조용하고 고즈넉한 데에는 더 그럴 만한 이유가 있기 때문이다. 장성한 자식들은 불편한 한옥에서 부모의 간섭을 받으며 살기 싫어서 일찌감치 독립을 하고 당연히 결혼 후에도 다시 골목으로는 돌아오지 않는다. 덕분에 이 동네에 신혼살림을 실은 차가 들어온 게 언제였는지는 기억도 나지 않는다. 하물며 지난번에 예영이 결혼해 떠난 뒤로 그녀가 이 동네 최연소 미혼녀라는 영광스러운 타이틀을 얻게 되었으니 말해 무엇 하겠는가.

연로한 분들이 많다 보니 몸을 써야 하거나 손을 많이 타는 일은 자연스럽게 사람을 불러 해결을 했다. 그러다 보니 오래된 주택가임에도 집을 손보는 데 필요한 도구들을 갖추고 사는 집들이 거의 없다. 오죽하면 남자라고는 팔순이 훌쩍 넘은 조부님과 비리비리한 고등학생인 걸이뿐인 그녀의 집으로 사다리를 빌리러 왔을까.

하는 수 없다. 내키지는 않지만 정 안 되면 골목 아래에 있는 상명 철물점으로 갈밖에. 조금 전 기름을 잔뜩 먹어 부드럽게 열리는 대문이 스르르 열리자 손희는 흡족하게 웃으며 밖으로 나갔다.

예상대로 사다리를 빌리러 왔다는 말에 상명 철물점 주인 고 사장의 주름진 입가가 삐딱선을 그렸다. 빌려달라는 말을 꺼내기가 무섭게 들고 있던 신문으로 고개를 돌리더니 눈 한 번 뗄 줄을 몰랐다. 그러면서도 영업 마인드는 살아서 한마디 덧붙이는 건 잊지 않는다.

"고운 손으로 뭘 하겠다고. 둬. 이따 내 가서 해줄게."

"아니에요. 사다리만 놓고 올라서면 제 손으로 후딱 해치울 수 있는데요, 뭘."

생글생글 웃고 있지만 사실 속으로는 양손 허리에 올린 채로 삐딱하게 서서 '됐거든요!' 라고 외치는 중이었다.

근방에 철물점이라고는 고 사장네 딱 한 곳뿐이고 부르는 곳은 많으니 출장비나 수리비는 물론이고 거기에 들어가는 자질구레한 부속품까지 부르는 게 값인 고 사장을 손희는 그리 좋아하지 않았다. 자전거로 1분도 안 되는 거리에 형광등 하나 갈아주러 오면서 출장비 4만 원은 기본으로 받는다. 거기에 뭐 하나만 더 해도 비용은 금세 두 배, 세 배로 훌쩍훌쩍 뛰고 마니.

애초에 손희가 제 손으로 집안일에 손을 대기 시작한 것도 배짱장사를 하는 고 사장이 꼴 보기 싫어서였다. 돈은 돈대로 밝히면서 생색은 죽어라고 내는 노랭이 짠돌이 같으니라고.

"무겁고 거추장스러워서 어떻게 들고 가려고."

"접이식이라 무겁지도 않고 괜찮아요."

"아서. 내 가서 해준다니까."

"제가 할 수 있어요."

재차 권하는 말에도 손희가 넘어오지 않자 고 사장은 들고 있는 신문을 보는 척 혀를 끌끌 찼다.

"나라가 어찌 되려고 있는 놈들이 이 모양인고."

거듭해도 넘어가지 않는 그녀가 못마땅한 듯 연신 끌끌거리고만 있는 고 사장의 꼬라지를 보아하니 아무래도 오늘은 튼 모양이다. 창고는 포기하고 욕실 선반이나 손봐야겠다 싶어 손희는 돌아섰다. 에라이, 바가지 덤터기로 씌워 번 돈으로 바가지 덤터기나 맞아라.

가게를 나와 몇 발짝이나 걸었을까 아주 낯익은 얼굴 하나가 그녀 앞으로 스윽 다가온다.

"여기서 뭐 해?"

어머, 이 양반이 여긴 또 웬일이래.

"어, 교수님."

손희가 주저하며 아는 척을 했다.

며칠 전 한바탕한 일로 두 사람 사이에는 여전히 어색함이 감돌고 있었다. 의심을 한 그렉도 나빴지만 대뜸 흥분해서 몰아친 손희의 대처도 썩 바람직하진 않았다는 걸 두 사람 모두 알고 있었다. 그래서인지 서로간의 어색함은 쉽게 풀리지 않았다. 어느 한쪽이 일방적으로 잘못한 거라면 사과하고, 사과 받고 깨끗하게 끝낼 일이지만 서로 잘못을 한 상황이고 보니 애매했다.

멋쩍게 서로를 바라보던 두 사람이 동시에 입을 열었다.

"여긴……."

"이렇게……."

재빠르게 뒷말을 감춘 그렉과 손희의 입가에 설풋 미소가 감돌았다.

"손희야!"

때마침 저만치서 들려오는 부름에 두 사람의 고개가 동시에 돌아갔다. 다음 순간 손희의 눈이 왕방울만 해졌다. 저게 뭐…… 아니, 누구야?

두 팔을 허우적대며 금방이라도 넘어질 듯이 속도를 내어 달려오는 여자가 보였다. 나풀거리는 월남치마 자락 아래 플라스틱 슬리퍼는 금방이라도 벗겨질 듯 위태롭고, 여간해서는 햇빛 보기 힘든 종아리까지 하얗게 드러낸 채 다다다다 달리는 품이 금방이라도 넘어질 것만 같다.

혜옥 이모 같기는 한데. 그치만 생전 가야 달음박질은커녕 빨리 걷는 것도 꿈에서 떡 얻어먹는 것만큼이나 보기 드문 이모이고 보면 손희가 제 눈을 의심하는 건 당연했다. 하지만 거리가 가까워질수록 설마 했던 마음은 확신이 되었다.

서툰 달음박질에 가속까지 붙는 바람에 그녀 앞에서 두어 걸음이나 지나서야 혜옥은 간신히 멈춰 설 수 있었다.

"무슨 일이야?"

이모의 팔을 붙들고 손희가 다급하게 물었다.

"집에 무슨 일 생겼어?"

하지만 이미 호흡 곤란 상태에 접어든 혜옥은 쉽사리 입을 열지 못했다. 양 허벅지에 팔을 얹어 몸을 숙인 채로 거칠게 숨을 몰아쉬던 혜옥이 한참 후에야 간신히 허리를 들었다.

"흐억. 하, 한참 찾았어. 하하악, 세상에, 그 꼴을 해갖고……."

숨을 꺽꺽대느라 미처 잇지 못한 말은 그녀를 가리키는 혜옥의 손가락이 대신했다. 그제야 제 차림새를 돌아본 손희가 제자리에서 펄쩍 뛰었다.

큰 셔츠가 한쪽으로 기울어져 안에 받쳐 입은 민소매의 끈은 물론이고 팔이 절반이나 바깥 구경을 하고 있었다. 어디 그뿐인가. 자연광 구경은 해본 지 오래인 팔 안쪽과 겨드랑이 옆으로 가슴도 제법 볼만하게 드러나 있었다.

서둘러 손을 올려 셔츠 깃을 모아 여미고 나자 원망스러운 눈길이 자연히 그렉에게로 향했다. 미리 말이나 해줄 것이지.

하지만 얄밉기 짝이 없게도 그는 '내가 뭘?' 하는 표정으로 어깨만 으쓱하는 모습에 입술을 비죽 내밀었다. 은근 사람 속 긁는 스타일이라니까.

"이쪽으로 온 줄도 모르고 윗길만 한참 훑었잖아."

그렇지만 조카 매무새를 생각해서 온 동네를 헤집고 다닌 것이 무색하게 혜옥의 몰골도 말이 아니었다. 뛰는 동안 사방으로 뻗친 머리하며 목으로 바짝 당겨진 상의와 1/4쯤 옆으로 돌아간 치마. 게다가…….

"이모."

손희의 손가락이 혜옥이 걸치고 있는 앞치마를 가리켰다. 어느 결에 매듭이 풀렸는지 어깨에 고정하게 되어 있는 앞치마의 허리끈이 옆으로 길게 늘어뜨려져 있었다.

"이건 또 언제 풀어졌담."

민망함을 감추지 못하고 혜옥은 서둘러 앞치마를 벗어 손에 쥐었다.

"사다리만 빌리면 어련히 알아서 들어갈 텐데 여기까지 왜 나와."

"그 꼴을 하고 나왔다는 말이 나중에라도 혹시 어르신 귀에 들어가기라도 하면 얼마나 혼이 나게. 잠깐 대문 열쇠 들고 나와서 보니까 흔적도 없고. 그러니까 부를 때 섰으면 좋았잖아."

"밖에 나가면 한겨울에도 거의 벗다시피 하고 다니는 애들도 쌔고 쌨는데. 이모도 참."

"한겨울에 벗고 다니는 게 정상이니? 미친 거지."

못 말리겠다는 듯 고개를 젓던 손희의 눈이 그렉과 마주쳤다.

"근데 이분은……."

조카의 시선을 따라 고개를 돌린 혜옥이 잠시 그렉을 살피더니 이내 아는 척을 했다.

"혹시 저번에 오 교수님이랑 오셨던……. 맞죠?"

"절 기억하시네요. 안녕하세요."

반기는 혜옥에게 그렉이 웃으며 인사를 했다.

"내가 다른 건 몰라도 잘생긴 얼굴은 잊질 않거든요."

"하하, 감사합니다."

"어머, 이제 보니 목소리도 좋으시네요. 얼핏 들으면 스팅 비슷하기도 하고 웃을 때 말소리는 또 훌리오 이글레시아스 같기도 하고. 그런 말 많이 듣죠?"

세상에 스팅하고 훌리오 이글레시아스란다. 그게 대체 무슨 말 안 되는 조합이야.

"목소리가 매력 있다는 얘기를 듣기는 했는데 스팅은 처음이에요."

놀래라. 제 입으로 저딴 낯 뜨거운 말을 표정 하나 안 바뀌고 하다니. '그 교수의 하루' 블로그를 폭파라도 하든지 해야지. 이 남자, 그저 덮어놓고 멋있다, 멋있다 찬양을 해대니까 진짜로 자기가 그런 줄 알아. 멀쩡한 사람 망치기 일도 없다니까. 그나저나 여기까진 웬일일까.

저를 보기 위해 그가 일부러 이곳까지 찾아왔다는 생각은 할 엄두도 못 내는 숙맥다운 궁금증이었다.

"훌리오도 빼먹으면 안 되죠."

"절대 안 되죠. 아버지가 좋아하시거든요."

"취향이 멋지시네요."

자신의 말에 맞장구를 치는 그렉이 마음에 든 건지, 아니면 잘생긴 남자가 웃어주는 게 그저 좋은 건지. 두 사람을 가만두면 이 자리에서 만담 경연대회라도 열 기세였다. 어쩌면 이 남자, 애초에 멀쩡하지 않았을 수도 있겠다는 생각이 든 건 그때였다.

"그만 가자, 이모."

"어머, 내 정신 좀 봐. 저기……."

"그렉 로빈슨입니다. 그냥 그렉이라고 부르시면 됩니다."

호칭을 어떻게 할지 몰라 머뭇거리는 혜옥에게 그렉이 친절하게 이름을 알려주었다. 물론 거기에 사람 죽이는 미소도 빼먹지 않았고.

"바쁘지 않으면 우리 집 가서 차 한잔하고 가세요. 여기까지 오셨는데."

"그래도 될까요?"

어라? 이건 대체 어떻게 돌아가는 상황이지?

잠깐 사이에 혜옥과 그렉의 대화는 그녀가 전혀 생각하지 못했던 방향으로 튀고 있었다.

"그럼요. 초면도 아니고 더구나 오 교수님하고 오셨던 분인데 그러지 못할 게 뭐 있어요. 오 교수님이 어르신하고 친분이 깊어서 아무나 우리 집으로 모셔오진 않거든요."

오가는 말들을 듣고 있던 손희의 얼굴에 난감한 기색이 번졌다. 어째 일이 이상한 쪽으로 번져 가고 있었다. 아무래도 예정에 없던 손님을 꼼짝없이 치러야 할 모양이다.

옷차림도 이렇고 집에 가면 할 일이 태산인데 손님 모셔놓고 나 할 일 하겠다고 공구 들고 설치는 건 말이 안 되고, 그렇다고 계속 이대로 허술한 차림으로 있을 수도 없고. 여러모로 번거롭게 될 터였다.

이대로 가다가는 오늘 끝내리라 마음먹었던 일들 이대로 작파하고 꼼짝없이 손님 접대를 해야 할 판이라 손희는 눈 질끈 감고 나섰다.

"교수님, 안 바쁘세요?"

손희의 물음에 막 앞장을 서던 혜옥의 걸음이 우뚝 멈췄다. 그리고는 그녀를 돌아보며 눈썹을 치켜 올렸다.

"교수님?"

손희에게 미국에서 온 지 얼마 되지 않은 교수의 개인 조교를 하게 됐다는 말을 들었던 것이 떠오른 혜옥이 혹시나 싶어 되물었다.

"혹시 오 교수님이 너 추천했다는 그……?"

"응."

대답을 듣고 놀란 혜옥이 팔짝 뛰었다.

"얘 좀 봐. 그 말을 이제 하면 어떡해. 그런데 아무 말 않고 길바닥에서 여태 이러고 있었단 말이야? 세상에, 말도 안 돼. 손희 너 정신이 어떻게 된 거 아니니?"

그러더니 그렉의 팔을 붙잡고는 웃으며 양해를 구했다.

"교수님이 이해하세요. 우리 손희가 착하고 속이 깊기는 한데 아직까지 애 같은 구석이 있어요."

"편하게 그렉이라고 부르세요."

"아유, 그래도 우리 손희가 모시는 교수님인데."

"괜찮습니다. 편하게 대해주시는 게 저도 좋아요."

"세상에, 매너도 좋으셔라."

어쩌다 보니 그녀보다 두어 발짝 앞서 가는 이모와 그렉의 뒤를 졸졸 좇아가는 모양새가 되고 말았다.

겨우 두 번째 만났다는 사실이 무색하게 집에까지 가는 길지 않은 시간 동안 오가는 대화는 끊일 줄을 몰랐다. 성격이 워낙 사근사근하고 맺힌 데가 없는 탓에 천하의 노랭이 고 사장한테까지도 상냥한 이모는 그렇다손 치더라도, 평소 말수가 많은 편이 아닌 그렉이 어색해하는 기색 없이 죽이 잘 맞는 게 신기하기까지 했다.

"그때 주셨던 차, 그게 이름이 뭐였죠?"

"아마 모과차였을 거예요. 오 교수님은 오시면 항상 모과차를 드시니까."

"향이 좋아서 가끔 생각이 났어요."

"그러셨구나. 우리 집 뒤뜰에 모과나무가 있어요. 그걸 따 재서 그런지 향이 남다르다는 말을 들어요."

집에 들른 손님들에게 음식에 대해 칭찬을 들을 때면 늘 그렇듯 혜옥 이모의 목소리에는 함박웃음이 묻어났다.

"모과."

그에게는 쉽지 않을 겹모음 발음을 몇 번이나 반복하자 혜옥이 고개를 돌려 뒤따라오고 있는 손희에게 물었다.

"손희야, 모과를 영어로 뭐라고 해?"

"Quince."

"그래? 그럼 모과차는 Quince Tea라고 하면 되는 거야?"

"응."

"그렇다네요."

"그렇군요."

손희의 입을 빌려 어이없을 정도로 쉽게 설명을 마친 혜옥에게 그렉이 나름의 감사 표시인지 웃으면서 목례를 까딱 했다. 어지간해서는 보기 힘들다고 소문난 그의 미소에 혜옥의 입이 함지박만 하게 벌어지는 게 보였다.

무슨 이런 경우가!

흠.

이 상황을 뭐라고 해야 할까. 그보다, 어쩌다 이렇게 된 거지? 아마도 꿈이 맞겠지? 꿈이 확실할 거야.

그렉의 양팔에 엉덩이 아래를 감싸인 채 몸이 번쩍 들려서 두 다리로 허공을 딛고 있는 이 말도 안 되는 상황이 도무지 믿기질 않는다. 이건 꿈일 거야. 꿈. 그것도 아주 못된 꿈.

허리를 꼿꼿이 세우고 온몸이 뻣뻣해질 정도로 잔뜩 힘을 준 채 손희는 속으로 연신 꿈 타령을 반복하고 있었다.

하지만 아래쪽에서 들려오는 물음은 열심히 걸었던 최면을 여지없이 깨고 말았다.

"다 됐어?"

"자, 잠깐만요."

잠시 멈추었던 손희의 손이 다시 움직이기 시작했다.

그런데 형광등 하나 돌려 빼는 게 이렇게 힘들 줄이야. 언제 어느 때고 혼자서도 척척 잘해내던 일인데도 팔이 말을 안 듣는 건지 손가락이 굳은 건지, 연신 헛손질만 하는 중이었다.

그러는 사이에도 속으로는 연신 같은 말만 반복해서 외치고 있었다. 어쩌다, 어쩌다가. 내가 대체 어쩌다가아!

그러니까 일은 차를 마시던 그렉의 궁금증으로 시작되었다.

조금 전까지만 해도 그녀를 본 온 동네 사람들의 눈을 의심하게 만들었던 말도 안 되는 작업복을 갈아입고 나온 그녀를 물끄러미 보고 있던 그가 물었다.

"보통 때 집에서는 아까 같은 옷을 입는 건가?"

헐렁한 연한 겨자색 티셔츠와 무릎 조금 아래까지 내려오는 데님 플레어스커트는 특별할 것도 없는 딱 평소 차림 그대로였다. 그런데 마치 자신 때문에 갈아입은 양 묻는 말이 우스워 속으로 코웃음을 친 손희가 고개를 저으며 대답했다.

"설마요."

"그런데 왜?"

"작업복이요. 오늘 밀린 집안일 하려고 했거든요."

자꾸 묻는 걸 보니 아까 입었던 작업복의 파장이 크긴 컸던 모양이었다.

"그럼 청소할 때만 입는 옷이야?"

"그런 집안일이 아니라. 있잖아요, 집 여기저기 고장난 데 고치고 손보는 거. 그거 말하는 거예요."

그렉의 눈길이 그녀의 손에 머물렀다. 보통 여자들보다 조금 더 작은 손에 가느다란 손가락들이 시선을 받자 부끄러운 듯 저절로 움츠러들었다. 늬들 그 교수하고 내외하니?

"손본다는 건, 말 그대로가 아니라……."

"알아. 무슨 뜻인지. 그런데 그런 작은 손으로 무슨 일을 하겠다고."

"이래 봬도 어지간한 일은 다 해요. 시멘트 깨진 데 있으면 새로 개서 바르고, 페인트 벗겨진 데 칠도 다시 하고, 선반도 틀어진 거 있으면 고치고."

"그런 일을 할 줄 안다고?"

"그럼요."

"그래서 사다리를 빌리려던 거였어?"

아까 이모와의 대화를 떠올린 손희가 고개를 끄덕였다. 그때 쟁반을 든 혜옥이 부엌에서 나왔다.

"이거 좀 드셔보세요. 율란인데 밤이 원체 달아서 그런지 맛이 괜찮아요."

낯선 단어에 뒤로 곧장 따라 나온 '밤'이라는 동음이의어에 약간 당황한 듯 그렉이 그녀를 쳐다보았다.

"Chestnut으로 만든 거예요."

손희의 짤막한 설명에 그렉이 혜옥에게 물었다.

"이게 뭐라고 하셨죠?"

성의 없는 그녀의 대답을 나무라듯 혜옥이 슬쩍 눈을 흘겼다.

"밤을 으깨서 꿀을 섞어 다시 모양을 내서 뭉친 거예요. 거기 하얀 건 잣가루 묻힌 거고 색깔 진한 건 계핏가루예요."

"맛있어요."

조심스럽게 하나를 들어 맛을 본 그렉이 만족스러운 표정을 지었다. 그러자 덩달아 혜옥의 입가에도 미소가 떠돌았다.

"고장난 데가 어디야?"

제법 입에 맞았는지 율란 서너 개를 연달아 먹은 그가 손희에게 지나가는 말처럼 물었다.

"네?"

"아까 그 못생긴 작업복 입고 사다리에 올라가 하려던 일."

옷을 두고 못생겼다는 표현은 또 처음이었다. 정확히는 '못생긴' 게 아니라 '흉측한' 거라고 말하고 싶었겠지만 그거야 어휘력이 부족한 탓이라 치고.

"창고에 형광등이 나가서 그거 갈려고 했던 거예요. 원래 사다리가 있었는데 옆집에서 빌려가는 바람에."

말이 끝나기가 무섭게 그가 손을 털며 자리에서 일어났다.

"가시게요?"

"형광등 갈아야 한다며."

올려다보며 묻는 말에 나오는 대답은 의외다. 조금 전 했던 말을 대체 뭐로 들은 거야.

"사다리가 없다니까요."

"손희는 사다리가 필요하겠지만……."

뜸을 들이며 아직 바닥에 앉아 있는 그녀에게로 시선을 내린다. 좋게 해석하면 '아담한 게 귀여워' 정도이고, 안 좋은 쪽으로 읽으려면 '쬐그만 게 까불기는' 하며 가소로워하는 표정.

그러더니 피식 웃으며 하는 말이라는 게.

"난 아닐걸."

아닌 게 아니라 고개를 쳐들고 올려다보고 있자니 목이 꺾이는 것 같다. 원래도 키가 크다는 건 익히 알고 있던 사실지만 이 자세에서는 유독 더 커 보인다. 선 채로 그녀를 내려다보는 소감도 그녀와 별반 다르지 않을 거란 생각이 들자 손희는 서둘러 자리에서 일어났다.

그런데 젠장. 막상 마주 보고 있자니 키 차이는 더욱 확연하게 드러난다. 아, 슬퍼라. 160센티미터가 막 넘는 키가 땅꼬마처럼 느껴지기는 또 처음이다. 남들 세 끼 먹을 때 그녀도 꼬박꼬박 세 끼는 물론 간식까지 남부럽지 않게 챙겨 먹었는데 성장기가 끝난 후의 이 엄청난 갭은 뭐야.

"손희 네가 이렇게 작은 줄 몰랐다. 맨날 봐서 그런가?"

놀랐다는 투의 말과 달리 어떻게 된 게 이모의 목소리에는 놀리는 기색이 역력하다. 그러더니 한술 더 떠 그렉에게 묻는다.

"교수님은 키가 몇이에요?"

"6피트 3인치 조금 안 되니까……. 한국식으로 말하자면 190센티미터 정도 될 거 같은데요."

잘난 척으로 아주 포옥 절여진 목소리다. 별것도 아닌 걸로 우쭐해하는 게 어째, 과연 죽기 전까지 저 녀석 철드는 걸 볼 수 있을까 하고 심각하게 고민하게 만드는 걸이 녀석을 보고 있는 것 같다. 서른 넘어서 키 하나에 우쭐해하는 그를 보니 걸이 녀석이 유별난 게 아니었다는 생각이 절로 들면서, 대체 언제 철이 들 거냐며 한 번씩 머리를 쥐어박았던 게 괜스레 미안해지려고 했다.

괜히 심사가 비비 꼬여 손희는 속으로 구시렁대는 걸 멈추지 않았다. 이런 속마음이 고스란히 얼굴에 드러나 그렉에게 훤히 읽히고 있다는 건 모른 채 말이다.

그렉의 대답을 들은 혜옥이 손뼉까지 쳐가며 반색을 했다.

"30센티미터 자 하나 차이네. 그럼 충분하죠. 손희야, 창고에 안내해 드려."

떠밀다시피 하는 기세에 엄벙덤벙하다 정신을 차리고 보니 창고가 있는 뒤뜰에 다다라 있었다. 언제는 귀한 손님 어쩌고 난리법석을 떨더니 이제는 일꾼으로 부리려 드는 오묘한 속내를 알 수가 없단 말이지.

종잡을 수 없는 혜옥의 속마음을 짐작하느라 연신 고개를 갸웃거리는 손희였다. 골목에서 인사를 하고 돌아서려는 그녀를 보는 그렉의 눈빛에 언뜻 서운함이 깃들었던 것을 눈치챈 혜옥이 나름대로 그에게 기회를 주고 있다는 사실을 알지 못하는 그녀로서는 궁금증이 이는 건 당연했다.

이때까지만 해도 손희는 잠시 후 창고 안에서 자신을 기다리고 있는 엄청난 상황을 짐작조차 하지 못하고 있었다.

의자를 딛고 선 두 발과 거기에서 한참을 올라가야 하는 긴 다리, 그리고 곤란한 기색도 없이 낯색 좋게 웃고 있는 얼굴을 그녀의 시선이 번갈아 몇 번이나 왕복하며 훑었다.

"모른다고요?"

돌아오는 건 짧은 한 음절의 대답.

"응."

곤란하다는 기색은커녕 너무도 쉽게, 그리고 너무도 당연하다는 투의 대답에 말문을 잃은 쪽은 오히려 손희였다. 말도 안 되는 응수에 그녀의 두 손에 저절로 힘이 들어가며 주먹이 쥐어졌다. 때때로 누님의 고매하신 인격과 끝없는 인내심의 한계를 시험하려 드는 걸이 녀석에게 응분의 처분을 내리기 직전의 습관이었다.

스르르 말리는 손가락들을 간신히 펴서 가슴 앞으로 팔짱을 꼈다. 그리고 물었다.

"농담이죠?"

그녀 자신의 정신 건강과 그의 신체적 안녕을 위한 바람직한 대답을 들을 수 있기를 부디 바라는 마음이었다. 하지만 이번에도 역시 그는 그녀의 기대를 철저히 외면했다. 그것도 아주 쉽고 간단하게.

"난 농담 같은 거 할 줄 모르는 사람이야, 손희."

심각한 얼굴로 하는 대답이 왜 이리 웃기는 건지. 농담할 줄 모른다는 사람의 말에 불현듯 배꼽을 잡고 싶어진다.

"장난해요?"

창고에 들어와 도무지 믿기지 않는 말을 들었을 때부터 금세라도 튀어나올 듯 입안을 꽉 채우고 있던 말을 결국에는 참지 못하고 뱉고 말았다. 마음 같아서는 두 손으로 그의 멱살이라도 잡고 짤짤 흔들고 싶은 심정이었다.

키 크다고 온갖 폼은 다 잡으며 앞장서라던 남자가 정작 형광등 갈아 끼울 줄을 모른단다. 수명이 다된 형광등을 어떻게 빼야 하는지도, 어떻게 끼워 넣을지도 모른다는 말을 처음 들었을 땐, 정말이지 뒷목 잡고 넘어가야 하나 하는 생각까지 들었다.

"내가 손희랑 장난을 왜 쳐? 그럴 상황 아니잖아. 우리가 스스럼없이 장난을 칠 정도로 가까운 사이도 아니고."

"교수님이 형광등 갈 줄 안다고 해서 여기 와 있는 거잖아요."

내 말 알아먹었니? 화를 누르고 천천히 시작한 상황 설명은 얼마 가지 못하고 끊겼다.

"내가 언제? 난 태어나서 형광등을 만져 본 적도 없는데."

"그럼 조금 전에 차 마시면서……."

화를 낼 게 아니라 이 남자 정신 상태부터 의심해 봐야 하는 거 아닌가 하는 생각이 들기가 무섭게 그의 말이 뒤를 이었다.

"아하. 갈 줄 안다고는 말 안 했잖아. 갈아보려고 그랬던 거지. 어쨌든 내가 손희보다 키가 크니까 유리하지 않겠어?"

의자 딛고 올라선 지 몇 분이 지나도록 형광등만 만지작거리고 있었으면서. 하여튼 잘난 척은!

"근데 못 갈고 있잖아요."

그녀의 말이 곧장 핵심을 찌르고 들었다.

"그러니까. 이게 생각보다 어렵네. 아버지는 어떻게 하셨던 거지? 이럴 줄 알았으면 자세히 봐두는 건데."

얄미울 정도로 순순히 상황을 인정하는 말에는 두 손을 들 수밖에 없다. 이 남자, 그동안 겪어서 알고 있던 것보다 훨씬 더 강적이다. 자신이 알고 있다고 생각한 그렉이라는 남자는 어쩌면 빙산의 일각도 안 될지도 모른다는 깨달음이 그 순간 그녀의 머릿속을 찾아들었다.

상황 설명이 약간 길긴 했지만 어쨌든 그러한 순서 끝에 뻣뻣하게 굳은 몸을 그에게 맡긴 채 허공에 떠서 속으로는 연신 '꿈이야!'를 외치고 있는 신세가 되고 만 것이다.

"위치가 낮은가?"

혼잣말이 들리기가 무섭게 그녀의 몸은 더욱 위로 높이 들려졌다.

"엄마야!"

혼비백산한 손희가 필사적으로 잡을 곳을 찾다가 그의 머리를 양손으로 부여잡았다.

"소늬, 내 머리!"

앗!

내내 뻔뻔함으로 일관하던 그도 어지간히 당황을 했는지 어색하다 싶을 정도로 또박또박 '손희'라고 부르던 발음을 '소늬'로 뭉개서 내놓았다.

"죄송해요."

사과를 하면서도 손희는 그의 머리를 붙잡은 손을 떼지 못했다. 정말이지 울고만 싶다.

5. 뒷담화의 세계란

할 수 있는 한 팔에 힘을 주어 작은 몸을 띄웠다. 허벅지를 감았던 팔은 이제 무릎까지 내려와 있었다. 그녀의 무릎을 가슴 위 쇄골 아래까지 올리자 겁을 먹었는지 가느다란 몸을 파들파들 몸을 떨고 있는 게 느껴진다.

목소리 크고 자신감 있는 평소 태도 때문에 무의식중에 그녀를 실제보다 크게 인식하고 있었던 모양이다. 처음 무릎을 굽히고 허리를 숙여 그녀를 들어 올렸을 때 놀랐던 것도 그 이유 때문이었다. 실제로 팔에 감기는 몸은 짐작보다 훨씬 가늘었고, 몸에 기대어오는 무게 또한 어처구니없을 정도로 가벼웠다.

그 때문일 거다. 그녀가 겁내고 무서워하는 줄 알면서도 계속해서 허공으로 더 높이 띄웠던 건.

절대로 그녀가 자신을 꼭 붙드는 손길에 기분이 좋아서는 아니었다. 그 말 진심으로 맹세할 수 있느냐고 물으면 그렇다고 대답은 하겠지만, 원래 맹세라는 건 진정성에 자신이 없을 때 하는 거다. 상대에게 진심을 이해시키기 위해서는 마음 담은 눈빛만으로도 충분하니까. 같은 맥락에서 진심을 고백해야 할 신을 믿지 않는 게 다행이라는 생각이 든다. 아, 대체 지금 무슨 생각을 하고 있는 거지.

"소늬, 이제 그만 내 머리는 놓는 게 좋지 않을까?"

물에서 허우적대다 간신히 붙잡은 구명줄이라도 되는 듯 그의 머리를 꼭 붙들고 있는 손희에게 물었다. 그러면서 팔에 힘이 빠진 듯 살짝 놓아 그녀가 중심을 잃기 직전 다시 단단히 붙든 건 스스로 생각해도 순전히 악취미라고 할 만했다.

"어맛!"

놀란 손희가 조금 전과 달리 죽자 사자 머리를 움켜쥔 손에 힘을 주는 바람에 머리칼이 쥐어뜯길 뻔한 건 잠시간의 장난기로 인한 약간의 부작용이었고.

"내려주세요."

민망한 상황에서 겁까지 집어먹은 탓인지 그녀의 목소리는 낮게 잠겨 있었다.

"괜찮아. 그냥 해."

"아니에요. 나중에 할래요. 그냥 내려주세요."

"사다리 빌려간 집 여행에서 언제 돌아올지 모른다면서. 창고는 당장이라도 필요할 때 써야 하고."

"그렇지만……."

평소 같으면 손전등 있으니까 괜찮다든지 하는 말로 어렵지 않게 응수를 했을 테지만 몸이 굳어진 게 뇌까지 올라갔는지 지금으로서는 대답할 말이 떠오르지 않는 모양이었다. 파들거리면서도 그의 말을 따라 간신히 손을 올리는 그녀를 보고 든 생각이었다.

"됐어요."

잠시 후 들려온 그녀의 말에 그렉은 무릎을 굽혀 그녀를 바닥에 내려놓았다. 행여나 깨질세라 헌 형광등을 바닥에 조심스럽게 내려놓고 갈아 끼울 것을 손에 드는 동안에도 그와는 눈을 마주치려 하지 않았다.

조금 전 상황이 어지간히 민망했던 모양이라고 생각하면서 그렉은 그녀가 보지 않는 사이에 조용히 웃음을 삼켰다. 물론 남자와의 지나치리만치 친밀한 접촉이 처음이었던 손희가 생애 최고점을 찍은 수줍음에 당황한 나머지 허둥거리고 있다는 사실은 짐작조차 하지 못하고 있었다.

새로 끼울 형광등을 손에 든 손희의 몸을 다시 감싸 위로 올려 조금 전과 반대의 과정을 거치는 동안 두 사람 사이에서는 아무런 말도 오가지 않았다. 지나치다 싶게 장난기가 흐르던 그렉의 입가는 한일자를 그리며 시종일관 무덤덤한 표정이었고, 잔뜩 굳은 채로 겁을 내던 손희도 어찌 된 일인지 이번만은 잠잠했다.

"다 됐어요."

나직한 손희의 말에 그렉은 허리를 천천히 숙였다. 그리고 조심스럽게 그녀를 내려놓을 준비를 했다. 아니, 그러려고 했다. 난데없는 목소리가 밖에서 들려오기 전까지는.

"쏘니야!"

무척이나 친밀한 듯 그녀를 불러대는 남자의 목소리에 그렉의 시선이 자연스레 품 안의 그녀에게로 향했다. 긴장으로 내내 굳어 있던 그녀의 얼굴이 언제 그랬냐는 듯 환해져 있었다. 더불어 보기 좋게 홍조를 띤 볼과 곡선을 그리고 있는 입매까지. 그 모습을 보자마자 그렉은 숙였던 허리를 다시 꼿꼿하게 세우고 그녀의 몸을 감고 있던 팔에 다시 힘을 주었다.

찰나, 왠지 이대로 그녀를 놓아서는 안 될 것 같다는 생각이 강하게 그를 스쳤다. 예상과 전혀 다른 행동에 놀란 그녀와 눈이 마주쳤지만 아랑곳하지 않았다. 이대로 그녀를 내려놓았다가는 앞으로 두고두고 후회할 것 같다는 깨달음이 순간 그의 머리를 관통했다. 하필 이 순간에 그런 계시라니. 머릿속으로 당황해하는 것과 다르게 몸이 보이는 반응은 신속했고 또한 단호했다.

지금까지 살면서 이렇게나 직접적이고 말도 안 되는 머릿속 신호를 받은 건 딱 두 차례였다. 그리고 그 첫 번째는 초등학교 졸업을 앞둔 그에게 함께 미국으로 가지 않겠냐고 손을 내밀던 아놀드를 보았을 때였다.

당시 그는 그렉 로빈슨이 아닌 강주영이라는 이름을 갖고 있었고, 학교에서나 보육원에서는 이름 대신 잡놈이나 잡종 새끼로 불리고 있었다. 부모에게 버림받은 고아로도 모자라 혼혈이기까지 하다는 이유로 어느 곳에서도 그림자로 살아야 했던 그를 처음으로 사람으로 대해준 사람이 아놀드였다.

그에게는 낯설기만 하던 따뜻함과 친절함에 처음에는 경계하기에 급급하던 마음이 서서히 녹아들 무렵, 아놀드는 곧 미국으로 돌아가야 한다며 함께 가기를 권유했다. 열세 살 소년은 갈등에 빠졌다.

잠깐의 온화한 미소와 몇 마디 말을 믿고 덥석 따라나서기에는 사람이 얼마나 잔인할 수 있는지, 별다를 것 없는 삶이 그저 삶 자체를 유지하는 대가로 얼마나 큰 대가를 요구할 수 있는지를 짧은 생 동안 처절하게 깨달은 그였다.

다시없을 기회를 놓친다며 보육원 교사들과 원장들에게 비웃음을 사던 어느 날, 아놀드가 다시 그를 찾았다. 그리고는 본국으로의 귀국 날짜가 얼마 남지 않았다며 아마 이번이 마지막 방문이 될 거라고 했다.

정말 자신과 함께 갈 생각이 없느냐며 묻는 그에게 그때까지 미적거리던 것이 무색할 정도로 쉽사리 고개를 끄덕였던 건 아놀드의 간절한 눈빛도, 그가 약속한 미국에서의 새로운 삶에 대한 부푼 기대 때문도 아니었다. 순간 빛의 속도로 날아와 아찔할 정도의 놀라운 힘으로 머리를 강타한 깨달음이 이성보다 앞서 몸을 움직이게 했다.

지금 그의 제안을 거절하면 앞으로 사는 동안 계속 후회할 거야.

정신을 차려보니 자신의 대답을 듣고 활짝 웃는 아놀드의 얼굴이 눈앞에 있었다. 아놀드의 뜻에 따라 그의 아들이 되어 한국 국적을 버리고 미국으로 건너간 후 지금까지 그렉은 단 한 번도 즉흥에 가까웠던 당시의 결정을 후회한 적이 없었다.

간혹 컨디션이 엉망일 때 머릿속에서 영영 지우고 싶은 한국에서의 일들이 꿈에 나타날 때가 있었다. 가위에 눌려 식은땀을 흘리다 눈을 떠 악몽이었다는 사실을 알게 된 순간 가장 늘 먼저 찾아드는 건 마지막 순간에 후회할 선택을 하지 않아서 다행이라는 안도감이었다.

그대로 누운 채로 현재의 삶에서 그가 마주하고 있는 상황들과 그를 기다리고 있는 일들을 서서히 떠올리다 보면 그런 생각은 더욱 짙어졌고, 그때마다 열세 살의 자신에게 말로는 할 수 없는 고마움과 스스로 생각해도 겸연쩍어질 정도의 칭찬을 하곤 했다.

인생을 송두리째 바꿔놓았던 결정을 하게 했던 깨달음은 그때가 처음이자 마지막이었다. 적어도 1분 전까지만 해도 말이다. 그런데 전혀 뜻밖의 순간에 20년 전의 충격이 다시 한 번 그를 찾아왔다. 그것도 아주 엉뚱한 사람을 대상으로.

기세 좋게 창고 앞에서 허리에 손을 짚고 선 강윤이 다시 한 번 큰 목소리로 손희를 불렀다.

"쏘니야, 오빠가 왔어요."

대단한 사이인 양 그녀를 불러대고 있는 이 남자로 말할 것 같으면 손희의 천적 오 교수의 장남 오강윤이다.

어릴 적부터 수재로 이름을 날렸고 이를 입증이라도 하듯 온갖 시험이라는 시험은 보는 족족, 하다못해 운전면허시험까지도 상위 1%에 들었다는 전설 속 공부의 신.

이쯤 해서 그에 대한 '우리 동네 통신'의 평가를 잠깐 빌자면 훈훈한 외모와 싹싹한 성품 그리고 무엇보다 제 돈 한 푼 안 들이고 국가 장학금을 받아 외국에서 공부를 할 정도로 뛰어난 실력을 갖추고 있다는 점에서 볼 거라고는 한 뼘 얼굴밖에 없는 성준영보다 훨씬 윗길이라는 평이 자자했다.

제 어머니 강 여사에게서 이 말을 전해 들은 성준영이 '나한테서 볼 게 왜 한 뼘 얼굴밖에 없느냐, 185가 넘는 키도 셈에 넣어줘야 한다'며 길길이 뛰다가 가뜩이나 뿔이 나 있던 제 어머니에게 등짝에 불이 나도록 두들겨 맞았다는 소문이 얼핏 돌기도 했었다.

강윤 역시 준영과 마찬가지로 손희와는 어릴 적부터 아래윗집에 살며 허물없이 지내온 사이였다. 오늘만 해도 귀국해 돌아와 어른들께 인사를 드리기가 무섭게 손희를 보겠다고 달려온 길이었다.

한데 창고에 있다던 손희에게서는 아무런 대답이 들려오지 않았다. 얘가 내가 올 거라는 소식을 듣고서 장난을 치자는 건가 싶어진 강윤이 다시 한 번 그녀를 불렀다.

"우쭈쭈쭈, 우리 쏘니. 네가 눈이 짓무르게 보고 싶어하던 오빠라니까."

이쯤 되면 헛소리 집어치우라는 대꾸가 나오고도 남아야 하는데 여전히 잠잠하다. 궁금증이 인 강윤이 어두운 안쪽을 두리번거리며 창고 문턱을 넘었다. 그런데 에엑!

눈앞의 광경에 소스라치게 놀란 강윤이 비틀거리며 두어 걸음 뒤로 물러섰다.

손희가 남자의 품에 안겨 있다! 그것도 남자의 팔에 허리를 감겨 허공에 한 뼘은 뜬 채로. 보기만 해도 끌어안고 있는 힘이 어찌나 억센지 안 그래도 가느다란 허리가 아예 부러질 것 같았다.

설마 내가 벌써 헛것을 보나? 아니면 내 눈이 썩은 게 틀림없어. 만일 그것도 아니라면 저 여자는 손희의 거죽을 둘러쓴 요물이 분명해.

자신의 예상과는 전혀 다른 방향으로 흘러가는 재회 장면에 강윤이 머릿속으로 말도 안 되는 상상력을 발휘하고 있는 사이, 손희를 끌어안고 있던 남자가 그를 향해 몸을 돌렸다. 물론 그전에 그녀를 바닥에 내려놓긴 했지만 여전히 한쪽 팔은 손희의 허리에 굳세게 감겨 있었다.

"누구?"

"너 연애하니?"

두 남자의 입에서 동시에 물음이 튀어나왔고 질문의 대상은 물론 손희였다.

"오빠."

뜻밖에 나타난 강윤을 보고 놀란 손희가 우선 단단한 힘으로 허리를 감고 있는 팔을 풀려 애를 썼다. 하지만 그녀가 미처 모르고 있던 사실 하나. 고집으로는 따를 사람이 없는 이가 그렉이었고, 그가 일단 작정을 하면 누구도, 무엇도 말리지 못한다는 사실이었다. 그리고 그렉은 이제 막 그녀에게 작정을 했고, 고집을 부리기로 마음먹은 참이었고.

"누구야?"

그렉이 그녀 쪽으로 몸을 기울여 물었다. 일부러 그런 건지는 몰라도—물론 그렉이 일부러 그랬다—뜨거운 입김이 귓가에 쏟아졌고, 그것만으로도 난생처음 남자와의 친밀한 접촉에 민감한 채로 잔뜩 날이 서 있던 손희의 신경을 건드리기에 충분했다.

남자의 낮은 속삭임 한 번에 파르르 몸을 떠는 손희의 모습을 본 강윤의 한숨 속에 깊은 시름이 묻어 나왔다. 이 꼴을 보려고 귀국해서 짐만 간신히 부려놓고 부랴부랴 달려온 게 아니었는데 말이다. 손희 저거 순 맹탕인 줄 알았는데 이제 보니 남자를 홀릴 줄도 알았나 보다.

"저기, 오 교수님……."

부러 그러려고 작정한 게 아닌데도 목소리가 심하게 떨리는 바람에 손희는 말을 끝맺을 수가 없었다. 게다가 평소와 달리 새된 말소리까지.

설명 같지도 않은 띄엄띄엄한 짧은 대답으로도 갑자기 나타난 불청객의 정체를 알아차린 그렉이 눈앞에 서 있는 남자에게 시선을 던졌다. 오 교수에게 영국으로 유학 간 아들이 있다는 건 익히 들어서 알고 있었다. 이름 오강윤, 손희보다 두어 살 위로 전공은 법학. 박사 과정을 마쳐 가고 있다고 들었는데 그새 귀국한 모양이었다.

조금 전 밖에서 그녀를 불러대던 말을 들어서는 손희와는 오랫동안 꽤나 허물없이 지내온 사이인 듯했다. 듣기로 오 교수가 젊었을 때부터 손희의 조부와 교분을 가져왔다고 하니 아마 두 사람도 그러했을 것이다.

어쩌면 그가 속으로 손희를 좋아하고 있는지도 모르겠다는 생각이 불쑥 든 건 초면임에도 거리낄 것 없다는 듯 자신을 노려보는 강윤의 눈빛을 마주한 직후였다. 남자는 안다. 그저 호감뿐인 여자와 내 걸로 만들고 싶은 여자를 보는 시선의 차이를.

빠른 시간 동안 그렉은 그간 지나는 말처럼 들었던 강윤에 대한 정보와 눈앞의 그를 보고 알아낸 것들로 상황 파악을 마쳤다. 안됐지만 당신은 늦었어. 그러자 유치하게도 다소 우쭐한 기분까지 들었다.

"반갑습니다."

그렉이 악수를 청하며 내민 손길을 무시한 채 강윤이 삐딱하게 물었다.

"누구신지?"

상상도 하지 못했던 상황에 잔뜩 심사가 뒤틀어진 강윤의 응수는 당연히 곱지 못했다.

"그렉이라고 합니다."

"한국 사람은 아닌 것 같은데."

비틀린 심사를 숨기지 않겠다는 심산인지 시비조가 다분한 투였다. 하지만 말귀를 알아듣기 전부터 남들과 다른 생김새로 인해 온갖 사람들로부터, 심지어는 저를 낳아준 생모에게서도 별의별 말을 다 들었던 그렉에게 이 정도 비아냥거림은 태평양에 소금 한 줌 뿌리는 정도도 되지 않았다.

"그쪽은 한국 사람 같군요."

무안을 주려고 한 말에 태연한 투로 대답하는 그렉 때문에 말문이 닫힌 강윤이 멋쩍어하는 사이 손희가 나서서 그의 팔을 찰싹 내려쳤다.

"아, 내가 진짜 창피해서 얼굴을 들 수가 없다. 오강윤, 오랜만에 갑자기 나타나서 이렇게 매너 없게 굴 거야?"

"야! 내가 뭘 또 그렇게……."

볼륨 버튼을 조작이라도 한 듯 한 음절씩 급격하게 낮아지던 강윤의 목소리는 이내 음소거 모드가 되고 말았다.

송손희가 작정하고 부라리는 눈빛 앞에서 아무렇지 않게 제 목소리를 낼 수 있는 남자가 과연 있기는 한 걸까.

그렉은 잠시 심각한 고민에 빠졌다.

"오강윤입니다. 손희와는 친오빠와 다름없는 사이예요. 좀 전에는 실례가 많았습니다."

손희와 썩 가까워 보이는 낯선 남자에 대한 경계심이 발동한 탓에 무례하게 굴었을 뿐, 기본적으로 예의범절은 남들보다 두텁게 탑재하고 있는 오강윤답게 조금 전의 행동에 대한 사과와 함께 먼저 인사를 건넸다.

"그렉 로빈슨입니다. 손희를 오빠처럼 생각해 주는 분을 만나니 반가운데요."

손희와 가까운 사람을 만난 것이 진심으로 반가워서 하는 말인지, 아니면 아무리 해도 오빠밖에 될 수 없다는 네 주제를 파악하고 있다니 다행이라는 건지. 그렉의 말은 듣기에 따라서 상대의 고개를 갸웃거릴 수밖에 없게 했다. 묘한 뉘앙스의 말에 걸맞게 알 듯 모를 듯한 미소가 엷게 깔린 얼굴도 본의를 알 수 없게 하는 건 마찬가지였다.

덩달아 옆에서 듣고 있던 다른 두 사람의 얼굴도 다채로운 빛을 띠었다.

한 사람은 잘 익은 복숭아의 껍질을 벗겨놓은 듯 연분홍빛으로 볼을 물들였고, 다른 한쪽은 어린애가 손에 잡히는 크레파스들로 온통 휘저어놓은 도화지처럼 붉으락푸르락하기를 반복했다.

"오빠, 인사해. 우리 학교 영문과 교수님이셔. 그렉, 이쪽은 오강윤. 오 교수님 아시죠? 그분 아드님이에요."

안 하는 게 나았을 것 같은 조금 전의 인사를 무마하려는 듯 손희가 두 남자에게 서로를 소개했다.

"아드님?"

획수 하나 차이로 바뀌는 뜻과 어감의 차이를 알 리 없는 그에게는 어려운 단어였나 보다. 그간의 경험으로 이런 상황에 익숙한 손희가 재빠르게 설명을 덧붙였다.

"아드님은 아들을 높여서 다르게 부르는 단어예요. 오빠가 오 교수님 아들이라는 말이에요."

"아하."

그제야 알겠다는 듯 고개를 끄덕이는 그렉을 향해 손희가 빙긋이 웃었다. 그런 그녀를 보고 있는 강윤의 눈가에 희미하게 가느다란 선이 그어졌다. 그렉인가 뭔가 하는 녀석을 향해 있는 손희의 눈빛이 강윤은 거슬렸다. 더불어, 손희와 굉장히 친한 듯 보이는 저 녀석은 더욱 마음에 들지 않았다. 사내자식이 쓸데없이 인물만 좋아가지고 말이야.

기실 남자다운 외모의 그렉에게 예쁘다는 말은 아무리 해도 어울리지 않았지만 강윤은 그렇게 그에 대한 못마땅함을 털어내고 있었다.

"근데 오빠는 이렇게 갑자기 웬일이야? 온다는 말도 없이?"

손희는 조금 전 그렉에게 무례하게 구는 통에 경황이 없어서 미처 묻지 못했던 물음을 이제야 건넸다. 정기적으로 주고받는 메일에서도 귀국한다는 말을 하지 않았으니 갑자기 나타난 그를 보고 손희가 놀라는 건 당연했다. 상황으로 봐서는 주객이 전도된 서프라이즈가 돼버리고 만 셈이지만 말이다.

"내가 말 안 했었어? 저번 메일에서 곧 들어가겠다고 했던 것 같은데."

"그러니까 내 말이. 곧 온다고 했지, 언제 오겠다고는 안 했잖아. 난 또 몇 주 더 있어야 할 거라고 생각했단 말이야."

"알려줬으면 마중 나오려고?"

"당연히 아니지!"

"뭐?"

"할머님부터 시작해서 오빠 기다리는 식구들이 얼마나 많은데 내가 거기 끼어서 마중을 가냐? 것도 공항까지."

그녀의 말에 그렉의 어깨는 보일 듯 말 듯 반듯하게 펴졌고 반대로 강윤의 표정은 풋감을 씹은 듯 떫은 기색이 역력했다.

"너 그럼 이 오빠 서운하다."

"쓸데없는 소리는 됐고. 오랜만인데 악수나 하자."

강윤을 향해 활짝 웃으며 손희가 손을 내밀었다. 기다렸다는 듯 그녀의 손을 꼭 쥐는 강윤과 그런 두 사람의 모습을 보는 그렉의 표정이 조금 전과 확연히 바뀌었다.

자신을 둘러싼 두 남자의 미묘한 기류를 아는지 모르는지, 손희는 오랜만에 만난 강윤이 반가워서 그저 웃고만 있었다.

바야흐로 송손희 인생에 난생처음으로 꽃바람이 불기 시작하는 순간이었다.

"그럼 오늘은 여기서 마치도록 하겠습니다. 다음 주 화요일까

지 에세이 제출하는 거 잊으면 안 됩니다. 그럼 다음 주에 보죠."

지각한 여학생들 몇이 출석 확인을 핑계로 날 듯이 뛰어 강의실 밖으로 나가는 그렉의 뒤를 따라 나갔다.

"캬아, 진짜 다음 주에도 꼭 봐야 해. 우리 꼭 봐요."

"난 당장 또 보고 싶다."

"수업 마친다는 말에 하마터면 '안 돼요' 하고 소리칠 뻔했다니까."

"고등학교 때처럼 일어서서 '차렷, 경례' 구호라도 외치고 싶더라. 얼굴 조금이라도 더 보게."

"정확하게 '안 됩니다' 발음하는 거 들었지? 원어민 교수들 '됩니다' 발음 못해서 어정쩡하게 '됨미다', '된미다' 그러는데 울그님은 딱딱 떨어지게 '안 됩니다' 그러잖아. 정말 사랑하지 않을 수가 없다니까."

그사이 그녀들 사이에서 그렉의 애칭은 '그 교수'를 지나 '울그님'으로 바뀌어 있었다. 중간에 '그느님' 혹은 '그님'이라 불리던 과도기도 있었지만 결국에는 '울그님'으로 정착해 가고 있었다.

"쌈닭은 조오케앴다!"

진심 2,000% 이상 담긴 누군가의 말에 여학생들 무리에서 누구에게서 먼저랄 것도 없이 한숨이 터져 나왔다.

"전생에 나라를 구한 거지."

"고작 나라 하나? 장난해? 우주라면 모를까."

"윗대 조상들 십 대가 덕을 쌓았을 거야."

“잔 다르크로 10번 정도 환생을 했을지도.”

“전생에 몸 바쳐 세계3차대전이 일어날 뻔했던 걸 막았을지도 몰라.”

“사육신 중에 한 명이었을 수도 있어.”

대개 남자든 여자든 공통된 화제로 수다에 빠지면 앞뒤좌우 보지 못하고 마구잡이로 내달리는 경향이 있는데—이런 경우 태반이 남의 뒷얘기, 즉 뒷담화이다—그녀들도 물론 예외는 아니었다. 흠모해 마지않는 울그님의 조교가 쌈닭 송손희라는 사실이 가뜩이나 마음에 들지 않던 그녀들이었다. 그러던 차에 때마침 물꼬가 트이자 그들의 입에서는 거침없는 말들이 쏟아져 나왔고 울그님 찬양은 어느새 쌈닭 송손희 성토대회로 바뀌었다.

그녀들의 수다는 자리를 옮긴 후에도 계속되었다.

“지난주에 에세이를 내러 갔는데 하루 늦었다고 안 받아주는 거야. 수업 시간에 직접 제출하거나 메일로 쏘라고. 얼마나 얄미운지 고 짱구 이마를 한 대 딱 치고 싶더라.”

“나한테도 그랬었잖아. 수요일까지 내라고 했던 거 그 담 주 월요일에 들고 갔더니 눈을 요렇게 하고 째리면서 잔소리를 하는데, 어이가 없어서. 받아주지도 않을 거면서 날짜가 늦었네, 빨랐네, 약속을 어겼네, 마네 하는데 같잖아서 정말. 울그님 얼굴이나 한 번 더 볼까 하고 메일로 제출 안 하고 일부러 비싼 색지에 프린트해서 간 걸 얼마나 후회했던지.”

"걔 성질머리 더러운 거 이제 알았어? 오죽하면 이름 대신 쌈닭이겠니."

"아침에 학교 오다가 송손희 걔 얼굴만 봐도 하루 종일 재수가 없어."

"걘 조교가 무슨 벼슬인 줄 알아. 끽해야 교수들 따까리나 하는 주제에."

"그러면서 주제에 설치기는."

"이런 씨이! 저것들을 정말!"

분을 이기지 못하고 기어이 자리에서 일어서려는 이영을 손희가 눈짓으로 말렸다.

"가만 둬봐. 어디까지 하는지 들어보게."

안 될 놈은 뒤로 자빠져도 코가 깨지고, 재수 없는 년은 시집가는 날 등창난다는 건 이런 경우를 두고 쓰는 말일 테다. 그도 그럴 것이 하필 그녀들이 자리를 잡고 앉은 곳은 손희와 이영이 앉아 있는 바로 뒤편이었다. 가슴 너머까지 올라오는 불투명 유리로 된 칸막이 덕분에 안쪽을 보고 앉아 있는 손희를 발견하지 못했던 것이 입 가벼운 그녀들의 불운이라면 불운이었다.

여학생들의 대화가 계속될수록 이영은 더욱 파르락대었고 손희의 입가에 띤 미소는 점점 더 진해졌다. 꽁꽁 얼어붙은 얼음도 녹일 듯 씨근덕대며 콧김을 불어대던 이영은 맞은편에서 자신과 다르게 지극히 평온해 보이는 손희를 보고는 이내 팔짱을 풀었다.

수틀리면 구만리가 넘는 뒤끝으로 실을 뽑아 끝없이 실패를 감는 그녀의 성격을 감안한다면 앞으로 두고두고 피를 말리는 복수가 뒤따르리라는 건 입 아파 말하기도 귀찮은 일이었다. 이영이 젖빛 유리 너머의 여학생들을 향해 주먹감자를 먹였다. 두고 봐. 늬들, 다 죽었어!

식사를 마친 두 사람이 밖으로 나왔다. 저번 협상에서 승기를 잡은 손희의 요구대로 이번에도 계산은 이영의 몫이었다. 마음 약한 이영은 설사 협상 때문이 아니더라도 여학생들에게 맘껏 씹힌 동갑내기 조카가 안쓰러워 기꺼이 카드를 빼 들었겠지만 말이다.

"걔들 얼굴 봤지? 너 보더니 거의 기절하려고 하더라."

그렇지 않아도 영수증이 넘쳐 나는 지갑에 한 장을 더 채워 넣으며 이영이 키득댔다. 자리에서 일어난 손희를 발견하자마자 잿빛, 흙빛, 퍼런빛, 희끄무레한 빛 등 시시각각 색깔도 다양하게 변하던 그녀들의 얼굴색을 맘껏 감상했더니 속이 다 후련했다.

"그 교수는 언제 울그님으로 바뀐 거야? 아까 걔들이 말하던 울그님이 그 교수 맞지?"

"아마 그럴걸?"

공개된 그렉의 메일 주소로 날아오는 메일들을 떠올리며 손희가 고개를 끄덕였다. 학생들은 아직 모르는 눈치지만 과제 제출 등 학교 업무를 위해 학교 계정으로 만든 그렉의 메일은 그의 지시로 처음부터 그녀가 관리하고 있었다.

메일을 통해 학생들이 제출한 과제를 손희가 과목별, 주제별로 분류해서 두 사람만 들어갈 수 있는 비공개 카페에 올려두면 그렉이 하나씩 읽고 채점을 하는 식으로 역할이 분담되어 있었다. 과제의 주제와 정해진 제출일, 그리고 실제 제출 날짜를 체크하는 것도 잊어서는 안 되었다. 부지런한 그 교수, 거의 일주일에 하나꼴로 과제를 내주시는 덕분에 손희 또한 학생들 못지않게 바빴다.

학생들 모두 약속된 날짜에 일제히 제출하면 성가신 일은 확 줄어들겠지만, 그거야 뽀로로가 분홍 구름 타고 아프리카에서 악어 사냥하는 소리고. 대개는 일, 이주씩 많이는 한 달 가까이도 늑장 부리는 게 태반이었다. 그렉 말로는 첫 수업시간에 과제 제출 일자도 점수에 반영하겠다고 미리 일러두었다는데 학생들 거의 대부분이 신경 쓰지 않는 눈치인 걸 보면 아마도 그의 미모에 빡이 가서 말하는 입술만 넋 놓고 보느라 입에서 나오는 말에는 귀를 닫았던 모양이었다.

어쨌든 그런 사정으로 매주 다른 주제로 에세이를 작성해야 하는 학생들만큼이나 손희도 분주했고, 아울러 조금 전 여학생들이 불평했던 대로 까다롭게 굴 수밖에 없었다.

"그래도 너무 빡빡하게는 굴지 마."

나란히 걷던 이영이 불쑥 한마디 했다. 서로 부딪치고 깨지면서 내가 이겼네, 네가 졌네 하고 손희와 복작대고 살아온 게 거의 평생이다. 남들 보기에는 곧잘 투닥거리고 징징대며 지지고 볶는 듯도 하겠지만, 나이 차 많이 나는 오빠들밖에 없는 그녀에게 손희는 친자매나 마찬가지였다. 그런 그녀를 대놓고 씹어대는 말들을 적나라하게 들은 직후이니 이영이라고 해서 기분이 좋을 리가 없었다.

"남들한테 욕먹어서 좋을 거 없잖아."

"욕먹을 짓 한 적 없어. 저희들이 공연히 물고 뜯는 거지."

역시나 지나치게 쿨하신 조카님 되시겠다.

"어쨌든. 애들 입장에서는 뭔가 서운하고 맘에 안 드는 게 있으니까 아까처럼 떼로 그러는 거잖아."

조금 전과 달리 이번에는 손희의 입이 금세 열리지 않았다. 지나칠 정도로 융통성이 부족한 제 성격이 어쩔 수 없는 단점으로 작용한다는 걸 그녀 스스로도 잘 알고 있는 탓이다.

"생각 좀 해보고."

원하는 대답은 아니었지만 평소 성격을 생각하면 이 정도라도 감지덕지한 수준이었다. 별거 아니라는 듯, 두고 보자는 듯 코웃음을 날리기는 했지만 보통 때 같으면 바닥까지 싹싹 긁어 먹던 낙지 덮밥을 반 넘게 남긴 걸 보면 손희도 겉보기처럼 마음이 마냥 편하기만 한 건 아니었던 모양이다.

"하여튼 쓸데없이 부지런하기만 해서. 과제는 교수가 내는데 욕은 걷는 내가 다 먹고."

새삼 분통이 터진 손희가 울분을 터뜨렸다.

아까의 뒷담녀들 중 하나는 손희도 익히 알고 있는 아이였다. 그것도 심하다 싶게 속속들이 아주 잘.

그렉에게 들어온 메일들을 분류하다 보면 과제 외에도 별의별

것들이 다 날아오는데, 그 덕분에 손희는 그를 향한 여학생들의 온갖 낯 뜨거운 애정 공세를 하루에도 몇 번씩이나 직접 맞닥뜨려야 했다. 그중 '사랑해요'는 유치원생 애교 수준이고 강도가 센 것들 중에는 한밤중 유흥가 뒷골목에서나 들을 수 있을 법한 말들도 제법 있었다.

도촬된 그렉의 사진이 알 만한 사람들 사이에서 꼭 갖고 싶은 잇 아이템이 된 건 호랑이 담배 피고 여우가 알 낳던 시절의 이야기이니 새삼스레 놀랄 일도 아니었다. 하지만 요즘 들어서는 거꾸로 제 사진을 보내오는 경우도 심심찮게 있었다.

문제는 그 사진이라는 것들의 수위였는데. 꾸준히 사진들을 봐온 송손희 분류 체계에 따르면 가슴을 모으고 모아 깊게 만든 가슴골이나 비키니 전신 사진은 초급 수준 정도이니 그 이상은…….
하아, 그저 상상에 맡기는 편이 낫겠다.

조금 전 그녀가 한눈에 알아본 여학생 또한 헐벗은 몸을 대놓고 자랑하고 싶어하는 부류 중 하나였다. 보형물이 든 주머니의 형태가 너무도 확실한 큰 가슴이 마른 몸에 어울리지 않아 부자연스럽고, 나비 문양의 타투가 내려앉은 엉덩이 위에서 치렁대는 검은색 가발이 바닷물 먹은 다시마 줄기처럼 보인다는 것만 빼면 몸매 자체는 썩 나쁜 편은 아니었다. 물론 함께 그 교수를 찬양하고 손희를 물 먹이던 다른 일행들에게 그녀의 은밀한 돌출 행동은 절대적으로 지켜져야 할 비밀이겠지만.

"그나저나 그 교수, 이러다 연애나 제대로 할 수 있으려나 몰라.”

역시나 오지랖이 10톤 트럭으로 하나 가득인 송이영이 꼭 저다운 쓸데없는 걱정을 내놓았다.

“공공재잖아. 공공재가 무슨 연애를 해.”

무뚝뚝한 손희의 응수가 곧장 뒤를 이었다. 그녀답지 않게 생각없이 곧장 튀어나온 말이었다.

“공공재? 하하, 듣고 보니 맞는 말이네. 매일 붙어 있더니 역시나 신원 파악도 빠르구나. 공공재래, 공공재. 히이힛.”

그녀의 말이 제법 웃겼던 모양인지 이영은 한참을 키득거렸다. 그사이, 제가 해놓고도 이 말을 어디서 들었지 하고 생각하던 손희는 전화로 흥분해 방방 뛰던 진경의 목소리를 곧 기억해 냈다.

“내가 한 말 아니야.”

마음만 먹으면 동네 나팔수는 찜 쪄 먹고 확성기 따위는 새끼발가락 정도로 가뿐하게 즈려밟을 수 있을 정도로 발군의 입 무게를 자랑하는 이영을 알기에 손희는 미리 선을 그었다. 하지만 이미 다른 세계로 넘어간 이영이 그녀의 말 따위에 귀 기울일 리 만무했다.

“공공재는 공동 재산이라 너도 나도 돌려쓸 수나 있지. 근데 그 교수는 그럴 수도 없고 어떡하니. 크크큭, 그럼 우리 귀하신 공공재께서는 평생 솔로 예약이신 거야? 오마나아, 안됐어라. 어뜩하지? 헤헷.”

이영의 목소리 볼륨이 높아질수록 손희의 눈은 주위를 살피느라 더욱 분주해졌다.

지금이야 그렉의 명성에 가려 잠시 주춤한 상태지만 한때는 그녀만 보면 '저기 쌈닭 지나간다' 는 말을 들을 정도로 학교 안에서 나름대로 악명을 떨쳤던 그녀였다. 그렉의 조교가 된 후로는 그의 명성에 업히는 바람에 전보다 더더욱 학생들의 시샘 어린 시선을 모으는 중이었고. 당장만 해도 지나는 학생들 셋 중에 두 명 꼴로 이쪽으로 눈길을 보내고 있지 않은가.

그런데 유독 이럴 때만 목청을 자랑하는 송이영은 방방 뛰는 게 이대로 뒀다가는 5층 건물 정도는 제 힘만으로 너끈히 뛰어오를 수 있겠다 싶을 정도였다. 이럴 때 듣는 약은 따로 있지.

오른손 검지와 엄지를 까딱거리며 가볍게 워밍업을 한 손희가 이영의 옆구리로 팔을 뻗었을 때였다.

"누가 안됐다고?"

"앗!"

기대했던 이영 대신 손희가 남다른 탄력을 자랑하며 제자리에서 폴짝 뛰어올랐다.

"어머나, 교수님. 어제 뵙고 또 뵙네요. 또 뵈니까 더 반가운 거 있죠."

이영의 호들갑스러운 인사에 미소와 함께 가볍게 고개를 끄덕인 그렉이 손희에게 시선을 돌렸다.

"점심 먹고 오는 거야?"

"네."

"조금 늦었네."

현재 시각 오후 2시 반. 점심 먹고 커피 마실 시간까지 감안한다면 늦었다고 할 만한 시간은 아니었다. 하지만 좀 전의 일로 그렉에게 좋은 감정일 리 없는 손희는 별말 없이 그냥 고개만 까딱하고 말았다.

"그렇게 됐어요."

"뭐 먹었는데?"

"그냥."

"맛은 있었고?"

"네."

흐음. 요거 봐라.

두 사람을 번갈아 오가던 이영의 눈에 지금까지와는 다른 흥미가 어렸다. 보통 손희는 대화할 때 시선을 피하는 법 없이 똑바로 눈을 맞추고 표정을 읽어가며 이야기를 나누곤 했다. 그래서 간혹 배알이 쥐방울만 한 놈들은 그녀와 제대로 눈을 마주치는 것도 어려워했다. 그런데 지금은 어떤가. 눈 맞춤은커녕, 죄라도 지은 사람마냥 필사적으로 그렉의 시선을 피하려는 기색이 역력했다.

흐응, 냄새가 나. 냄새가. 그 교수는 대체 언제부터 손희에게 말을 놓기 시작한 거지?

그리고 다음 순간 그녀의 의혹은 더욱 진해졌다.

"학장님하고 얘기가 길어져서 점심도 걸렀어. 배고파."

"오후 수업 없는 날이에요. 다녀오세요."

"같이 가자."

그리고 다음 순간.

헉!

소리 없는 절규가 즉각 이영의 입에서 터져 나왔다.

어머 어머, 유레카, 심봤다, 허어얼! 대애애박! 등의 밑도 끝도 없는 감탄사들이 그 즉시 번호표 받고 다급하게 대기를 타기 시작했다.

손희의 어깨 위에 자연스레 올려져 있는 그렉의 손이 무엇을 의미하는지 사이비 연애 컨설턴트 15년 경력의 이영은 그저 알 수 있었다. 이런 걸 두고 말하지 않아도 안다고 하는 거지. 천진무구한 아이의 노랫소리로 커버를 하긴 했지만, 마음속에 그 사람이 있다는 걸 그저 바라만 봐도 안다는 한 줄의 짧은 가사에는 사랑과 연애에 정통한 사람의 능숙한 스킬이 담겨 있다고 굳게 믿는 그녀였다.

그리고 지금, 손희를 바라보는 그렉의 눈빛에도 굳이 말로 하지 않아도 그냥 저절로 알아지는 진한 무언가가 그득하게 담겨 있었다.

혹시나 했던 의혹이 확신으로 바뀌는 순간이었다.

6. 셀럽의 힘은 위대하다

학교 안 셀럽의 힘은 역시 막강했다. 그렉과 함께 주차장에 가서 그가 열어주는 대로 차를 타고 그가 운전하는 옆에 앉아 학교 밖을 벗어나는 순간까지 손희는 시선 집중이라는 말이 가진 의미를 난생처음으로 비로소 똑똑하게 깨달을 수 있었다.

두 사람에게 쏟아지는 눈길들과 관심은 뒤늦게 연극영화과에 입학해 만학의 의지를 불태우고 있다는 모 유명배우에게 댈 것도 아니었다. 경쟁이라도 하듯 저마다 스마트폰 높이 들고 두 사람의 일거수일투족을 찍어대는 걸 보고 있자니, SNS며 블로그에 이 모습이 얼마나 굴러다니며 씹힐지. 손희는 벌써부터 머리가 아팠다.

"교수님, 나한테 유감 있죠?"

"유감? 그게 뭐지? 감이라면…… 먹는 건가? 홍시처럼?"

고유어나 한자성어에나 약할까. 어지간한 단어는 사전처럼 꿰뚫고 있는 사람이 딴청을 피운다.

"재미없거든요."

"잼 없어? 그럼 마멀레이드라도 사줄까?"

"아, 좀!"

짜랑한 목소리가 결국 차 안을 울렸다.

조금 전의 일과 그렉이 연출한 난데없는 상황에 당황스럽고 약이 올라 있는 손희였다. 하지만 그녀와 달리 그렉은 너무도 태평했고 바로 그 점이 손희를 더욱 뿔이 나게 했다. 따지고 보면 이 모든 일의 원인 제공자는 바로 그가 아닌가.

하지만 어릴 적 엄마를 찾으며 우는 걸이를 한 방에 다스려서 아직까지도 집안의 전설로 남아 있는 그녀의 버럭질에도 어떻게 된 게 이 남자는 어깨 한번 움츠리질 않는다.

도리어 묻는다는 말이.

"밥 사주겠다는 사람한테 유감 있냐고 물어보면 뭐라고 대답해야 해? 내가 한국말이 아직까지 서툴러서 제대로 못 알아듣는 거야?"

이렇게 물어오니 딱히 화를 내기도, 반박할 말을 찾기도 어렵다. 이 남자, 적재적소에 무기를 배치하고 알맞은 시간에 제대로 된 무기를 뽑아 휘두를 줄 아는 실로 고수 중의 고수 되시겠다. 아아, 이 능구렁이를 대체 어떡하면 좋지?

"밥 먹었다고 했잖아요."

"거짓말."

엥?

"낙지 덮밥 거의 남겼다며. 하필 옆자리에 너 싫어하는 여학생들이 앉아서 왈강왈강 씹는 거 듣고."

다른 나라 말을 배울 때 욕과 비속어 습득에 걸리는 시간이 제대로 된 표준어를 배우는 속도보다 월등히 빠르다는 가설이 두말할 것도 없는 사실이라는 게 입증되는 순간이었다. 게다가 왈강왈강 같은 단어는 또 어디서 알았는지. 날마다 단어사전 열 장씩을 스캔하듯 통째로 외우고, 외우는 족족 찢어내 씹어 먹었다는 전설 속 그 인물은 어쩌면 아주 가까운 곳에 있었는지 모른다. 이를 테면 지금 그녀가 앉아 있는 조수석의 옆자리라든가.

"정확하게 말하면 교수님을 좋아해서 내가 싫은 애들이었죠. 좋게 말해 저는 선의의 피해자, 세게 말하면 무고한 희생자였다고나 할까."

말이 끝나기가 무섭게 단박에 들려오는 코웃음. 이건 마치 '내가 한국에 오기 전 네가 했던 일들을 나는 다 알고 있다'는 느낌이랄까. 대체 어디의 어느 것들이 일러바친 거야. 접때 같이 점심 먹었다던 김은형인가? 하여튼 다들 쓸데없이 입들만 싸서 문제다.

그러나 그녀는 무적의 송손희. 이 정도 비웃음 따위야 가볍게 무시하는 것은 물론이요, 생채기 하나 없이 가뿐하게 극복할 수 있는 극강 멘탈의 소유자였다.

"아직 한 시간도 안 됐는데 소문이 빠르긴 빠르네. 어떻게 알았어요?"

짐작 가는 바가 없지 않아 크게 놀라지는 않았지만 혹시나 싶어 물었다.

설마 그 자리에 이 사람까지 있었던 건 아니겠지. 만일 그랬으면 제왕과 그의 참모, 그리고 그의 덜떨어진 추종자들 정도의 그림이 되었으려나. 머릿속에 그려지는 그림 속에서 당연히 참모의 모습을 하고 있어야 할 자신의 모습이 불쑥 떠오른 단상으로 인해 다른 모습으로 바뀌고 말았지만 이 정도 착오쯤은 가볍게 패스.

"나도 스마트폰 쓰고 있으니까."

역시나.

손희의 눈길이 좌석 중간 컵 홀더에 아무렇게나 던져진 그의 전화기로 향했다.

액정 필름도 케이스도 없이 헐벗은 채 곳곳에 생긴 생채기를 자랑스럽게 드러내며 블랙의 존재감을 마음껏 과시하고 있는 게 어쩐지 짠해 보인다. 거죽은 멀쩡한 사람이 전화기는 왜 저래 갖고 다닌담. 나중에 팬시점에서 싸구려 케이스라도 하나 사서 입혀줘야겠다는 생각이 문득 들었다.

하나뿐인 동생 송손걸 군도 일 년 가야 한 번을 보기 어렵다는 송손희 표 측은지심이 드디어 그 모습을 드러내는 순간이었다. 난데없는 측은지심의 발로가 어디서 기인한 것인지 아직 명확하게 알지는 못하지만 지금껏 그녀가 알지 못했던 뭔가가 슬금슬금 다가오고 있는 건 적어도 분명했다. 안타깝게도 정작 손희 자신은 아직 그 사실을 모르고 있다는 게 문제였지만 말이다.

"뭐 사줄까?"

"버스 지하철 번갈아 타고 학교 오가려니 진 빠져요. 차 사주세요."

"그건 내년에 연봉 오르면 사줄게. 낙지 덮밥 다시 먹을래?"

어깃장 놓으려고 한 말을 표정 변화도 없이 가볍게 받아친 그가 재차 물었다.

"싫어요."

재깍 대답하고는 입맛을 쩍 다셨다. 아아, 낙지 덮밥. 차암 좋아하는 음식이었는데 말이지. 어쩐지 트라우마가 생길 것 같다. 이대로 회복 못하면 그 맛난 걸 앞으로 영영 못 먹게 될지도 모른다고 생각하니 살짝 슬퍼지려고 했다.

"그럼 해물 덮밥? 아니면 불고기 덮밥?"

이 양반이 누굴 덮밥 못 먹어서 죽은 귀신으로 아나.

"낙지볶음. 그거 먹을래요."

어차피 이렇게 된 거 매운 거 먹으면서 눈물, 콧물 싹 뽑고 스트레스나 풀어보자 싶었다. 더불어 이참에 누구 씨 발 동동 구르며 우는 것도 좀 보고. 코끝 벌개져서 눈물 줄줄 흘리는 와중에도 극강의 미모가 여전히 빛을 발할 수 있을지 직접 눈으로 확인하고 싶은, 심술이 다분한 결정이었다.

으흠. 하아. 쓰읍. 훌쩍. 으윽.

관자놀이를 적시고 주르르 흐르는 땀을 티 나지 않게 닦아내며 맞은편의 눈치를 쓰윽 살폈다. 일 초 전에 닦아냈는데도 눈치 없는 콧물은 다시 세상 구경을 하겠다고 난리고 얼굴은 핫 팩이라도 갖다 댄 듯 뜨겁다. 혀와 식도, 위장은 챔피언의 강펀치로 연타를 맞은 듯 차례대로 아픔을 호소하더니 이젠 감각이라는 게 완전히 사라졌는지 아예 아무것도 느껴지질 않았다.

“차라리 시원하게 풀지그래?”

쉴 새 없이 냅킨으로 조심스럽게 콧물을 훔쳐 내고 있는 그녀를 안쓰러운 눈으로 보며 그렉이 제안을 했다.

“밥맛 떨어질지도 몰라요.”

“각오하고 온 건데.”

말이나 못하면.

얄미운 마음에 가방에서 손수건을 꺼내 코에 대고 있는 대로 힘을 주어 풀었다. 패애앵! 피잉! 퓨웅!

체면 때문에 흘러내리는 콧물을 훔쳐 내기에만 여념이 없던 식당 안의 다른 사람들이 잠시 수저질을 멈추고 장하게 코를 푸는 그녀를 부럽다는 듯 바라보았다. 하지만 그들 중 태반을 차지하는 여자들은 곧 의아해하는 시선을 던졌다. 물론 그 이유가 그녀와 마주 앉은 그렉에게 있다는 건 입 아프게 말할 필요도 없다.

“아윽. 머리 아파.”

내숭 따위 안전에 두고 한 번도 키워본 적 없는 손희는 역시나 이번에도 사람들 시선 따위 신경 쓸 겨를 없이, 콧물을 밀어내느라 과도하게 힘을 준 탓에 순간적으로 어지러우면서 띵한 머리만 부여잡았다.

"시원하겠다."

"머리 아프다니까요."

자신의 목소리에 담긴 어리광을 손희는 눈치채지 못했지만 그렉은 평소의 똑 부러지는 말투와 다르게 귀여움이 잔뜩 녹아든 그녀의 목소리에 잠시 얼이 빠졌다. 그런 상태를 알 리 없는 손희는 가방에서 늘 갖고 다니는 작은 비닐백을 꺼내 손수건을 갈무리해 넣으며 투덜거렸다.

"인조인간이라고 소문낼까 보다. 아니면 냉동인간이든지."

"누구, 나? 내가 왜?"

손희가 온통 빨강색 범벅인 접시를 가리켰다.

"혀가 뽑힐 것 같이 매운 걸 먹으면서도 얼굴색도 안 변하잖아요. 이래 봬도 나 매운 거 정말 잘 먹거든요. 그런 내가 먹어서 이 정도면 어지간한 사람들은 살려달라고 무릎 꿇고 빌 거라고요. 근데 교수님은 말짱하잖아요. 어떻게 그래요?"

매운 기운 때문인지 손희의 입술은 벌겋게 부어 있고 두 눈에는 금방 흘러내릴 듯 눈물이 그득했다. 그것도 모자라 연신 훌쩍이기까지 하는 와중에도 온 얼굴로 '나 억울해!'를 제대로 외치고 있었다.

그도 그럴 것이 손희가 고른 이 식당은 매운 낙지볶음을 팔기로 소문이 난 곳이었다. 나중에 정말 스트레스가 머리끝까지 쌓였을 때 이영을 꼬드겨서 한번 와봐야지 생각만 하고 있었다. 그런데 마침 오늘 기회가 생기자 너는 죽고 나는 까무러치고 하는 작정으로 그렉을 몰고 온 길이었다. 그래서 가장 매운 단계를 주문했고.

그런데 애초의 예상을 깨고 식당 안 모든 사람들이 눈물, 콧물이 범벅이 되어 훌쩍이고 있는 와중에 그렉 혼자서만 유일하게 놀라울 정도로 처음 그대로의 멀쩡한 모습을 유지하고 있었다. 반대로 자신은 만신창이가 되어 흐느적거리고 있으니 손희로서는 억울한 마음이 들 수밖에 없는 것이다.

"매운 걸 굉장히 좋아하는 사람하고 같이 한동안 살았거든. 물론 지금은 아니지만."

에에? 누구랑 뭘 어쨌다고?

더 이상 어떻게 할 수 없을 정도로 손희의 두 눈이 커다래졌다. 그 와중에도 맑은 콧물이 흘러내리려고 한다. 우이씨. 이제는 별반 무안한 기색도 없이 쓰윽 닦아내는 한편으로 그것을 핑계로 그녀는 은근슬쩍 눈동자를 굴리며 그의 시선을 피했다.

보수적인 한국 사회에서도 결혼이라는 과정 없이 남녀가 함께 사는 걸 터부시하는 시선으로 보게 되지 않은 지 오래고, 더군다나 그는 한국보다는 훨씬 개방적인 사회 분위기에서 살아온 사람이었다. 그러니 여자친구와 함께 살았던 게 큰 흠은 아니지만, 그렇지만……. 역시나 이렇게나 아무렇지도 않게 대놓고 여자와 동거했다는 말을 듣는 건 영 불편하단 말이지.

더군다나 한글을 제대로 떼기 전부터 조부님 앞에서 무릎 꿇고 앉아 사자소학을 외우고 자라온 그녀이니 어색함은 더더욱 클 수밖에.

확연히 조금 전과는 다른 의미로 손희의 양 볼이 붉어졌다. 그 모습을 본 그렉의 얼굴에 잠시 흥미로운 빛이 떠올랐다.

"아, 뭐. 그러셨구나. 하하. 미국에도 매운 거 잘 먹는 사람들이 있나 봐요?"

어색할 때면 늘 그러듯 한 음절씩 똑똑 떨어지는 부자연스러운 웃음과 함께 손희가 물었다.

"아버지는 중국계 미국인이고 어머니가 베트남 사람이라 어릴 적부터 자연스럽게 향이 진하고 매운 음식을 먹었다고 했어. 그녀 덕분에 쌀국수도 처음 알게 됐고."

어지간히 좋아하는 사이였는지 말하는 목소리에 그리움이 가득했다. 함께했던 시간을 더듬는 듯 아련한 빛을 띠는 두 눈에 손희의 입술이 저절로 비죽이 내밀어졌다. 누군가의 아름답고 행복한 기억이, 듣고 있는 누군가에게는 귀에 담기 싫을 수도 있다는 걸 그녀는 태어나서 처음 깨닫고 있었다.

"이제 그만 일어날까요?"

어색한 화제가 더 깊이 이어질까 싶어진 손희가 일어설 준비를 했다.

잠시 후 밖으로 나오자 손희가 식당 밖의 버스 정류장을 손으로 가리켰다.

“오늘은 그냥 퇴근할게요. 데미지가 컸으니까 이 정도 땡땡이는 봐주실 수 있죠?”

“그런 법이 어디 있어?”

“네?”

순순히 그러라고 할 줄 알았던 예상과 달리 그렉은 즉시 태클을 걸어왔다. 이런 쫌팽이 교수님 같으니라고! 저 얼굴에 속 좁고 옹졸한 성격이라니, 완전 사기다!

다 너 님 때문이잖아! 하는 기색을 숨기지도 않은 채 미간에 주름이 서도록 인상을 쓰는 손희를 비웃듯 그가 가볍게 콧방귀를 뀌었다.

“이런 식으로 데미지 생길 때마다 일 못하겠다고 하면 앞으로 제대로 일할 수 있는 날이 별로 안 될걸. 안 그래?”

지금 당장만 해도 곁을 지나면서 흘끔거리는 시선들이 끊길 줄 모르는 걸 보면 그의 미모에 관한 풍문이 이제 교내를 벗어난 건 거의 확실했다. 그렇게 된 이상 그렉의 말대로 오늘 같은 일을 다시 겪지 말란 법은 없고. 방학만 하면 무슨 수를 써서든 그의 손에서 벗어날 요량이지만 그건 그때 가서 할 얘기고. 어찌 됐든 그때까지는 꼼짝없이 그의 옆에 붙어 있어야 하니 말이다.

그러니 그의 말이 확실히 틀린 건 아닌데, 그래서 딱히 뭐라고 반박할 수도 없는데. 그런데, 그런데…… 묘하게 말려든 것 같은 이 기분은 뭐지? 게다가 저 대단한 자신감이라니. 확실히 쩌는 미모에 필적하고도 남을 만큼 눈물 나게 쩌는 오만함이다.

"알았다고요."

이쯤에서 포기하는 게 정신 건강에 좋겠다고 판단한 손희가 한숨과 함께 주차장을 향해 발길을 돌렸다.

하여튼 융통성이 없어서리. 막 걸음을 옮기며 속으로 투덜거리는데 그가 손을 잡아끌었다. 고개를 돌리자 그가 턱짓으로 저만치 보이는 콩다방을 가리킨다.

"커피는 마셔야지."

"생각 없어요."

"생각 없어도 마셔. 네 말대로 혀가 뽑힐 정도로 매운 거 먹었으니까 이번에는 혀가 녹을 정도로 달콤한 걸 마실 차례잖아."

그러면서 사람 죽이는 미소를 생긋거리는데.

하아. 눈은 뿌듯하면서 동시에 속마음이 심란한 이 상황을 뭐라고 해야 할지 모르겠다.

"이영이 가지고 오는 커피들 보면 거품 듬뿍 올린 달콤한 걸 좋아하는 거 같던데. 맞지?"

안으로 들어서서 빈자리에 앉는 그녀에게 그가 물어왔다. 쓰디쓴 아메리카노도 공짜라면 신나서 마실 판에 좋아하는 커피 스타일을 콕 집어 사주겠다는데 마다할 리가 없었다.

고개를 끄덕이자 그가 지갑을 들고 카운터로 향했다. 역시나 이번에도 기대를 버리지 않고 여지없이 그를 향해 날아가는 시선들. 파도의 움직임을 타고 유연하게 오르락거리는 물결처럼 그의 움직임을 따라 여자들의 눈동자가 일제히 요동을 친다. 아울러 제각기 손에 쥔 직사각형의 전화기들의 움직임도 바쁘다.

흐음, 돌아가는 걸 보아하니 바야흐로 이제 곧 순식간에 그 교수의 미모에 대한 풍문이 광대역으로 넓어질 건 확실했다.

이쯤 해서 앞으로 몰려들 불특정 다수의 팬들로 인해 겪게 될 데미지의 정도를 예상할 때가 됐지 싶다. 과연 이대로 그 교수의 조교 노릇을 하는 게 정신적, 육체적 건강에 과연 도움이 될지를 가늠해 봐야 하지 않을까. 일당백 막강 무적의 쌈닭 송손희도 결국에는 목숨이 하나뿐인 연약한 인간이니 말이다. 그나저나 뭘 먹고 어떻게 태교를 하면 저리 잘난 아들을 낳을 수 있는 건가. 나중에 혹시라도 그의 어머니를 볼 기회가 닿으면 꼭 물어봐야겠다.

그렉에게서 제게로 서서히 이동하는 시선들을 아직 깨닫지 못한 손희는 혼자 엉뚱한 생각에 빠져 있었다.

"어이, 손 양."

부르는 소리에 힐끗 눈을 돌리자 그렉과는 다른 의미로 잘난 얼굴이 눈에 들어온다. 이 인간은 또 어디서 나타난 거야.

"여기서 뭐 해?"

성준영. 가히 동네 최고라 할 수 있는 바람꾼. 오랫동안 전혀 힘들이지 않고 쌓아 올린 명성에 흠을 내지 않겠다는 듯 그의 옆에는 역시나 묘령의 '그녀' 가 서 있었다.

"성준영, 너는 여기 웬일이야?"

"우리 앵이 이 근처서 알바하거든."

하면서 좋아 죽겠다는 눈으로 팔에 매달린 여자를 바라보는데 그 눈빛 한번 맹하구나. '앵이'는 또 어떻게 해서 생긴 애칭이련가. 사귀는 여자마다 이름을 살짝 바꾸든지 별명을 짓든지 해서 닭살 돋는 애칭으로 부르는 건 초등학교 다닐 때 처음 여자를 이성으로 사귀기 시작했을 때부터의 준영의 버릇이다. 그의 첫 여자친구 애칭이 쑥쑥이였지, 아마도.

"오빠앙, 앵이 커피 먹고 시포오."

성준영과 그렇고 그런 사이인 걸로 봐서 개념 차게 인사를 나눌 정도의 양식 따위 애초에 바라지도 않았지만 애교와 어리광이 범벅이 된 혀짤배기 말투. 게다가 제가 저를 남친이 부르는 애칭으로 지칭하는 것까지. 얼핏 봐도 성준영에게 딱 어울리는 상대였다. 이래서 옛말이 틀린 데가 없다는 거다. 지금만 해도 초록은 동색이라는 비유가 딱이지 않은가.

"우리 앵이, 오빠 얘기 끝날 때까지 잠깐만 기다릴래? 오빠가 이 언니랑 되게 오랜만에 만났거든."

누가 버터 절임 성준영 아니랄까 봐 기름기 뚝뚝 떨어지는 목소리로 대꾸하는 걸 좀 보라지. 정말이지 우웩!이다. 그리고 내가 언제부터 니 언니였니? 나이도 나보다 많은 주제에.

그동안 성준영이 여자를 끄는 매력이 대체 뭘까 궁금했었는데 오늘 보니 확실히 알겠다. 단언컨대 성준영의 매력은 백치미였어. 하나뿐인 아들이—게다가 무려 4대독자 되시겠다—백치미를 줄줄 흘리고 다니는 걸 알면 성 화백님 슬퍼하실 텐데 어쩌나.

"너 철물점 아저씨랑 한판 떴다며?"

커피 졸라대는 여자친구 기다리게 한 채 묻는 말이라고는 참으로 생뚱맞다. 그러니 대꾸하는 말도 퉁명스러울 수밖에.

"뭔 소리야."

"엊그제 집에 갔더니 엄마가 얘기하던데?"

사다리 빌리러 갔다 그냥 나온 이후로 괘씸해서 그쪽으로는 아예 눈길도 안 줬건만 또 뭔 소문이 돈 거야.

오래된 동네의 장점이자 단점은 좋은 쪽이든 나쁜 쪽이든 소문의 전파가 빠르다는 거다. 그리고 그 소문은 전혀 말 안 되는 내용이거나 사실무근일 때가 종종 있다. 바로 지금처럼. 그럼에도 얼토당토않은 소문이 사라지지 않고 계속해서 맴을 도는 건 물론 성준영 같은 인간들 때문이고.

"그런 적 없거든? 아주머니가 잘못 아신 거야."

"온 골목에 소문이 자자하다던데 왜 당사자가 모른 척이야. 혹시 안 어울리게 수줍음 타? 그것도 내 앞에서?"

이다음에 나올 말은 안 들어도 뻔하다. 아니나 다를까,

"너 혹시 진짜 나 남자로 좋아해? 그래서 막 얌전해 보이고 싶, 헉!"

퍽 소리가 나기가 무섭게 준영이 허리를 앞으로 반 꺾었다. 재빠르게 날아간 손희의 주먹에 배꼽 아래 급소를 강타당한 탓이다.

"까불지 말고 가서 여친이랑 커피나 마셔."

"오빠, 괜찮아?"

"손희 너어."

토끼눈이 된 여자친구에게 아무렇지 않다며 여유 있게 웃어 보이지만 이마에 힘줄이 선 걸 보면 어지간히 아팠나 보다. 여자친구만 없었으면 금방 죽을 사람처럼 엄살을 피우며 뒹굴었을 텐데 하여간 성준영, 폼에 죽고 폼에 사는 인간이지.

가소롭다는 티 팍팍 내는 손희의 콧방귀 소리를 들은 준영이 여자친구의 눈을 피해 그녀를 살벌하게 노려본다. 그래 봤자 성준영에게만 죽여주는 약발이 있으니.

"안 그래도 이따가 오빠 집에 심부름 가야 하는데. 가서 화백님 뵈면 낮에 만났다고 전할게. 그리고 음…… 앵이 씨라고 그랬죠?"

방글방글 그녀의 미소에 준영의 얼굴이 금세 희게 질려갔다.

너도 믿고 나도 믿고 온 동네 사람 다 믿는데 정작 당사자는 극구 부인할 때가 부지기수인 이른바 '우리 동네 통신', 줄임말로 UDT에 따르면, 성준영은 지난번 예영이 신혼여행에서 돌아올 때 집까지 찾아와서 일을 거들었던 여자친구를 가족들에게 정식으로 소개했다고 했다. 아울러 그녀와 결혼까지 생각하고 만나고 있는 진지한 사이고 앞으로 절대 여자 문제로 속 썩이지 않겠다고 맹세를 거듭했다고 들었다.

직접 얼굴을 확인하지는 못했지만 보수적인 성 화백님이 마음에 들어했다고 하니 그 여자친구가 적어도 지금 준영 옆에 서 있는 일명 '앵이'는 무조건 아닐 게 확실했다. 쯧쯧, 위대하신 소크

라테스 가라사대 '너 자신을 알라' 고 하셨거늘. 성준영 이 인간은 대체 무슨 정신으로 그런 말도 안 되는 맹세를 한 건지.

"야아, 송손희. 네가 나한테 이러면 안 되지. 우리가 어떤 사인데……."

얼씨구, 여친 옆에 두고 이젠 교태까지. 네가 딴짓하다가 여자친구한테 죽도록 맞아본 적이 없구나. 아니나 다를까, 당연한 수순처럼 준영의 여자친구가 눈총을 쏘아대기 시작하는데 어째 손희의 예상과 방향이 다르다. 이봐, 예쁜 언니. 제짝 옆에 두고 다른 여자한테 끼 부리는 남친부터 잡을 생각을 해야 하지 않겠어?

"그새 한눈파는 거야?"

눈앞에 커피가 든 컵이 내려지는가 싶더니 어깨 위로 묵직한 것이 툭 내려앉는다. 고개를 돌려보니 그렉의 한쪽 손이 그녀의 어깨 위에 다정하게 올라와 있다. 헉! 이건 또 무슨 상황.

"잠깐 커피 사러간 동안도 못 참으면 곤란한데. 언제 어디서든 날 보고 있어야지 눈을 어디에 두고 있는 거야, 응?"

얼빠진 얼굴을 한 손희가 큰 눈을 끔벅거리며 눈앞의 그를 멍하니 쳐다봤다.

대체 그대는 누구세요? 당신의 정체는 뭐세요? 라고 그녀의 눈이 그를 향해 묻고 있었다. 얼굴도 스타일도 조금 전과 하나 달라진 것 없지만 눈앞의 남자는 진정 그렉이되, 그렉이 아닌 것이 분명했다. 그러지 않고서야 연인 사이에나 오갈 법한 간지러운 말을 아무렇지도 않게 할 리가 없지 않은가.

"누구셔?"

물어오는 준영의 목소리에 잘하면 역전 상황을 만들 수 있다는 기대감이 무럭무럭 피어오른다.

굳이 비유라는 걸 하자면 흡사 9회 말 동점 상황에서 연달아 스트라이크 두 개를 맞은 뒤 자신을 향해 날아오는 다음 타구가 홈런성이라고 굳게 믿고 심히 흥분해서 배트를 휘두를 준비를 마친 타자의 기운이랄까.

"오빠 넌 알 거 없어."

꿈 깨셔. 두말할 것 없이 이번 타구도 확실한 스트라이크고 넌 아웃이니까.

'우리 동네 통신' 의 따끈따끈한 새 기사의 주인공이 될 생각은 추호도 없는 손희가 단박에 그의 기대를 잘라냈다.

두 사람 사이에 오가는 묘한 친밀감을 지켜보던 그렉이 손희를 채근했다.

"소개 안 해줘?"

준영이 재빠르게 나섰다.

"성준영입니다. 손희하고 같은 동네에서 함께 자랐어요."

준영의 자기소개에 그렉은 짧게 고개를 끄덕이며 그와 악수를 나누었다.

"그렉입니다."

달랑 이름만 내놓고 다른 인사는 생략한 걸 보니 준영의 존재가 눈에 거슬리긴 했던 모양이었다. 나중에라도 그때 왜 그랬어요? 하고 물으면, 반갑지 않은데 반갑다고 해야 해? 라며 코웃음을 칠 것 같다.

"그만 가라."

준영의 얼굴에서 신선하고 질 좋은 먹잇감을 발견한 여우의 번득임을 발견한 손희가 그를 보내려고 나섰다. 언제나 방심은 금물. 이러고 있다가 '우리 동네 통신'의 따끈따끈한 실시간 기사의 주인공이 되는 건 시간문제다.

"오빠, 언제까지 서 있어야 해? 나 커피 마시고 싶다고오."

고맙게도 두뇌 하나는 끝내주게 청순해 보이는—아마도 유일하게 청정지역으로 남아 있는 부분이지 싶지만—앵이도 곁에서 거들고 나섰다.

"그래, 여기 앉아. 같이 마셔도 되죠?"

그렉이나 손희가 뭐라고 대답할 사이도 없이 혼자 고개까지 끄덕인 준영이 앵이를 서둘러 손희의 맞은편에 앉혔다.

"오빠가 커피 사올 테니까 잠깐만 기다려, 우리 앵이."

알았다는 대답을 뒤통수로 들으며 준영은 부리나케 카운터로 달려갔다.

"앉으세요, 호호호."

준영이 등을 돌리기가 무섭게 '앵이'는 그렉을 향해 무시무시한 눈웃음 폭탄을 무차별적으로 발사하기 시작했다. 이런 씨이, 성준영.

손희의 얼굴이 찌푸려질 찰나 그렉이 그녀의 팔을 잡아 가뿐하게 일으켜 세웠다.

"가자. 이 자리에 앉을 사람은 따로 있는 것 같아."

오늘 들은 것 중 가장 반가운 말이라 손희는 이의 없이 그렉의 뒤를 따랐다. 뒤통수에 눈총이 날아와 박히는 것도 같지만 이쯤이야 사납게 쏟아지는 폭우에 물 몇 방울 보태는 것만큼도 안 된다.

"어떤 사이야?"

주차장을 향해 걸어가며 그렉이 물었다.

"옆집 오빠요."

"확실해?"

"응. 아까 성준영도 그랬잖아요. 한동네에서 같이 컸다고."

"그런데 왜 반말을 하지? 이름도 함부로 부르고."

"언제는 안 그랬나요? 저번에 강윤 오빠한테 그러는 것도 봤으면서."

물론 어른들 계시는 데에서는 절대 함부로 이름을 부르거나 반말을 하지 않는다. 그러고 있는 걸 들켰다가는 그 댁 어른들한테 싫은 소리 듣는 건 작은 덤이라고 생각될 정도로 조부님께 엄청 혼이 날 게 뻔하니까.

"으흠."

"뭐예요, 그 이상한 감탄사는? 당최 의미 불명인데요?"

운전석 문을 열며 그렉이 말했다.

"그냥 무슨 뜻인지 모르겠다고 해. 그럴 필요 없는데도 일부러 가끔 한자어나 어려운 단어 쓸 때 있더라. 내가 못 알아듣고 헤매는 거 보고 싶어서 그러는 거지?"

뜨끔. 차에 오르려던 손희가 어깨를 움찔했다. 들켰구나. 뭐든 잘하는 사람이 얼른 이해하지 못하고 헷갈려 하는 걸 보는 재미에 가끔 그럴 때가 있었는데 이미 눈치채고 있었던 모양이다. 이거야 원, 부처님 손바닥이 따로 없었구나.

속마음을 들켰다고 생각해서인지 태연한 척하려고 애를 쓰는데도 어쩐지 얼굴이 홧홧하다.

"어쨌든요. 무슨 뜻이에요?"

시동을 거는 그에게 재차 물었다. 들킨 건 들킨 거고 궁금한 건 풀어야 하니까. 살다 보면 종종 얼굴에 철판을 깔아야 할 때가 있는 법이다.

"들은 그대로야. 그냥 알겠다는 뜻이지."

"에?"

"표정이 그게 뭐야? 입 닫아야겠다. 그러고 있으면 좀 모자라 보여."

헉! 이런 적나라한 지적이라니!

미모에 가려져 있던 성격이 이제야 드러나는 걸까, 아니면 한국말을 배울 때 돌려서 말하는 법을 배우지 못한 걸까. 속으로는 후자라고 믿고 싶은 마음이 굴뚝같지만 강하게 엄습하는 전자의 기운이 그녀가 믿고 싶어하는 게 틀린 답이라는 신호를 계속해서 보내오고 있었다.

조금만 주의를 기울여 생각해 보면 이런 식으로 그에게 자꾸 말려드는 빈도가 요즘 들어 빈번해지고 있다. 지나치게 좋은 그의 언변 때문이라고 탓을 하자니 입을 다문다고 하지 않고 닫는다고 표현하는, 아직까지 부족한 그의 한국어 실력이 자존심을 건드린다.

"그렇게 함부로 이름을 부를 리가 없잖아."

"네?"

반문하던 손희는 조금 전 그의 경고를 떠올리고는 벌어지려는 입을 얼른 다물었다.

"좋아하는 남자라면 조금 전의 너처럼 함부로 이름을 못 부를 거라고."

"그냥 친한 사이라고 했잖아요. 편한 오빠처럼."

"그래서 안심했어. 아까 네 옆에 찰싹 붙어 있는 거 봤을 때부터 신경 쓰였거든."

"그런 발언 위험해요. 교수님이 나 좋아하는 걸로 착각하면 어쩌려고."

일말의 가능성도 없다는 걸 알면서도 못 먹는 감, 까짓것 찔러나 보자는 심정으로 불쑥 던진 말이었다. 하지만 돌아오는 대답은 전혀 예상 밖이었으니.

"그럼 안 돼?"

"당연히 안 되죠."

두 번 생각할 사이도 없이 튀어나간 대답에 그렉의 얼굴이 굳어지며 미간이 좁아들었다. 그 모습을 보자 당황한 나머지 그녀의 입술이 멋대로 움직이기 시작했다.

"아니, 내 말은 그게 아니라……. 우리가 그럴 이유도 없고 또 그래서는 좀 곤란하지 않겠어요? 무엇보다, 잠깐만요. 후우."

잠시 말을 멈추고 숨을 골랐다. 으으으, 심장 떨려. 장난으로 받아주겠다고 하는 말에 이 정도로 떨리는데 좋아한다는 말 진짜로 들으면 아예 심장이 멎어버릴 것 같아.

"좋아해."

응?

지극히 무덤덤한 표정으로 하는 말에 그렇지 않아도 큰 손희의 두 눈이 아예 왕사탕만 해졌다.

"미치도록 사랑한다거나, 너 없으면 죽을 것 같다거나 하는 정도는 아직까지 아니야. 하지만 아무리 생각해도 널 좋아하고 있는 건 맞는 거 같아."

아아아, 내 귀가 썩어가나 봐. 환청이 들리잖아. 아님 뇌신경에 이상이 생겨서 듣지도 않은 말을 들었다고 착각하는 건지도. 간절히 원하면 현실이 된다는 진부하고 낡아빠진 진리를 여기서 확인하게 되는 거야? 아니. 아직 호감 정도일 뿐이고, 사실 그렇게 간절한 것도 아니라잖아. 나도 꼭 그렇게 죽을 만큼 간절하게 좋아했던 것도 아니고 그냥 좋아하는……. 아앙, 뭐래는 거야.

살면서 한 번도 남보다 모자란다거나 뒤처진다는 말을 들어본 적은 없는데 어쩌면 오늘 첫 테이프를 끊을 모양이다. 그것도 제 스스로에게서.

"꽤 담백할 수 있을 거라고 생각했는데 막상……. 하아, 어렵다."

다행이다. 귀나 뇌에 이상이 있는 건 아닌가 봐. 고뇌에 찬 표정까지 만들어서 볼 수는 없는 거니까. 아니, 그게 아니라……. 내가 지금 무슨 말을 들은 거지?

그 순간, 오감과 지각이 일제히 활동을 멈추었다. 그를 볼 때마다 그의 목소리와 웃음소리를 들을 때마다 뛰어대던 심장도 움직임을 멈추었다. '설마'와 '혹시', '어쩌면'이 저마다 화려한 조명을 켜고 현란한 몸짓으로 존재감을 과시했다.

딱딱하게 굳어 있던 몸이 풀린 건 운전대를 쥐고 있는 그의 손을 본 직후였다. 보일 듯 말 듯 박자를 맞추며 장난을 치듯 까딱거리며 빙빙 돌리고 있는 왼손 검지를 본 순간 몸을 감싸고 있던 마비가 거짓말처럼 풀리면서 소리를 질렀다.

"못 살아, 정말!"

속았다는 억울함에 발을 동동 구르는 그녀를 보며 그렉의 입가에 짓궂은 미소가 걸렸다.

"재미있지 않았어?"

"얼마나 놀랐다고요. 장난을 어떻게 그렇게 쳐요?"

놀리는 게 어지간히 재미있었는지 웃음을 쉽게 거두지 않고 있는 그가 얄미운 한편으로 야속하기 짝이 없다. 어쩜 장난을 쳐도 그렇게. 얄미운 마음에 힘을 실어 손바닥으로 두어 대 팍팍 쳐주었다. 아프다며 등을 슬쩍 돌리며 피하는 걸 실없는 장난에 속아 잠시나마 설레었던 게 억울해서 기어이 한 대 더 때렸다.

차에 타고도 한동안 그 자리에 그대로 있는 게 수상쩍어 보였는지 주차요원이 저만치서 다가오고 있었다. 그를 향해 한 손을 들어 보인 그렉이 부드럽게 차를 몰아 거리로 나섰다. 학교와는 반대 방향으로 차를 돌리는 걸 보니 그렉도 오늘 오후는 아예 재낄 모양이었다.

숨죽인 한숨으로 잠시 잠깐 들떴던 마음을 털어낸 손희가 그에게 물었다.

"하마터면 공공의 적 되는 줄 알고 얼마나 쫄았는 줄 알아요?"

"응? 공공 뭐라고?"

"Public Enemy. 교수님하고 연애하는 여자는 모든 여자들의 적이잖아요. 그러니 공공의 적이 되는 거죠."

스스로의 말에 확신을 주려는 듯 그녀가 고개를 끄덕였다. 원빈이 내 것일 리 없고, 소지섭이 내 남자가 될 가능성이 제로라는 불 보듯 빤한 진리를 알면서도 그들의 연애를 마음속으로부터 쉽게 용납하지 않으려고 하는 팬심으로 조금 전의 짧은 설렘에 물 타기를 하는 거다.

"나는 공공재니까?"

헉!

생각도 못했던 뜻밖의 반문에 말문이 막혔다. 아까 이영과 오갔던 얘기를 듣지 않았기를 바랐건만 기어이 그의 귀에 들어가고 만 모양이었다.

"죄송해요."

순식간에 얼굴에 열이 오르며 화악 뜨거워진다.

안 듣는 데서야 나라님 욕도 한다지만 사람더러 공공재라니. 당사자가 들어서 기분 좋은 말은 결코 아니었다. 거기다 아까 송이영은 그를 두고 돌려쓰네 마네 하는 말까지 했으니. 점입가경이 따로 없다.

부끄러움에 소리 없는 몸부림을 치던 그녀는 당연히 다음 수순으로 이어질 그의 화를 받아낼 마음의 준비를 시작했다. 애초에 그녀의 머릿속에서 나온 비유가 아니라 조금 억울한 감이 있긴 했지만, 어쨌든 자신의 입을 통해 나온 말인 이상 변명할 생각은 없었다.

그런데 의외로 그는 더 이상 아무 말도 하지 않았다. 용기를 내어 힐끗 본 그의 표정도 평소와 별반 다르지 않았다. 어라?

"괜찮아, 손희의 아이디어가 아니라는 거 알고 있어."

자라목이 되다시피 했던 손희의 고개가 그의 말에 발딱 들렸다. 잔뜩 굳어 있던 그녀의 얼굴도 다소나마 풀렸다. 하아, 오늘 하루 이 남자 여러 번 병 주고 약 준다.

"진경이던가? 그 학생이 전화로 통화하면서 하는 말을 지나다가 들었어. 학교에 왔던 첫날에."

"걔가 뭐랄까……. 목소리가 약간 크긴 하죠."

조금 전까지의 긴장해 움츠려 있던 그녀의 목소리에는 미미한 웃음기가 서렸다.

그나저나 뒷담화 거리가 되어 잘근잘근 씹혔다가 삽시간에 뒷담화의 주도자가 되기도 하고. 오늘 하루 참으로 파란만장하구나.

하지만 내일이 오려면 아직 많이 남아 있었고 오늘의 가장 핫한, 어쩌면 송손희 인생에서 가장 찌릿한 순간은 아직 모습을 드러내지 않은 상태였다.

"그런 걸 두고 우렁차다고 표현하는 거지? 안 들을 수가 없겠더라고."

"한자어라 어려웠을 텐데 용케 알아들으셨네요."

"오 교수님이 옆에 계셔서. 덕분에 놀림은 좀 받았지만."

말은 가볍게 하지만 고개를 살래살래 젓는 걸 보니 어지간히 놀림을 당한 모양이다. 장난 칠 거리나 놀릴 거리라면 절대로 그냥 지나치는 법이 없는 양반이니 그가 제법 시달렸을 것은 안 봐도 뻔했다.

"참, 교수님이 킹 의자가 어쩌고 하시면서 삼천 명의 여자가 무슨 암인가 하는 데서 뛰어내렸다고 하시던데 그건 무슨 얘기지? 나한테도 그에 못지않을 거라고 그러시던데. 설마 그 암이라는 게 Cancer를 말하는 건 아니지?"

선견지명을 빙자한 오 교수님의 오지랖은 무한한 경의를 받아야 마땅하다.

"1,400년 정도 전에 백제라는 왕국이 멸망할 때 일인데요, 얘기가 길어요. 다음에 자세히 해줄게요."

"새옹지마던가? 그것도 잊지 마. 인터넷으로 찾아봐서 뜻은 대충 알겠는데 그런 단어들은 옛날이야기가 꼭 포함되어 있어서. 왜 그런 뜻으로 쓰이는 건지 알려줘야 해."

인터넷 사전에 풀이가 되어 있긴 하지만 모니터를 통해서는 한글로 된 긴 글을 읽는 걸 아직까지는 어려워하는 그를 잘 아는지라 손희는 고개를 끄덕였다.

"그런 단어들은 비하인드 스토리를 모르면 제대로 이해하기가 힘들더라. 새옹마? 새옹지마? 그건 글자들만 풀면 누구의 말이라는 것 같던데 실제 뜻은 전혀 다르고."

"고사성어 사전 좋은 걸로 사드릴게요. 이야기책처럼 쉽게 풀이된 것들이 있어요."

"네가 직접 얘기도 해주고."

"알았어요."

"약속한 거다?"

재차 다짐을 받은 뒤에야 그는 시선을 앞에 두고 운전에 다시 집중을 했다. 이야기를 나누는 사이 아무 일 없는 듯 지내고 있기는 하지만 지난번의 창고에서의 일이 있은 후 어쩐지 어색하던 그렉과의 분위기도 스스럼없는 장난으로 다시 전으로 돌아갔다. 아니, 오늘을 기점으로 오히려 전보다 더 가깝고 친근하게 느껴질 것 같다.

하지만 뒤이어 들려오는 말.

"옛날 소설 중에 〈금삼의 피〉라는 게 있던데 그건 무슨 뜻이지? 피가 한자로 가죽 맞지?"

푸흡!

아아, 도저히 참아줄 수가 없다.

하하하하, 소리 내어 웃는 것으로 손희는 그에게 잠시나마 품었던 설렘과 그로 인한 민망함, 그리고 어색함과 말도 안 되는 기대를 툴툴 털어냈다.

차가 가는 방향을 보고 예상했던 대로 그렉의 차는 손희의 동네로 향하고 있었다. 골목을 지나 그녀의 집 앞에 차가 멈춰 섰다.

"고맙습니다."

차 문을 열고 내리기 직전 손희가 고맙다는 인사를 했다.

이래저래 사건 사고가 많기도 했지만 나름 버라이어티했던 하루였다. 뭐든 좋은 쪽으로 생각해야지. 좋은 쪽으로.

괴롭도록 맵고 뜨거운 낙지볶음을 먹어서 그런지 스트레스도 어지간히 풀렸다. 앞으로 한동안 성준영을 쥐락펴락하며 놀려줄 무기도 하나 챙겼고, 함부로 혓바닥을 놀렸던 것들이 지금쯤 앞으로 닥칠 피의 복수를 상상하며 잔뜩 쫄아 있을 것도 생각해 보면 꽤나 재미있는 일이었다.

어디 그뿐인가. 비록 장난이긴 했지만 그렉에게서 좋아한다는 말까지 들었으니 그것만으로도 오늘 하루는 넘치도록 괜찮은 날로 기억될 것 같았다. 초긍정 마인드를 발휘하는 와중에도 매운 음식을 지나치게 즐겼다는 그렉의 예전 여자친구의 존재가 가슴 어딘가를 은근하고 꾸준하게 콕콕 쑤시고 있긴 하지만 그래 봤자 어차피 그는 공공재. 절대 자신의 것이 될 건 아니니 하룻밤 잘 자고 나면 금세 잊혀질 것이다.

결코 들키고 싶지 않은 감정의 조각 하나가 친근함의 거죽을 뒤집어쓴 것이 못마땅하다며 기껏 잘 다스려 놓은 마음을 한구석에서 쿡쿡 쪼아대는 게 영 거슬리기는 하지만, 그거야 여태껏 그랬던 것처럼 모른 척하면 될 일이고.

하지만 차 문을 여는 그녀의 등 뒤로 들려오는 말에 그와 이야기를 나누고 웃는 동안 애써 갈무리해 두었던 마음을 다시 한 번 여지없이 흔들었다.

"첫 데이트 소감이 어때?"

아, 이런.

바닥을 막 내려딛던 발이 삐끗하며 잠시 몸의 중심을 잃었다. 이 남자, 도통 그만둘 때를 모른다. 고사성어 말고도 유종의 미라는 미덕도 가르쳐야 하겠구나.

"나쁘지 않았지만 두 번은 싫어요."

사람 속도 모르고 시종일관 장난칠 궁리만 하는 저 남자를 한 대 때려줬으면 좋겠다는 마음은 차마 내색 못하고 대신 생긋 미소를 날리고 돌아섰다. 대문을 향해 나풀거리며 걷는데 뜻밖의 말이 그녀를 불러 세운다.

"거짓말한 거야."

옷자락이 휘날리게 획 돌아서는 그녀의 시선을 그렉이 기다렸다는 듯 잡아챘다. 아이 씨, 남자 눈빛이 저렇게 예뻐도 되는 거야? 네 개의 공간으로 이루어졌다는 심장이 제각기 왕성한 기력을 자랑하기 시작하는 게 느껴졌다.

날뛰는 심장을 주체하지 못하고 멀거니 서 있는 그녀를 향해 그렉이 어느 때보다 정확한 말로 자신의 마음을 전했다.

"너 좋아한다는 말, 장난 아니었다고. 아까는 네가 너무 굳어 있어서 잠깐 거짓말한 거야. 사실은 내가 너 많이 좋아해, 송손희. 내일 보자!"

대꾸할 사이도 없이 그렉이 탄 차는 곧장 멀어졌고 손희는 꽁지 잃은 연처럼 혼자 남겨졌다.

집에 들어갈 생각도 못하고 넋 놓은 채 한참 동안 대문 앞을 지키고 서 있던 손희의 정신을 들게 한 건 한 통의 문자였다.

「진짜일까 아닐까 의심하지 마. 한 번쯤은 들은 말을 아무 의심 없이 그저 믿어야 할 때가 있고 지금이 바로 그때야. 그냥 가려다 손희 밤세잠 못 잘 것 같아서 말해주는 거야. 푹 쉬고 내일 보자. 내일 보자는 말을 이렇게 설래는 마음으로 하게 될 줄은 몰랐다.」

"바보. 밤세가 아니라 밤새잖아. '설래는'이 아니라 '설레는'이고. 우리 말 잘한다고 잘난 척하더니. 한글 공부 더 시켜야 되겠다."

중얼거리던 입술의 양끝이 서서히 치켜 올라섰다.

7. 얼음마녀 무너지는가

넓은 방 안에는 오래된 책에서만 맡을 수 있는 빛이 바랜 종이에서 풍기는 냄새와 질이 좋은 먹의 향, 쉽게 피지 않아 그 모습을 보기 어렵다는 꽃을 지탱하고 있는 꽃대마저도 자태가 고고한 난향이 늘 머무르고 있었다.

찾아오는 손들을 맞는 바깥의 서재와 달리 이곳 송홍 옹의 방은 오롯이 그의 취향대로 꾸며져 흔한 의자 하나도 찾아볼 수 없었다. 한마디로 일평생 오로지 학문에 뜻을 두고 살아온 그의 꼿꼿한 성품을 그대로 보여주는 방이었다.

방 안쪽 벽을 따라 고아한 멋이 아름다운 수묵화가 가지런한 병풍이 펼쳐져 있고 그 앞의 보료 위에서 송홍 옹은 앉아 있었다. 흰

색의 저고리 위로 어린아이의 손가락 하나 정도의 간격을 두고 촘촘히 누빈 낙엽 빛의 마고자는 하나뿐인 그의 며느리이자 손희의 모친 이정옥 여사의 솜씨다.

서른을 넘긴 지 얼마 되지 않아 남편을 잃었던 정옥은 말 그대로 청상으로 수절하며 몇 해 전에 쉰을 넘겼다. 열녀문이 집안의 크나큰 명예인 시절도 아니고 젊은 며느리를 개가는커녕 분가시킬 생각도 않고 데리고 있다며 그간 험한 말들도 제법 돌았던 모양이지만, 두 사람 중 누구도 그런 말들에 귀 기울이거나 신경 쓰지 않았다.

세간의 짐작과 달리 시부는 단 한 번도 며느리의 정절을 강요하지 않았고 며느리 또한 제 의지에 반해 억지로 시부의 곁에 남아 있던 것은 아니었다. 아들이 허망하게 세상을 떠난 후 며느리가 원하면 그것이 무엇이든 제 뜻대로 하도록 두겠다는 송홍 옹의 결정은, 다소 엉뚱하게도 스무 해가 다 되어가는 시간 동안 그녀를 우리나라 최고의 침선 장인으로 거듭나게 하였다.

남편의 49재를 지내고 얼마 지나지 않아 그녀를 앞에 불러 앉힌 송홍 옹의 '하고 싶은 것이 있으면 무엇이든, 가고 싶은 곳이 있으면 어디든' 이라는 제안에 정옥은 잠깐 동안의 갈등도 없이 지금의 길을 선택했다. 여자로서 한창 무르익은 시기에 남편을 잃었지만 다른 남자를 만나 지난 몇 년 동안 겪었던 과정을 또다시 반복하고 싶지는 않았다.

그렇다고 남편과의 사이에 애정이 깊었던 건 아니었다. 어차피 시부를 존경했던 부친의 적극적인 주선으로 이루어졌던 혼사였다. 그래서인지 돌아간 남편에게는 미안한 말이지만 십여 년간의 결혼 생활 동안 그에게 지극한 사랑이나 극진한 정을 느꼈던 적은 거의 없었다. 본래도 무덤덤했던 성격은 자신 못지않게 무뚝뚝하고 잔정 없는 남편과 사는 동안 더욱 굳어졌고, 그건 자신이 낳은 두 아이들을 향해서도 마찬가지였다.

며느리가 원하는 것은 무엇이든 들어주겠다는 다짐을 송흥 옹은 철저히 지켰다. 먼저, 이태 전 이혼하고 친정살이를 한다는 며느리의 육촌동생 혜옥을 들여 집안 살림을 맡겼고 어린 손자들의 교육 또한 그가 책임을 짐으로써, 정옥은 오로지 침선에만 열중을 할 수 있게 해주었다.

정옥의 입장에서 보자면 처녀 시절부터 은밀하게 꾸어왔던 꿈을 아이러니하게도 남편의 죽음으로 이룰 수 있게 된 셈이었다.

본격적으로 침선을 시작한 이후 정옥은 아이들의 양육이나 집안일에서 완전히 손을 놓았지만 그 대신 아무리 바빠도, 어떤 중요한 일이 있어도 송흥 옹의 입성만은 반드시 자신의 손으로 직접 짓고 챙겼다. 일에 전념하는 사이 차츰 실력을 인정받아 국내외에 이름을 알리고 그녀에게 가르침을 받고자 하는 제자들이 줄을 이었지만 단 한 번도 시부의 옷을 남의 손에 맡긴 적이 없었다. 그녀에게는 자신의 두 아이들보다 시부가 우선이었다. 그건 자신에게 새 길을 열어준 송흥 옹에게 며느리로서 그녀가 할 수 있는 최대한의 고마움의 표현이었다. 그런 자부의 마음을 아는지 송흥 옹

또한 오로지 며느리가 지은 옷만으로 사철을 났다.

손희와 손걸이 엄마의 무릎 위에서 어리광을 부리는 대신 조부 앞에서 무릎 꿇고 앉아 한학을 배우면서 어린 시절을 보낸 데에는 그런 사정이 숨어 있었다.

"자왈(子曰) 호학(好學)은 근호지(近乎知)하고 역행(力行)은 근호인(近乎仁)하고 지치(知恥)는 근호용(近乎勇)이니라."

손희의 맑은 음성이 조용한 방 안에 울려 퍼졌다. 책이 펼쳐진 서안의 건너편에서 손희 역시 그와 같은 책을 앞에 놓고 읽고 있었다.

매주 화요일과 목요일 저녁마다 송흥 옹의 방에서 볼 수 있는 광경이었다. 고3인 걸이 수험생이라는 이유로 수능일까지는 수업 제외라는 특혜를 받은 덕분에, 올해 설 이후로는 손희 혼자 받는 수업이었다.

매번 수업 시간마다 그렇지만 한 갈래로 종종하게 땋아 내려 단정함의 극을 보여주는 머리 모양이며 정식 한복은 아니지만 최대한 저고리와 치마 모양을 살려 만든 단정한 옷차림은 대문 밖의 세상이 어떻게 돌아가고 있는가를 잠시 잊게 했다.

"뜻을 풀어보아라."

벌써 몇 번이나 읽고 익혔던 문장이라 손희는 막힘없이 그 뜻을 풀었다.

"공자께서 말씀하시기를 학문을 좋아하는 것은 지혜에 가깝고, 힘써 행하는 것은 인에 가까우며, 부끄러움을 아는 것은 용기에 가깝다고 하셨다."

"본디 태어나면서부터 알고 배워서 알고 열심히 애를 써서 알게 되는 것의 차이는 무엇이냐?"

"종국에는 앎에 미친다는 건 똑같습니다. 다만 태어나면서부터 알고 편하게 행하는 것은 지(智)이고, 배워서 알고 이롭게 행하는 것은 인(仁)이고, 애써서 알고 억지로 힘쓰는 것은 용(勇)입니다. 대개 사람의 본성은 선하지만 기질이 다르기 때문에 도를 깨닫는 것에 빠른 사람과 늦은 사람이 있는 것입니다."

"하면, 편안히 행하고 이롭게 여겨 행하고 억지로 힘써 행하는 것의 차이는 무엇이지?"

"그 공을 이룸에 미친다는 것에는 똑같지만, 도를 행함에 있어서 어려움과 쉬움의 차이가 있는 것입니다. 하지만 스스로 힘쓰고 쉬지 않는다면 역시 도달하는 곳은 똑같습니다. 비록 들어가는 길은 다르나 도달하는 곳은 같으므로 이로 인하여 중용이 되는 것입니다. 하지만 만일 태어나면서부터 알고 편안하게 행할 수 있는 자질을 바라면서 그에 거의 미칠 수 없다고 여기거나, 애써서 알고 억지로 힘쓰는 것을 가볍게 여겨 성공할 수 없다고 말한다면 그것이 바로 도가 밝혀지지 못하고 행해지지 못하는 까닭입니다."

그간의 쌓아온 공부의 양을 반증이라도 하듯 〈중용〉의 한 대목을 풀이하는 손희의 대답은 막힘이 없었다. 잠시 고개를 끄덕이던 송홍 옹이 수업의 끝을 알렸다.

"오늘은 이만 하자꾸나."

조용히 책을 덮는 손녀에게 송홍 옹이 청했다.

"먹을 갈아주련? 난을 치고 싶구나."

공부한 자리를 갈무리하고 조용히 지필묵을 준비하는 손녀의 모습을 송홍 옹의 눈이 좇았다. 다른 건 몰라도 공부할 때만은 놀라울 정도로 집중력을 발휘하는 아이인데 오늘은 평소와 다른 듯 보이던 것이 영 마음에 걸렸다.

조금 전처럼 묻는 말에 곧잘 대답도 하고 흐트러짐 없는 자세도 여느 때와 다르지 않았지만 그의 눈길이 책에 머무른다고 생각할 때면 간혹 다른 곳을 떠도는 듯 보이던 눈빛이며 저 혼자 공연히 발그레해지곤 하던 볼은 어릴 적부터 곁에 두고 가르쳤던 그도 처음 보는 모습이었다. 오래 살아온 송홍 옹의 육감이 손녀의 주변에 이전까지와는 다른 일이 벌어지고 있음을 알려주고 있었다.

흐음. 저 아이에게도 어느덧 춘풍이 부는 겐가.

먹을 갈고 있는 손녀의 반듯한 옆얼굴을 보며 송홍 옹은 속으로 짐작했다.

처녀 아이의 나이 이제 스물일곱이니 서서히 혼사를 준비할 때도 되었지. 대학원 공부를 하겠다고 우기지만 않았어도 이미 몇 년 전에 제게 맞는 짝을 채워주었을 것이다. 그나저나 뉘 집 자제일꼬.

남녀 간의 만남은 두말할 것도 없이 곧 결혼이라는 확고부동한 가치관을 가지고 있는 송홍 옹이었다. 시대가 바뀌었느니, 사람들의 사는 모습이 달라졌느니 하는 말들은 그의 귓등에도 와 닿지 않는 소리였다.

자고로 사내와 계집이 서로 만나면 그 끝은 반드시 혼인에 이르러야 하는 법. 아무 데서 아무하고나 눈이 맞아 잠시 잠깐 서로 희롱하다가 아무 일도 없었다는 듯 헤어지는 것은 송흥 옹의 세상에서는 절대 있을 수 없는 일이었다.

그러니 그가 보통의 다른 할아버지들이 손녀의 연애 상대를 궁금해하는 것과는 다른 이유로 손희의 얼굴을 붉히게 만든 녀석을 알고 싶어하는 것은 당연한 일이었다. 집안이며 됨됨이가 괜찮은 녀석이면 서둘러 나서서 짝을 지어줄 터이고, 말도 안 되는 상대라면 걷잡을 수 없는 지경이 되기 전에 떼어놓아야 하니 말이다. 사실 속중으로는 은근히 오 교수의 장남이 어떨까 싶어 가늠을 하던 중이었다. 얼마 전 공부를 마치고 돌아왔다며 인사를 왔을 때 보니 어찌나 탐이 나던지, 꼭 손녀사위를 삼았으면 싶었다.

"그래, 요즘은 무슨 책을 읽고 있지?"

조부의 물음에 정성스레 먹을 갈고 있던 손희의 어깨가 잠시 움찔했다.

좋아한다는 그렉의 말에 맛이 가서 넋을 놓은 지가 이미 한참 전인데 책은커녕 글자가 눈에 들어올 리가 없었다.

내일 보자던 남자는 바로 그날 저녁 갑자기 결원이 생긴 세미나에 급하게 불려 들어가 제주도에 내려갔고 그것이 벌써 사흘 전의 일이다. 하지만 손희가 간간이 넋을 놓고 간혹 씩씩거리는 건 그렉을 사흘이나 못 봤고 앞으로 며칠 더 못 볼 거라는 이유 때문이 아니다.

좋아한다는 말로 난데없는 폭탄을 던진 그분, 알고 보니 잘나기로 소문난 얼굴보다 목소리가 더 비싼 분이셨다. 믿기지 않는 사실이지만 폭탄 투하 이튿날 갑자기 제주도에 가게 됐다는 문자 한 통만 떨렁 보내놓고는 그걸로 끝이었다. 덕분에 손희는 사흘째 혼자 손톱만 물어뜯고 있는 중이었다. 좋아한다는 첫날의 문자가 아니었으면 혼자 개꿈 꾼 거라고 치부하고 말았을 것이다.

언감생심 영상 통화까지는 황송해서 바라지도 않는다. 그냥, 잘 있냐고 나도 잘 지낸다고 하루에 한 번이라도 다정하게 한마디 정도 해줘야 하는 거 아닌가. 좋아한다고 고백까지 한 사이면서. 물론 통화 중간중간 들릴 듯 말 듯한 목소리로, 보고 싶다고 너도 나 보고 싶지 않느냐고 속삭여 주면 금상첨화고.

손희라고 해서 지금처럼 항상 그의 목소리에 목말라 했던 건 아니다. 좋아한다는 고백을 듣기 전이라면 여느 때처럼 별다른 용건이 없는 한 그에게서 연락이 오든지 말든지 크게 신경을 쓰지 않았을 것이다.

하지만 그렉의 한마디 짧은 고백으로 상황은 완전히 바뀌었는데, 정작 그는 아무 일도 없었다는 듯 전과 똑같이 굴고 있다. 손희는 그날을 계기로 간혹 그를 볼 때마다 속에서 일렁이곤 하던 알 수 없는 바람의 정체를 확실히 깨달았고, 밤새 잠 한숨 못 자고 생각을 거듭한 끝에 자신의 감정을 인정하기로 마음먹었었다.

그런데! 종내 감감무소식이니. 좋아한다던 그 남자, 내일 볼 생각에 설렌다던 그 남자는 대체 어느 별에서 왔다가 어느 별로 사라진 건지. 혹시 이제 와서 되지도 않는 밀당을 하겠다는 속셈인 건가. 만일 그럴 작정이라면 얼토당토않은 착각을 하고 있다는 건데.

그가 상대하는 사람은 다른 누구도 아닌 송손희. 심심찮게 사람들을 손바닥 위에 놓고 굴리기는 해도 절대 다른 사람의 손바닥 위에는 올라가는 법이 없는 성질 갑의 인종이다. 마녀나 쌈닭이라는 명성은 결코 하루아침에 쌓아 올린 게 아니건만 이 남자는 아직도 자신이 좋아하는 여자의 정체를 깨닫지 못한 모양이다. 둔한 레기 같으니라고!

몸이 배배 꼬이도록 기다리다 지친 나머지 어제부터는 남몰래 지어 붙인 그의 별명 앞에 온갖 부정적인 관형어를 가져다 붙이기 놀이 중이었다. 바보 레기, 둔한 레기, 실없는 레기, 썩을 레기, 망할 레기. 레기, 레기, 레기!!!

자기가 무슨 주인 내버리고 방울 소리만 울리고 가을 속으로 떠난 목마라고. 나도 쓰러진 술병 속에서 바람이 울도록 진탕 마셔버릴까 보다.

자타가 인정하는 얼음마녀의 철벽같던 감정의 경계는 이렇게 서서히 무너지고 있었다.

"틈나는 대로 부지런히 읽고 학문을 익혀야 한다고 가르쳤거늘."

못마땅해하는 조부의 말소리에 손희는 이미 다른 곳으로 떠나

헤매고 있는 정신줄을 서둘러 붙잡아 당겼다.

"죄송합니다."

딴에는 티를 내지 않았다고 생각했지만 예민하신 분이니 수업 중에 간간이 다른 생각에 빠져 있었다는 걸 눈치채지 못하셨을 리 없다.

손희의 짐작대로 조부의 엄한 꾸짖음은 계속되었다.

"아무것도 하지 않은 채 시간을 허투루 보내는 것은 배우고자 하는 자의 도리가 아닌 것을 모르더냐? 아니면 어릴 적부터 배운 책 몇 권 외우고 있는 것으로 평생의 공부를 다 하였다고 여기고 있느냐?"

눈물이 쏙 빠질 정도의 꾸짖음이었다.

"그간 너를 가르치면서 단 한 번도 산만한 모습을 보지 못하여서 내심 흡족히 여기던 중이었는데, 오늘 너의 하는 양을 보니 그동안 네게 가졌던 기대와 기쁨이 허탈할 뿐이구나."

"잘못했습니다."

거듭되는 호된 나무람은 결국 손희의 입에서 잘못했다는 말까지 나오게 했다.

원체 남에게 구구절절 잘못을 빌고 용서를 구하는 것을 무엇보다도 싫어하는 성격의 그녀였다. 때문에 철이 든 뒤로는 애초에 그럴 일이 벌어질 가능성을 차단하기 위해 남보다 곱절이나 노력하고 주의를 기울이며 살아왔다.

그런데 결국에는 그렉이라는 막강한 무기 한 방에 그간의 노력이 순식간에 무너지고 만 것이다. 이로써 사랑 앞에서는 누구든 약자가 될 수밖에 없다는 누구도 부정할 수 없는 대전제를 손희는 호된 대가를 치르며 몸소 확인하는 중이었다. 물론 현재 시점에서 그녀가 자신의 감정이 사랑이라고 순순히 인정할 리는 절대 없지만 말이다.

하지만 조부님의 엄한 꾸짖음을 듣고 있는 와중에도 손희는 지금쯤 제 방 책상 위에 전화기가 혹시 저 홀로 외로이 덜덜덜 울고 있지는 않을지를 염려하는 지경이었으니. 그녀가 발을 담그고 있는 감정의 심연이 어느 정도의 깊이인지는 쉽게 짐작해 볼 수 있다.

"계속 이리할 요량이라면 다음부터는 건너올 필요 없느니."

"아닙니다."

조부의 엄포에 손희가 서둘러 고개를 저었다.

그녀라고 엄한 조부님께 배우는 것이 마냥 좋기 때문만은 아니었다. 하지만 다섯 살 무렵 사자소학을 시작으로 지금껏 이어져 온 수업은 세월이 지나는 동안 그녀와 조부를 이어주는 단단한 끈이 되어 있었다. 아울러 제가 하기에 따라 다른 때는 무뚝뚝하기 그지없고 말수 적은 조부님께 아낌없는 칭찬을 받을 수 있는 거의 유일한 시간이기도 했다.

장손이라는 이유로 온 집안사람들의 기대와 애정을 한 몸에 받고 있는 동생 걸이도 그녀가 조부님과 함께해 온 시간만큼은 절대 뛰어넘을 수 없었다. 그래서 조부님과의 수업이 거의 매일이던 초등학교 때에는 학교 공부보다 오히려 더 열심히 공을 들이기도 했었다. 복수 전공을 하면서도 넘쳐 나는 공부의 양에 지치지 않고 오히려 즐기며 할 수 있었던 근원에도 조부님과의 시간이 있었기에 가능했을 거라고 그녀는 믿고 있었다.

그리고 이제 스무 해라는 긴 세월의 더께가 쌓이고 서른을 목전에 두고 있는 지금, 그녀가 지닌 가치관과 사고방식은 송홍 옹의 그것과 놀랄 정도로 많이 닮아 있었다. 성격이나 성향은 각자 다를 수밖에 없는 부분이니 차치하고라도 사고를 토대를 이루고 있는 뿌리만큼은 비슷한 두 사람이었다.

백배사죄하고—대놓고 말해 손이 발이 되도록 빌고 난 후—조부의 방을 나온 손희는 제 방으로 가는 대신 부엌으로 향했다.

"너 되게 혼나더라."

저녁 설거지를 마치고 내일 아침상에 올라갈 재료를 손질하던 혜옥이 힘없는 걸음으로 들어오는 그녀를 맞았다.

"여기까지 들렸어?"

조부님의 거처와 부엌은 서로 반대편에 자리해 있어서 꽤 먼 거리였다. 그런데도 이곳까지 들렸으면 별채의 어머니 작업실까지도 소리가 건너갔다는 얘기다. 망했다.

"미쳐."

손희가 머리를 감싸고 식탁 의자 위에 쓰러지듯 앉았다.

"염려 마. 공부 끝날 때 된 거 같아서 다과상 가지고 갔다가 들은 거니까."

"다행이다."

얼굴에서 긴장한 빛이 사라진 손희가 낮게 한숨을 쉬었다.

집안일에 관해서는 거의라고 해도 좋을 만큼 신경을 쓰지 않는 어머니가 유일하게 거슬려 하는 일이 있다면 조부님의 심기를 불편하게 하는 거였다. 다른 일은 서운하리만치 무심하면서도 그녀나 걸이가 조부님의 뜻을 거스르거나 서운하게 행동하는 건 예사로 보아 넘기지 않았다.

"무슨 일로 그렇게 혼이 났어? 좀처럼 큰소리 안 내시는 분인데."

"그냥. 내가 잘못한 거야."

잘못의 원흉을 떠올리자 혜옥을 도와 작고 가늘게 찢고 있던 황태가 손희의 손가락 사이에서 아예 부스러질 듯 잘게 흩어졌다.

"별일이네. 다른 건 덤덤하셔도 너 공부하는 건 맘에 든다고 하시던 분인데 웬일로 공부 시간에 야단을 다 맞아."

"어쩌다 보니 그렇게 된 거지. 뭐 다른 거 할 거 없어? 시금치 다듬을까?"

마음이 불편할 때는 뭐니 뭐니 해도 단순 노동이 최고다.

"그래 주면 고맙고."

냉장고에서 시금치를 꺼내는데 발소리가 나더니 가방을 멘 걸이가 들어왔다.

"걸이 왔니?"

“웬일이야, 이렇게 이른 시간에?”

걸이를 보고 반기는 혜옥과 달리 저조한 기분 탓에 동생을 맞는 손희의 목소리는 뚱했다.

“하여간 누님은 하나밖에 없는 동생한테 관심이 없어.”

툴툴거리는 걸이를 달래듯 혜옥이 웃으며 물었다.

“모의고사는 어땠어? 공부한 데서 많이 나왔든?”

대답하는 걸이의 얼굴이 손희를 대할 때와는 딴판으로 확 밝아진다.

“역시, 울 이모님! 남들처럼 시험 잘 봤느냐고 안 물어봐주는 끝내주는 센스!”

“시험 보느라 애썼어. 너 좋아하는 약식 해놨으니까 어서 앉아.”

“우앙! 이모오, 사랑해.”

나이로 보나 덩치로 보나 솜털 같은 수염이 거뭇한 얼굴로 보나 도무지 어울리지 않는 유아적인 감탄사라니. 손희는 혀를 끌! 찼다.

대체로 덤덤한 성격의 손희와 달리 걸이는 남자아이라도 애교가 넘쳤는데 걸이의 애교 대상은 거의 대부분 혜옥이었다. 아마도 갓난아기 때부터 엄마인 정옥 대신 혜옥의 손에서 자라다시피 해서인 듯했다.

“인간적으로 손은 좀 씻고 먹지?”

약밥이 담긴 그릇이 앞에 놓이기가 무섭게 달려드는 걸이의 손을 손희가 가볍게 톡 쳐냈다.

“아무리 깨끗한 거 더러운 거 안 가리는 나이라도 하루 종일 나갔다 들어와서 손에 물도 안 묻히고 덤비는 건 너무하지 않니?”

“배고픈데 그런 거 가릴 새가 있겠니? 걸아, 이걸로 우선 닦아.”

혜옥이 내미는 물수건을 받으며 걸이 제 누나를 향해 혀를 쏙 내밀어 보인다. 이게 아주 죽여달라고 애걸복걸을 하는구나. 작은 칼로 시금치 밑동을 손질하던 그녀가 혜옥의 눈을 피해 후일을 다짐하는 눈빛을 쏘아 보냈다.

하지만 허기진 배를 좋아하는 음식으로 채우는 행복감에 젖어 있는 송손걸 군의 머릿속에 뒤끝 장대한 누나의 복수심 따위는 끼어들 자리가 없었다.

“그나저나 생각하면 할수록 고민이란 말이지.”

보는 사람이 지칠 정도로 먹어대던 걸이 한참 후에야 어지간히 배가 찼는지 한숨과 함께 수저를 내려놓으며 말했다.

“수험생이 공부를 못하는데 고민이라도 해야지.”

“어디 안 좋으니?”

시니컬한 손희의 대답과 걱정스러운 혜옥의 물음이 연달아 이어졌다.

“얼마 안 있으면 수능도 끝나고 그럼 이제 본격적으로 여자친구를 사귀게 될 텐데.”

“허얼, 꿈도 크셔라.”

누나의 빈정거림 따위에 아랑곳하지 않고 쿨하게 패스한 걸이의 고민 토로는 계속해서 이어졌다.

"진지하게 사귀는 사이가 되면 자연스럽게 결혼도 생각하게 될 거고. 그런데 문제는 내가 종손이잖아. 요즘 여자애들 누가 나 같은 종손하고 결혼하려고 하겠어. 일 년이면 모시는 제사가 몇 번이고 찾아오는 친척이며 손님들 대접하는 것도 장난 아닌데."

"한마디로 느어무 앞서 가시는 거지."

말은 그렇게 하면서도 손희의 목소리에는 조금 전과 다르게 힘이 한풀 꺾여 있었다. 걸이도 마냥 어린 나이라고만 할 수 없고 어쩌면 앞으로 10년 안에 얼마든지 생길 수 있는 일이라는 걸 그녀 또한 모르지 않기 때문이다.

그사이 녀석의 넋두리는 또다시 이어졌다.

"거기다 아들도 꼭 낳아야 할 거고. 나야 딸이든 아들이든 상관없지만 아들이 없으면 집안 어른들이 가만 두고 보시겠어? 만약 진심으로 사랑하는 여자가 이런 내 조건 때문에 결혼 못하겠다고 하면 어떡하지?"

"너 연애해?"

묻는 손희의 목소리가 심각하다. 듣다 보니 슬슬 걱정이 되기 시작했다.

그도 그럴 것이 그저 미래에 닥칠 상황을 가정하고 하는 고민이라기엔 지나치게 디테일하고 현실적인 면이 강한 것이 어째 불안했다. 이놈, 이거 혹시 사고 친 거 아냐?

"연애는 무슨. 그냥 생각을 하다 보니까 그렇더란 말이지."

시큰둥한 대답이 어째 더 불안한 건 무슨 까닭일까.

"걸아, 이모는 네가 무슨 짓을 하든 무조건 네 편이야. 알지? 그러니까 걱정하지 말고 솔직하게 말해도 돼. 무슨 일이니?"

걸이의 맞은편에 앉아 있던 혜옥이 그의 두 손을 꼬옥 부여잡으며 간곡하게 말했다. 손희가 느낀 위기감을 그녀라고 느끼지 못했을 리가 없었다.

"솔직히 불어."

손희가 다시 눈을 부라렸다.

생각해 보니 걸이 작년 겨울방학에 성준영하고 심심찮게 어울렸던 것도 마음에 걸렸다. 고민을 들어줄 아버지도 함께 부딪칠 남자 형제도 없는 게 안됐어 그냥 뒀더니 이 인간, 애 머릿속에 대체 뭘 집어넣은 거야.

"정말 아무 일도 없어."

평소 생각했던 걸 말했을 뿐인데 지나치게 심각한 두 여자의 반응에 도리어 걸이 당황하기 시작했다. 그리고 그 모습은 손희와 혜옥의 불안감을 더욱 부추겼다.

"누나가 아무렴 하나밖에 없는 동생을 죽이기야 하겠니? 불어."

"누가 뭐래도 이모는 무조건 네 편이야. 우리 걸이, 이모 믿지?"

"계속 이렇게 입을 다문다 이거지? 사랑하는 아우님, 우리 창고 가서 오붓하게 대화라는 걸 좀 해볼까?"

"손희 네가 자꾸 그러니까 애가 더 겁먹잖아. 걸아, 내일부터라도 감 떠다가 배냇저고리 만들어야 하니?"

"워워. 잠깐 진정들 좀 하세요."

미처 끼어들 새도 없이 잠깐 사이에 점입가경으로 치닫는 상황에 걸이가 참지 못하고 마침내 제동을 걸었다. 그리고는 곧 죽일 듯 저를 노려보는 누나와 걱정에 손가락 끝을 떠는 이모를 번갈아 보며 말했다.

"에에. 학교에서도 학원에서도 이 송손걸의 인기가 하늘을 찌르긴 하지만 아직 연애할 시기는 아니라고 봅니다. 고3은 공부할 나이지 연애할 때는 아니니까요."

아시겠죠? 하는 눈빛으로 일단 맞은편의 두 사람의 입을 제압한 데에 성공한 걸이 고개를 끄덕이며 다음 말을 이었다.

"그러니까 여자 문제에 관해서는 향후 십 년은 걱정하지 않으셔도 됩니다."

자신 있는 대답에 그럼 그렇지 하고 안심하는 표정이 된 혜옥과 달리 손희는 아직까지도 미심쩍은 기색을 거두지 못하고 있었다.

"쑥스럽지만 괜한 오해를 하시니 사실대로 말씀을 드리자면 이 송손걸, 아직 태어났을 때와 마찬가지로 순결한 몸 되시겠습니다. 히이힛!"

말하는 저도 쑥스러운지 얼굴이 붉혔다. 그제야 손희는 동생에게 향해 있던 의심의 눈초리를 거두었다. 그리고는 이내 걸이의 등짝을 있는 힘껏 퍽퍽 소리가 나게 내려치기 시작했다.

"이게 겁이 없어도 분수가 있어야지. 니놈이 감히 어른을 놀려? 응?"

장난으로 어른스럽게 꾸몄던 걸의 말투는 손희의 한 방에 금세 본래대로 돌아왔다.

"아얏! 누나, 누나! 정말이라니까!"

제 말을 믿지 못하고 기어이 실력행사에 나선 거라고 오해한 걸이 손희의 매운 손맛을 참지 못하고 몸을 뒤틀었다. 온 얼굴에 억울함이 그득한 채로 항변하는 것에도 아랑곳하지 않고 손희의 매타작은 계속되었다.

"누가 아니래? 응? 순결하신 몸이시라니 아름다운 그 고백 믿어준다고. 응? 대신 어른 놀렸으니 좀 맞아야지. 응? 니가 밥 처먹고 할 일이 없어서 몸살이 난 모양인데 이렇게라도 풀어야지. 응? 안 그래? 응?"

'응' 이라는 한 음절마다 장한 손길이 등짝을 후려쳤고 그때마다 걸이는 짧은 비명을 질러댔다.

따지고 보면 무심코 떠올라서 그냥 해본 말에 두 사람이 오해를 한 것이니 걸이로서는 억울하기 짝이 없는 경우지만, 그 사실을 지적했다가는 그럼 고3이 딴생각한 게 자랑이냐며 때린 데 또 때릴 게 분명했다. 한마디로 분이 풀릴 때까지 누나의 매타작은 계속될 거란 얘기다.

미친개에게는 매가 약이지만 성난 송손희에게는 약도 뭣도 없다는 사실을 걸은 오랜만에 말 그대로 뼈아프게 깨닫고 있는 중이었다.

"아악! 이모, 아야! 이모! 이모! 살려줘!"

결국 아픔을 참지 못하고 이모를 연발하며 혜옥에게 도움을 청할 때가 되어서야 걸이는 누나의 손에서 벗어날 수 있었다.

"하여간 송손걸, 꿈도 커. 공부 안 한 놈한테는 직업도 여자도 그만큼 선택지가 줄어든다는 걸 몰라서 그렇게 까불지? 나 같으면 이모 놀래키고 누나 놀릴 궁리할 시간에 한 문제라도 더 풀겠다. 오늘 못다 한 대화는 모의고사 결과 나오면 할 테니까 그렇게 알아."

살벌하게 동생을 노려본 손희가 쌩한 기운을 남기고 부엌을 나갔다.

"오늘 누나 좀 이상하죠? 아직 서른도 안 됐는데 벌써 히스테리 부리기 시작하나?"

불이 날 듯 화끈거리는 등허리를 어루만지며 걸이 묻는 말에 혜옥은 보일 듯 말 듯 고개를 갸웃거렸다. 걸이 원래 장난을 좋아하는 걸 모르지 않고 두 사람이 오해해서 오버한 탓도 있는데 확실히 오늘 손희의 행동은 지나쳤다. 어르신한테 혼이 난 것 때문에 그러나?

부재중 전화 0, 문자메시지 0, 카톡 0.

방으로 돌아온 손희는 애인은커녕 좋다는 남자도 하나 없는 비인기녀의 핸드폰임을 자랑스레 입증하는 제 전화기를 들여다보며 쓴웃음을 지었다.

넌 아웃이야, 레기!

❖

예정에 없이 갑작스럽게 내려오게 되긴 했어도 제주도는 생각보다 훨씬 아름다운 곳이었다. 영미권 문학 작품과 한국 문학의 비교 연구라는 세미나의 주제도 비교 문학이 주 전공인 그에게는 퍽 유익한 내용이었다. 갑작스럽게 내려온다는 이유로 별다른 기대를 하지 않았던 애초의 마음가짐이 미안할 정도였다.

함께 내려온 노교수의 주제 발표를 끝으로 나흘간에 걸친 세미나는 끝이 났다. 발표장을 나온 그렉은 지난 사흘간 그랬듯이 걸어서 10분 정도 거리에 있는 호텔로 향하기 시작했다. 바다를 끼고 해안을 따라 난 도로를 걷는 동안 불어온 바람에 머리칼을 날렸다. 이마를 흩트리며 내려온 머리를 손으로 쓸어 올리며 그렉은 손희를 생각했다.

많이 보고 싶다, 소니.

문득문득 그녀를 볼 때마다 가슴에 스치는 감정의 정체가 늘 궁금했었다. 아울러 자신의 눈길이 그녀를 향해 있지 않을 때면 느껴지는 손희의 시선에 담긴 의미도. 그건 분명 관심과 호감의 표현이었다.

여자를 대상으로 좋은 감정을 갖게 된 건 앤지 이후 처음이었다. 아놀드의 오랜 연인이자 그에게는 가장 엄마에 가까운 존재라고 할 수 있는 그녀를 여자의 범주에 넣을 수 있을지는 모르겠지만 말이다.

또래의 다른 아이들이 한 달에도 서너 번씩 여자친구를 갈아 치우던 십대 때에도 한 번도 여자를 사귀어본 적이 없었던 그였다. 여자라는 존재는 그에게는 별로 가까이하고 싶지 않은 대상이었고 그 때문인지 한창 호기심이 왕성할 나이에도 별다른 관심이 생기지 않았다. 다른 건 몰라도 이성 문제에 대해서는 지나치게 폐쇄적인 그를 아놀드는 늘 걱정스러워했다.

그나마 그렉이 여자라는 존재에 반감 대신 호감을 갖기 시작한 건 앤지를 알고부터였다. 처음 아놀드가 그녀를 자신의 여자친구라며 소개했을 때는 그저 데면데면하기만 했다. 혹시 아놀드가 자신을 버리고 그녀를 선택하면 어떻게 해야 하나 문득문득 두렵기도 했다. 버림받은 기억은 가슴에 깊게 박힌 못처럼 쉽게 빼낼 수 있는 게 아니니까.

하지만 아놀드와 그녀가 함께하는 시간이 길어지면서 앤지는 그에게도 떼어놓을 수 없는 사람이 되었다. 지혜롭고 너그러우면서도 필요할 때는 누구보다 단호한 그녀의 성격은 뿌리 내린 곳에서 쉽사리 가지를 뻗지 못하고 있던 십대의 소년에게 든든한 지지대가 되어주었다.

제 속으로 낳아 10년이 넘도록 키우고도 자신만의 편안함을 좇아 한순간에 자식을 버리고 떠난 생모에 대한 기억으로 상처받았던 소년은 이국의 땅에서 만난 전혀 뜻밖의 여인에게서 마음의 평화를 얻었다.

한국에 오기 직전 아놀드와 그는 한차례 첨예하게 대립을 했었다. 태어난 나라를 마냥 거부해서는 안 된다며 그를 한국에 보내고자 하는 아놀드와, 잊고 싶은 기억만으로 가득한 그곳에 발도 들이고 싶지 않다며 거부하는 그렉 사이의 갈등은 꽤 길었다.

미국으로 건너온 후 단 한 차례도 자신의 뜻을 따르지 않은 적이 없었던 그렉의 예상 밖의 단호한 거부에 아놀드는 당황했고 그렉은 그렉대로 온통 잊고 싶은 기억뿐인 한국으로 자신을 보내려 드는 아놀드에게 서운함을 품었다.

서로를 알고 나서 처음이었던 갈등에 두 사람 모두 힘들어하고 있을 때 해결사로 나선 사람이 앤지였다. 그녀는 아놀드에게 그렉이 그에게 품고 있을 서운함과 야속함을 알아듣게 설명하는 한편으로, 그렉에게는 그를 한국으로 보내려고 하는 아놀드의 깊은 뜻을 이해시키려 애를 썼다. 결국 현명한 그녀의 중재로 두 부자는 서로에게 가졌던 섭섭함과 오해를 풀 수 있었다.

이제 와 생각하면 그녀 덕분에 손희를 만나게 된 셈이니 또 다른 의미로 앤지는 그에게 고마운 사람이 된 셈이었다. 물론 아직 앤지의 정체를 알지 못하는 손희는 전혀 그렇게 생각하지 않겠지만 말이다.

앤지에 대한 얘기를 비쳤을 때 문득 굳어지던 손희의 모습에서 그렉은 그때까지만 해도 어렴풋한 짐작에 불과했던 그녀의 감정을 확신할 수 있었다. 그녀도 어느 정도 마음이 있을 거라고는 생각했지만 혹시 그것이 함께 일하는 사람에게 으레 가질 수 있는 호감은 아닌지 속으로 불안해져 가던 차였다.

아무도 모르게 키워가고 있는 자신의 감정은 하루가 다르게 깊어지는데 정작 그 상대는 아무 마음이 없다면 그 또한 난감하고 슬픈 일이었다. 자칫 그녀와의 사이가 멀어질까 두려워, 매일 밤 굳게 결심을 하고도 막상 이튿날 아침 그녀의 앞에서는 입도 떼지 못했었다. 하지만 그녀로서는 난데없다고 생각했을 고백을 할 수 있는 용기가 생긴 것도 그 순간이었다.

원래 자신의 감정에 솔직한 편인 그였지만 그렇다고 해서 불쑥 좋아한다는 말을 하는 건 절대 쉬운 일이 아니었다. 하물며 생전 처음인 고백인 바에야 그 떨림은 더 말할 것도 없었다.

천천히 다가오는 자동차 엔진 소리가 생각에 잠겨 있던 그렉의 귀를 열었다. 차는 길 한쪽으로 비켜서는 그를 지나치는 대신 옆에 멈추어 섰다.

"그렉!"

차창이 열리고 그를 부르는 목소리가 들렸다.

"태워줄게."

첫날 그랬던 것처럼 그렉은 역시 이번에도 은형의 말에 고개를 저었다.

"걷고 싶어."

은형과는 제주도에 내려온 첫날, 세미나가 열리는 호텔의 로비에서 마주쳤다. 우연히도 사회학 전공인 그녀가 참석한 세미나가 같은 장소에서 열리고 있었다. 걸어서 숙소와 세미나장, 두 곳의 호텔만 오가는 그와 달리 은형은 꼬박꼬박 렌터카를 이용했다.

"그러지 말고 타. 바람이 세잖아."

그녀의 말을 입증이라도 하려는 듯 바다에서 불어온 거센 바람에 그렉의 고수머리가 정신없이 휘날렸다.

누군가에게 제주가 돌, 바람, 여자가 많은 섬이라고 들었는데 돌과 여자는 아직 직접 확인한 바가 없어서 모르겠지만 지난 며칠간 내년 일 년 동안 맞을 바람은 다 맞아본 것 같았다. 특히 오늘은 더 심해서 지금만 해도 잠깐 사이 바람을 너무 많이 쏘여서인지 머리가 다 멍할 지경이었다.

"나도 아침에 놓고 온 게 있어서 호텔에 돌아가는 길이야. 신세 지는 거 아니니까 타."

망설이던 그렉이 조수석 문을 열자 운전석에 앉은 은형의 입가에 보일 듯 말 듯한 미소가 일었다가 서둘러 모습을 감추었다.

차는 바다를 끼고 해안도로를 달렸다. 조금 전보다 확연히 속력을 늦추어 운전을 하던 은형이 물었다.

"제주도는 처음이지?"

"섬은 처음이야."

그의 대답에 은형은 의외라는 표정이 되었다.

"미국 살 때 하와이도 안 가봤어?"

"응. 한 번도 안 가봤어."

"미국에선 보통 가족여행으로 많이 가던데."

궁금한 듯 넌지시 물어오는 말에 그렉의 미간에 얕은 세로 주름이 섰다.

그가 아는 혹은 그를 아는 대부분의 여자들은 그에 대해 갖고 있는 궁금증과 호기심을 이런 식으로 해결하려고 들었다. 돌려서 말하는 것보다 직설적인 쪽을 선호하는 그로서는 썩 이해가 되지 않는 부분이기도 했다.

"글쎄."

어깨를 한번 으쓱한 그렉이 창밖으로 시선을 돌렸다. 경험이 많은 만큼 빠르고 신속한 대처법이었다.

"그럼 가족들과는 주로 어디로 여행 다녔어? 우린 엄마 아빠 두 분 모두 바다를 좋아하셔서 어려서부터 그런 쪽으로 주로 여행을 많이 다녔거든. 제주도 바다를 처음 본 게 유치원 때였나? 엄마 말로는 그보다 더 어렸을 때부터 여러 번 데리고 왔었다고 하는데 워낙 어릴 때 일이라 기억이 안 나서. 내가 기억하는 건 유치원 때부터거든."

듣고 있다는 신호로 간혹 고개만 끄덕였지만 그마저도 자신의 말에 대한 호응이라고 생각하고 신이 난 은형의 말은 계속해서 이어졌다. 애초에 그렉에 대해 조금이라도 더 알아내야겠다고 생각한 것은 까맣게 잊은 채 그저 제 추억 풀어내는 데 여념이 없었다.

"덕분에 지금까지 바다는 원 없이 봤던 것 같아. 초등학교 5학년 때는 겨울방학에 크루즈도 한 달 정도 타기도 했고. 근데 그렇게 여기저기 많이 다니고 결국 선택한 데가 제주도라니 좀 웃기지 않아? 난 이탈리아나 프랑스 쪽이 될 거라고 생각했는데 말이야.

작년에 아빠 은퇴하면 내려와 사시겠다고 여기다 별장까지 마련했잖아."

주절주절 길게 이어지는 말이 귀찮은 그렉은 그러려니 하고 가만 내버려 두었다. 그사이 목적지인 호텔이 저만치 들어왔고 은형은 그제야 아차 싶어 입을 다물었다. 어떻게 얻은 기회였는데!

그렉은 대학 동기 중에서도 유독 돋보이는 편이었다. 그렉처럼 미국 국적을 가진 한국계 혼혈이 드문 건 아니었지만 그는 그들 중에서도 뭔가 달랐다. 다른 남자들보다 매너가 좋거나 친절한 편이 아닌데도 자꾸만 눈길이 가게 되고 가까이하고 싶어지는 사람이었다.

보고 있으면 아득히 떨어져 있는 별을 바라보고 있는 느낌이랄까. 그래서인지 많은 유학생들, 더 정확히 콕 집어 말하자면 여학생들이 그에게 안달을 하곤 했다.

처음 그를 봤을 때부터 목하 짝사랑 중인 은형도 물론 거기서 예외는 아니었다. 그래서 공부를 마치고 더 이상 미국에 체류할 핑계를 찾지 못해 귀국을 해야 할 때에는 공항에서 눈물을 뿌리기도 했다. 억지로 한국으로 돌아온 후 그렉과는 간간이 이메일만 주고받던 차였다. 감질 나는 편지질에 지쳐 다시 미국으로 갈 것을 심각하게 고민하던 차에 그렉이 한국으로 온다는 소식을 들었다. 그것도 자신과 같은 학교에서 강의를 하게 되었다니, 단언컨대 운명이라고 밖에는 생각할 수 없는 일이었다.

그런데 기대와 달리 '그녀의 운명'은 그녀에게 별달리 관심을 보이지 않고 되레 심드렁해 보이기까지 하니 속이 탈 지경이었다. 거기다 애써 잡은 지금 같은 기회도 별 소득 없이 수다 몇 마디로 홀라당 까먹고 말았으니.

이쯤 되면 은형의 '운명'에 대한 기대는 접는 것이 옳았지만 이미 짝사랑에 눈이 멀어 있는 그녀에게 제대로 된 판단 능력이 남아 있기를 기대하는 것 자체가 무리였다.

"저녁 같이 할래?"

"아니."

차가 멎고 안전벨트를 풀던 그가 짧게 고개를 저으며 대답했다.

"매정하기는."

그로서는 알 수 없는 단어로 투덜거리던 그녀가 다시 한 번 시도했다.

"마지막 날인데 여기 와서 같이 식사한 적 한 번도 없잖아. 그러지 말고 같이 저녁 먹자. 내일 아침이면 올라가야 하는데. 잠깐이지만 제주도 구경도 좀 하고."

"교수님들하고 저녁 약속 있어."

거절에도 아랑곳하지 않고 졸라대던 그녀도 그 말에는 어쩔 수 없다는 듯 입을 다물었다.

입술을 비죽이 내민 채로 나란히 호텔 입구를 향해 걷던 그녀가 한마디 했다.

"대신 다음에 나하고 같이 내려와. 우리 별장 있는 데 경치가 정말 끝내주거든. 바로 옆에 과수원도 있고. 근처에 목 좋은 낚시터 있으니까 거기서 낚시도 하고 한라산도……."

"은형."

정색을 한 그렉이 걸음을 멈추고 그녀를 향해 돌아섰다.

"좋은 데는 좋은 사람하고 함께 오는 거야. 제주도는 처음이지만 굉장히 아름다운 곳이고 그래서 다음번에는 내가 굉장히 좋아하고 아끼는 사람하고 와야겠다고 생각하고 있어. 은형도 그렇게 하는 게 좋겠어."

한마디로 너는 좋아하지 않고 앞으로도 좋아할 생각이 없으니 꿈 깨란 소리였다.

더 이상 파고들 여지도 없이 단호하게 끊어버리는 그렉의 말에 당황한 은형의 목소리가 잘게 쪼개졌다.

"단둘이 오자는 거 아니었는데. 자기 오해했구나. 우리 젊은 교수들 모여서 같이 내려오면 좋겠다는 말이었는데."

커진 목소리, 붉어진 얼굴과 유독 과장된 미소가 손상된 자존심에 쓰라린 속내를 그대로 드러내고 있었지만 애써 감추려는 모습에 그렉은 더 이상 대꾸하지 않았다.

어느새 한 걸음 뒤처진 은형이 등을 보인 채 앞서 가는 그렉의 뒷모습을 향해 원망스러운 눈빛을 쏘아 보냈다. 이럴 때 맞장구라도 한번 쳐주면 무안함이 조금이라도 덜할 텐데. 상대방은 안중에도 없이 어쩌면 자기 할 말만 쏙 하고 쌩하게 돌아서는지. 아니다 싶은 건 칼같이 끊어내는 성격으로 유명한 사람이라는 걸 모르지 않았지만 막상 자신이 그 대상이 되고 보니 씁쓸한 마음을 감추기가 어려웠다.

단호하게 거절하고 돌아선 그렉의 머릿속을 채우고 있는 사람이 누구인지 알았더라면 은형의 억울함은 걷잡을 수 없이 커지고 말았을 것이다.

8. 누구에게나 약점은 있다

"기대란 원래 기대를 저버린 채 빗나가기 마련이고 모든 일이 제 뜻대로 될 것이라는 자신감은 오만일 뿐이다."

무척이나 보고 싶었던 얼굴 대신에 예쁘장한 정수리만 오전 내내 물리도록 바라보며 그렉은 오래전 앤지에게 들었던 교훈을 다시 한 번 속으로 되새기고 있었다.

저만치서 모니터에 고개를 박고 있는 손희가 그 말을 들었으면 간밤에 태어난 망아지 새끼 아침나절에 어미 젖 빠는 소리 하고 있다며 비웃었겠지만 아쉽게도 그녀는 지금 책상에서 눈 한 번 떼는 법 없이 맹렬하게 일하고 있는 중이었다.

"감귤 초콜릿은 어땠어? 마음에 들어?"

페이퍼 채점 중이라는 것도 잊은 채 한참 그녀만 보고 있던 그렉이 물었다.

"그거 원래 안 좋아해요."

제주도 특산품이라기에 그녀 주려고 덥석 샀더니 취향이 아니었나 보다. 좋아하면 인터넷으로 추가로 주문하려고 했는데.

"단것 좋아하잖아."

낭패라고 생각하면서도 혹시나 싶어 다시 물은 말에 돌아오는 대답이 역시나 차가웠다.

"이도 저도 아닌 맛은 싫어해요. 단것도 아니고 신 것도 아니고."

"호불호가 확실하구나."

일부러 이번에 제주도에서 배웠던 단어를 넣어봤다. 평소 좀 어려운 단어를 쓰면 '오오'라는 감탄사와 함께 꽤 열광적으로 반응하는 그녀를 알기에 리액션에 대한 기대도 슬쩍 해봤다. 하지만 돌아오는 건 역시나 무관심. 맥이 빠진다.

아직까지 손희가 화가 난 이유를 알지 못하고 있는 그렉은 평소와 다르게 쌀쌀맞은 그녀의 반응에 적잖이 당황하고 있는 중이었다. 액면가는 한때 무지 놀았고 지금도 꽤 놀 것 같은 오빠지만 알고 보면 실 거래가는 숙맥인 남자의 여자에 대한 무지로 인한 비애라고나 할까.

"소늬."

정확한 발음으로 또박또박 불렀던 이름 '손희'는 언제부터인가 '소늬'로 바뀌어 있었다.

"네."

"바쁘니?"

"네."

눈은 여전히 모니터에서 떼지 않은 채 건성으로 하는 대답이었다.

"뭐가 그렇게 바빠?"

잠깐 눈이라도 마주쳤으면 하는 바람이 그녀에게 전해지기라도 했는지 살짝 고개를 들었다.

아침에 출근해서 그를 보자마자 찬바람이 쌩쌩 부는 바람에 닷새 만에 처음 제대로 그녀의 얼굴을 봤다. 하아, 여전히 예쁘구나.

"어떤 분이 매주 수업 들어갈 때마다 페이퍼를 내거든요. 근데 그분 미모에 환장해서 공부는 뒷전인 학생들이 제때 페이퍼를 제출하지 않는 바람에 중구난방으로 들어온 걸 과목별, 날짜별, 주제별로 분류하려니 지쳐 죽을 지경이에요."

뒷말은 거의 짓씹듯이 나왔고 거기에 원망하는 눈빛도 덤으로 붙었다. 혹 떼려다 되레 혹 붙인 격이 되어버린 그렉은 무안함에 입맛만 짝짝 다시고 말았다.

"소늬, 나한테 화났구나."

"화는요, 무슨. 당연히 제가 해야 할 일인데요. 그저 물어보시니 그렇다는 대답을 했을 뿐이에요."

전혀 진심이 담기지 않은 미소를 뒤로하고 보고 있기도 아까울 정도로 예쁜 얼굴은 다시 모니터로 향했다.

정작 해야 할 말과 듣고 싶은 말은 따로 있었는데 한마디도 하지 못하고 전전긍긍하고 있는 꼴이라니. 그렉은 그녀의 눈치만 살피고 있는 제 자신이 한심스러워졌다.

그렇지만 이런 사소한 것에 자존심 상해서 꽁하고 있기에는 지난 나흘이 너무 길었다.

"점심에 베트남 음식점 갈까? 쌀국수 맛있게 하는 데가 있다고 들은 것 같은데."

마음을 달래는 데는 역시 음식만 한 게 없고 특히 한국 사람들은 함께 밥을 먹으며 많이 친해진다고 오 교수님이 말했었다. 그러니까 그녀도 이영과 늘 그렇게 어울려서 밥 먹고 커피를 마시고 하는 걸 테지.

"약속 있어요."

"이영하고? 같이 가자고 해."

한국에 와서 알 게 된 것들 중 하나. 한국 남자들은 자신의 여자친구는 물론이고 여자친구의 친구들에게도 친절하고 자상해야 한다. 비록 그들이 커플 사이에 끼어 함께 영화를 보고 밥을 먹고 차를 마시고 술을 마시는 비상식적이고 이해 안 가는 행동을 할지언정 절대 싫은 내색을 해서는 안 된다.

"내가 밥 먹을 사람이 이영이밖에 없는 줄 아세요?"

그동안 지켜본 바로는 거의 그런 것 같지만 그렇다고 곧이곧대로 말하면 또 화를 내겠지.

팔짱을 끼고 잠시 그녀를 지켜보던 그렉이 결심한 듯 자리에서 일어나 그녀가 앉아 있는 책상으로 향했다. 파르르 성을 내는 걸 보니 역시 그에게 심사가 뒤틀려 있는 것은 분명했고 이유가 뭔지를 알아야 했다.

느닷없이 자신을 향해 다가오는 그의 모습에 손희가 채 놀랄 사이도 없이 손을 뻗어 그녀가 작업 중이던 컴퓨터의 전원을 꺼버렸다.

"교수님!"

새된 소리에 아랑곳 않고 책상 끄트머리에 걸터앉았다. 그리고는 그녀가 앉아 있는 바퀴 달린 의자를 끌어당겼다.

"얼굴 좀 제대로 보자."

당기는 대로 주르르 딸려오는 의자를 자신의 두 다리 사이에 단단히 고정하고 의자 등받이 위에 양손을 짚자 손희는 꼼짝없이 그의 두 팔 사이에 갇힌 꼴이 되고 말았다.

갑작스러운 그의 행동에 놀란 나머지 아무 말도 못하고 커다란 눈만 깜박이고 있는 그녀를 보고 씩 웃었다.

"보고 싶었어."

"거짓말."

"안 믿네? 정말인데."

망설이는 기색도 없이 단박에 나간 그녀의 대답에 그렉의 목소리가 서운함을 띠었다.

"그런 사람이 전화도 안 해요?"

감감무소식인 그렉 때문에 답답해하며 혼자 속 끓이던 지난 며칠이 떠오르자 새삼스레 다시 화가 났다. 애꿎은 입술만 잘근잘근 씹어대는데 그의 부드러운 손끝이 아랫입술 선을 따라 흘렀다.

"상처 나잖아."

살짝 벌어진 입술 위로 따뜻하고 촉촉한 숨결이 빠르게 다가왔다 떨어졌다. 갑작스러운 입맞춤에 놀란 그녀가 뭐라고 반응할 겨를도 없이 그가 물었다.

"내 전화 기다렸어?"

"어땠을 거 같아요?"

쌀쌀함과 냉랭함으로 속마음을 감추고 있던 두 눈에 서서히 진심이 차오르기 시작했다. 원망하고 애태우고 기다리며 속상했던 마음 한편으로 반갑고 기쁘고, 그렉의 욕심대로라면 아주 약간은 행복한 마음까지 맑은 눈동자에 그대로 담겼다.

"너한테 시간을 줘야 한다고 생각했어."

"무슨 시간요?"

"우리 사이에 대한 생각을 정리할 시간. 소늬한테는 갑작스러웠다는 거 아니까."

허리를 숙인 그렉이 아까부터 하고 싶었던 대로 드러나 있는 동그스름한 이마에 입을 맞추었다.

"그런데 후회했다. 보고 싶은 거 참느라 죽을 뻔했어."

붉은빛으로 옮게 물이 든 양 뺨이 탐스러웠다. 얼마 전 읽었던 한국 소설에서는 홍조 띤 여자의 볼을 복숭앗빛이라고 표현을 했지만 그렉이 보기에는 석양으로 향해 가는 늦은 오후 서서히 붉게 물들기 시작하는 지평선 위의 엷은 구름 색깔이었다. 눈을 뗄 수 없을 정도로 매혹적이어서 보고 있으면서도 흐르는 시간이 아쉽기만 하고 매일 봐도 늘 새로운 매력을 지닌.

"그럼 이제 더 기다리지 않아도 되는 거지?"

자신을 향해 있는 그녀의 미소가 원하는 대답을 보여주고 있다는 것을 알면서도 그렉은 채근을 했다. 그녀의 목소리로 대답을 듣고 싶었다.

"내 인생에서 가장 긴 4일이었어."

하지만 그윽한 눈으로 바라보기만 할 뿐 손희의 입은 쉽게 열리지 않았다. 마주하고 있는 눈동자에서 기대감이 서서히 사라지기 시작하고 마음속을 채웠던 흡족함 대신 조바심이 자리할 무렵이 되어서야 그녀가 입술을 뗐다.

"밀당은 싫어요."

생소에 단어에 보기 좋게 뻗은 그렉의 눈썹이 의아함을 담은 채 낮게 휘어졌다. 그사이 그녀의 말은 계속되었다.

"단맛인지 짠맛인지 간보는 것도 싫고 발끝만 담그고 재보는 것도 싫어요."

무슨 말인지 모르겠다. 마지막 말에서 얻은 힌트로 대강 어떤 뜻으로 하는 말인지 눈치는 챘지만 정확하게 의미 파악을 할 수가 없으니 답답했다. 그럴 분위기가 아니라는 걸 알면서도 그녀의 말을 끊어야 하나 그렉이 심각하게 고민할 때였다.

"그래서 진심으로 다가갈 거예요."

놀란 그렉의 시선을 고스란히 받으며 손희가 고개를 끄덕였다.

"교수님, 아니, 그렉도 그랬으면 좋겠어요."

"물론이야!"

다가오는 그의 품에 몸을 맡긴 채 손희는 두 눈을 감았다.

하지만 달달한 분위기는 얼마 가지 않아 금세 깨지고 두 사람은 살벌하게 눈싸움을 하는 중이었다.

"말도 안 돼."

딱 잘라 말하는 그렉에게 손희가 어이없다는 듯 말했다.

"그게 왜 말이 안 돼요?"

"그럼 나 말고 다른 남자랑 데이트한다는 게 옳다는 거야?"

"데이트가 아니라 그냥 점심 식사라니까요."

"그게 그거지!"

그렉도 자신이 지금 억지를 부리고 있다는 걸 모르지 않았다. 하지만 마음 열고 진지하게 사귀기로 한 지 한 시간도 되지 않아, 다른 남자와 점심 먹으러 나가겠다는 걸 가만 두고만 볼 수는 없는 일이었다.

그러니까 발단은 조금 전 걸려온 전화 한 통이었다.

발신자를 확인하고 눈웃음과 함께 전화기를 집어 드는 그녀를 봤을 때부터 왠지 기분이 좋지 않았다. 그리고 다음 순간 '강윤 오빠?' 라고 응답하는 손희의 상냥한 목소리는 조금 전의 불길한 예감이 틀리지 않았음을 알려주었다.

"약속 당연히 안 잊었지. ……응, 알아 거기."

강윤이라면…….

손희가 전화를 받는 동안 그렉은 어렵지 않게 머릿속 데이터에서 강윤에 대해서 끄집어냈다. 쏘니, 어쩌고 하며 그녀와 퍽이나 가까운 사이인 척을 하며 함부로 이름을 불러대던 기분 나쁜 녀석. 무엇보다 거슬렸던 건 손희를 볼 때마다 녀석의 눈동자에 아른거리던, 그로서는 절대 달갑지 않은 감정이었다.

"시간 맞춰 나갈게. 이따 봐."

그사이 통화를 끝낸 손희가 웃으며 전화기를 내려놓자 그렉이 물었다.

"강윤?"

비틀린 그의 심사를 눈치채지 못한 손희는 반색을 했다.

"네. 그때 우리 집에서 잠깐 봤었잖아요. 기억하죠?"

기억을 못할 리가 없지. 조금만 늦었으면 나한테서 널 빼앗아갔을 녀석인데.

"그때 소늬 집 창고에서 봤던 남자 맞지? 오 교수님 아들이라던."

"맞아요."

역시 그 녀석이다. 그런데 그 녀석과 뭘 어떡하겠다고?

"만나기로 한 거야?"

"오늘 같이 점심 먹기로 했거든요. 약속 장소를 못 정했는데 오빠가 이쪽으로 오겠다고 해서요."

아무렇지 않게, 오히려 무척이나 반가운 듯 보이는 그녀의 표정이 마음에 들지 않는다. 순간 불쑥 말이 튀어나와 버렸다.

"나가지 마."

"네?"

놀란 그녀에게 그렉이 달래듯 말했다.

"오늘 같은 날은 나하고 같이 있어야지."

"이미 약속을 해버린걸요."

"취소하면 되잖아."

말도 안 되는 소릴 한다는 듯 바라보는 손희의 모습에 그렉은 더욱 오기가 솟았다.

"우리 서로 마음 확인한 날이야. 그런데 곧장 다른 남자하고 데이트가 말이 돼?"

"같이 밥 먹는 게 무슨 데이트예요?"

어이없다는 듯 실눈을 뜨더니 이내 웃어버리고 마는 손희.

그녀가 다른 남자를 만나러 나간다는 사실만으로도 잔뜩 열이 받아 있는 자신과는 대조적인 그녀의 대응에 그렉은 약이 올랐다.

"아무튼 나가지 마."

"오빠 한국에 돌아오고 처음으로 같이 밥 먹기로 한 거란 말이에요. 그런데 어떻게 취소를 해요?"

아까부터 서슴없이 강윤을 오빠라고 칭하는 그녀의 말에 그렉의 속이 부글부글 끓기 시작했다.

한국에 와서 새롭게 알게 된 것 중 하나가 오빠라는 단어의 쓰임이었다. 이 단어는 단순히 여자가 자신보다 나이가 많은 남자 형제를 부르는 호칭이라는 본래의 뜻 이외에 다른 의미로 더 많이 통하고 있었다.

넓게는 선배를 비롯한 아는 남자 모두를 오빠라고 부르기도 하지만 거의 대부분의 여자들은 자신의 연인을 이름 대신 '오빠'라고 부른다. 심지어 결혼한 남편에게 오빠라고 부르는 걸 보기도 했었다.

처음 오빠라는 단어가 그렇게도 쓰이고 있다는 걸 몰랐을 때에는 지나다 우연히 어젯밤 오빠하고 모텔에 갔는데 어쩌고저쩌고 하는 여학생들의 대화를 듣고 제 귀를 의심하며 까무러칠 듯이 놀란 적도 있었다.

"강윤을 꼭 오빠라고 불러야 해?"

"그럼 오빠를 오빠라고 부르지 뭐라고 해요? 형님, 이럴 수는 없잖아요."

이마를 찡그리며 묻는 그가 오히려 이상하다는 듯 손희가 고개를 갸웃거렸다. 한국말을 곧잘 하는 사람이 새삼스럽게 왜 저러나 하는 표정이다. 그냥 말을 말자.

"정말 강윤 만날 거야?"

이마 한가운데 난 뾰루지 같은 녀석.

"약속을 했으니까 지켜야죠."

"내가 가지 말라고 해도?"

하지만 그렉은 조금 전의 생각을 정정했다. 차라리 뾰루지 같은 거라면 손가락 끝으로 꾹 눌러 짜내 버리기라도 하지. 하지만 그 녀석은 그럴 수도 없고. 어쨌든 참 성가시다.

"안 갈 이유가 없으니까."

"그럼 나도 너 말고 다른 여자랑 밥 먹는다."

억지가 통하지 않자 이번에는 소심하게 협박을 시도했다. 하지만 스스로도 유치한 줄은 아는지라 귀 언저리가 금세 불그스름하게 물들었다. 아니나 다를까, 그를 보는 손희의 눈빛이 '이를 어째……' 하는 듯 바뀌었다. 귓가에 혀를 끌끌 차는 소리가 들려오는 것도 같다.

"김은형 강사님하고요?"

"그, 그래."

대뜸 나오는 은형의 이름에 당황한 탓에 대답이 매끄럽지 않았다. 이럴 땐 깔끔한 톤으로 딱 잘라 얘기해야 하는 건데. 낭패다. 어떻게 된 게 손희 앞에서는 맺고 끊는 게 칼같이 정확하고 허튼소리는 절대 안 하는 평소의 그렉 로빈슨은 흔적도 찾을 수 없으니 이것 참 기이한 일이다.

"그렇게 하세요."

"뭐?"

예상 밖의 대답에 그렉은 멍해졌다. 대놓고는 아니더라도 어느 정도 기분 나쁜 내색을 할 거라는 기대와 달리 너무도 선선히 그러라는 말을 들으니 어디론가 사라진 어이를 서둘러 불러들어야 할 것 같았다.

"어차피 그분하고 식사, 처음도 아니잖아요. 강사님 미국 계실 때부터 꽤 친하게 지내셨다고 그러던데."

원래 이런 말은 얼굴 좀 찡그려 가면서, 입술 좀 삐죽거려 가면서, 얼마간은 화가 난 것처럼 해줘야 하는데. 어찌 된 일인지 지나치게 쿨한 이 아가씨는 표정의 변화라고는 찾아볼 수도 없었다. 되레 어제저녁에 뭘 먹었는지 TV 프로그램은 뭘 봤는지 같은 평범한 얘기를 나누고 있는 양 자연스럽기까지 하다.

"괜찮아?"

도리어 안절부절못하고 슬금슬금 눈치를 보는 건 그렉 쪽이었다.

"뭐가요?"

"그런 말 들어도 기분 안 나쁘냐고."

"뭐 어때요. 어차피 지금 사귀는 상대는 난데."

이 정도라면 초강력 멘탈의 소유자라고 인정할 수밖에 없을 것 같다. 아울러 이런 그녀와 달리 잠시나마 나잇값 못하고 유치한 모습 제대로 보여준 것이 점점 창피해졌다.

그가 뭐라고 하든 고집 센 손희는 기어이 저 하고 싶은 대로 하고 말았을 텐데 이럴 바에야 질투가 나고 마음이 상해도 속 좁게 굴지 말 걸 그랬다. 그렉은 뒤늦게 후회를 하는 중이었다.

타고난 성격 탓인지 자란 환경 때문인지는 몰라도 그보다 나이는 몇 살 어리지만 훨씬 더 너그럽고 어른스러운 데가 있는 그녀였다.

하지만 곧이어 들려오는 말에 그는 조금 전의 생각을 취소해야 할지를 심각하게 고민했다.

"참, 혹시나 해서 하는 말인데 저번에 나 씹었던 애들 점수 잘 주면 안 돼요."

응?

혹시 잘못 들은 게 아닐까 싶어 반문하려는 그에게 손희가 다시 한 번 확인하듯 다짐을 했다.

"페이퍼 낸 것들 보니까 어차피 점수 잘 받기는 틀렸지만, 그래도 혹시 몰라서 얘기하는 거예요. 절대 걔들 점수 잘 주면 안 돼요."

"읽었는데 놀랄 정도로 어마어마하게 잘 썼으면 점수를 안 줄 이유가 없지."

그녀들의 수준을 아는지라 전혀 고민 없이 농담을 할 여유도 있었다. 아니나 다를까, 그의 대답에 손희가 코웃음으로 대꾸를 대신했다.

"행여나요."

그러더니 이내 눈초리를 날카롭게 세우고 닦달을 시작했다.

"세상에, 아무리 농담이라도 그렇지. 여자친구를 너덜너덜하게 찢어발긴 애들한테 점수 잘 준다는 말이 쉽게 나와요? 말도 안 돼. 나에 대한 애정이 너무 얕은가 봐. 나 막 실망스러워지려고 그래요."

"그게 아니라……."

장난으로 한 말에 진심 서운해하는 그녀에게 해명을 하느라 그렉은 진땀을 뺐다. 나이보다 성숙하고 어른스러운 데다 쿨하기까지 한 아가씨는 잠깐 사이에 대체 어디로 간 건지.

그가 그리워하는 쿨한 아가씨가 사실은 장난을 매우 좋아하고, 그중에서도 남자친구 놀리는 데에 새롭게 취미를 붙인 걸 알 리 없는 불쌍한 그렉은 쩔쩔매고 있었다.

강윤과의 약속 장소로 들어서면서도 손희의 얼굴에서는 미소가 사라질 줄을 몰랐다. 삐친 척하고 조금 놀렸더니 금세 놀라서 어쩔 줄 모르던 그렉의 모습이 그녀의 머릿속에서 자동적으로 연속 재생 중이었다. 그 덕분에 기분은 더할 나위 없이 유쾌하고 발걸음마저 나풀나풀 가벼웠다.

문을 열고 안으로 들어서자 손님을 맞는 종업원들의 인사가 줄을 이었다. 열두 시 반. 한창 점심시간이라 바쁠 타이밍이기도 하지만 넓은 홀 안은 손님들로 북적이고 있었다. 나름 잘나가는 핫가이라고 주장하는 강윤이 고른 장소이니 보나마나 음식이든 분위기든 요즘 이 부근에서 가장 핫한 곳일 터였다.

홀 안을 두리번거리며 훑는 그녀의 눈에 저만치서 자신을 향해 손을 흔들고 있는 강윤이 들어왔다. 그녀가 오기를 기다리며 입구만 쳐다보고 있기라도 한 듯 눈이 마주치자 반갑게 미소를 보내온다.

"일찍 왔네?"

자리에 앉으며 그녀가 인사를 건넸다.

"나도 들어온 지 얼마 안 됐어. 너 시간 약속 칼같이 지키는 거 아니까 너랑 약속하면 괜히 긴장하게 되거든."

"솔직히 오빠가 지나치게 느긋한 거지."

몇 해 전 수능 시험이 끝난 그녀에게 영화를 보여주겠다는 강윤과 만나기로 한 적이 있었다. 그런데 약속 시간이 되어서도 강윤은 나타나지 않았고 10분 정도가 지난 뒤에야 늦잠을 자는 바람에 조금 늦을 것 같다는 문자를 보내왔다. 그 자리에서 정확히 5분을 더 기다린 손희는 올 것 없다는 문자를 보내고 그대로 약속 장소를 빠져나왔다.

약간 토라져 있을 거라고 느긋하게 생각하고 있던 강윤은 막상 약속 장소에 손희가 없는 것을 보고 당황했다.

"그때 내가 놀라서 전화했더니 네가 한숨 포옥 쉬면서 그랬잖아. 정확히 40분 늦었네요. 오빠는 시간관념이 그렇게 없어서 나중에 사회생활을 어떻게 하려고 그래요?"

"내가 그랬어?"

손희가 웃으며 물었다.

아직 고등학교도 졸업 안 한 여자애가 대학생에게 하기에는 확실히 지나친 감이 있는 말이었다.

"그렇게 건방을 떨었는데 화 안 낸 걸 보면 오빠도 용하네."

"내가 잘못한 거니까. 그런 걸로 화내는 것도 우습잖아."

그러더니 강윤이 이내 피식 웃었다.

"그리고 나이에 안 어울리게 그런 말 하는 네가 꽤 귀엽기도 했고."

"그때나 지금이나 내가 또 귀여움이라면 빠지질 않지."

호호 웃는 그녀에게 강윤이 찬물을 끼얹었다.

"왜 이래. 쌈닭께서."

"엥?"

"너 유명하다며. 그쪽으로."

"오 교수님이 그러셨구나."

흐음. 아무래도 얼마 전에 기획했다 포기했던 치질 수술 건을 터뜨리는 것에 대해 다시 고려를 해야 할 듯하다.

"오빠는 여자친구 없어? 나름 핫 가이시라면서."

"너 있잖아."

강윤이 서슴없이 그녀를 가리켰다. 손희가 뜨악해진 얼굴로 손가락을 들어 저를 가리키며 눈짓으로 정말이냐는 듯 물었다. 기다렸다는 듯 고개를 끄덕이는 강윤을 보며 그녀는 혀를 끌끌 찼다.

이 오빠 철없는 건 유학을 떠나기 전이나 지금이나 여전하네. 농담을 진담처럼 하는 스킬은 더욱 진화했고.

"하여튼 오강윤 씨 짓궂은 데는 뭐 있어. 여자 사람 친구 말고 사랑하는 여자 말이야."

"그러니까."

"에이, 관둬. 내가 말을 말아야지."

손사래를 젓는데 그사이 주문했던 음식들이 도착해 앞에 놓였다.

"와인 한잔할래?"

"싫어."

포크를 들어 연어 샐러드를 콕 집어 들던 손희가 고개를 저었다.

"왜애. 연어에 와인 마시는 거 좋아하잖아. 가볍게 한 잔 정도는 괜찮아."

"오후에 교수님들 만나는 자리 있어."

그 말에 강윤은 더 이상 권하지 못했고 주문이 추가될까 싶어 옆에서 대기하고 있던 서버는 가벼운 목례와 함께 뒤로 물러났다.

"여기 음식 마음에 드니?"

"응. 맛있는데? 실은 무지 배고팠거든."

먹으면 먹을수록 조금 전 강윤이 권했던 와인 한잔이 아쉬웠지만 손희는 탄산수로 대신 목을 축였다. 강윤을 만나러 가는 것도 내켜하지 않았던 그렉이 그와 함께 와인까지 마신 걸 알면 굉장히 마음 상해할 거라는 건 불 보듯 뻔했다. 그래서 없는 일정을 지어내 거짓말까지 했던 것이다.

내가 이렇게나 마음 쓰고 있다는 걸 그 남자는 알까 몰라.

포크에 돌돌 만 파스타를 한입에 쏙 넣으며 손희는 속으로 중얼거렸다.

"요즘 걸이는 좀 어때? 수험생이라서 그런지 얼굴 한번 보기가 어렵네. 공부하느라 많이 힘들어하지?"

"고3이니까 수험생인가 보다 하는 거지. 진짜로 머리 쥐어짜면서 열불 나게 공부하는 애들이 들으면 송손걸 테러당해."

지나친 솔직함으로 눈 한 번 깜빡 안 하고 제 동생을 찍어 누른 손희가 강윤의 눈에는 그저 귀엽기만 했다.

"어머니는 요즘 많이 바쁘신 것 같더라. 그날도 작업실에 계신다고 해서 얼굴도 못 뵙고 왔는데."

"이정옥 여사님이 언제는 안 바쁘실 때가 있었나? 늘 일에 둘러싸여 사시는 분인데. 당신 자신보다 일을 더 사랑하시잖아."

말끝에 보이는 표정이 소금 한 움큼을 한꺼번에 입안으로 털어 넣은 듯 쓰디썼다. 조금 전 동생 얘기를 할 때와는 사뭇 달라진 어투와 낯빛에 강윤은 또 괜한 말을 꺼냈구나 싶었다.

그녀가 제 어머니에게 썩 좋은 감정을 갖고 있지 않다는 건 그도 익히 알고 있었다. 아직 어린 나이에 아버지를 잃은 손희는 비슷한 시기에 어머니도 잃었다. 완전히 곁을 떠나 버린 제 아버지와 달리, 물리적으로는 곁에 있었을지 몰라도 심리적으로는 없는 것과 마찬가지였다.

갑작스럽게 세상을 떠난 아버지의 부재, 자식 대신 선택한 일에 몰두하느라 곁에 있어주지 않은 어머니. 그래서 열 살 이후의 손희에게 부모는 없는 것과 다름없는 존재들이었다. 조부 송홍 옹이 계시긴 했지만 그분 또한 살가운 데라고는 없이 엄하기만 한 분이라 아직 어렸던 손희가 마음 붙이기에 적당한 대상은 아니었다.

젖먹이였던 걸이야 말할 것도 없고.

그 때문인지 그전까지 골목대장 노릇을 곧잘 하던 손희는 그즈음 부쩍 말수가 줄고 표정은 시무룩해졌다. 활달하게 골목을 누비며 동네 아이들과 곧잘 어울리던 손희는 집 밖으로 나오는 대신 뒤뜰에 앉아 제가 태어날 때 제 아버지가 심었다는 오동나무만 한없이 바라보고 있을 때가 부지기수였다. 어린 그의 눈에도 그녀의 뒷모습이 애잔해 놀자고 데리러 갔다가도 그냥 나오곤 했다.

다행히 얼마 후 혜옥 이모가 집으로 들어오고부터는 서서히 예전으로 돌아오기는 했지만, 낯선 사람에게 마음을 붙이고 가족처럼 따르게 될 때까지 어린아이의 마음속에서 얼마나 치열하게 갈등이 벌어졌을지. 열 살 남짓의 아이가 저 홀로 견뎠을 시간을 생각하면 안쓰럽기 그지없었다.

귀국해 손희를 마주한 후로 내내 속으로 아끼고만 있던 한마디가 강윤의 입에서 툭 튀어나왔다.

“다음에는 저녁에 올까? 정식으로 와인도 한잔하고. 여기 말고도 분위기 좋은 데 몇 군데 알아놨는데.”

하지만 이미 다른 곳에 마음을 빼앗겨 버린 손희에게 오래 알아온 이웃집 오빠가 품고 있는 수줍은 연정 따위를 알아채고 배려할 만큼의 여유를 기대하기란 어려운 일이었다.

“오빠도 차암. 저녁에는 진짜 데이트를 해야지. 왜 나랑 있냐? 그리고 내가 말 안 하려고 했는데, 이렇게 근사한 데는 나 같은 동생하고 다니는 게 아니지. 좋다고 생각하는 데는 진짜 좋아하는 사람하고 가야 제대로 즐길 수 있는 거야. 그런 것도 모르면서 무슨 핫 가이씩이나 된다고."

강윤은 순간 엄습하는 아찔함에 움찔했다.

듣자 하니 이건 대놓고 거절을 당한 것보다 더 한심한 꼴이었다. 그동안 어떤 마음으로 그녀를 보아왔는지도 아예 눈치를 채지 못했다니. 성준영의 경지에 다다르려면 아직 까마득하지만 연애에 대해서라면 나름 일가를 이루었다고 자부하는 그에게 남자로서 이보다 더 자존심 상하고 기막힌 경우가 또 있을까.

상대의 마음이 어디로 향하고 있는지도 알지 못한 채 순간의 충동에 불쑥 저질러 버린 대시의 결과는 참혹했다.

"너 연애하니?"

설마 하면서도 혹시나 하는 마음에 강윤이 물었다.

딴 녀석에게 빠지지 않고서야 이렇게나 철저하게 남자로서 배제할 리가 없다. 곧이곧대로에 융통성이라고는 찾아보기 어려운 손희가 누군가에게 마음을 주기 시작했다면, 그건 곧 그가 내내 별러왔던 판을 채 펼쳐 보지도 못하고 접어야 한다는 뜻이었다.

제 속으로는 설마 아니겠지 하면서도 한편으로는 저번에 손희 집에서 마주쳤던 녀석의 번드르르한 얼굴이 떠올랐다.

그녀의 입술이 열리기를 기다리는 잠깐 사이, 고조된 긴장감에 강윤의 손끝이 파르르 떨렸다.

"괜한 소리 말고 밥이나 드세요. 네?"

남의 속이 바짝바짝 타는 줄도 모르고 테이블 가운데 놓인 샐러드 볼을 앞으로 밀어준다.

"그러지 말고 얘기해 봐."

다시 한 번 채근하자 손희의 눈가가 가늘어졌다.

"좋은 말 할 때 밥 먹자, 오강."

그녀가 같은 말을 두 번 이상 들으면 짜증스러워한다는 게 그제야 떠올랐다. 그가 제일 싫어하는 별명을 들먹이는 것도 아마 그 이유일 것이다. 그런 걸 알면서도 어떻게 해서든 대답을 듣고 싶었다.

"오빠가 궁금해서 그래. 우리 쏘니가……."

하지만 듣기 싫은 말을 삼 연타로 이어지도록 가만둘 그녀가 아니었다.

"여기요!"

손희가 손을 들어 저만치서 대기하고 있는 웨이터를 호출했다.

"필요한 거 있으십니까?"

"와인 가볍게 마실 수 있는 걸로 갖다주세요."

그러더니 그녀의 절단 신공으로 인해 졸지에 말문이 막혀 버린 강윤에게 고개를 돌렸다.

"마셔도 되지?"

아까는 생각 없다고 했잖아, 오후에 교수님들 만나는 자리 있다며, 도대체 연애를 하는 거니, 마는 거니, 대관절 어떤 녀석이야……. 등등의 반문들이 머릿속에서 회오리를 쳤지만 결국 그가 내놓은 답은 딱 한 가지였다.

"응? 으응, 그럼."

한편, 반쯤 얼이 빠져 있는 강윤의 뒤편의 테이블에 앉아 있던 누군가 기막히다는 표정으로 그들을 지켜보고 있었다.

"쌈닭이었어?"

눈치채이지 않도록 조심스럽게 시선을 돌려 재차 손희의 얼굴을 확인한 은형이 기가 차다는 듯 헛웃음을 지었다.

제주도에서 그렉이 그녀를 거절하며 했던 말을 손희의 입을 통해서도 듣게 될 줄이야. 어쩜, 늬들 그런 사이였니? 두 사람이 같은 요지의 말을 그것도 각자 다른 이성 앞에서 하는 걸 보니 더 이상 들을 것도 볼 것도 없이 상황은 빤했다.

하지만 그녀의 확신 어린 짐작과 달리 손희와 그렉 두 사람은 이런 주제로 이야기를 나누어본 적도 없었다. 비슷한 상황에서 그저 자신의 생각을 말했을 뿐이었는데도 그 요지가 하나인 것을 보면 그조차도 마음이 통한 것인지도 모른다. 어쩌면 이를 두고 운명 혹은 인연이라고 할 수도 있을 테고.

하지만 그런 사실을 알 리 없는 은형은 진한 실망감과 함께 배신감마저 느끼고 있었다. 그녀의 눈이 다시금 손희의 맞은편에 앉아 있는 강윤을 확인했다.

어쩜 저 계집애는 남자를 물어도 죄다 월드 클래스 급이라니. 그래도 그렇지만 점잖은 말로 제대로 퇴짜를 맞고 있는 저 남자도 평생 가야 누구한테 거절 같은 거 안 당할 것 같게 생겨서는 하필 쌈닭 송손희한테 퇴라니. 생긴 값의 10분의 1만 해도 여자들이 줄을 서겠고만.

은형은 이름도 성도 모르는 남자에게 약간의 애처로움과 함께 묘한 동질감을 느꼈다. 아울러 손희에 대한 반감이 더욱 깊어진 건 물론 두말할 것도 없었다.

"그러니까 말이 국경 너머로 도망을 갔단 말이지?"

"네."

"그런데 정작 말 주인인 노인은 걱정을 안 하고?"

"그렇죠."

그렉이 운전하는 차를 타고 가며 두 사람은 얼마 전 그렉이 물었던 '새옹지마'에 대해 얘기를 나누는 중이었다. 그날 약속한 대로 손희가 고사성어 사전을 그에게 선물했었다. 하지만 그렉은 틈이 날 때마다 그녀에게 고사성어에 얽힌 이야기나 짤막한 역사 지식을 직접 듣는 걸 더 좋아했다.

"얼마 뒤에 도망갔던 말이 다른 말을 데리고 와서 모두가 부러워하면서 축하를 하는데 노인은 좋아하지 않았다. 그리고 자신의 아들이 말에서 떨어져 다쳐서 모두 위로를 할 때도 노인은 별로 걱정을 하지 않았고. 하지만 그 아들은 나중에 다친 다리 덕분에 전쟁에 나가지 않아도 돼서 살아남을 수 있었다."

"다들 불행이라고 생각했던 건 의외로 행운이 됐고, 행운으로 보였던 일은 불행이 됐죠. 결국 인생에서 어떤 일이 내게 행운이 될지, 불행이 될지는 아무도 모른다는 얘기예요."

"흐음. 그럴듯해."

덧붙인 설명에 그렉이 고개를 끄덕였다.

"비슷한 말로는 전화위복이라는 단어가 있는데 이건 화가 도리어 복이 된다는 뜻이에요."

"화? Anger?"

'화'를 재앙이 아닌 분노로 해석한 그가 고개를 갸웃하자 손희가 재빠르게 설명을 덧붙였다.

"Anger가 아니라 Disaster로 해석해야 해요. 우리말로는 재앙."

"재앙? 재. 앙. 재앙. 재앙."

아직까지는 낯선 단어를 반복해서 발음해 보는 그에게 손희가 물었다.

"복은 무슨 말인지 알죠? Good Fortune."

"알겠어. 그러니까 불행이 행복이 될 수도 있다는 뜻이구나. 그 새옹하고 비슷하게."

"새옹지마. 새옹마라고 해도 괜찮아요."

이제야 알겠다는 듯 그렉이 고개를 끄덕이다 이내 한숨을 쉬었다.

"한국어는 한글 말고도 한문까지 알아야 제대로 이해할 수 있는 단어들이 많아서 알면 알수록 더 어려워. 방금 말한 복이란 단어만 해도 다른 글자들하고 붙여서 많이 쓰잖아."

정확하게는 한문이 아니라 한자, 글자가 아니라 단어나 낱말이라고 해야 옳겠지만 그런 것까지 지금 일일이 지적하다가는 끝이 없을 것 같아서 손희는 아무 말 않은 채 속으로 다음을 기약했다. 나중에 그가 우리말에 더 능숙해지면 그때 가서 해도 늦지는 않을 테니까.

"그렇죠. 부모 복, 형제 복, 자식 복, 남편 복, 처 복, 식복……. 많아요."

"의복은?"

"아, 그건 옷을 말하는 거예요. 우리가 지금 얘기하는 '복' 하고는 다른 한자."

"거봐. 한국어가 이렇다니까."

시무룩하던 그가 이내 미소를 지었다.

"그렇지만 나한테는 좋은 선생님이 있으니까."

"그렉도 좋은 학생이에요. 열심히 공부하는."

"그럼 상 줘야지."

슬쩍 내민 볼에 손희가 입술을 대었다. 그렉의 얼굴에 기분 좋은 웃음이 번졌다.

진작부터 느낀 거지만 이 남자, 잔잔한 스킨십을 의외로 좋아한다. 손을 잡는다거나, 곁을 지나치면서 드러난 목이나 어깨를 살며시 쓰다듬는다든가. 아니면 지금처럼 볼이나 입술에 가벼운 입맞춤을 하는 정도. 손희도 아직까지는 열정적인 부딪침보다는 지금과 같은 부드럽고 가벼운 마주침이 더 좋았다.

시간을 내서 교외로 나가 한적한 카페에 나란히 앉아 서로의 손가락을 엮은 채 책을 읽거나 하는, 지금까지는 모르고 살았던 연애의 소소한 즐거움을 알게 된 것도 그를 통해서였다.

손끝이 그녀에게 닿을 때마다 입술이 마주칠 때마다 그렉이 얼마나 초인적인 노력으로 참고 있는 줄 알았다면 손희도 마냥 이렇게 태평할 수만은 없었을 것이다. 서른을 바라보는 나이와 평소에 보여주곤 하는 어른스러움이 무색하게 연애에는 맹탕에 순진무구하기까지 한 그녀를 배려하느라 그렉은 안간힘을 쓰는 중이었다. 하지만 이제 그 대단한 인내심도 거의 바닥을 보이고 있으니, 지금까지와 다른 그의 모습을 손희가 마주해야 할 때도 머지않았다.

"근데 지금 우리 어디 가요?"

출발한 지 한 시간이 다 되어가는데 목적지에 도착하는 낌새가 없자 그제야 손희가 물어왔다.

"좋은 데."

여전히 씨익 웃을 뿐 목적지를 정확히 알려주지는 않았다.

어떻게 된 게 한국에서 평생을 산 그녀보다 그렉이 두 사람이 갈 만한 곳을 더 잘 알았다. 그래서 데이트를 시작하고 아직까지 한 번도 학생들과 마주친 적이 없었고—그 사실 하나만으로 그는 칭찬받아 마땅했다—당연히 두 사람은 별다른 잡음 없이 태평하게 연애를 즐길 수가 있었다.

조심스러워하는 손희와 달리 그렉은 단지 귀찮아지는 게 싫어서일 테지만, 어쨌든 평소에 보여주는 놀라울 정도의 학구열이 데이트 코스를 짜는 데도 유감없이 발휘되는 모양이니 손희로서는 다행스러운 일이었다.

"이모가 그렉 잘 지내느냐고 묻던데."

두 번 본 그렉이 퍽이나 인상적이었는지 혜옥 이모는 가끔 지나치는 말로 그의 안부를 묻곤 했다. 별로 가깝지 않은 사이인 양 그냥 잘 지낸다고 대답하면서도 마음 한구석이 찔리는 건 어쩔 수 없는 일. 그렇지만 가족들, 특히 조부님께 그렉과의 사이를 솔직하게 드러낼 만큼의 강심장은 못 되었기에 손희는 아직까지 굳게 함구 중이었다.

"인사 전해 드려. 참, 소늬 요즘도 혼자서 집안일 하니?"

"무슨……. 아!"

집안일은 이모가 다 하는데 무슨 말인가 싶어 잠시 생각하던 그녀가 뒤늦게 말뜻을 알아차렸다.

"형광등 정도는 갈죠. 그날은 마음먹고 나섰던 거라 일이 많았던 거지, 사실 별로 하는 것도 없어요."

"사다리 놓고?"

"집 안에서는 의자만 놓고 올라가도 충분해요. 창고는 말 그대로 1~2년에 한 번 정도? 그날은 작정하고 나섰던 거라니까요."

"남동생이 있다고 했지?"

물어오는 목소리에 못마땅한 기색이 역력했다.

"걔가 할 줄 아는 게 뭐 있다고. 그냥 하던 사람이 하는 게 편하지. 할 줄도 모르면서 어설프게 만지작거리는 거 속 터져서 못 봐요. 그렉도 알잖아요, 나 성격 급한 거."

그가 무슨 말을 할지 모르지 않아서 손희는 앞으로 할 말까지 한꺼번에 쏟아내 버렸다. 잠자코 듣고 있던 그렉이 어이가 없는지 피식 웃고 말았다.

"다음번에는 나 불러. 얼마든지 써먹어도 좋으니까."

"알았어요."

순순한 대답이 마음에 들었다.

결국 하고 싶었던 말은 이거였다. 모로 가도 서울만 가면 된다는 한국 속담처럼 하고 싶은 말을 전했으니 그것으로 되었다.

"여기예요?"

잠시 후 차가 멎자 손희가 어색하게 주위를 둘러보며 물었다. 그렉의 차가 선 곳은 뜻밖에도 호텔 앞이었다. 산길을 깎아 만든 구불구불한 도로를 한참이나 들어와야 하는 산중턱에 자리하고 있어서 스카이라운지에서 내려다보는 도심의 야경이 아름답기로 이름난 명소였다.

"내리자."

그렇지만 역시 호텔은 호텔이다. 어색해하는 손희와 달리 그렉은 별다른 기색 없이 운전석의 문을 열고 내렸다. 옆으로 고개를 돌렸다가 문을 열기 위해 다가오는 도어맨을 보고 화들짝 놀란 손희가 제 손으로 문을 열고는 미끄러지듯이 차에서 내렸다.

로비를 가로지르는 동안 고개를 내려 잔뜩 굳어 있는 손희의 얼굴을 힐끗 확인한 그렉은 순간 터져 나올 뻔한 웃음을 간신히 참았다. 평소에는 잘도 재잘대던 입술도 꾹 다물어져 있다.

"소니."

엘리베이터가 내려오기를 기다리며 그렉이 낮은 목소리로 그녀를 불렀다.

"네? 네?"

보통 때보다 세 옥타브는 올라간 것이 긴장한 기색이 역력한 목소리의 대답이 들려온다.

"릴랙스."

반질반질한 엘리베이터의 황금색 문을 통해서 두 사람의 눈이 마주쳤다. 정말 아무것도 모른다는 듯, 내가 뭘요 하는 눈으로 보는 그녀의 어깨를 감싼 채 그가 나직하게 속삭였다.

"밥 먹으러 온 거야. 룸 갈 거 아니라고. 안 잡아먹으니까 그렇게 긴장할 거 없어."

"기, 긴장은 누가 긴장을 했다고."

말은 그렇게 하면서도 조금 전보다 확연하게 힘이 풀어진 어깨며 부드러워진 입매는 그녀의 속마음을 가감 없이 보여주고 있었다. 이 아가씨, 애타는 남자 마음도 몰라주고 너무하네. 불쑥 고개를 든 심술에 그렉이 조금 전보다 더 은밀한 포즈로 그녀의 귓가에 낮게 속삭였다.

“아직까진.”

순간 나무토막처럼 뻣뻣하게 굳어버린 그녀의 모습에 쿡쿡 웃으며 그렉은 쥐고 있는 가는 어깨를 더욱 힘주어 안았다.

“혼자 김칫국 마시고 있는 거 같아서 알려주는 거야.”

“허얼. 그런 말은 또 누구한테 배웠어요?”

고개를 돌린 손희가 그를 노려보았다. 놀림받은 게 꽤나 억울했는지 씩씩거리는 품이 제법 귀엽다.

“가만 보면 안 좋은 말은 다 꿰고 있어. 조금 전에도 잡아먹는 게 뭐야. 그렉이 사자고 내가 토끼도 아닌데 잡아먹긴 누가 누굴 잡아먹어.”

“잡아먹는 정도가 아니라 귀여워서 아예 한입에 털어 넣고 싶어서 미치겠어.”

웃으면서 한 말이지만 목소리에 담긴 진심을 알아차렸는지 손희의 양 볼이 금세 붉어졌다. 때마침 엘리베이터의 문이 열리자 누가 붙잡기라도 할세라 그녀가 쌩하니 올라탔다.

장소가 주는 선입견 때문에 긴장했던 사람이 어디의 누구였는지 까맣게 잊을 정도로 식사 시간은 즐거웠다.

“우리 다음에는 떡볶이 먹을래요?”

식사가 끝나갈 무렵 디저트로 나온 수정과를 마시며 손희가 물었다.

아직까지는 학생 신분에 가까운 그녀에게 부담을 지우지 않기 위해서인지 그렉은 식사 비용만큼은 꼭 자신이 부담하려 들었다. 고집이 센 만큼이나 손도 빨라서 화장실 다녀오는 척하고 계산하러 갔다가도 그가 선수를 치는 바람에 허탕을 친 것도 한두 번이 아니었다.

"떡볶이?"

"매운 거 좋아하잖아요. 아직 못 먹어봤어요? 김밥, 튀김하고 같이 먹으면 얼마나 맛있는데."

고심 끝에 고른 메뉴였다. 좋아할 거라는 예상이 빗나가진 않았는지 역시나 아몬드 빛을 띤 눈동자가 반짝반짝한다. 으으, 보고만 있어도 흐뭇해.

"학교 앞에도 유명한 곳이 몇 군데 있는데 아직 안 가봤구나."

"지나면서 몇 번 보기는 했는데 들어갈 생각은 해본 적 없어. 그런 데는 여학생들이 많잖아."

"아하."

충분히 공감이 가는지라 절로 고개가 끄덕여졌다.

가뜩이나 여난에 시달리는 사람이 여학생들로 꽉 찬 분식집에 들어설 엄두가 났을 리 없다. 그러니까 사람은 뭐든 적당해야 한다니까. 적당히 먹고 적당히 자고 적당히 공부하고 적당히 생기고. 적당히, 적당히.

"TV에서 봤는데 고추장이라는 매운 소스로 만든다면서? 맛있어 보이기는 했어."

방금 한식 풀코스를 해치운 사람의 눈빛이라기엔 지나치게 진지해 어쩐지 좀 무서워지려고 한다. 아까 잡아먹고 어쩌고 했던 말이 중의적인 의미 없이 진짜 고대로의 뜻일지도.

"그럼 다음 데이트 코스는 내가 잡을게요."

"그게 쉬울 거라고 생각해?"

자신있어하는 그녀를 놀리듯 그렉이 물어왔다. 말투에 절대 쉽지 않을 거라는 투가 다분한 걸 보니 그녀의 짐작대로 곳곳에 분산되어 있을 눈들에게 들키지 않기 위해 나름대로 애를 쓰고 있는 게 분명해 보였다.

"뭐, 쉬울 거예요."

속으로 무슨 생각을 하는지 알 리 없는 그렉은 절대 그럴 리 없다는 듯, 한번 해보라는 듯 웃기만 했고 나름대로 요량을 마친 손희 또한 입술을 길게 늘여 보이는 걸로 자신감을 나타냈다.

뭐가 그리 즐거운지 내내 웃음을 감추지 못하던 그렉의 입가에서 미소가 사라진 건 식당을 나온 후였다. 두 눈 달린 사람치고 감탄하지 않는 사람이 없다는 야경을 보기 위해 두 사람은 스카이라운지와 연결된 에스컬레이터로 향하던 중이었다.

경쾌한 신호음이 엘리베이터의 도착을 알렸다. 서서히 열리고 있는 문의 안쪽이 어쩐지 신경이 쓰인 손희가 고개를 돌리자 두 쌍의 중년 부부가 모습을 드러냈다.

순간 손희가 비명처럼 짧게 숨을 들이쉬었고, 마치 그 소리를 듣기라도 한 듯 일행의 시선이 일제히 그들에게 향했다.

"교수님."

나란히 서 있는 두 사람을 보고 놀란 듯 걸음을 멈춘 이는 오 교수였다. 하지만 놀라워하는 것도 잠시. 이내 미심쩍은 표정이 되어 그들에게 물었다.

"자네들이 여기는 웬일인가?"

"아, 네. 저기……."

대답 대신 얼버무리는 손희의 목소리가 낮게 기어들어 갔다.

갑작스러운 오 교수의 등장에 놀라고 당황한 때문인지 평소와는 다르게 대꾸할 말이 얼른 떠오르지 않았다.

도움을 청하기 위해 옆에 서 있는 그렉에게로 얼굴을 돌렸다. 하지만 어찌 된 일인지 그는 마치 그대로 얼어붙기라도 한 것처럼 딱딱하게 굳은 채로 서 있었다. 그제야 그가 인사도 하지 않았다는 걸 깨달은 손희가 보이지 않게 손가락으로 그렉을 쿡쿡 찔렀다.

그녀의 재촉에 그렉이 뒤늦게 고개를 숙이며 짧게 인사를 했다.

"그동안 고생했다고 좋은 데서 밥 사주신다고 해서 따라왔어요."

짧은 동안 맹렬하게 머리를 굴려 생각해 낸 변명이었지만 막상 말하고 나니 썩 그럴듯했다.

"오호, 그래?"

그녀의 대답을 들은 오 교수가 반색을 했다.

평소 함께 일하는 사람과의 호흡을 강조하는 분이라 그녀의 말이 더욱 반가운 모양이라며, 손희는 냉장고 안에서 석 달 열흘 묵은 당근에서 즙을 생산하듯 쥐어짜낸 스스로의 대답에 더욱 흡족했다. 만일 오 교수의 입술 한쪽 끝에 묘하게 걸려 있는 미소를 발견했더라면 만족감은 말린 대추처럼이나 쪼그라들었을 테지만 말이다.

동네에서는 이모처럼 따르는 이웃집 아주머니이지만 대외적으로는 은사님 사모님인 강윤의 모친과도 살가운 인사를 나누고 나서야 두 사람은 놓여날 수 있었다.

"휴우, 하마터면 큰일 날 뻔했다. 그죠?"

에스컬레이터를 향해 발을 떼며 손희가 물었다. 짧은 동안이었지만 미처 예상하지 못했던 상황에 바짝 긴장을 해서인지 어깨가 더 뻐근했다.

생각해 보면 누구든 드나들며 밥 먹으러 올 수 있는 곳에서 혼자 당황해서는 공연히 벌벌 떨었던 것이 우스웠다.

"한국 속담에 도둑이 제 발 저린다는 말이 있거든요. 방금 전에 내가 딱……."

생글거리는 웃음을 베어 문 채로 고개를 돌리던 손희의 말이 뚝 멈췄다. 선 자리에서 움직일 줄 모른 채 한곳을 응시하고 있는 그렉 때문이었다.

왠지 조금 슬퍼하는 것 같기도 하고 억울해하는 것도 같고 화가 난 듯도 보였다. 눈빛을 가득 채운 채로 일렁이는 감정들을 보고 있자니 다가가서 어깨를 감싸 안아주고픈 마음이 절로 들었다.

손희는 살그머니 그의 손가락 사이로 제 손을 미끄러뜨려 깍지를 끼었다. 부드럽게 감싸는 따뜻한 손의 감촉에 그렉이 그녀를 향해 고개를 들었다.

"가요."

미소로 대답을 대신한 그가 맞잡은 손에 강하게 힘을 주었다.

그와 나란히 걸음을 옮기며 손희는 가슴속에 엄습하는 왠지 모를 먹먹함에 입술을 깨물었다. 조금 전 그의 눈에서 눈물이 묻어나는 것을 본 건 과연 제 착각이었을까.

말도 안 되는 소리라고 생각하면서도 그녀의 생각은 자꾸만 조금 전 그렉의 시선이 머물던 곳으로 향했다.

9. 인물값도 나름 경쟁력이다

천장에 붙여놓은 형광별이 눈을 한 번씩 감았다 뜰 때마다 흐려졌다 밝아졌다를 반복했다. 잠자리에 누워 별을 보고 싶다는 생각에 궁여지책으로 저것들을 사서 붙였던 게 언제였는가를 생각하던 손희가 누운 채로 끄응 한숨을 쉬었다.

수능 끝나고 곧장이었으니까 얘도 10년이 다 되어가는구나.

앞만 보고 달리는 경주마처럼 공부에 모든 걸 걸었던 시절이 떠오르자 새삼 감개무량한, 아니, 지금 이럴 때가 아니지.

손희는 재빠르게 고개를 저으며 조금 전 헤어진 그렉을 떠올렸다. 데이트하는 동안 기분 좋아서 내내 입가에 웃음을 달고 있던 사람이 순식간에 기분이 저조해진 이유가 뭘까.

확신하건대 분명 오 교수의 동문이라던 일행 부부에게 원인이 있었다. 그렇다면 남자 쪽? 여자 쪽? 잠시 고민을 하던 손희는 아마도 여자 쪽일 거라고 결론을 내렸다.

오 교수에게 두 사람을 소개받자 반갑게 인사를 건네던 남자와 달리 그의 아내라는 여자에게서는 불편해하는 기색이 전해졌기 때문이다. 짐작컨대 그렉과 그녀는 전부터 알고 지내는 사이인지도 모른다. 어쩌면 꽤 가까운 관계일 수도 있고. 그러고 보니 두 사람, 좀 닮은 구석이 있었던 것 같기도 하고.

마음속 짐작은 한계선을 찾지 못한 채 끝없이 뻗어가기 시작했다.

잘 아는 사이임에도 두 사람 모두 어색하고 불편해하는 건 무슨 이유 때문일까? 두 사람은 어떤 관계지?

비슷한 또래의 두 남녀가 서로 그런 모습을 보였다면 오래전에 헤어진 연인인가 하고 짐작했을 테지만 나이 차이로 봐서는 턱도 없는 얘기였다. 그럼 대체 뭘까. 그렉으로 하여금 말로는 설명할 수 없을 만큼 복잡한 감정을 갖게 하는 사람이라면.

생각의 가지는 지금 하고 있는 고민의 원인 제공자인 그렉에게로 다시 뻗었다.

손희는 누운 채로 자신이 그렉에 대해 알고 있는 것들을 꼽아봤다.

얼굴, 이름, 나이, 하는 일 같은 기본적인 것들에서 시작해서, 뭘 좋아하는지 어떤 걸 싫어하는지 성격은 어떤지 등. 그와 함께 보낸 몇 달간 알게 된 것들을 떠올렸다. 머릿속으로 가만가만 손가락을 오므렸다 펴기를 반복하던 그녀가 일순 한숨을 쉬었다. 생각해 보니 알고 있는 사실들 중에서 그의 배경에 대해서 아는 거라고는 하나도 없었다.

백인과 아시아계의 혼혈이라는 거야 굳이 알려주지 않아도 얼굴만 봐도 알 수 있는 거고 그 외에 부모님은 어떤 분들이신지, 어디 사시는지, 어떤 곳에서 자랐는지 알고 있는 게 아무것도 없었다.

하아, 나 반성해야 하는 걸까. 남자친구에게 이렇게나 무관심한 여자라니. 무정하다고 탓해도 변명의 여지가 없었다.

보고 싶은 마음에 때마침 핑계처럼 떠오른 죄책감, 그리고 아이였으면 금방이라도 울 것 같다고 생각했을 저녁때 그의 표정이 겹쳐지자 손희는 벌떡 자리에서 일어났다.

잠옷을 벗어 던지며 옷장 문을 열었다. 블랙의 레깅스 팬츠와 흰 셔츠, 그리고 두툼한 카디건을 차례로 꺼내 바쁘게 입었다. 힐끗 보니 벽에 걸린 시계는 9시 반을 향해 분주히 긴 바늘을 움직이고 있었다. 서두르기만 하면 막차를 놓치지 않고 돌아올 수 있을 것이다.

작은 메신저 백에 지갑과 전화기만 넣고 그대로 방을 나서려던 손희가 방문 옆에 걸린 거울 앞에서 잠시 걸음을 멈췄다. 그리고 제 모습을 머리끝부터 훑기 시작했다.

샴푸 후 잘 말려 어깨를 타고 자연스럽게 흘러내린 머리. 늘 땋

거나 묶은 모습만 보여줬으니까 한 번쯤은 이런 모습을 보여줘도 괜찮을 것 같다. 합격.

그다음 시선이 옮겨간 곳은 얼굴이었다. 으음, 이건 불합격.

화장기라고는 하나도 없는 게 어쩐지 파리해 보이는 게 마음에 들지 않는다. 만일 행선지가 다른 곳이었다면 언제는 내가 민낯이 아니었냐며 이 정도야 쿨하게 패스했을 것이다. 하지만 조금 전 혼자 찔려 한 때문인지 아니면 예고 없이 나타난 자신을 보고 놀랄 그에 대한 기대 때문인지 손희는 평소처럼 맨얼굴을 아무렇지 않게 지나칠 수가 없었다. 이제 곧 마주칠 비주얼을 생각하니 더욱 신경이 쓰였다.

잠시 후 살금살금 조심스럽게 대문을 닫고 돌아서는 그녀의 얼굴은 여느 때보다 말갰고 도톰한 입술은 투명한 핑크빛으로 물들어 있었다.

『아버지께.

아버지가 궁금해하시는 걸 이해 못하는 바는 아니에요. 그렇지만 연애의 디테일한 부분까지 낱낱이 공개해서 아버지의 호기심을 채워 드리기에는 서른이 넘은 제 나이가 좀 많다고 생각지 않으세요?

오래전 아버지가 처음 앤지와 데이트를 시작했을 때, 지금의 아버지에 비하면 전 한참 어렸지만 두 분 사이에 어떤 말이 오가고 어떻게 데이트하는지 한 번도 알고 싶어 한 적이 없는데 말이죠.

그래도 너무 궁금해하실 거 같아서 약간만 말씀드릴게요. 그녀와는 여전히 잘 지내고 있어요. 매일 아침 연구실로 들어서는 그녀의 얼굴을 볼 때마다 제가 그녀를 점점 더 많이 좋아하고 있다는 사실을 깨닫고는 해요. 만날수록 더 좋아지고 그녀와 함께 있을 때면 시간이 마치 로켓을 단 듯 빠르게 지나가서 시계를 확인하고 깜짝깜짝 놀랄 때가 많아요.

이렇게 말씀드리면 다음번 메일에서는 분명 '그럼 소늬는? 너랑 같은 마음이야?' 라고 물으실 테죠. 미리 대답하자면 노코멘트입니다. 절대 알려 드리지 않을 거예요. 아직까지 그녀가 제게 하는 말, 그녀가 제게 보내는 미소와 저를 향한 마음은 온전히 제 것으로 담고 있고 싶거든요.

이런 제가 유난스럽다고 하지 마세요. 아버지가 앤지에게 한참 빠졌을 때는 그녀가 차를 세우고 집으로 걸어오는 길까지도 닦겠다고 하셨던 거 기억하시죠? 다행히 앤지가 그 사실을 미리 알고 말렸기에 망정이지 그러지 않았으면 아버지는 지금까지도 동네에서 놀림감이 되셨을 거예요. 고백하자면 앤지에게 그 말을 흘린 건 저였어요. 이제는 아버지도 알고 계시겠지만요.

아버지, 오늘……』

키보드 위를 바삐게 오가던 손가락들의 움직임이 뚝 멈췄다. 거침없이 움직이던 커서가 제자리에서 연신 깜박이고 있었다.

한국으로 떠나기 전날, 아놀드가 그에게 조심스럽게 물었다.

『돌아가면 한번 만나볼 생각 없니?』

『없어요.』

묻는 사람이나 대답하는 사람이나 누구를 가리키는 건지 정확하게 말하지 않았지만, 그럼에도 입에 담지 않은 대상이 누구인지 너무도 잘 알고 있는 있었다.

『그리고 전 돌아가는 게 아니라 다니러 가는 거예요. 제가 돌아올 곳은 여기예요.』

못을 박듯 단호한 그의 말에 아놀드는 더 이상 아무 말도 하지 않았다.

그가 마음속에 품고 있는 반감이 얼마나 뿌리 깊은지 아놀드 역시 모르지 않았기 때문이었다. 그래서 마침내 고집을 꺾고 한국으로 가겠다는 결정을 하기까지 마음속으로 얼마나 치열하게 갈등을 겪었는지도 짐작하고 있었다.

그렉은 빙그르르 의자를 돌려 모니터를 등졌다. 깍지를 낀 두 손을 목 뒤에 받친 채 눈을 감고 몇 시간 전부터 머릿속 한구석에서 쉴 새 없이 반복 재생되던 순간들이 커다란 화면처럼 확대되어 보였다.

열 달 동안 뱃속에 품어서 낳았다가 쓰레기처럼 버린 아이의 얼굴을 아무렇지 않은 듯 바라보았다. 알아보지 못한 걸까, 아니면 알아보고도 모른 척을 한 걸까.

생모라는 여자와 헤어진 건 그렉이 초등학교 3학년 때였다. 난생처음 본 외삼촌이라는 남자의 손에 붙들려 보육원 문 앞에 버려지기 전까지 그는 작은 셋방에서 그 여자와 단둘이 살았다.

열고 닫을 때마다 삐이익 거친 소리를 내던 검은색의 낡은 철제 대문과 두 사람은 나란히 걸을 수 없을 정도로 좁았던 골목길이 오랜 세월이 흐른 지금도 눈에 선하다.

부엌이 달린 작은 방에서 사는 동안 행복한 기억은 하나도 없었다. 매일 아침 일찍 일을 나간 그 여자는 밤이 늦어서야 집에 돌아왔다. 그러고 나면 꼭 방문 앞에 양 무릎을 세우고 앉아 작은 밥그릇에 술을 따라 혼자 마셨다. 그러다 취기가 오르면 잠든 그의 뺨을 때려 잠에서 깨웠다. 겨울이면 얼굴에 얼음처럼 차가운 물을 들이붓거나 팬티만 입혀 마당 가운데 세워놓기도 했다. 그리고 종내는 제 분이 풀릴 때까지 그에게 매질을 했다.

어릴 때는 놀람과 수치심보다 맞은 자리의 아픔 때문에 매일 밤 울었다. 그러다 눈물을 흘리지 않게 된 건 울면 울수록 매의 강도는 세지고 더 많이 맞게 된다는 걸 깨달은 후였다. 그가 아무리 아파해도 그 여자는 제 분이 풀릴 때까지는 손에서 매를 놓지 않았다. 아픔을 이기지 못해 자지러지는 울음소리를 듣고 놀란 이웃들이 달려와 말려도 소용이 없었다.

자신의 울음소리가 여자의 분노를 팽창하게 만든다는 사실을 깨닫자 그렉은 적어도 그 여자 앞에서는 한 번도 눈물을 흘린 적이 없었다.

매질만큼이나 진저리가 났던 건 그 여자의 넋두리였다. 그중에서도 단골 레퍼토리는 '너만 없었으면' 이라는 한마디였다.

"너만 없었으면 집에서 쫓겨나지도 않았고, 너만 없었으면 부모에게 버림받지도 않았고, 너만 없었으면 대학도 제대로 졸업해서 좋은 직장 다녔을 테고, 너만 없었으면 아침부터 밤까지 먼지 구덩이 속에서 재봉틀 돌리며 힘들게 살지도 않았을 테고, 너만 없었으면 내 신세가 지금처럼 되지 않았어."

너만 없었으면, 너만 없었으면, 너만 없었으면.

매일 밤 메아리처럼 그의 귀를 울리던 말이 새삼스레 떠오르자 그렉의 두 눈이 질끈 감겼다.

어린 나이였지만 술에 취한 그 여자가 매일 밤 거르지 않고 반복했던 이야기들로 과거를 유추하는 건 어렵지 않았다.

스무 살의 여대생이 우연한 기회에 만난 미국에서 온 잘생기고 세련된 남자에게 빠졌다. 세상 물정 모르고 순진했던 그녀는 결혼해서 미국으로 가자는 남자의 한마디에 자신의 모든 것을 걸었다. 그와의 사이를 극렬하게 반대하는 부모에게서 빠져나와 남자의 품에서 꿈같은 시간을 보냈다.

하지만 결혼 준비를 위해 미국에 다녀오겠다던 남자는 다시는 그녀 앞에 나타나지 않았다. 그가 알려주었던 미국의 전화번호로 몇 번이나 전화를 걸었지만 잘못된 번호라는 안내 음성만이 들려왔다. 미국에서 사고를 당한 게 틀림없다고 생각한 그녀는 날이면 날마다 그가 다니던 회사며 미국 대사관을 발이 닳도록 드나들었지만 아무 소식도 들을 수 없었다. 모두들 약속이나 한 듯 입을 꼭 다물고 아무 말도 해주지 않았다. 제법 봉긋해진 배를 보이며 법적으로 혼인신고가 되어 있지 않을 뿐, 정식 아내나 다름없다고 해도 아무 소용이 없었다.

뱃속에 든 아이도 잊은 채 식음을 전폐하며 그가 다니던 회사 앞에서 노숙하다시피 하는 그녀가 보기 딱했는지 누군가 주저하며 다가왔다. 그리고 알게 된 청천벽력 같은 사실. 결혼을 약속했던 남자는 이미 제 나라에 아내와 아이들이 있었고 다시는 한국에 돌아올 생각이 없었다.

다른 세상으로의 화려한 진입을 꿈꾸며 스스로를 아낌없이 내던졌던 신데렐라는 왕자라고 믿었던 남자에게 어이없고 허무하게 배신을 당했다. 그리고 뱃속에 아이를 품은 채 처절하게 버려진 여자의 안에는 차근차근 분노와 독이 쌓였고, 그 화살은 남자 쪽의 혈통을 고스란히 빼다 박은 아이에게로 향했다.

하아.

그렉이 감았던 눈을 뜨며 몸을 벌떡 일으켰다.

그저 잠시 기억을 떠올리는 것만으로도 가슴이 터져 버릴 것 같다. 이대로 있다가는 미친놈처럼 고래고래 소리를 질러댈 게 분명했다. 이럴 때의 해결책은 단 한 가지뿐이었다.

몇 걸음 만에 현관 앞으로 간 그가 빠른 손놀림으로 신발장에서

러닝화를 꺼냈다. 힘들다는 것 이외에는 더 이상 아무 생각도 나지 않을 때까지 뛰며 땀을 쏟다 보면 미칠 것 같은 이 답답함도 조금은 누그러질 것이다.

러닝화의 끈을 묶고 일어선 그가 현관문을 열었다. 하지만 밀물의 파도에 떠밀리듯 거침없던 기세는 삽시간에 흔적도 없이 사라지고 말았다.

"너……."

놀란 그를 향해 손희가 손가락으로 브이 자를 만들어 제 얼굴 옆에 붙이더니 어색하게 웃었다.

"무지 반갑죠? 헤헤."

만일 손희를 잘 몰랐으면 보고 싶어 무작정 찾아왔다는 그녀의 말을 곧이곧대로 믿었을 것이다. 그리고 좋아하는 여자가 자신을 보고 싶은 마음을 어쩌지 못하고 한밤중에 달려왔다는 사실만으로 좋아서 어쩔 줄을 몰랐을 테지.

하지만 상대는 다른 누구도 아닌 송손희다. 즉, 말 한마디도 생각 없이는 안 하는 사람이란 말이다. 그런 그녀가 이 시간에 불쑥 찾아온 이유가 뭘까.

커피가 마시고 싶다는 그녀를 위해 주방에서 커피를 내리며 그렉은 이리저리 추측을 해보았다.

"으음. 향 좋다."

조리대 쪽으로 돌아서 있는 그의 뒤에서 생글거리는 목소리가 들리는가 싶더니 이내 가느다란 두 팔이 그의 허리를 감싸왔다.

"아가씨가 겁이 없어졌어."

자꾸만 잠기려는 목을 가다듬으며 그렉이 가벼운 농을 던졌다. 등으로 느껴지는 봉긋한 가슴의 감촉에 납으로 된 추를 단 듯 묵직하기만 했던 가슴의 무게가 서서히 줄더니 이내 나비의 날갯짓처럼 가벼워졌다. 그리고 어쩔 수 없는 사내의 본능이 서서히 눈을 뜨기 시작했다. 이게 바로 '소늬 효과' 라는 건가.

"남자친구 생기면 이런 포즈 꼭 한 번 해보고 싶었거든요."

그녀가 말을 할 때마다 엷은 셔츠를 통해서 볼과 입술의 움직임이 고스란히 전해져 왔다. 그것들의 보들보들한 감촉을 떠올리는 것만으로도 뜨거운 열기가 허리를 타고 고스란히 하반신으로 내달린다.

"나 안 반가워요?"

"반갑지."

아랫도리에서 전달되는 긴장감 때문인지 의도했던 것보다 더 무뚝뚝한 투의 말이 되어버렸다.

"아니야, 아니야. 기대보다 한참 못 미쳐."

허리를 감고 있는 팔에 점점 더 힘이 들어가는가 싶더니 얇은 셔츠를 통해 그녀의 숨결이 느껴졌다.

"다시 대답해 봐요. 나 보니까 좋죠? 응? 아까 보고 또 보는데도 너어어무 좋죠?"

이것도 나름의 애교인가 싶어 웃음이 절로 나왔다.

엄한 집안의 분위기와 할아버지를 무서워하는 그녀 때문에 밤 10시 이후의 데이트는 사막에 눈을 내리게 하는 것보다 더 힘들었다. 이미 성인이 된 그녀의 사생활을 가족들이 간섭하는 게 그로서는 선뜻 납득하기가 어려웠지만 밤이 늦어지면 그녀가 불편해하니 그녀의 뜻대로 따를 수밖에 없었다.

그런데 이 시간에, 그것도 그의 집으로 찾아온 걸 보니 평소와 달랐던 그의 태도에 신경이 쓰였던 모양이다. 순식간에 엉클어져 버린 속내를 드러내지 않으려고 애를 썼건만, 그녀가 평소에는 거의 볼 수 없는 애교를 무차별로 투척하는 걸 보니 그마저도 다 수포로 돌아간 듯했다. 더군다나 귀하신 걸음 손수 왕림하셔서까지 말이다.

허리를 두른 채로 깍지를 끼고 있는 그녀의 두 손을 쉽게 풀어낸 그렉이 그녀를 향해 돌아섰다.

"너무 좋아서 바닥까지 딱딱 긁어내는 중이야."

"응?"

무슨 말인지 몰라 눈만 깜박이는 그녀의 양 볼을 손바닥으로 감쌌다.

"내 인내심."

말이 끝나기가 무섭게 그렉의 입술이 곧장 그녀를 덮쳤다.

말랑하고 매끈하고 촉촉한 입술의 감촉이 진저리가 쳐지도록 좋다. 도톰한 입술에서는 혀끝으로 핥을수록 자꾸만 감질나게 하는 단물이 배어 나오는 듯해서 그녀와의 키스에 더 열중할 수밖에 없었다.

사르르 벌어진 입술 사이로 슬그머니 혀를 밀어 넣자 그녀가 놀란 듯 움찔했다. 그런 그녀를 달래듯 안고 있는 팔에 힘을 주었다. 잠시 후 슬그머니 그의 몸을 감싸는 두 개의 작은 손바닥.

이 밤 그에게 달려온 그 마음만큼이나 따뜻한 연인의 온기를 남김없이 모조리 제 것으로 만들겠다고 작정한 남자의 입맞춤은 길고 깊었으며 뜨거웠다.

"혼나겠다."

차를 집 앞에 세운 그렉이 닫힌 대문을 바라보며 걱정스럽게 중얼거렸다. 대시보드의 시계는 이미 자정을 넘어가고 있었다.

"깡이 좋아서 괜찮아요."

가족들 모두 잠들었을 시간이고 패스워드 누를 때마다 소리가 나는 디지털 도어락 대신 열쇠를 이용해서 문을 여닫기 때문에 조심만 하면 들킬 염려는 없었다. 하지만 걱정하는 그렉의 모습이 왠지 보기 좋아서 손희는 날름 거짓말을 했다.

"같이 들어가 줄까?"

딴에는 도와주겠다고 하는 말에 손희가 기겁을 했다.

"말도 안 돼!"

"말이…… 안 돼?"

불쑥 나온 그녀의 말이 언짢은 듯 되묻는 목소리가 딱딱하다. 보기 좋게 가지런한 눈썹도 한쪽으로 비스듬하게 비틀렸다. 조금 전까지 그녀의 손이 쉴 새 없이 더듬거리며 만져 댔던 단단한 목에 힘이 들어간 것이 어둠 속에서도 보였다.

"할아버지 아시면 그렉까지 혼나요."

"언제까지 숨길 수는 없어, 소니."

얼렁뚱땅 만들어 붙인 핑계에 담긴 속내를 간파한 그렉이 나직하게 말했다.

"중요한 건 우리야. 남들에게 알리고 안 알리고, 이런 건 그다음에 생각할 문제잖아."

"그렇긴 하지만……."

말끝을 흐린 손희가 시무룩하게 고개를 떨어뜨렸다.

조금 전의 깊었던 키스 탓인가. 지금껏 느긋하게 걷던 사람이 갑자기 단거리 질주를 시작한 느낌이다. 산책하듯 걷는 걸음에 익숙해져 있던 그녀로서는 느닷없는 질주를 발맞춰 따라갈 생각만으로도 벌써부터 숨이 가빠오는 것만 같았다.

"늦었으니까 일단은 들어가고. 내일 또 얘기해."

"알았어요."

문을 여는 그녀를 따라 그렉도 차에서 내렸다. 차 앞을 빙 돌아 다가온 그가 다정하게 그녀의 어깨를 감싸 안았다.

"조심해서 들어가."

"운전 조심해요."

작별 인사를 마치고도 두 사람은 서로에게서 쉽게 떨어지지 못했다. 그녀를 꼭 안은 채로 좌우로 천천히 몸을 흔들던 그렉이 움직임을 멈추고 그녀의 이마에 자신의 입술을 떨어뜨렸다.

"이러다가는 밤새 이러고 있겠다."

"그러게."

안고 있던 팔에서 힘이 풀리자 손희는 고개를 들어 그렉의 턱에 입을 맞추었다. 말끔히 면도를 했는데도 입술에 미세하게 느껴지는 수염의 감촉이 좋아서 한 번 더. 이번에는 그렉이 얼굴을 내려 그녀의 입술을 훔쳐 냈다.

"갈게요."

"내일 봐."

그러고도 두 사람은 서로에게서 떨어지지 못했다. 내내 맞붙어 있던 입술이 떨어질라 치면 두 팔이 서로를 감싸 안았고, 서로를 안고 있는 힘이 느슨해질 무렵이면 두 개의 입술은 어김없이 자석에 끌리기라도 한 듯 본능적으로 제 상대를 찾아 움직였다.

손희의 눈 끝으로 낯설지 않은 형체가 들어온 건 길었던 키스를 마치고 가빠오는 숨을 고르고 있을 때였다.

혹시나 싶어 그녀가 고개를 돌리자 그 모습을 보고 있던 그렉도 같은 방향으로 눈을 돌렸다. 저만치에 백팩을 둘러멘 남학생 하나가 저승사자처럼 두 사람을 노려보고 있었다. 손희의 입술 사이에서 히익, 하는 낮은 비명이 새나온 것 같기도 했다.

"누구……. 혹시 동생?"

입고 있는 교복과 눈에 잔뜩 힘을 준 채 노려보고 있는 눈길로 정체를 대강 짐작한 그렉이 묻자 역시나 손희의 고개가 위아래로 크게 한번 움직였다.

"누나."

성큼성큼 두 사람 앞으로 다가온 걸이 목을 빳빳이 세운 채 제 누나를 불렀다. 그러더니 한 몸인 듯 붙어 있는 두 사람을 쓱 훑고는 이내 살벌한 기운을 담은 눈길로 그렉을 노려보기 시작했다.

"누구야?"

턱짓으로 그렉을 가리키는 걸이를 향해 손희가 인상을 팍 구겼다.

여느 때 같으면 이쯤에서 그만하라는 신호를 금세 알아차리고 멈췄을 터였다. 하지만 다른 사람도 아닌 누나가 다른 곳도 아닌 대문 앞에서 웬 놈하고 찰싹 붙어서 번갈아 쪽쪽거리고 있는 말도 안 되는 상황을 목격한 직후였다. 당연히 충격으로 굳어져 버린 머리는 돌아가는 속도가 확연히 느렸다.

이는 걸이에게 오늘 밤이 무척 가혹할 거라는 보이지 않는 전조 되시겠다.

"뭐 하는 사람이야?"

티 나는 경고에도 불구하고 인사는 고사하고 여전히 턱짓으로 모든 걸 해결하는 걸이의 뒤통수로 곧장 날쌘 손바닥이 날아들었다.

"이 자식이! 어른을 봤으면 인사부터 해야지. 누나랑 사귀는 사이라는 거 봤으니 알 거 아냐! 근데도 고개 빳빳이 쳐들고 싸가지 없이 굴어?"

짧게 깎은 머리 때문에 맨살이 거의 드러나다시피 한 뒤통수에 손바닥이 차지게 감기는 소리가 조용한 골목에 울려 퍼졌다. 그 모습을 옆에서 지켜보던 그렉이 제가 맞은 것처럼 인상을 찡그렸을 정도였다.

하지만 맞는 쪽이나 때리는 쪽이나 꽤나 익숙하게 반복된 패턴인 듯 뒤통수를 치고 날아간 손은 곧장 제 주인의 허리춤으로 향했고 맞은 부위를 부여잡는 손길도 빨랐다.

"아이 씨, 쪽팔리게."

폼 잡다가 모양 빠지게 누나에게 맞은 것이 창피해진 걸이 고개를 돌리며 낮게 투덜거렸다.

"난 너 하는 짓이 쪽팔린다, 이 자식아."

다시 한 번 야무지게 동생의 머리를 쥐어박은 손희가 그렉을 향해 고개를 돌렸다.

"미안해요. 이 녀석이 아들이라고 어른들이 오냐오냐해서 버릇이 좀 없어요."

"괜찮겠어?"

돌아가는 상황을 보아하니 손희보다는 그 동생에게 더 해당하는 말인 듯했으나 어쨌든 묻지 않을 수 없었다.

"괜찮아요. 내일 봐요. 먼저 들어갈게요."

그러더니 야무진 손길로 동생의 귓불을 쥐고는 대문으로 향했다.

"너는 들어가서 오랜만에 가출한 싸가지 소환 좀 해야겠다."

"아프잖아, 누나."

아프다고 엄살을 떨면서도 반항 한번 없이 그대로 따라가는 그녀의 동생을 보니 쌈닭이라는 그녀의 명성이 헛것은 아니었던 모양이었다. 이런 경우를 두고 무슨 허전이라고 했는데.

동생의 귀싸대기를 붙잡고 질질 끌고 가는 그녀를 불러 세워 물을 수도 없는 노릇.

그사이 대문 안으로 들어간 손희가 그를 향해 손을 흔들었다. 그리고 이내 닫히는 대문 사이로 두 남매는 모습을 감추었다.

"누나 정말로 그 아저씨랑 사귀는 거야?"

씻고 나와 제 방으로 들어가는 줄 알았던 걸이 그녀를 찾아와 진지하게 물었다.

"사귀지도 않는 남자하고 입술 맞댈 사람으로 보여? 이 누나가?"

"우와아."

"왜. 네가 보기에도 좀 멋지지?"

"이렇게 뻔뻔할 줄이야. 얼굴 재질이 뭐야?"

"매가 적었지?"

"에헤이. 송 여사, 우리 평화적으로 얘기합시다. 평화적으로. 피이쓰, 유 노우?"

"고딩이 발음 후진 거 봐라. 하다못해 미드라도 좀 보든가."

"됐고. 뭐 하는 사람이야?"

걸이 아까부터 궁금하던 것을 물었다.

누나도 이제 서른을 향해 줄달음질을 치고 있는 나이니 연애를 하는 게 놀랄 일은 아니었다. 오히려 지나치게 늦은 감이 없지 않아 있었다. 하지만 보수적인 성격의 누나가 언제 어디서 아는 사람 누가 튀어나올 줄 모르는 골목길에서 남자하고 꼭 붙어서 그러고 있었다는 건 걸이에게 적잖은 충격이었다.

"그냥. 뭐 하는 사람이야."

"에이, 장난치지 말고."

"알고 싶은 게 뭔데?"

"방금 물었잖아."

"뭐 하는 사람인지가 궁금한 게 아니라 나하고 정확히 어느 만큼의 사이인지가 알고 싶은 거 아니고?"

"그것도 궁금하고."

대놓고 말을 안 해서 그렇지 연로하신 조부님을 제외한 집안의 유일한 남자로서 걸이 가족들에 대해 적지 않은 책임감을 지고 있다는 건 집안사람들 누구나 아는 사실이었다. 수업 중간 쉬는 시간 5분간 자는 것도 꿀맛일 수험생이 늦은 시각 잠을 포기하고 여기 있는 것도 모두 그 때문일 것이다.

"사귈 만한 사람 사귀는 중이고 우리 서로 진지해. 이 정도면 됐지? 그러니까 신경 끄세요, 아우님."

"근데 좀……."

갸웃하며 뭔가 말하려는 듯 보이던 걸이 이내 아냐, 하며 고개를 저었다.

어두운 골목 가로등 불빛에 의지해 얼핏 보기는 했지만 얼굴의 이목구비가 지나치게 또렷하던 것이나, 거의 190센티미터 가까이 될 것 같은 큰 키가 어쩐지 좀 마음에 걸렸다.

본향에 계시는 구순을 바라보는 대고모님부터 오촌 작은댁의 일곱 살짜리 조카손녀까지, 남자 인물 따지는 거야 원래 이 집안 여자들 내력이니 누나가 잘생긴 남자와 사귀는 건 놀라운 일도 아니었다. 하지만 그저 잘생겼다고만 하기에는 분명 뭔가 이질적인 느낌이 그 남자에게는 있었다.

"뭔데?"

"인물값 좀 하시겠던데 괜찮겠어?"

"인물값 할 건덕지도 없는 남자를 왜 만나냐?"

과연, 남자라면 무조건 생긴 것부터 보는 이 집안 여자가 할 만한 말이기는 했다.

"혹시나 속 썩이면 말해."

"말하면?"

"쫓아가서 잘난 얼굴에 흠집부터 내주게."

"보고만 있어도 저절로 기분 좋아지게 만드는 얼굴에 손을 왜 대니? 두고두고 감상용으로 써먹어야지. 쓸데없는 소리는 그만하고 수험생은 들어가 잠이나 주무세요. 벌써 새벽 2시가 다 돼갑니데이."

화들짝 놀란 걸이 믿을 수 없다는 듯 시간을 확인했다. 그리고는 이내 울상이 되었다.

"흑, 어뜩해."

"그러게 어른들 일에 왜 끼어서는. 쯧쯧."

"내 잠 내놔."

"미친놈."

"누나 때문에 날아간 내 잠 내놓으라고."

"얼른 네 방 가서 이불부터 뒤집어써. 1초라도 여기 더 있으면 그만큼 손해라는 거 몰라?"

오로지 수험생이라서 가능한 억울함을 온 얼굴에 가득 담은 채로 걸이 씩씩거렸다.

"두고 봐. 내가 내일 아침 일어나자마자 온 집안 식구들한테 누나가 오늘 밤에 누구랑 무슨 짓을 했는지 다 불어버릴 테니까."

"맘대로 하셔."

들러붙는 파리라도 쫓듯이 손을 홱홱 젓는 누나를 잠시 노려본 걸이 그녀의 방을 나갔다. 이 와중에도 혹시나 어른들 깨실까 봐 소리가 나지 않게 조용히 방문이 닫히는 걸 보며 손희가 피식 웃었다.

훗! 귀여운 녀석 같으니라고. 근데…… 어쩐지 얼굴이 조금 화끈거리는 것 같기도 하네.

10. 우연은 반드시 필연을 동반한다

대학원 수업을 들으러 갔던 손희가 연구실로 돌아오자마자 그렉의 책상 앞에 섰다.

"그렉."

"응?"

"우린 어떤 사이예요?"

"좋아하는 사이."

무슨 말을 들을까 싶어 그녀를 보던 그렉이 다시 책상 위로 눈을 돌리며 대답했다.

"그리고?"

"사귀는 사이."

"또요."

"비슷한 말을 얼마나 빨리 찾아서 대답하나, 이런 거 하는 거야?"

"빨리요."

"키스한 사이."

"더 없어요?"

"섹스할 사이."

"허얼."

마지막 대답에는 기가 막혔는지 줄줄이 이어지던 물음이 뚝 멈췄다.

"왜애? 섹스가 어때서."

"난 그렉하고 그거 하겠다고 말한 적 없거든요."

듣는 사람도 없는데 혼자 공연히 주위를 두리번거리며 눈치를 살피더니 목소리까지 낮추는 게 귀여웠다. 뭐든지 다 알고 잘하는 것처럼 굴지만 이럴 때 보면 영락없는 숙맥이라는 게 확 드러난다.

"아마 하게 될걸?"

"어휴, 점점 이상해져!"

토라진 척 홱 돌아서서 제자리로 가서 앉았다. 창피해서인지 쑥스러워서인지는 모르지만 열이 오른 얼굴이 어느 때보다 빨갰다.

"근데 그 질문은 왜 한 거야?"

컴퓨터가 부팅되기를 기다리고 있는 그녀에게 물었다.

"몰라요. 말 안 해줄 거야."

"뭔가 할 말 있어서 물어봤던 거 아냐?"

"재미있는 얘기 들어서 해주려고 했는데 안 할래요."

"그러지 말고 해봐."

"싫다니까."

"자꾸 그러면 물미역한테 우리 사귀는 사이라고 답장 메일 보낸다."

"이젠 협박도 해요?"

얼마 전 대화를 하던 중에 메일로 그에게 얄딱구리한 사진을 보내는 여학생 얘기를 한 적이 있었다. 누구인지 묻는 그에게 사진을 직접 보기를 권했지만 질색을 하고는 대신에 생김새를 알려달라기에 대강 설명을 했더니 몇 마디 하지 않아 금방 알아차렸다.

그러면서 하는 말이 구불구불 길게 늘어진 머리 모양이 징그러워 보여 기억에 남았다나. 그래서 그렇게 치렁치렁한 머리를 두고 물미역 같다는 말로 비유를 한다고 가르쳐 주며 사진까지 검색해서 보여주었다. 정말 비슷하게 생겼다며 신기해하던 그렉은 그 뒤로 그녀를 지칭할 때는 물미역이라고 했다. 과에서도 알아주는 울그님의 사생팬인 그녀가 알면 무척이나 실망스러워할 일이었다.

"그러니까 얼른."

얄밉다는 듯 노려보듯 손희가 결국 입을 뗐다.

"그렉."

"응."

"우린 막연한 사이죠?"

"그렇지."

한 치의 망설임도 없이 들려오는 대답에 기가 막혀 정말요? 라고 묻자 그가 여봐란 듯 크게 고개를 끄덕인다.

"왜요?"

"막연하다, 가까운 사이에 쓰는 말 아니야? 사전에서 찾아보고 일부러 외웠는데."

"그래서 그렇게 신이 나서 쓰고 다녔어요?"

"아니었어?"

그렉의 얼굴 가득 낭패라는 기색이 역력히 퍼졌다.

"영문과 남자 조교 애한테 '앞으로 우리 막연한 사이로 잘 지내보자' 고 했다면서요?"

"그랬지."

"내가 못 살아."

황당해하며 얘기를 하던 남자 조교의 얼굴이 떠오르자 손희는 참지 못하고 결국 웃음을 터뜨렸다.

"왜?"

두 손으로 얼굴을 가린 채 한참을 웃어대느라 정신없는 사이 궁금증을 이기지 못한 그렉이 검색을 시작했다.

아직 한글 키보드에는 서투른 탓에 손가락 두 개로 어렵게 검색창에 단어를 입력한 그가 잠시 후 'Damn it!' 이라며 낮게 중얼거렸다. 그래도 도저히 믿을 수 없다는 듯 이번에는 손가락으로 짚어가며 모니터가 내놓은 검색 결과를 되풀이해 읽었다.

“막연한 사이가 되면 안 되는구나.”

“그렇죠.”

여전히 웃음을 참지 못한 채 손희가 대답했다.

“그럼 내가 찾았던 단어는 뭐였지? 분명 이 글자들하고 비슷했는데.”

“아마 ‘막역하다’ 였을 거예요. 아주 친한 사이를 가리키는 말이거든요.”

“맙소사.”

“‘지양’ 하고 ‘지향’ 도 틀리게 쓰고.”

“그것도 그래?”

“서로 반대되는 뜻을 가지고 있거든요.”

“미치겠군. 동그라미 위에 모자 하나가 있고 없고 하는 차이인데 그렇게 다르다는 말이야?”

“한글이 원래 좀 예민한 글자거든요. 노래도 있어요. 님이라는 글자에 점 하나만 찍으면 남이 된다는.”

“그 노래 가사 쓴 사람은 아마 천재일 거야.”

그렉이 대뜸 엄지손가락 두 개를 들어 보이며 찬사를 보냈다.

“한자성어 공부의 후유증이 이런 식으로 나타날 줄은 몰랐어요.”

더 신경 써서 유창하게 말을 한다는 게 이런 우습지도 않은 실수로 이어질 줄은 그렉도 미처 알지 못했던 사실이었다.

"미국에서 공부했을 때보다 한국에서 공부하는 한국어가 더 어려워."

"한마디로 설상가상에 첩첩산중, 게다가 오리무중인 거죠."

"한문은 이제 그만."

그렉이 점잖은 목소리로 항복을 선언했다.

"오늘은 안 떠네?"

주차장에 차를 세운 그렉이 놀리듯 물었다.

"내가 또 언제 떨었다고."

손희가 볼멘소리로 대꾸했다.

"호텔만 오면 떠는 줄 알았는데 아니었구나."

두 사람이 서 있는 곳은 언젠가 손희를 긴장으로 벌벌 떨게 한 데이트 코스였던 호텔의 주차장이었다. 오늘 이곳에서 오 교수 모친의 구순 잔치가 열릴 예정이었다.

그런데 저번에 혼자 괜히 긴장했던 걸 여태 기억하고 있었나 보다. 안 그래도 창피한데 굳이 끄집어내 기억을 되살려 주는 친절함에 어떻게 감사 표시를 하면 좋을지.

"두고 봐요. 지금 놀렸던 거 후회할 때가 있으니까."

"한국에서는 두고 보자는 말이 졌다는 뜻이라면서."

"누가 그래요?"

하여간에 외국인한테 안 좋은 말부터 먼저 가르치는 사람은 혼이 좀 나야 한다. 언제든 때가 되면 쓰려고 저장해 두었던 아이템

하나가 또 이렇게 허무하게 날아갈 줄이야.

차에서 내려 연회장으로 가던 중에 그가 한 걸음 앞서 가는 그녀의 뒷모습을 보자 갑자기 걸음을 멈췄다. 짧은 비명 같은 한숨과 함께 그녀에게서 눈을 뗄 줄을 몰랐다.

평소와 다르게 몸에 꼭 맞는 재킷과 스커트를 차려입은 그녀에게서는 지금껏 알아차리지 못했던 여성미가 물씬 풍겼다. 가슴이 예쁘다는 거야 제 손을 채우는 감촉으로 익히 알고 있었지만, 잘록한 허리를 거쳐 엉덩이와 다리로 이어지는 매혹적인 라인을 직접 보고 있자니 눈앞이 아찔해졌다.

재주도 좋지. 저렇게나 길고 예쁜 다리를 그동안 어떻게 감추고 있었을까. 간혹 예상치 못한 대목에서 사람을 놀라게 할 때가 있긴 하지만 설마 바디라인마저도 반전의 미덕을 갖고 있을 줄은 꿈에도 몰랐던 사실이었다.

처음 초대를 받았을 때만 해도 황금 같은 토요일 오후를 손희와 단둘이 보내지 못하고 많은 사람들 틈에서 고스란히 날리게 되었다는 생각에 마땅찮아 하던 그렉이었다. 하지만 지금 손희의 모습을 보니 둘만의 데이트를 포기한 보람이 있는 것도 같다는 생각이 들었다.

"왜요?"

고개를 돌려 여전히 제자리에 서 있는 그를 발견한 손희가 물었다. 상대방이 보내는 시선을 통해서도 촉각을 느낄 수 있다면 지금 그녀를 향해 있는 눈빛은 혀로 핥는 듯 끈적임이 가득한 것이었다. 왠지 저 남자 안에 숨어 밖으로 나올 때만을 기다리고 있는 짐승과 시선을 마주친 것만 같아 몸이 절로 떨렸다.

그 모습에 그렉은 찰나의 짐승 모드에서 다시 인간으로 돌아왔다.

"사진 찍자."

"사진요?"

"오늘 이렇게 예쁘게 하고 왔는데 사진으로 남겨야지."

그렉의 손짓 한 번에 손희는 잠깐의 주저함도 없이 그의 곁에 다가가 섰다. 가방을 열어 전화기를 꺼내며 그와 바짝 얼굴을 맞대었다. 예쁘다는 말을 들어서인지 작은 화면 속으로 보이는 미소가 어느 때보다 환하게 빛이 났다.

얼굴을 바짝 붙인 채 몇 장을 찍고 나서 그중 가장 잘 나온 것을 골라 그렉의 전화기로 전송을 했다. 활짝 웃는 화면 속 그녀의 모습을 확인한 그렉의 얼굴에도 미소가 한가득 번졌다. 나중에 아버지에게도 전송을 해야겠다. 그녀의 낙천적인 성격이 고스란히 드러난 표정을 보고 그렉은 생각했다.

여자친구가 생겼다는 말을 들은 후부터 궁금증 때문에 안달이 난 아놀드가 이 사진을 보면 굉장히 반가워할 것이다.

엘리베이터에 오른 뒤 층을 가리키는 버튼이 죽 늘어져 있는 앞에 손가락을 가져가며 그렉이 물었다.

"몇 층이라고 그랬지?"

"19층이요."

19층을 누르고 난 뒤 거의 닫히려던 엘리베이터 문이 다시 활짝 열렸다. 부부로 보이는 중년의 남녀가 엘리베이터에 오르며 그들에게 양해를 구하는 듯 짧게 눈인사를 건넸다. 버튼을 누르기 위해 패널로 향하려던 손길이 멈춘 것으로 보아 그들의 목적지도 두 사람과 같은 듯했다.

앞쪽에 서 있던 남편이 고개를 돌리는가 싶더니 반가운 듯 말을 걸었다.

"여기서 또 보는군요."

느닷없이 건네는 아는 척에 잠시 머뭇거리는가 싶던 손희가 순간 아! 하는 짧은 탄성과 함께 서둘러 인사를 했다.

"안녕하세요."

언젠가 그렉과 함께 있다가 오 교수와 맞닥뜨렸던 날, 대학 동문이라고 소개를 받았던 이였다.

자신을 금세 기억해 낸 것이 기특했는지 그가 웃으며 물었다.

"잔칫집에 가는 길인가요?"

"예."

"그날은 미처 몰랐는데 나중에 오 교수한테 들으니 송 옹이 조부 되신다고요."

"예. 저희 할아버님이세요."

"젊었을 때 한 번 뵌 적이 있어요. 학문도 높으실뿐더러 인품이 고매하셔서 학문하는 사람들치고 흠모하지 않은 이가 없지요. 그런 훌륭하신 분이 조부시라니 정말 부럽군요."

"감사합니다."

손희가 웃으며 답을 했다.

송홍 옹을 조금이라도 안다는 사람을 만날 때면 으레 듣곤 하는 말이라 새삼스러울 건 없었다. 하지만 조부님의 명성에 조금이라도 흠집을 내서는 안 된다는 생각에 절로 긴장이 되는 건 어쩔 수 없었다.

손희의 시선이 남자와 나란히 서 있는 그의 아내에게로 옮겨갔다. 외향적인 남편과 달리 말수가 적은 것까지는 원래 성격이 그러려니 하겠는데 소태를 입에 물고 있는 사람처럼 떨떠름하고 어딘가 모르게 못마땅해하고 있는 듯한 표정이 영 거슬린다.

하지만 덕망 높으신 송홍 옹의 손녀로서 예의는 갖춰야 하는지라 공손하게 인사를 했다. 그런데 이건 무슨 경우인지. 치켜든 턱 끝만 슬쩍 움직여 까딱하더니 이내 정면으로 고개를 돌려 버리는 게 아닌가.

그녀의 행동에 당황스러운 건 남편 쪽도 마찬가지인 듯 얼굴 가득 난감한 기색이 번져 갔다. 괜찮다는 뜻으로 살짝 고개를 끄덕이기는 했지만, 좁은 엘리베이터 안의 분위기는 졸지에 어색해지고 말았다.

모두들 시선을 정면에 둔 채 잠자코 목적한 층에 도달하기만을 기다리는 사이, 손희는 그렉을 향해 슬쩍 손을 내밀어 손가락을 엮었다. 하지만 이내 깜짝 놀라고 말았다.

그녀가 기대한 따뜻함은 온데간데없고 그렉의 손은 얼음 조각

마냥 냉기로 굳어 있었다. 언제 어디서 맞잡아도 적당한 온기와 부드러움으로 그녀의 손을 기분 좋게 데워주던 그 손이 아니었다.

깜짝 놀란 손희가 고개를 들어 그렉을 올려다보았다. 무슨 일인지 묻는 듯 엮여 있는 손가락을 꼼지락거리자 정면을 향해 있던 그의 시선이 서서히 그녀에게로 향했다.

그와 눈이 마주치는 순간, 불시에 머릿속에 떠오른 얼마 전의 기억에 손희는 제 입술을 깨물었다. 둔하고 멍청한 제 머리를 한 대 쥐어박고 싶은 심정이었다. 먼젓번에 만났던 곳과 같은 장소였고 같은 사람들이다. 그날 이들과 마주친 후에도 그는 무척 우울해하지 않았나. 그 모습을 바로 옆에서 지켜봤으면서도 까맣게 잊어버리다니.

손희도 아직 이들과 그렉이 어떤 사정으로 엮인 사이인지는 알지 못했다. 궁금하긴 했지만 그가 먼저 입을 열어 이야기를 해줄 때까지는 묻지 않기로 했다. 날 듯이 달음박질을 해 그에게 갔던 밤, 어디론가 가려는 듯 다급하게 현관문을 열어젖히던 그의 얼굴을 본 순간 그렇게 결심을 했다.

잠이 오지 않아 집 주변을 가볍게 산책할 작정이었다고 그는 말했지만 결코 바람직하다고 할 수 없는 감정들로 꽉 차서 금세 터질 것만 같던 표정은 전혀 다른 말을 하고 있었다. 아마 그녀가 찾아가지 않았다면 밤새도록 쉬지 않고 온 동네를 돌며 뛰고 또 뛰었을 것이다.

그렉의 감정을 그렇게나 극단으로 몰아가는 저들이 누구인지 그 정체는 아직 모르지만 한 가지는 확실히 알고 있다. 장담하건대 단연코 남자 쪽은 아니었다.

여전히 마주하고 있는 그의 눈동자를 향해 손희가 생글 미소를 보냈다. 괜찮아요, 내가 있잖아. 그녀의 미소에 석고로 본을 떠놓은 것처럼 단단하게 긴장되어 있던 그렉의 턱에서도 서서히 힘이 풀리기 시작하는 걸 알 수 있었다.

서로를 향한 두 사람의 눈길은 엘리베이터가 목적한 층에 도착해 문이 열릴 때까지도 움직일 줄을 몰랐다.

"참 마음에 안 드는 경우야. 그죠?"

먼저 엘리베이터에서 내려 저만치 앞서 가는 부부의 뒷모습을 보며 손희가 목소리를 낮춰 말했다.

"뭐가?"

"상대방 하는 짓이 엄청 마음에 안 드는데도 어쩔 수 없이 공손하게 행동해야 하는 거요."

그렉이 피식 웃었다.

"소늬도 그럴 때가 있어? 내가 보기에는 하고 싶은 말 다 하고 성질부려 가면서 사는 것 같던데."

다소 기운이 빠진 것 같기는 해도 그의 목소리와 말투는 엘리베이터에 오르기 전으로 되돌아와 있었다. 다행이다 싶어하던 손희가 이내 발끈해서 그에게 따졌다.

"내가 무슨 대통령이나 재벌도 아니고. 고작해야 박봉에 시달리는 조교 주제에 하고 싶은 말을 어떻게 다 하고 살아요?"

"성질부리는 건 왜 빼먹니?"

"허얼, 누가 들으면 하고 싶은 건 물불 안 가리고 무조건 저지르는 성격 파탄자인 줄 알겠어. 내가 평소에 얼마나 자중하면서 사는데."

"자중?"

"쉽게 말해서 Very Careful하다고요."

"그렇게 말하면 나야말로 허얼이야."

두 사람은 서로 투덕거리는 것을 멈추지 않은 채 나란히 연회장 쪽으로 향했다. 그렇게 가벼운 입씨름을 하는 사이 그렉의 머리 위로 드리워져 있던 그늘이 아주 조금은 옅어지고 있었다.

이렇게 마주친 게 두 번째라서 그런가, 아니면 이번에는 완전히 자신의 편이 된 손희가 옆에 있어서인지는 몰라도 처음보다는 확실히 충격이 덜했다. 스스로도 어쩔 수 없는 거부반응도 그녀의 손이 주는 위로에 금세 사라져 버렸다.

장남인 강윤과 함께 입구에서 손님을 맞던 오 교수가 두 사람을 보자 반가워했다.

"어서 오게."

"축하드립니다."

"이렇게 와주어서 고맙구만."

"고맙다."

그렉과 악수를 나눈 강윤이 손희에게도 가벼운 미소와 함께 고마움을 전했다.

"그런데 어떻게 두 사람이 같이 와? 이 앞에서 만났나?"

"아니요, 같이 왔어요."

"오호라?"

뭔가 재미있는 일을 기대하는 듯 오 교수의 주름진 눈가에 호기심이 가득 새겨졌다. 그렇지 않아도 두 사람이 저기서부터 나란히 걸어오는 걸 보고 참 어울린다 싶어 속으로 탄복을 했던 차였다.

그렉과 손희, 두 사람 모두 본디도 인물이 좋지만 이렇게 가까이 붙어 선 걸 보니 말 그대로 선남선녀가 따로 없었다. 시쳇말로 그림이 아주 제대로 나오는 게 마음 같아선 둘이 연애하라고 등이라도 떠밀고 싶어졌다.

금세 떫은 감을 씹은 듯 떨떠름한 아들의 기분 따위는 아랑곳하지 않는 오 교수가 재차 물었다.

"그럼 데이트, 뭐 이런 건가? 어쩐지 오늘 손희가 신경 써서 차려입었더라니. 그동안 너 본 중에 오늘이 제일 예쁘다."

그렉과의 데이트라니. 뼛속까지 500년 전 사람인 제 할아버지가 들으면 경을 칠 일이었다. 어디서 듣도 보도 못한 근본 없는 놈을 금쪽같은 손녀에게 찍어 붙이려 한다며, 물고를 내겠다고 달려들 소리를 오 교수는 겁도 없이 했다.

"교수님도 차암. 데이트를 어르신 구순 잔치에서 하는 사람들이 어디 있어요. 페이퍼 채점할 게 밀려서 여태껏 그거 하다 왔는데.”

시치미를 뚝 뗀 그녀의 대답 뒤로 그렉이 속으로 심술궂은 한마디를 덧붙였다. 그사이 간간이 진하게 키스도 하고.

“나는 또. 두 사람 사이에 재미있는 일이라도 벌어진 줄 알았지.”

진심으로 아쉬워하는 기색이 역력했다.

“꼭 스캔들을 기대하고 계신 거 같아요.”

정곡을 찌르는 말에 속으로는 뜨끔하면서도 겉으로는 배포 크게 응수를 했다.

“가십만큼 재미있는 게 또 있는 줄 알아?”

이 양반이 누구 죽는 꼴을 보려고 이러시나. 그렇지 않아도 그렉하고 붙어 있다가 걸이에게 들킨 이후로 마음속은 살얼음판이었다. 녀석이 함부로 입을 열지 않을 거라는 건 잘 알고 있어서 큰 걱정은 안 하지만, 만일 골목에 사는 다른 누가 그러고 있는 걸 봤을지도 모른다고 생각하면 덜컥 겁부터 났다. 그때는 대체 무슨 생각으로 겁도 없이 그랬는지 원.

손희가 힐끗 곁에 서 있는 그렉을 쳐다봤다.

실없이 혼자 히죽거리는 걸 보니 속으로 무슨 생각하고 있는지 딱 알겠다. 조금 전 페이퍼 채점했다는 얘길 했을 때부터 저러고 있다. 으이구, 인간아!

웃음 때문에 헤벌쭉 벌어지는 입을 영 다물지 못하는 남자와 약간 붉어진 얼굴로 그런 남자를 얄밉다는 듯 노려보는 여자의 모습은 보는 사람으로 하여금 두 사람 사이에 어떤 일이 있었는지 대강은 짐작할 수 있게 했다.

"아버지, 저기서 손님들 기다리시는데."

대화의 방향이 영 마음에 들지 않는 쪽으로 향하자 강윤이 나섰다.

아직까지 손희에게 뻗어 있는 미련의 끈을 놓지 못하고 있는 그로서는 정말이지 하나도 달갑지 않은 대화였다. 게다가 뭐가 그리 좋은지 둘이 나란히 서서 연신 생글거리는 게 눈꼴시었다. 못마땅한 눈초리가 미끈한 그렉의 얼굴을 훑었다. 자식, 생긴 건 병풍으로 드라마 단역이나 하면 딱 좋게 생겨가지고. 하긴. 네가 병풍이 뭔지나 알겠니.

"자자, 그럼 두 사람은 들어가고. 안에 차린 게 많으니 이게 다 내 음식이다 생각하고 많이 먹고 가게나."

"이따 뵐게요."

연회장 안으로 들어온 손희가 잠시 두리번거리더니 들고 있던 가방을 그렉에게 밀치듯 맡겼다. 그러고는 방금 전 눈으로 찾아낸 빈자리를 손가락으로 가리켰다.

"저기 가 계세요."

"어디 가게?"

"많이 먹으라고 하시잖아요. 안 하던 화장하느라 아침도 제대로 못 먹어서 배고파 죽겠단 말이에요."

그러더니 쪼르르 음식들이 차려져 있는 뷔페 테이블로 가버렸다.

빈 접시 두 개를 한꺼번에 들고 분주한 걸음으로 여기저기 기웃거리는 게 한껏 멋을 내어 차려입은 옷차림새와는 도무지 어울리지 않아서 보고 있으려니 저절로 웃음이 나온다. 반짝반짝 눈을 빛내며 이것저것 쓸어 담는 그녀의 모습에 불과 한 시간 전까지 나눴던 키스의 시간과 횟수를 떠올렸다. 오늘 그녀와 함께 소모한 열량이 어느 정도나 되려나.

그때 불쑥 앞으로 다가든 그림자 하나가 그의 눈 안에 담긴 손희를 밀어냈다. 그 여자다.

"잠깐 얘기 좀 할까요?"

얼굴 가득 한껏 담겼던 웃음기가 사라진 건 그 순간이었다.

한쪽 접시에는 파스타와 볶음밥 피자 등의 탄수화물을 잔뜩 담고 다른 쪽 접시에는 회와 초밥을 그득 담아 테이블로 돌아왔다. 이것들을 가져다 놓은 뒤 곧장 뛰어가 튀김과 스테이크로 접시들을 채울 생각이었다. 뷔페에서 푸성귀가 잔뜩 들어간 샐러드나 깨작이는 건 음식에 대한 예의가 아니라고 생각하는 손희였다.

허기가 진 탓인지 음식이 담긴 접시만 봐도 콧노래가 절로 나왔다. 자리에 앉기 전부터 침이 고이는 게 우선 들고 온 것부터 바삐 먹어야 할 것 같았다. 그동안 그렉더러 한 번 다녀오라고 하고. 간 김에 새우튀김하고 스테이크도 부탁하면 알아서 가져다주겠지. 그 참에 음료수 심부름도 시키는 것도 잊지 말고. 으흐흐. 난 참 머리가 좋단 말이야.

고픈 배를 채울 생각에 잔뜩 기대를 하고 자리를 찾은 손희는 앉을 생각도 못하고 주변을 두리번거렸다.

"어디 갔지?"

당연히 자리에서 기다리고 있을 거라고 생각했던 그렉이 없었다. 그녀가 떠넘기듯 맡겼던 가방만 테이블 위에서 얌전히 주인을 기다리고 있을 뿐이었다.

"이상하네."

아무리 둘러봐도 그의 모습을 찾을 수가 없다. 키가 커서 많은 사람들 사이에 섞어 있어도 금세 눈에 들어오는데, 암만 이쪽저쪽을 살펴도 안 보이는 걸 보면 이곳을 나간 게 분명했다.

그사이 사회자가 나오고 몇 마디 인사말과 함께 본격적으로 잔치가 시작되었다. 연세 지긋한 어른의 생신을 축하하는 자리라 그런지 출발부터 음악 소리가 요란했다.

첫 순서로 어르신들 사이에서는 나름 아이돌인 남자 가수가 등장하자 홀 안은 박수 소리로 가득 찼다. 시장 어귀를 지날 때면 으레 들을 수 있는 노래가 시작되고 얼마 지나지 않아 흥에 겨운 몇몇 분은 앞으로 나와 흥겨운 어깻짓과 함께 춤을 추었다.

하지만 그사이에도 손희의 눈은 여전히 연회장 입구를 향해 있었다. 노래 한 곡이 끝나고 이런 자리가 퍽이나 익숙한 듯 보이는 가수가 만수무강, 건강, 다복 등등의 인사를 할 때까지도 그렉의 모습은 볼 수가 없었다.

어린애도 아닌데 용건이 있어서 잠깐 나갔겠지 하면서도, 그렇게 느긋하게 있자니 뒤통수 한쪽이 어쩐지 싸했다. 그 순간, 같이 엘리베이터를 타고 올라왔던 이들이 떠오른 탓이었다. 눈을 돌려 이번에는 그렉 대신 그들을 찾았지만 노랫가락에 흥을 이기지 못하고 자리에서 일어난 사람들이 태반이어서 쉽게 찾아질 것 같지 않았다.

잠시 생각하던 손희는 안 되겠다는 생각에 자리에서 일어나 조심스레 입구를 향해 걸음을 옮겼다. 그토록 애지중지하며 들고 왔던 음식들은 손길은커녕 눈길 한번도 제대로 받지 못한 채 테이블 위에 고스란히 남겨졌다.

세상 참 좁다는 말을 이럴 때 쓰는 건가.

앞에 놓인 커피잔에서 오르는 하얀 김을 보며 그렉은 생각했다. 죽을 때까지 절대 만날 생각이 없었던 사람과 우연처럼, 더군다나 연달아 두 번이나 같은 장소에서 마주치게 될 줄은 몰랐다.

언젠가 손희가 우리가 살고 있는 세상은 생각보다 좁아서 한 다리만 건너면 어떤 식으로든 자신과 연관된 사람과 연결이 된다는 말을 한 적이 있었다. 가만히 듣고 있다가 그 다리라는 게 Bridge냐, 아니면 Leg냐 하고 물었다가 당신은 다른 사람의 Leg를 건널 수 있느냐고 핀잔을 들었다. 얄미운 마음에 야들야들한 입술을 한동안 물고 있었는데 이제 보니 과연 틀린 말은 아니었나 보다.

연회장 위층에 마련된 커피숍으로 들어온 후 도통 입을 열 생각을 하지 않는 그렉을 참다못한 지숙이 먼저 말문을 열었다.

"이름이……?"

고개를 들어 무슨 말이냐는 듯 눈으로 묻는 그렉에게 그녀가 다시 물었다.

"내가 네 미국 이름은 모르고 있잖니. 설마 미국에서도 여기서 부르던 이름을 계속 쓰지는 않았을 거고."

제가 낳은 아이를 20년 만에 만나 처음으로 묻는 말이라는 게 이름이 뭐냐니. 그게 무슨 대단히 중요한 거라고. 코미디도 이런 코미디가 없다. 하지만 생각해 보면 낳은 자식을 버리기도 했는데 이름 따위를 묻는 게 무슨 대수일까.

그렉은 속으로 쓰게 웃었다.

"편할 대로 부르세요."

앞으로 상종할 일 없을 거라는 뜻으로 한 말을 자신을 무시하는 것으로 알아들은 지숙이 발끈해 물었다.

"예전에 쓰던 한국 이름으로 계속 불러도 된다는 얘기니?"

"이름 부를 만한 일이 앞으로 있을 거라고 생각하세요?"

예상 밖의 응수에 지숙이 잠시 움찔했다.

감정의 동요라고는 전혀 담기지 않은 서늘하고 낮은 목소리로 부드럽게 묻는 한마디 말이 악다구니를 써대며 죽일 듯 덤비는 것보다 더 무서웠다. 그러는 한편으로, 건너편에 마주 앉아 있는 아이에게서 그녀에게는 아주 익숙한 무언가가 느껴진다. 어딘가 모르게 낯설지 않은 표정과 목소리가 지숙의 신경을 자꾸만 건드렸다.

"미국으로 입양 갔었다면서. 생각했던 것보다 한국말을 잘하는구나. 미국에서도 계속 배웠나 보지?"

"이렇게 따로 불러내서까지 하시고 싶은 말씀이 뭡니까?"

그렉이 딱 잘라 물었다.

기껏 불러내서 한다는 말에 이따위 것들이니. 전혀 달갑지도 않을뿐더러 시간 소모일 뿐인 이 자리를 어서 끝내고 싶었다. 할 말이 있다는 소리에 손희에게는 말도 없이 따라나선 제가 등신이었다. 지금쯤 손희는 온다 간다는 말도 없이 사라진 그를 걱정하고 있을 텐데. 하필이면 전화기가 든 자신의 가방도 놓고 나오는 바람에 연락을 할 수도 없었다.

다그치듯 묻는 말에 자존심이 상한 지숙이 냉랭한 목소리로 물었다.

"오 교수하고는 어떻게 아는 사이니?"

혹시나 하는 예상을 빗나가지 않았다는 생각에 그렉이 쓰게 웃었다. 쓰레기처럼 내버리고 떠난 지 20년이 넘은 아들이 반가워서 일부러 얼굴이라도 한 번 더 보겠다고 찾아온 건 아닐 거라는 짐작이 이렇게나 맞아떨어질 줄이야.

"하고 싶은 말이 뭡니까?"

범접을 거부하는 갈색의 눈동자가 맞은편에서 그녀를 똑바로 주시하자 지숙은 지레 오금이 저렸다. 앞에 앉은 사람이 대역죄라도 지은 것처럼 죄책감이 들게 하는 눈빛이었다. 얼마 전 이 아이를 본 이후부터 내내 신경을 거슬리게 했던 것의 정체가 이제야 기억의 수면 위로 떠올랐다.

지금 그녀를 또렷이 주시하고 눈빛은 몇 해 전에 돌아가신 친정 아버지의 모습과 한 치도 다름이 없었다. 할머니와 어머니가 범의 눈이라고 했을 정도로 아버지는 눈빛 하나로 사람을 제압했다. 아무 말 없이 그저 주시의 대상이 되는 것만으로도 잘못한 것이 없는데도 오금이 저리고 주눅이 들곤 했다.

어디 닮을 게 없어서. 겉모습은 영화배우가 안 된 게 이상할 정도로 잘난 제 생부를 닮았으면서 속은 제 외할아버지를 빼다 박았다는 게 신기할 지경이었다.

아들의 기에 눌렸다는 티를 내지 않으려 부러 어깨를 꼿꼿이 펴고 그녀가 말했다.

"아무리 날 알아봤더라도 네가 조금이라도 눈치가 있으면 적당히 모른 척해야 하는 거 아니니?"

아닌 게 아니라 긴 세월 동안 서로의 머리카락 끝도 본 적이 없는데도 첫눈에 누구인지 알아차렸다는 사실에 처음에는 그렉도 놀랐다. 그리고 그런 자신에게 혐오감 비슷한 감정도 들었다.

하지만 생각해 보면 이 여자와 헤어진 건 그의 나이 열 살 무렵이었다. 경험을 기반으로 형성된 기억이 머릿속에 자리 잡기에는 충분한 나이였다. 매일 밤 이어졌던 술주정과 구타에 대한 기억까지 또렷한 걸 보면, 피는 물보다 진하다거나 하는 식의 본능적인 끌림이라기보다 그저 단편적으로 머릿속에 저장되어 있는 머릿속의 기억들 중 하나일 뿐이었다.

보육원에서 그를 보고 처음으로 환하게 웃어주던 아놀드의 미소나, 혼혈이라는 이유로 그를 몹시도 괴롭혔던 같은 반 아이의 이름을 기억하는 것처럼 말이다.

"내가 아는 척을 한 적이 있던가요?"

"저번에는 그렇게 빤히 쳐다보더니 아까 엘리베이터 안에서는 아예 대놓고 외면을 하고. 그렇게 자꾸 부자연스럽게 굴면 누구라서 의심을 안 하겠어. 내가 아주 가슴이 조마조마해서 혼났잖아."

그러니까 지난번에는 자신이 낳은 아이임을 한눈에 알아보고도 뒤도 한 번 안 돌아보고 모른 척 돌아섰다는 얘기였다. 아까 손희의 정중한 인사를 받고도 거만하게 굴었던 것도 자신 때문이었고. 그나마 알아봤다는 게 용하다고 칭찬이라도 해주어야 할까.

"처음 힐끗 보고는 네 생부가 다시 나타난 줄 알고 얼마나 질겁을 했던지. 그 인간도 이제 많이 늙었을 텐데 미처 그 생각은 못하고 젊었을 때 얼굴만 떠올려서 지레 겁을 먹었지 뭐야. 그런데 다시 봐도 눈매하고 머리 색깔만 빼면 넌 그 사람 판박이구나."

아놀드는 길을 지나다 보면 어디서든 만날 수 있는 인심 좋은 동네 토박이 아저씨처럼 생긴 사람이었다. 그렉은 자신도 그런 아놀드처럼 나이 들기를 늘 바랐다. 겉으로 드러난 생김새 따위는 아무래도 좋았지만, 단 한 번도 본 적 없고 앞으로도 볼 생각이라고는 전혀 없는 사람을 닮았다는 말에 기분이 좋을 리 없다.

"미국은 언제 돌아가니?"

묻는 말끝에 조바심이 묻어난다. 주위 사람들에게 과거를 숨기고 사는 그녀로서는 하루라도 빨리 그가 사라져야 안심이 될 것이다.

"모르겠어요."

"곧 들어가긴 할 거지?"

"아직 결정된 건 없어요."

"지금 나를 놀리니?"

그의 대답에 왈칵 성을 내던 지숙이 그렉과 눈을 마주치자 다시 찔끔해서는 공연히 커피잔을 들었다가 내려놓고 물을 한 모금 마시고를 반복했다.

여자는 그의 말을 믿지 못하는 것 같지만 조금 전 했던 말은 모두 사실이었다. 처음의 계획은 일 년 정도 체류를 예상하고 있었다. 하지만 그 계획에는 전혀 들어 있지 않았던 손희가 그의 발목을 잡았다. 아니, 정확히 말하면 손희가 아니라 제가 그녀의 발목을 붙들고 있는 거나 마찬가지였다. 그녀와 얽히고 나니 항상 떠나고 싶은 마음뿐이던 이 땅이 좀 더 살아봐도 좋을 것 같다는 쪽으로 바뀌고 있는 중이었다.

다만 섣부른 짐작으로 그가 자신을 괴롭힐 작정을 했다고 단정지어버리는 이 여자의 자신감이 어처구니없고 놀라울 뿐이다. 내게 그럴 만한 존재가 된다고 생각하는 걸까, 이 여자는?

"나는 하루하루 피가 마르는데 모르겠다니 그게 말이 돼?"

"놀리고 놀림 받고 할 정도의 사이, 아니잖아요?"

흥분한 그녀와 달리 여전히 그렉의 목소리는 차분했다. 말투에서 간간이 묻어나는 서늘함만 아니라면 그의 속에서 화가 끓고 있다는 사실을 누구도 눈치챌 수 없을 정도였다.

"사람 괴롭히는 건 니 애비하고 똑같구나. 상판대기만 똑 닮은 게 아니라 인간 못된 것까지 판박이네. 어쩜 하나도 다른 게 없어."

"그런가요?"

여전히 평온하기만 한 그의 대답이 분노의 도화선에 불을 붙인 듯 지숙이 그를 향해 속사포를 날렸다.

"유부남인 주제에 스무 살밖에 안 된 어린애를 결혼하자고 홀려서 애까지 배게 만들더니, 결국 저 좋을 대로 이용만 하고 떠난 놈의 종자한테 내가 무슨 기대를 하겠어. 그놈이나 너나 똑같은 인종인데. 봐, 저 낳아준 어미가 죽을 지경이라고 이렇게 사정을 하는데도 눈 하나 깜짝 안 하는 거. 이래서 씨 도둑질은 못한다고 하지."

어릴 적 지겹도록 들었던 레퍼토리가 20년의 시간을 넘어 다시 펼쳐지고 있었다.

"너만 아니었으면 내가 고작 사립대학 교수 재취 자리? 언감생심 말도 안 되지. 너만 없었으면 애 둘 딸린 홀아비한테 시집가서 내가 그 고생을 왜 하며, 이 나이에 고작 교수 마누라로 살았을 거 같니? 아주 날개를."

"그렉!"

갑자기 뒤에서 불쑥 나타난 손희가 그의 어깨를 감싸 안으며 다정하게 불렀다. 그녀를 본 순간 쉴 사이 없이 움직이던 지숙의 입술이 풀칠이라도 한 듯 뚝 멈췄다.

"여기서 뭐 하는 거예요. 한참 동안 찾았잖아요."

"그랬어?"

발 디딜 곳 하나 없는 절벽 위에 매달려 있다가 자신을 향해 내려오는 굵은 밧줄을 발견한 기분이었다. 그렉은 서둘러 손을 내밀어 그녀가 내민 밧줄을 붙잡았다. 하아. 이제야 숨을 좀 쉴 수 있을 것 같았다.

"얼른 가요. 오 교수님이 당신 계속 기다려요. 할머님이 그때 봤던 미국에서 온 잘생긴 교수 데리고 오라고 그러신데요."

"알았어."

자리에서 일어난 그렉이 지숙을 향해 짧게 일별했다. 그녀를 보는 그의 눈빛에는 앞으로 다시는 보지 않겠다는 강한 바람과 아울러 강력한 경고도 함께 담겨 있었다.

"가자."

돌아서는 그의 뒤에서 잠시 걸음을 멈춘 손희가 지숙을 내려다보았다.

"여사님?"

자신이 나타난 뒤로 말 한마디 하지 않은 채 입을 꼭 다물고 있는 그녀를 손희가 다정하다 싶을 만큼 달콤하게 불렀다.

앤 또 뭔가 싶어서 고개를 드는 그녀에게 손희가 사근사근한 투로 말했다.

"여기저기 듣는 귀가 많습니다. 목소리가 크시니 남들보다 열 배 스무 배 조심하고 사셔야겠어요."

입술까지 하얗게 질린 채로 나란히 멀어지는 두 사람을 보고 있던 지숙이 분풀이라도 하듯 짧게 한마디 했다.

"어디서 계집애도 꼭 저 같은 거를 만나서!"

물론 조금 전 손희의 경고에 따라서 목소리의 볼륨은 최대한 낮춘 채였다.

"어딜 가면 간다고 말을 해야지. 진짜로 한참 찾았잖아요. 배고파 죽겠는데."

연회장으로 가는 내내 손희가 투덜거렸다.

조금 전 일이 궁금할 법도 한데 그에 대한 언급은 전혀 하지 않은 채 열심히 투정 부리는 척만 하는 중이었다. 하지만 평소에 투정이나 어리광과는 거리가 좀 있는 편이어선지 그렉의 눈에는 어색하기 짝이 없었다. 그렇지만 조금이나마 자신의 마음을 편하게 해주려는 그녀의 노력이 가상해서 그도 장단을 맞춰주기로 했다.

"오 교수님이 나 찾았다면서. 얼른 가자."

"그거야 그냥 하는 말이었죠."

"실망이네. 난 또 잘생긴 교수 찾는다고 그래서 설레었는데."

"나한테 인물값 하는 것도 모자라서요?"

"잘생겼다는 말은 언제 들어도 기분이 좋아."

"허얼. 말해 뭐 해. 내가 내 눈 찌른 거고 내 발등 내가 찍은 건데."

“뭘 찔러? 발등에 뭘 어떡했다고?”

“몰라, 그런 게 있어요.”

“말 안 할 거야?”

“안 해. 배고파서 말할 힘도 없어요. 내 초밥, 연어. 으윽, 파스타 담아온 건 다 불어 터졌겠다. 아이, 아까워. 빈자리인 줄 알고 치웠으면 어떡하지? 아니면 누구 다른 사람이 가져다 먹어버렸으면 어떡해.”

배가 고프다고 징징대더니 욕심 부려 이것저것 담아놓은 음식은 손도 못 대고 그를 찾아 나선 모양이었다.

“그 눈 잘 찔렀다고 생각하게 해줄게.”

“말로는 뭔 말을 못해.”

“발등도 잘 찍었다고 여기게 될 거고.”

잠자코 듣고 있던 손희의 입술이 비죽이 나왔다. 못 알아들은 척을 하더니 무슨 뜻인지 다 알고 있었나 보다. 이래서 이 남자 앞에서는 한순간도 방심을 할 수가 없는 거다. 조금 느슨한 듯싶어서 당겨보면 팽팽하게 조여 있고, 지나치게 조이고 있는 것 같아서 풀어주려고 보면 어느새 부드럽게 풀어져 있는 것을 발견하게 된다.

“별하고 달은 안 따다 줘요?”

“그것도 필요해?”

의외로 진지하게 묻는 말에 손희가 웃음을 터뜨렸다.

“당장은 먹을 게 필요해요.”

"가자."

엘리베이터에서 내린 두 사람은 서로의 허리에 팔을 감은 채로 찰싹 달라붙어 있었다. 전에는 있는지도 알지 못했던 묘한 동질감과 동지애가 두 사람 사이를 강하게 흐르며 이어주고 있었다.

"음식 다 떨어졌으면 그렉 미워할 거야."

"많이 준비했다고 했으니까 충분히 남아 있을 거야."

"먹고 싶은 거, 맛있는 거만 쏙쏙 골라서 떨어졌어도 미워할 거라고요."

"먹고 싶은 거 없으면 나가서 사줄게."

"왕창 비싼 거 먹어야지."

"그래."

그렉이 입술을 내려 그녀의 이마를 찍었다. 잠시 주위를 둘러본 손희가 아무도 없는 것을 확인하고 얼굴을 들어 그렉의 뺨에 입을 맞췄다.

"네 이놈!"

순간 성난 음성이 밀려드는 해일처럼 두 사람을 덮쳤다.

11. 완벽한 낭만 파괴자

엘리베이터에서 내리자마자 다른 곳도 아닌 호텔에서 계집아이가 남자 옆구리에 찰싹 달라붙어 있는 모양새가 흉해서 눈살을 찌푸렸던 참이었다. 그런데 그것도 모자라 서로 얼굴 이곳저곳에 입술을 찍어대는 광경이 꼴사나워서 나서서 한마디 할까 하던 차였다. 한데 사내 녀석 얼굴에 입술 꾹꾹 찍어대는 옆얼굴이 낯설지 않았다.

설마. 송흥 옹은 우선 자신의 눈부터 의심을 했다. 뭔가 잘못 본 것이 분명하다는 생각에 몇 번이고 눈을 감았다 뜨기를 반복하다 다시 쳐다봤다. 하지만 눈앞에서 벌어지는 광경과 흉한 꼴을 보이는 아이들의 얼굴은 바뀌지 않았다.

그러자 이번에는 손을 들어 눈을 비비고 다시 보았다. 설마 내 손녀가 저럴 리가. 만고에 절대 있을 수 없는 일이었다. 하지만 노안은커녕 팔순이 넘은 나이에도 돋보기 없이 맨눈으로 신문을 읽는 그가 잘못 봤을 리는 없었다.

대낮에 호텔 바닥에서 옆구리에 남자를 끼고 말도 안 되는 짓거리를 벌이고 있는 막돼먹은 여자아이가 자신의 손녀라는 게 분명해지자 송흥 옹은 재빨리 뒤통수부터 부여잡았다. 갑작스레 혈압이 오른 탓에 목에는 힘줄이 서고 단전에 절로 힘이 들어갔다.

"예서 뭣들 하는 짓이야!"

난데없는 고함 소리에 무슨 일인가 하고 돌아보던 손희가 조부를 발견하고는 화들짝 놀라 제자리에서 한 길은 되게 펄쩍 뛰어올랐다.

"하, 할아버님. 여, 여긴……."

분명 오늘 여기엔 못 오신다고 하셨다. 대신 전하라며 어젯밤에는 따로 봉투까지 쥐어주셨고. 그래서 안심하고 있었는데 이거 웬 날벼락이람. 전혀 예상하지 못했던 순간에 벌어진 날벼락 같은 사태에 놀라고 당황스럽고 민망한 한편으로 불안과 걱정으로 손희의 머릿속은 삽시간에 뒤범벅이 되었다.

변명은커녕 말 한마디 못할 정도로 얼어붙은 그녀의 눈에는 자신을 노려보고 있는 송흥 옹이 지상에 내려보낸 저승차사를 기다리는 염라대왕처럼 보였다.

"안녕하십니까."

상황을 파악하고 재빠르게 앞으로 나선 그렉이 허리를 깊게 숙여 인사를 했다. 송홍 옹을 본 순간 낭패다 싶고 다소 민망하긴 했지만 이미 벌어진 상황을 되돌릴 수는 없는 일이고. 어쩌면 이 순간이 앞으로 손희와의 관계에서 좋은 기회가 될 거라는 예감이 들었다.

동시에 언젠가 손희가 가르쳐 주었던 전화위복이라는 단어가 머릿속에 반짝 하고 떠올랐다.

하지만 송홍 옹은 절대 호락호락한 사람이 아니었다.

"자네는 됐고!"

인사를 하는 그렉을 무섭게 노려보던 송홍 옹이 이내 눈을 가늘게 떴다.

"그렉 로빈슨입니다. 얼마 전 오 교수님하고 같이 댁에 가서 뵌 적이 있습니다."

뒤늦게 그를 알아본 송홍 옹이 이번에야말로 제대로 뒷목을 잡았다.

제 학교에 새로 부임해 온 교수라며 오 교수가 데리고 온 젊은이가 워낙 훤칠하니 잘생겨 웬일인가 싶었는데, 나중에 들으니 제 아비가 미국 종자라고 했던가. 어디 사내가 없어서! 집안 어른들의 정식 허락도 없이 오다 가다 만난 녀석하고 붙어서 그러고 있었던 것만도 기함할 일인데, 거기다 양놈의 자식이라니. 이거야말로 점입가경에 목불인견이 아니고 무엇이겠는가.

"흐음. 내가 오래 살았더니 못 볼 꼴을 너무 많이 보는구나."

송홍 옹의 수염이 분을 이기지 못한 제 주인을 따라 쉴 새 없이 파르르 떨렸다.

“따라오너라!”

손희에게 낮게 일갈을 하고 돌아서는 송흥 옹의 팔을 그렉이 재빠르게 붙잡았다.

“잠깐만요, 할아버님.”

“당장 이 손 놓지 못하겠는가!”

어지간히 관록 있는 학자도 꼼짝 못한다는 송흥 옹의 일갈에도 그렉은 전혀 주눅 드는 기색이 아니었다. 도리어 차분한 목소리로 제 할 말을 했다.

“손희가 일이 있어서 잠깐 밖에 나오느라 가방이 저 안에 있습니다. 데리고 가시더라도 가방은 챙기도록 해주십시오. 오 교수님께도 이만 간다는 인사는 해야 합니다.”

그러더니 손희에게 눈짓을 했다.

하지만 손희는 아직도 넋이 반쯤 나가 있는 상태였다. 그래서 그렉이 느닷없이 조부님의 팔을 붙잡은 것도, 노한 조부님께 이렇게나 자기 할 말 다 하는 사람은 그렉이 처음이라는 사실도 미처 깨닫지 못하고 있었다.

그렉이 몇 차례 더 그녀의 이름을 부르자 그제야 그를 향해 시선을 돌렸다. 잠깐 사이 얼마나 입술을 씹어댔는지 아랫입술 이곳저곳에 피가 맺혀 있었다.

“소늬, 미안한데 들어가서 가방 좀 가지고 와야겠다. 내 거하고 당신 거하고 둘 다 들고 나와. 그리고 오 교수님한테는 급하게 연락 온 데가 있어서 먼저 가겠다고 말씀도 드리고.”

"응? 응. 알았어요."

한 박자 늦게 고개를 끄덕인 손희가 연회장 안쪽으로 향했다. 하지만 나란히 서 있는 두 사람이 어지간히 걱정스러운지 뒤를 돌아보기를 몇 번이나 반복했다.

그런 그녀와 눈이 마주칠 때마다 그렉은 걱정 말라는 듯 고개를 끄덕여 주었고, 그렇게 서너 차례가 반복된 후에야 손희는 연회장 안으로 모습을 감추었다.

"죄송합니다. 마음이 급해서 허락도 없이 붙잡았습니다. 화가 나셨습니까?"

붙들고 있던 송흥 옹의 팔을 조심스럽게 놓으며 그렉이 사과를 했다. 말이 좋아서 붙잡은 거지, 사실 힘은 거의 주지 않은 채 가볍게 쥐고 있는 것에 불과했다. 만일 그가 젊은 힘으로 움켜쥐었다면 송흥 옹이라고 가만히 있었을 리가 없었다.

슬그머니 뒷짐을 지며 송흥 옹이 물었다.

"우리 애가 사귀고 있는 사내가 자네였나?"

"예. 손희와 제가 서로 좋아하는 사이입니다."

서슴없이 대답하는 그렉에게서는 머뭇거림이라고는 조금도 찾아볼 수 없었다.

"허어, 이것 참!"

송흥 옹의 입에서 탄식이 흘러나왔다.

야무진 아이라 제대로 된 녀석을 만나 교제하고 있을 거라고 믿었다. 그래서 잠자코 두고 보았더니 하필 혈통이 다른 양놈의 자식이라니. 이 무슨 해괴한 경우란 말인가. 아들 하나 있는 것 먼저 앞세운 것도 모자라 이제는 손녀가 상상도 못할 일을 벌이려는 걸 보니 우리 집안의 운도 다한 겐가 싶어서 눈앞이 캄캄했다.

송홍 옹이 쐐기를 박듯 일렀다.

"포기하게."

"예?"

"우리 애는 안 되니 포기하란 말일세."

아무리 세상이 바뀌고 사람 사는 모양이 변했어도 해서 그 토대를 이루고 있는 기본은 절대 바뀌지 않는다고 생각하는 송홍 옹이었다. 지금 사는 모양새가 어쨌건 사람의 인품을 좌우하는 데에는 나고 자란 환경과 배경이 가장 크다는 것이 그의 지론이기도 했다. 그리고 그런 의미에서 앞에 있는 녀석은 시작부터 퇴짜였다.

저를 낳아준 부모에게 존대도 할 줄 모르는 나라에서 자란 녀석이라면 더 이상 볼 것도 없었다. 게다가 양놈의 핏줄이지 않은가. 반질반질 총기 넘치는 눈빛이 다소 아깝기는 하지만 안 되는 건 안 되는 것이다.

물론 그렇다고 이대로 '네, 그렇습니까?' 하고 순순히 물러설 그렉이 절대 아니었으니.

"왜 안 됩니까? 손희와 저는 서로 굉장히 좋아합니다."

"허어. 어른 앞에서 할 말 못할 말도 구분 못하고. 내 이런 맹랑한 경우를 봤나!"

뒷짐을 풀고 들고 있던 지팡이를 금방이라도 휘두를 것처럼 어깨를 들썩이던 송홍 옹은 그러나 이내 다시 뒷짐을 지었다. 그래봤자 조금 전처럼 다시 붙들리기라도 하면 이번에는 더한 망신이 될 거라는 생각에서였다.

제아무리 대쪽 같은 성품이라도 나설 때와 가만히 있어야 할 때는 분간해서 움직여야 하는 것 또한 세월이 가르쳐 준 세상 사는 이치였다. 그래도 헛기침 섞어가며 당조짐을 하는 건 잊지 않았다.

"흠흠. 혼인이 어디 서로 정분이 좋다고만 해서 되는 일인 줄 아는가! 어디 사내가 없어서."

"혼인이요?"

역시 서양의 종자에게는 어려운 말인가 싶어 송홍 옹이 다른 말로 다시 일렀다.

"결혼 말일세. 자네는 절대 안 되니 그런 줄 알고 꿈도 꾸지 말게나."

뜻밖의 말에 그렉이 잠시 멍해 있었다. 손희가 너무도 좋고 늘 같이 있었으면 좋겠다고 생각하고 있었지만 결혼이라니.

결혼에 대해서 아직까지 한 번도 심각하게 생각해 본 적은 없었다. 그저 막연히 자신도 언젠가는 결혼이라는 걸 하게 될 날이 오지 않을까, 하는 정도였다. 아놀드와 앤지만 해도 십 년이 넘도록 연인으로 지내오면서도 결혼에 대해서는 별생각이 없는 듯 보였으니까.

결혼에 대한 구체적인 플랜이 없으니 언제쯤 하면 좋겠다든가, 어떤 사람과 하고 싶다는 것도 전혀 염두에 두지 않고 살았다. 그런데 손희와 결혼? 손희와 결혼이라니 나쁘지 않은, 아니, 정말 좋은 생각이다.

언젠가 그녀를 붙잡고 있을 때 온통 눈앞을 하얗게 만들었던 섬광이 이끄는 종착지를 그제야 깨달은 그렉의 얼굴에 화색이 돌았다. 점심 메뉴 같은 사소한 걸 고민할 때는 우유부단하게 시간을 끌면서도 정작 중요한 결단은 빠르게 내리고 실행에 옮기는 그다운 결론이었다.

"감사합니다, 할아버님."

결혼은 절대 안 된다는 말에 고맙다며 꾸벅 인사부터 하는 그렉을 송홍 옹은 약간 모자란 놈을 보듯 쳐다봤다.

그사이 가방을 들고 나온 손희가 그들이 있는 쪽으로 주춤주춤 다가왔다. 무엇을 하든 패기 하나는 늘 하늘을 찌르던 그녀가 이렇듯 풀이 죽어 눈치를 살피는 것을 보니 마음이 좋지 않았다.

서둘러 다가간 그렉이 자신의 가방과 손희 것까지 두 개를 한꺼번에 뺏어 들었다.

"갈 길이 다르니 그 아이 것은 넘겨주게."

그 모습을 지켜본 송홍 옹이 일렀지만 그렉은 고집을 꺾지 않았다.

"아닙니다. 제가 모셔다 드리겠습니다."

"됐네."

단호하게 거절을 한 송홍 옹이 앞장서서 걷기 시작했다.

세상의 어느 누구보다 무서워하는 조부의 기세에 이미 질릴 대로 질려 있는 손희가 가방을 달라며 손을 내밀었지만 그렉은 고개를 한번 젓고는 그대로 송홍 옹의 뒤를 따랐다. 안달이 난 손희가 몇 번이나 가방을 뺏으려 들었지만 그때마다 실패를 했다.

자신의 뒤를 따라 잽싸게 엘리베이터에 따라 올라탄 그렉을 보는 송홍 옹의 굵은 눈썹이 꿈틀했다. 거참, 어지간히 말도 안 듣는 녀석이로고.

호텔의 입구에서 또다시 승강이가 벌어졌다.

“주차장으로 가시죠.”

“됐네. 여기서 택시 타고 가겠네.”

“제 차로 가시는 게 더 편하실 겁니다.”

“택시도 내 차 못지않게 편하다네.”

“조심해서 운전하겠습니다.”

“됐다니까! 젊은 사람이 어른이 말을 하면 아, 그러십니까 하고 따를 줄도 알아야지.”

굳이 모셔다 드리겠다는 그렉과 꼭 택시를 타겠다고 고집을 부리는 두 사람 사이에서 도어맨은 어쩔 줄을 모르고 있었다. 곤혹스러운 건 손희도 마찬가지였다. 이제 그만하라며 송홍 옹의 뒤에서 그렉에게 몇 번이나 눈짓을 보냈지만 이 남자, 도무지 끄떡도 하지 않는다.

“손희, 타거라.”

기어이 고집을 꺾지 않은 송홍 옹이 대기하고 있는 택시로 향하자 도어맨이 한숨 놓았다는 얼굴로 재빠르게 달려와 뒷문을 열었다.

“갈게요.”

그제야 그에게서 가방을 건네받으며 손희가 짧게 작별 인사를 했다. 강아지 같은 그녀의 눈동자를 보니 더욱 보내기가 싫어졌다. 잠깐 그렉의 손이 그녀의 손을 꼭 감아쥐었다.

"전화해."

"손희, 게서 무엇 하고 있어. 어서 타라니까."

이미 택시 안에 자리를 잡은 송흥 옹이 카랑한 목소리로 손녀를 재촉했다.

"갑니다."

떨리는 목소리로 대답한 그녀가 날 듯이 뛰어가 택시에 올라탔다.

꽁무니에 빨강색 불빛을 달고 금세 멀어지는 택시를 그렉이 아쉬운 듯 한참이나 쳐다보고 있었다. 왠지 만만치 않은 적수를 만났다는 예감이 강하게 들었다.

잔칫집 가신다며 잘 손질한 두루마기 자락 휘날리며 나간 분이 채 한 시간도 되지 않아 귀가를 하자 부엌일을 하고 있던 혜옥은 무슨 일인가 싶어 서둘러 나왔다.

"다녀오셨습니까."

금방 죽을 사람처럼 파래진 낯빛으로 송흥 옹의 뒤에 서 있는 손희를 발견한 그녀가 깜짝 놀랐다.

"자부 좀 이리 건너오라고 하시게."

마루 옆 신발장 앞에 지팡이를 세워놓고 안으로 들어가며 송흥 옹이 일렀다.

"무슨 일이야?"

분위기가 심상치 않다 싶어진 혜옥이 걱정스러운 듯 물었다. 정옥이 별채의 작업실에 있을 때는 아주 긴한 용무가 아니고서는 불러내는 법이 없다는 걸 알고 있기 때문이다.

예정보다 이른 귀가. 화가 단단히 난 듯 보이는 어르신과 잔뜩 주눅이 들어 있는 손희. 그리고 정옥의 호출까지. 뭔지는 몰라도 아주 심각한 일이 벌어진 것만은 분명했다.

제 엄마를 불러오라는 것 때문인지 손희가 긴 한숨을 내쉬었다. 그러고 보니 입술이 온통 피딱지투성이다.

"별채에는 내가 갔다 올게. 할아버지 갈증 나 계실 테니까 이모가 마실 것 좀 들여줘요."

그러더니 별채로 향하는데 걸어가는 뒷모습만으로도 얼마나 내켜하지 않는지가 확연히 알 수 있었다.

"대체 무슨 일이지?"

고개를 갸웃거리던 혜옥은 금세 조금 전 손희의 말을 떠올리고는 서둘러 부엌으로 향했다.

손희의 예상은 틀리지 않아서 송홍 옹은 혜옥이 내간 수정과 한 사발을 숨도 쉴 틈 없이 단숨에 들이켰다. 그러는 사이 손희의 기별을 들은 정옥이 방에 들었다. 제 엄마의 옆쪽으로 손희도 무릎을 꿇고 앉았다.

"아버님."

화가 뻗친 나머지 붉으락푸르락하는 시부의 낯빛을 본 정옥의 얼굴에 근심 어린 빛이 서렸다. 게다가 제 할아버지의 전갈을 전하러 왔을 때부터 금방이라도 울 것 같은 얼굴을 하고 있는 딸을 보니 무슨 사단이 나도 단단히 난 게 틀림없었다.

돌아가는 모양새로 보아 손희가 큰 잘못을 저질렀구나 싶어지자 정옥의 속에서는 당장 짜증이 울컥 치솟았다. 청와대에서 주문받은 물량을 기한까지 제대로 납품하려면 제자들까지 다 달려들어도 사나흘 밤을 꼬박 새워야 할 지경이었다. 어서 바늘 한 땀이라도 더 꽂아도 모자랄 판에 얘는 또 무슨 사고를 쳐서 작업실 밖을 나오게 만드나.

정옥에게 일은 세상을 떠난 남편 대신이었을 뿐만 아니라, 제 손으로 거두어 기르지 못한 자식보다 우선이었다. 다행히 그녀의 아이들은 별다른 잡음 없이 커주었지만 그래도 가끔 가다 지금처럼 아이들 때문에 부득이하게 일을 밀쳐 두어야 할 경우에는 화가 나는 건 어쩔 수가 없었다.

깊은 생각에 잠긴 듯 쉽사리 말문을 열지 않는 송홍 옹 때문에 손톱으로 손바닥 꾹꾹 눌러가며 인내심을 기른 지 얼마나 되었을까. 이윽고 송홍 옹이 입을 떼었다.

"손희는 당장 학교 그만두고 내일부터 이모 도와서 집안일이나 거들 생각 하여라."

"할아버님!"

부르짖는 듯한 손희의 목소리에 담긴 항변은 무시한 채 송홍 옹이 말을 이어갔다.

"그동안 네가 공부에 뜻을 둔 것이 가상해서 혼기가 꽉 찬 것도 잊고 있었구나. 내일부터 여기저기 연통을 넣어 혼처를 물색할 것이니 그리 알고 있거라."

"아버님."

정옥이 조심스레 시부의 눈치를 살폈다.

공부에 재주가 깊다며 손녀를 어여뻐하시던 분이었다. 그런데 왜 갑자기 생각을 바꾸셨는지, 짐작 가는 바가 없지 않았다. 결혼을 바짝 서두르시는 걸로 보아 어디서 시답잖은 녀석하고 연애질을 하다가 발각이 난 게 틀림없다. 변변찮은 계집애 같으니! 하필이면 이런 때를 골라 사단을 낼 게 뭐란 말인가.

빈말이라고는 모르고 추진력 하나는 따를 사람이 없는 분이니 이대로 가다가는 한 달쯤 후에는 꼼짝 없이 혼주석에 앉아야 할지도 모른다. 그걸 생각하니 눈앞이 아찔해졌다.

이대로 있어서는 안 되겠다는 생각에 바짝 정신이 났다.

"아버님, 혹시 손희가 무슨 잘못이라도……."

"잘못한 아이에게 혼인으로 벌을 주는 조부가 있던가!"

그녀의 말이 채 끝을 맺기도 전에 송홍 옹이 왈칵 성을 냈다.

아무리 제 일이 중요하다고 해도 그렇지. 어미가 되어서 하나밖에 없는 딸이 밖에서 무슨 짓을 하고 다니는지는 알고 있어야 할 것이 아닌가. 날이면 날마다 작업실에만 틀어박혀, 자식이 무엇을 하는지 집구석이 어떻게 돌아가고 있는지도 모르는데 대통령상을 타면 뭐 할 게고, 외국을 순회하며 전시회를 하면 무엇을 한단 말인가.

아마도 남편이 세상을 떠난 후 처음 보는 시부의 성난 모습이었다. 곧장 정옥의 곱지 못한 눈길이 손희에게로 날아갔다. 공부를 아무리 잘하면 뭘 해. 어쭙잖게 연애나 하고 다니다 들키기나 하고. 헛똑똑이라는 말이 괜히 있겠어.

그사이에도 송흥 옹의 훈계는 계속 이어졌다.

"빼어난 재주로 밖에서 많은 사람들에게 인정을 받는 것도 물론 좋겠지만 그전에 내 집안 단속도 할 생각을 해야지. 제 자식 일에 어찌 그리 무심한가!"

"죄송합니다. 제 불찰이 큽니다."

아이들 양육은 시부에게 집안일은 오롯이 혜옥에게 맡겨두고 제 손으로 돌보지 않은 것이 사실인만큼 정옥이 고개를 숙일 수밖에 없었다. 막 일을 시작했을 때에는 어떻게든 남들보다 실력을 인정받고 커리어를 쌓기 위해 밤낮의 구분 없이 오로지 일에만 몰두했고, 어느 정도 자리를 잡고 난 후에도 일에 빠져 엄마의 자리를 찾을 생각을 하지 못했다.

"그럼 그렇게 알고 두 사람 모두 그만 물러가도록 해. 고단해서 이만 쉬어야겠으니 방해할 생각일랑 말고."

그대로 두 사람은 송흥 옹의 방에서 쫓겨나다시피 나왔다.

"얘기 좀 하자꾸나."

마뜩찮은 눈으로 딸을 노려보며 정옥이 부엌으로 향했다. 아무래도 작업실은 제자들이며 사람들이 드나들기 때문에 긴한 얘기를 하기에는 적당하지가 않았다.

"너, 어떻게 된 거야?"

식탁 의자에 앉기가 무섭게 정옥이 손희를 붙들고 따져 묻기 시작했다.

다음 달에 있을 대통령 내외 해외 순방 때 필요한 선물로 들어갈 꾸밈이며, 초대받은 해외 전시회 일정까지 겹쳐 잠까지 줄여가며 일에 몰두를 해도 부족한 판이었다. 그 판에 폭탄도 분수가 있지. 갑작스럽게 벌어진 일에 정옥은 골치가 아팠다.

"손희야, 괜찮니? 얼굴이 아직까지 하얗게 질려 있는 걸 보니 많이 놀란 모양인데. 단 식혜라도 한 모금 마시련?"

작업실에 있던 정옥까지 불려 들어가는 것을 보고 무슨 일인가 싶어 혼자 속을 태우고 있던 혜옥은, 아까 대문 안으로 들어설 때보다 더욱 창백해진 손희의 얼굴에 신경이 쓰였다.

서둘러 김치냉장고에서 살얼음이 언 식혜가 담긴 병을 꺼내서 잔에 따라 손희의 앞에 놓아주었다.

"얘, 나도 한 잔 줘. 아닌 밤중에 홍두깨라더니, 일 잘하고 있다가 이게 무슨 날벼락인지 모르겠다."

정옥에게도 식혜를 따라주고 보니 그사이 잔이 비어 있었다.

"더 줄까?"

오죽이나 목이 말랐으면 싶어 묻자 손희가 고개를 젓는다.

"무슨 일인지 말 안 하고 계속 입 다물고 있을 거야?"

단숨에 비운 식혜 그릇을 탁 소리가 나게 내려놓으며 정옥이 앙칼지게 쏘아붙였다. 그래도 손희는 식탁 위에서 맞잡은 손가락만

꼼지락거릴 뿐 여전히 묵묵부답이었다.

"손희야, 왜 그래?"

"아무것도 아니야, 이모."

자신이 물을 때에는 입을 꾹 다물고 있던 손희가 혜옥에게는 선선히 대답하는 걸 보고 정옥이 벌컥 화를 냈다.

"아무 일도 아닌데 할아버님이 저렇게 화를 내셔? 당장 학교 때려치우라는 말씀 못 들었니? 그런데도 아무 일도 아니야? 느닷없이 결혼까지 하라시는데 넌 아무것도 아니라고만 하니? 너 진짜 엄마 복장 터지는 꼴을 보려고 작정을 한 거야?"

그렇지 않아도 이런저런 일들로 가뜩이나 신경이 날카로워 있던 그녀의 음성이 가파른 곡선을 그리며 올랐다.

"안 그래도 바빠서 죽을 시간도 없을 지경인데 너까지 보태면 어쩌자는 거야? 사고 안 치고 있는 듯 없는 듯 조용히 있을 수는 없는 거냐고!"

부드러운 다독임이나 따뜻한 말 한마디를 바라지 않게 된 지는 이미 오래됐다. 하지만 이런 순간마저도 자식에게 어떤 일이 생긴 건지 걱정은 뒷전이고, 그로 인해 자신의 일에 지장을 받을까 노심초사하는 모습에 그만 그간 누르고 있던 분노가 뻥 터져 버렸다.

"아무것도 아니라면 그냥 아무것도 아니려니 하세요. 뭘 그렇게 알려고 해요? 어머니는 어차피 걸이나 나한테 관심도 없잖아요. 학교 안 그만둬요. 결혼도 안 하고요. 그러니 어머니 일하시는데 전혀 방해받을 일 없을 거예요. 됐죠?"

"손희야!"

혜옥의 놀란 목소리가 주방 안을 울렸다.

좀 괄괄하기는 해도 생각이 깊고 어른스러워서 늘 기특하다고만 여겼던 손희가 이런 식으로 나올 줄은 전혀 생각지 못했었다. 느닷없는 딸의 공격에 놀라고 황당한 나머지 정옥은 미처 제 할 말을 찾지 못하고 연신 입술만 달싹이고 있었다.

"너 대체 왜 그래?"

자리에서 일어난 손희가 혜옥에게 고개를 돌렸다.

"시끄럽게 해서 미안해, 이모. 내가 철없이 행동해서 할아버지가 나한테 화가 좀 나셨어. 별일 아니고 금방 잘 해결될 거니까 이모도 신경 쓰지 말아요. 어차피 나 아니면 누구도 끼어들 수 없는 문제야."

그리고는 정옥 쪽으로는 눈길도 주지 않고 주방 밖으로 나가 버렸다. 한참 동안 찬바람만 쌩하니 부는 빈자리를 보던 정옥이 더듬거리며 혜옥에게 물었다.

"쟤가, 쟤가 방금 나한테 대든 거 맞니?"

그러더니 기가 막히다는 듯 헛웃음을 지었다.

"저게 연애질을 하더니 눈에 뵈는 게 없는 모양이네."

"연애? 손희가 연애를 해?"

조금 전 손희가 나간 부엌 입구로 눈길을 주며 혜옥이 물었다.

"제 입으로 그렇다고 말은 안 하는데, 당장 학교도 관두게 하고 결혼부터 시키려고 하시는 걸로 봐서는 보나마나지. 마땅찮은 놈하고 좋아 지내다가 들켰나 보지. 너도 모르고 있었던 것 보니까 그동안 단단히 잘 숨겼나 보네."

그러더니 자리를 털고 일어났다.

"계집애. 잘못은 제가 해놓고 누구한테 성질을 부려, 부리긴."

잠시 후 부엌을 나선 정옥의 발길은 어김없이 작업실로 향하고 있었다.

방으로 들어온 손희가 무너지듯 의자 위로 주저앉았다. 그렉과 교제를 시작하고부터 이 사실이 알려졌다가는 조부님께 좋은 소리 못 들을 거라는 건 익히 짐작하고 있었던 바였다. 하지만 이런 식으로 들켜서 소란스러워질 거라는 건 미리 예상 못한 일이었다.

돌아오는 택시 안에서 조부님의 눈치를 살피며 무음으로 설정해 두었던 전화기의 액정이 환해지더니 '레기' 라는 글자와 함께 그의 얼굴이 떴다. 아이 씨, 얼굴만 봐도 눈물이 날 것 같다.

[전화 할 수 있어?]

건너편에서 들려오는 목소리에 걱정이 가득 담겨 있었다.

"네."

[할아버지한테 혼 많이 났니?]

자신 있게 아니라고 하고 싶은데 말문이 탁 막혔다. 가슴 위에 무거운 걸 얹어놓은 듯 답답해지면서 눈물이 마구 쏟아지려고 했다.

[소늬, 괜찮아?]

울먹이고 있는 걸 알아차리기라도 한 것처럼 그가 걱정스러운 목소리로 물어왔다. 잠시 전화기를 멀리 떨어뜨리고 목구멍 가득 차오른 눈물을 힘겹게 넘겼다.

"괜찮아요."

[할아버지가 뭐라고 하셔? 나 많이 싫어하시지?]

"학교 관두고 시집가라고."

[뭐?]

솔직한 손희의 대답에 비명 같은 대답이 돌아왔다.

아무 일 없었다는 거짓말로 지금 당장 그를 안심시킬 수도 있었다. 하지만 상대에게 걱정을 끼치지 않겠다고 혼자서 고민 끌어안고 있다고 해서 일이 해결되는 것은 아니었다. 오히려 함께 머리를 맞대고 궁리를 해서 해결책을 찾는 것이 훨씬 빠른 지름길이었다. 적어도 손희의 해결 방식은 그랬다.

게다가 그녀가 알고 있는 그렉이라면 아무 일 없었다는 거짓말에 선선히 속아줄 리도 없었고. 오히려 그녀가 자신을 속이려 드는 것에 더 불안해하며 집까지 쫓아오지 않으면 다행이었다.

[설마 그러겠다고 한 건 아니지? 너도 선인가 하는 거 볼 거야?]

서로 모르는 남녀가 결혼을 전제로 가족이나 친지의 소개로 만나는 문화에 대해 그는 꽤 강한 거부감을 갖고 있었다. 서로 자연스럽게 만나 사랑에 빠져 결혼에 골인을 해도 평생 잘살 수 있을지를 장담할 수 없는데, 오로지 결혼만을 목적으로 한번도 제대로 본 적이 없는 사람을 만나는 걸 이해할 수 없다고도 했다.

"뭐, 정 그러라시면……. 그렉도 알잖아요, 우리 집."

마지막 말은 거의 땅으로 꺼질 듯이 낮게 사그러 들었다.

그간 간간이 오 교수에게서 얻어들은 정보와 손희가 해주는 이야기들로 그녀 집안의 분위기에 대해서는 그렉도 대강 파악하고 있었다.

[그래서, 선을 보겠다고?]

확인하듯 재차 묻는 목소리가 위협적으로 느껴지는 건 그녀만의 착각인 걸까.

"안 보겠다고 하면 쫓아내실 텐데. 그럼 어떡해요."

정 강요를 하시면 시키는 대로 선을 보면서 그동안에 시간을 벌어 앞으로 어떻게 할 것인지를 궁리할 작정이었다. 하지만 그렉의 해결법은 그녀보다 훨씬 더 단순하고 단순했다.

[차라리 나랑 살자.]

"네?"

[너하고 결혼할 작정으로 나온 놈들 앞에 얼굴 보여주고 다닐 거면 그냥 그대로 집 나와서 나하고 살자고.]

지나치게 힘이 들어간 나머지 전화기를 붙잡고 있는 손가락들의 마디가 하얗게 변했다.

"그렉."

[그냥 해보는 말 아니야. 너하고 결혼이라는 거 하고 싶어졌어. 그래서 이런 길도 있다고 미리 알려주는 거야.]

이, 이건. 나온 지 일주일도 안 된 신간 미스터리물의 리뷰에 그 내용은 물론이고 희생자들 간의 공통점과 그들이 살해당한 이유, 결정적으로 범인이 누구인지까지 친절하고 소상하게 밝혀주는 천

인공노할 리뷰어와 뭐가 다르단 말인가. 잔뜩 기대하고 주문 예약까지 해서 받은 책을 30초 만에 통째로 날려 버린 참담함을 그렉 로빈슨, 그대는 아시는지.

"혹시 지금 이거 프러포즈예요? 아니죠?"

제발 아니라고 해줘요. 여자는 누구나 한 가지씩 로망이라는 걸 갖고 있는데 내 로망은 근사하고 우아하게 프러포즈 받는 거였단 말이에요.

내일부터 당장 학교도 그만둬야 하고 어쩌면 문 밖 출입도 어려워질 수 있는 말도 안 되는 지금의 상황도 이 순간에는 손희의 염두에 들어오지 않았다. 오로지 머릿속을 채우는 건 거의 평생을 고대했던 프러포즈에 대한 열망뿐이었다.

그런데.

[결혼하자고 했으니까 그럼 프러포즈인 셈인가?]

아이고, 인간아.

그저 한숨밖에는, 그 외에는 다른 리액션이 나올 수가 없었다.

"끊어요."

뛸 듯이 기뻐할 거라고까지는 기대하지 않았지만 그래도 예상보다 너무 맥 빠지는 대꾸에 당황한 그렉이 연신 그녀를 불러댔다.

[소늬? 무슨 일 있니?]

"그냥. 기운이 빠져서 그래요."

비주얼은 상위 1%로도 부족한 갑 중의 갑이지만 센스는 을에서도 저 바닥 끄트머리인 당신 때문에.

[그래. 오늘 하루 힘들어서 그럴 거야. 다른 걱정하지 말고 그냥 푹 쉬어. 내일 또 전화할게.]

전화기를 내려놓을 기운도 없어 그대로 손에 쥔 채로 바닥에 드러누워 버렸다. 그리고 잠시 후 손희는 그 자세 그대로 잠이 들어 버렸다.

낭만 파괴자 덕분에 어릴 적부터 은밀히 간직해 왔던 로망 하나가 산산조각이 나긴 했지만 그래도 믿는 구석이 생겨서인지 파란만장했던 오늘 하루의 고단함과 걱정은 잠시 잊을 수 있었다. 잠결에 빠져드는 달콤한 순간 그녀가 속삭였다. 고마워요, 그렉. 그리고, 꼭 두고 봅시다.

다음날, 거처로 아침상을 들이는 손희에게 송홍 옹이 일렀다.

"오늘부터 학교 나갈 필요 없다."

"할아버님."

최악의 예측이 현실이 되어버린 충격적인 상황에 손희는 바닥에 상을 내려놓고도 엉거주춤, 쉽게 허리를 펴지 못했다.

"필요한 서류나 처리해야 할 일들은 오 교수에게 당부를 할 테니 따로 염려할 거 없고."

"지금 학기 중입니다. 이렇게 갑자기 그만두게 되면 당장 다음 학기에 곤란해집니다. 그리고 제가 맡아서 하던 일이 있는데 말 한마디 없이 손을 뗄 수는 없어요."

"그래서 오 교수에게 연락을 해둔다고 하지 않느냐."

그걸로 되었다는 듯 송 옹이 수저를 들었다.

"그만둘 때 그만두더라도 제 손으로 마무리를 짓겠습니다. 그러니 이번 학기까지는 이대로 다니게 해주세요."

"말도 안 되는 소리."

계속해서 그놈을 만나겠다는 말인가 싶어진 송흥 옹의 목소리가 노기를 띠었다.

"어제 분명히 공부는 그만두고 결혼할 준비를 하라고 일렀거늘. 그 말을 그새 잊은 게냐."

"전 아직 결혼에 뜻이 없습니다. 공부를 계속하고 싶어요."

정확히 말하면 결혼 자체에 뜻이 없는 게 아니라 그렉 이외의 다른 남자와는 전혀 결혼할 생각이 없었다. 하지만 곧이곧대로 얘기했다가는 당장 이 자리에서 어떤 사단이 벌어질지 몰라 일단 공부를 핑계 삼았다.

"여자 나이 서른을 바라보는데 결혼에 뜻이 없다니!"

"전 아직까지는 공부가 좋아요. 이왕 시작했으니 마무리까지 잘해서 나중에는 학생들도 가르치고 싶고요."

"그렇게 공부가 하고 싶거든 혼인한 이후에 하거라. 혼인하면 내 손을 떠나게 되는데 그때까지 내가 간섭할 수는 없을 터이니."

한마디로 이대로 가둬두었다가 적당한 남자가 나타나면 결혼시킬 테니 그때까지만 죽은 듯이 엎드려 있으라는 말씀이었다.

"공부는 계속할 겁니다. 결혼은 안 할 거구요."

고집을 꺾지 않고 대놓고 반기를 드는 그녀의 말에 턱을 덮은 수염이 파르르 떨렸다.

"하면 그 양놈의 종자와도 계속 연애질을 하겠다는 말이냐!"

왈칵 성을 내며 묻는 말에 손희는 기가 죽거나 주눅 들지 않으려 안간힘을 쓰며 대답했다.

"전 그렉이 좋습니다. 할아버님께서 그 사람을 왜 반대하시는지는 모르겠지만……."

"까닭을 모른다?"

"예. 누구보다 성실하고 좋은 사람입니다."

허허.

기가 막히다는 듯 송 옹이 허공을 향해 헛웃음을 날렸다.

"내 살다 살다 내 핏줄이 양놈의 종자가 좋다고 나서는 꼴을 보게 될 줄은 몰랐구나. 근본도 뿌리도 모르는 놈하고 대체 무얼 어쩌겠다는 게야!"

노한 음성이 너른 방 안을 쩌렁쩌렁 울렸다.

"조상님들 뵙기 송구하여 차마 입에 담기도 민망한 일을 저지른 죄로 석 달 열흘 사당에 엎드려 근신을 해도 부족할 터. 한데 어찌 이리 부끄러움도 모르고 덤비는 게냐! 그러고도 네가 이 집안의 장손녀의 자격이 있다고 자신할 수 있느냐!"

"장손녀도, 장손도 사람입니다. 애틋한 마음으로 좋아하는 사람이 있고, 그 사람에게 인간적인 흠이 없는데 어째서 겉모습만 보고 선불리 안 된다고만 하십니까."

그동안 송흥 옹이 속으로 무척이나 흐뭇해하던 손녀의 기개는 역시나 그의 분노에도 꺾일 줄을 몰랐다.

"시끄럽다!"

그예 화가 폭발해 버린 송홍 옹이 노발대발하여 자리를 박차고 일어섰다.

"당장 이 방에서 나가거라!"

"할아버님."

"만일 오늘 이 집 문 밖으로 한 발짝이라도 내딛었다가는 다시는 이 집 안에 못 들어올 줄 알아라!"

밖으로 나온 손희는 곧장 제 방으로 향했다. 그리고 문이 닫히기가 무섭게 울음을 터뜨렸다. 속상하고 화난 마음을 추스를 길이 없어서인지 그저 눈물만 흘렸다.

그녀의 진심을 알려 하지 않은 채 무조건 자신의 뜻대로만 밀어붙이려는 조부에게도 화가 났고 이런 식으로 무턱대고 대드는 제 스스로에게도 속이 상했다. 하지만 무엇보다도 그녀의 마음을 아프게 한 것은 그렉을 평가하는 조부님의 시선이었다.

깊은 학식과 고매한 인품의 소유자라는 평을 듣는 조부님이 저 지경이니 다른 사람들은 말해 무얼 할까. 사회적 분위기가 지금보다 훨씬 더 보수적이고 폐쇄적일 때 한국에서 어린 시절을 보냈다는 그가 단순히 혼혈이라는 이유로 사람들에게 어떤 취급을 받았을까를 생각하니 가슴이 아파 견딜 수가 없었다. 아이러니하지만 그의 생모에게서 버림받은 이유 중의 하나가 그조차도 어쩔 수 없는 혈통의 문제 때문이었을 수도 있다고 생각하니 더욱더 그렉이 가엾어졌다.

❖

역시나 오늘 손희는 학교에 나오지 않았다. 어제 노발대발하던 그녀의 조부를 보고 어느 정도 예상은 하고 있었지만, 막상 올 시간이 지나도 그녀가 나타나지 않자 그렉의 얼굴은 한없이 어두워졌다.

그녀의 빈자리를 보며 생각에 잠겨 있던 그가 막 일어나려던 찰나 문이 열렸다. 하지만 혹시나 하는 기대는 오 교수의 등장으로 금세 깨졌다.

"손희 오늘 안 왔지?"

"예."

그렉의 대답에 오 교수가 그럴 줄 알았다는 듯 고개를 끄덕였다.

"당분간 못 나올 것 같아서 알려주려고 온 길이야."

"무슨 일 있습니까? 못 나온다는 연락도 없었는데."

시치미를 뚝 떼고 그렉이 묻자 오 교수도 난색을 표했다.

"나도 잘 모르겠는데? 손희하고는 얘기를 못했고 어르신 통해서 전해 들은 거라서 자세히 묻지는 못했어. 집안에 일이 있어서 한동안 나오기 어렵겠다고만 하시더라고. 그 양반이 당최 서릿발이라서 궁금하다고 물어볼 수가 있어야지."

그러더니 그렉에게 물었다.

"어제 자네하고 같이 일찍 나갔잖아. 뭐 들은 거 없어?"

"아니요."

대답을 하는 그렉의 속이 부글부글 끓기 시작했다. 이 여자, 그럼 진짜 오늘부터 선이라는 걸 보고 다니는 건가. 미치겠다.

"어떻게, 다른 조교 보내줄까? 당분간 손희가 못 나오는 건 확실한 것 같은데."

"괜찮습니다."

"그래?"

뜻밖이라는 듯 오 교수가 반문했다.

"예. 페이퍼 정리도 거의 끝나서 손희 일이 많이 줄었거든요. 남은 일은 저 혼자서 할 수 있을 것 같아요."

"그렇다면 다행이고. 요즘 믿을 만한 조교 구하기가 힘들거든. 게다가 자네는 특히 더 신경 써야 하고."

그렉의 대답을 듣고 나자 조교를 새로 구해주겠다던 말이 무색하게 오 교수는 반색을 했다.

"네?"

"여학생들이 멀리서 자네가 지나가는 것만 봐도 좋아서 어쩔 줄 모르는데 한방에서 제대로 일을 할 수가 있겠어? 그리고 어차피 누굴 보내도 자네 마음에 들기는 어려울 거야. 손희만큼 제가 맡은 일 야무지게 해내는 애들도 드물거든."

흡사 두 사람 사이를 알고 있기라도 한 듯 콕 집어 하는 말에 어색해진 그렉이 그저 하하 웃을 뿐이었다.

“그럼 그렇게 알고 있어. 아, 혹시 일하다 어려운 거 있으면 언제든 연락하고. 그럼 가네.”

방에 혼자 남은 그렉이 한숨과 함께 의자에 털썩 주저앉았다. 그녀의 할아버지가 직접 전화를 했다니. 지금쯤 그녀의 오래된 집에서는 보이지 않는 총알이 이곳저곳에서 빗발을 치고 날아다니겠구나.

어느 정도 반대가 있을 거라는 건 미리부터 각오하고 있었지만 시작부터 이렇게나 강수가 들어올 줄은 꿈에도 몰랐다. 이렇게 될 거라는 걸 조금이라도 짐작을 했으면 어제 어떻게 해서라도 그녀의 집으로 함께 들어갔을 것이다.

하지만 지나 버린 일은 어쩔 수 없고 앞으로 어떤 식으로든 액션을 취해야 할 때가 다가오는 것만은 확실했다.

“어떻게 해야 할까?”

생각에 빠져 있던 그는 손희가 그의 전화기에 저장해 둔 수업 시간을 알리는 알람이 울린 뒤에야 황급히 연구실을 나섰다.

한편 그 시간, 손희는 가지고 있는 것들을 나름의 요량대로 나누어 정리하고 있는 중이었다.

나이 스물일곱에 가출이란 걸 하게 될 줄은 얼마 전만 해도 상상도 못했던 일이었다. 만일 한 달 전의 자신에게 누군가가 ‘넌 곧 남자에게 빠져 할아버지를 거역하게 될 거고 결국 그 남자하고 같이 살기 위해 집을 나갈 거야’ 라고 말했으면 어떻게 했을까. 모르긴 몰라도 욕 한 사발 걸지게 해주고 난 뒤에 헛소리 지껄이고 다니는 미친놈이 있다며 경찰에 신고했겠지.

백팩에 당장 필요한 것들을 골라 집어넣는 내내 그녀는 생각했다.

세상 무서운 게 아무것도 없다는 중2병 환자도 아니고 이 나이에 이 무슨 말 안 되는 짓인가. 설마 중2병이라는 게 10년이 지난 후에도 발병을 하는 무서운 병인가. 그따위 쓸데없는 몽상에 스스로 어이없어 하면서도 가방을 챙기는 손길은 멈춰지지 않았다.

그러고 있자니 문득 고등학교 때 같은 반이었던 아이 하나가 떠올랐다. 옆집 오빠의 꾐에 빠져 십 원짜리 동전까지 탈탈 털어 가출했다가 부모 손에 끌려 집에 돌아온 뒤, 일주일도 못 가 다시 그 오빠 손잡고 집을 나갔던 용감무쌍했던 아이였다. 자진 가출과 억지 귀가를 반복하던 그 아이, 결국에는 그것 때문에 학교도 그만두었는데 지금까지도 그때 그 오빠하고 잘 먹고 잘살고 있으려나.

밥 먹을 때도 잠자리에 들어서도 오로지 공부밖에 모르고 살았던 고딩 시절의 그녀로서는 도저히 알 수 없었던 그 아이의 마음이 이제야 충분히 이해가 되었다. 그러면서 뒤늦게 폭풍처럼 휘몰아친 감동의 해일이 가슴을 흠뻑 적셔온다. 너도 이렇게 좋았구나. 죽어도 그 사람이 없으면 안 될 것 같은 마음이었구나.

그 시절의 용감하기 짝이 없었던 친구와 다른 점이 있다면 현재의 그녀가 10년을 더 살았고, 이젠 집을 나가도 잡으러 올 사람이 없다는 사실이었다. 그럼에도 그녀는 어린 시절 그 아이와 같은 선택을 하기로 결심을 했다. 당시 그 아이가 느꼈을 절박한 심정을 그녀가 조금이라도 알았더라면 위로라도 한마디 해주었을 텐데. 문제아 카테고리에 넣고 쳐다도 안 봤으니. 뒤늦게나마 미안하구나, 친구야. 이래서 사람은 겪어보고 살아봐야 한다는 거다.

연구실로 돌아오는 그렉의 발걸음이 어느 때보다 힘이 없었다. 강의를 시작하고 처음으로 아무 생각도 열의도 없이 한 시간 동안 그저 기계적으로 떠들기만 했다.

하지만 그의 머릿속은 학생들에 대한 미안함보다 앞으로 해야 할 일들로 가득 차 있었다. 더 정확히 말하면 해야 할 일들에 대한 궁리였지만, 어쨌든 복잡한 머리를 안고 그는 터덜터덜 연구실 문을 열었다.

"오늘은 수업 다 끝났죠?"

뜻밖에 들려오는 목소리에 그가 번쩍 고개를 들었다.

손희가 그의 자리에 앉아 있었다. 조금 전까지의 무력증이 무색하게 뛰듯이 다가간 그가 곧장 그녀를 일으켜 세워 와락 품에 안았다.

"어떻게 된 거야?"

그녀의 얼굴 곳곳에 다급하게 입술을 찍어대며 그가 물었다.

"보고 싶어서."

팔을 들어 마주 감싸 안으며 그녀가 속삭이듯 말했다. 그리고 이내 두 사람은 깊게 입술을 포갰다. 둘은 한참이나 그렇게 서로를 품에 안은 채 움직일 줄을 몰랐다.

키스가 끝나고 그렉은 손희를 안고 있는 채로 의자에 그대로 주저앉아 버렸다. 그리고 물었다.

"설마 허락받고 나온 건 아닐 테고."

그의 말끝에 손희가 턱으로 자신의 책상 쪽을 가리켰다. 그대로 시선을 이동하자, 아니나 다를까, 제법 부피가 있는 백팩이 책상 옆에 부려져 있었다.

"집 나와도 된다면서요."

정말이지 실행 능력 하나는 놀랄 정도로 끝내주는 아가씨다.

"겁 안 나? 할아버지 무섭잖아."

흘러나오려는 한숨을 들키지 않기 위해서인지 그녀가 입술을 꼭 맞붙인 채로 잠시 아무 말도 하지 않았다. 그러더니 그의 목에 팔을 두르며 안겨들었다. 얼마 있지 않아서 더운 숨결이 그의 목덜미로 퍼져 나갔다.

"그래서 나왔어요. 더 있다가는 할아버지 더 무서워하고 더 많이 미워하게 될 것 같아서."

한마디씩 할 때마다 셔츠 깃에 볼을 부비며 점점 더 그에게로 파고들었다. 그녀의 할아버지가 왜 자신을 반대하는지 그 이유를 모르지 않았기에 그렉은 아무 말 없이 그녀의 등을 다독여 주었다.

침통해하는 조부님의 표정, 황당해할 이모와 엄마, 믿을 수 없어 할 걸이의 얼굴이 감긴 손희의 눈 안으로 차례차례 스쳤다. 왠지 눈물이 날 것 같아 손희는 더욱더 그렉의 품으로 깊이 파고들었다.

12. 키스는 동영상으로

"진심이에요?"

묻는 목소리와 얼굴에 믿지 못하겠다는 빛이 한가득이다.

하지만 그렉은 너무도 쉽게 고개를 끄덕였다.

"응."

두 사람은 그렉의 집에서 이제 막 재회를 축하하는 저녁 식사를 마친 참이었다. 재회라고 이름 붙이기에는 떨어져 있던 시간이 민망할 정도로 심하게 짧았지만 나름 파란만장한 시간을 겪었다며 그렉이 우겨서 명명된 식사 자리였다.

"우와, 나 막 배신감 느껴지려고 해."

그가 자신이 직접 만든 디저트라며 내놓은 꿀에 졸인 배를 한입

베어 물던 손희가 이내 던지듯 내려놓았다. 생각할수록 새록새록 배신감이 돋았다.

"집 나와도 된다면서요."

"그랬지."

"그런데 다시 들어가라고요?"

말을 하다 보니 부아가 치밀었다. 설마 나 꿩 떨어진 매 신세 된 거야?

이곳 그의 집이 아니라도 갈 곳은 얼마든지 있었다. 당장 이영만 하더라도 두 팔 벌려 환영할 거고, 그녀가 모아둔 비상금으로도 원룸에서 반 년 이상 살 정도는 충분히 되었다. 하지만, 그렇지만 이건 아니지.

"이럴 거면 왜 나오라고 한 거예요? 그것도 아주 자신 있게."

"선본다는 말 듣고 그럼 그러라고 가만있어? 들어보니까 그거 보러 나갔다가 한 달도 안 돼서 결혼하는 사람도 있다면서."

"그래서 입에서 나오는 대로 막 던졌다고요?"

이번에는 그렉이 발끈했다.

"무슨 소리야. 내가 그런 말을 생각 없이 하는 사람으로 보여?"

"나 지금 집에 들어가면 다시 못 나올 수도 있어요."

협박 비스무리하게 던진 말에도 그는 전혀 긴장하는 기색이 없었다.

"그건 안 되지. 어쨌든 난 소늬하고 결혼할 거니까."

이래서 청혼이 중요하다는 거다. 몇 마디 말로 쉽게 한 청혼을 전혀 뜸 안 들이고 받아주니까 이런 부작용이 생기는 거지.

한두 번쯤 튕겨서 안달복달하게 만들고 보고 싶다며 눈물 찔찔 나오게 했어야 하는데. 결혼하자는 말에—심지어 직접 얼굴을 보고 한 것도 아니고 전화 통화 중에 불쑥 그랬다!—두 번 생각 않고 그 자리에서 오케이, 자신의 집으로 들어오란 소리에 당장 다음날 가방부터 싸 들고 들어와 버렸다. 이건 그야말로 '네 맘은 네 맘, 내 맘은 물론 네 맘. 그러니 뜻대로 하세요' 라며 통째로 쟁반에 저를 얹어서 바친 거하고 하나 다를 바가 없었다.

"그럼 어쩌자는 거예요!"

손희가 기어이 분통을 터뜨리고 말았다. 조금 전까지의 로맨틱하고 화기애애한 분위기는 순식간에 사라져 버리고, 제 분을 이기지 못해 씩씩거리는 소리만 들렸다.

이런 씨이, 내가 어떤 마음으로 가방을 쌌는데! 이 나이에 남자한테 미쳐서 집을 나온 내 마음은 마냥 편하기만 해서 속없이 웃고 있는 것 같니? 그런데 장미 꽃잎 뿌린 꽃길 위에서 두 팔 벌려 맞이하지는 못할망정 다시 들어가라니. 너 지금 나하고 장난하니?

이런 물색없는 남자들 때문에 커뮤니티의 연애 상담 게시판에 온갖 사연들이 끊이질 않고 올라오는 거다. 당장 손희만 해도 '이 남자와의 연애, 계속해도 될까요?' 라고 지금 이 순간에도 인터넷을 떠돌고 있을 수많은 연애 고수에게 문의라도 하고 싶은 심정이었다.

"이 의리 없는 레기 같으니라고!"

저 혼자 만들어놓고 그렉이 마음에 안 드는 말이나 행동을 할 때면 부르곤 하던 별명이 순식간에 입 밖으로 튀어나왔다. 어쩐 일인지 무심하게 구는 그에게 서운함을 느낄 때면 꼭 '레기' 라고 부르고 싶어진다. 하지만 아무려면 어떠냐. 지금 온 정신은 이 의리 없는 낭만 파괴자를 어떻게 처단할지에 쏠려 있는데.

"레기?"

그녀의 비난을 들은 그렉이 미간을 찌푸렸다. 하지만 아랑곳 않고 손희는 귀찮다는 듯 손을 홰홰 내저었다.

"그건 됐고. 그러니까 이대로 집에 들어가라는 거죠? 아무 대책 없이."

말을 하다 보니 더욱 어이가 없어지며 별의별 생각이 다 들기 시작했다. 혹시 그동안 나 혼자 너무 좋아서 매달렸던 건 아닐까, 하는 불안감 돋는 의문부터 시작해서 과연 이 남자는 나를 사랑하기는 하는 걸까 하는 데까지. 답변 여부에 따라서 두 사람의 관계도가 완벽하게 달라질 수 있는 물음들이 그녀를 괴롭혔다.

하지만 정작 그렉은 태연했다.

"대책이 왜 없어. 내가 아무 생각도 없이 다시 들어가라고 하겠어?"

"그래요? 어디 그럼 그 대책이란 거 한번 들어봅시다."

책상다리를 한 두 무릎 위로 손바닥을 척하고 올리더니 팔꿈치를 쭉 펴고는 그를 노려봤다. 그 모습에 그렉은 나오려는 웃음을 참느라 안간힘을 써야 했다.

영화에서 보면 한국의 갱들이 한복 입은 여자들이 나오는 술집에서 저러고 앉던데. 설마 자그마한 얼굴과 체격에 저 포즈가 어울릴 거라고 생각하는 걸까. 이 아가씨, 참 귀엽다니까.

예상 못했던 상황에 저 혼자 깊은 시름에 빠져 있는 손희가 만일 그의 이런 생각을 알았으면 당장 버럭질을 했을 터였다.

"먼저 말하고 싶은 건."

잠시 말을 끊은 그가 테이블 위로 몸을 기울여 손희의 입술 위에 가볍게 입맞춤을 했다.

"고마워."

무슨 의미로 하는 말인지 묻는 듯 손희가 눈썹을 치켜 올렸다.

"나를 믿고 의지해 줘서 고맙게 생각하고 있어. 만일 집을 나와서 내가 아닌 이영이나 다른 사람을 찾았으면 난 무척 실망했을 거야."

그러더니 다시 그녀의 입술을 찾았다. 쪽 하는 소리와 함께 맞닿았던 입술이 떨어지자 그가 짧게 덧붙였다.

"물론 너에게는 절대 티를 내지는 않았겠지만."

그러고 보니 집을 나올 작정을 하고서도 이영을 까맣게 잊고 있었다는 자각이 뒤늦게 찾아들었다. 헉! 남자에게 빠지면 가족도 친구도 다 팽개치고 오로지 그 남자 하나만 해바라기를 하는 바보가 있다더니 내가 바로 그런 사람이었을 줄이야.

순식간에 잊혀진 사람이 된 이영에게 미안해하는 것도 잠시. 손희는 다시 그렉에게서 나올 말에 집중을 했다.

"너하고 결혼하고 싶어. 무슨 일이 있어도 꼭 결혼할 거고. 지금까지 단 한 번도 결혼하고 싶다는 생각을 해본 적이 없는데 너하고는 그러고 싶어. 하지만 그전에……."

잠시 말을 멈춘 그가 물 잔을 들어 입술을 축였다. 그리고 결심한 듯 말했다.

"할 수 있는 한은 최선을 다해서 가족들 모두에게 축복을 받고 싶어."

하아.

듣다 보니 기쁘면서도 한편으로는 저절로 한숨을 부르는 말이었다.

물론 그러면야 더할 나위가 없지만 지금 상황으로 봐서는 어림도 없는 일이었다. 그 사실을 그도 모르지 않을 텐데 이렇게까지 진지하게 얘기하는 걸 보면, 그의 사전에는 둘만의 결혼식이라든지 가족들을 제외한 결혼식 같은 건 아예 없는 모양이다.

"짐작하겠지만 어제 그 사람이 날 낳아준 생모야. 스무 살 때 미국에서 온 남자를 만났고 결혼하자는 거짓 약속에 속아서 날 가졌지. 물론 그 남자에게는 이미 아내와 아이들이 있었고."

그렇게 시작된 그렉의 이야기는 그 뒤로도 한참 동안 계속되었다.

보육원에 보내지기 전날까지도 두들겨 맞았다는 말을 들었을 때에는 손희는 두 눈을 질끈 감고 말았다. 어제 좋은 말로 당부하고 말았던 것이 분해서 눈물이 다 날 지경이었다. 그리고 이야기는 그가 아놀드와 함께 미국으로 향하는 비행기에 오르는 것으로 끝을 맺었다.

"미국 가서는 어땠어요? 영어도 잘 못해서 적응하기 힘들었을 텐데."

손을 내밀어 아이에게 하듯 그의 머리를 쓰다듬으며 손희가 물었다.

"그랬지. 처음에는 다들 나를 이상하게 쳐다봤어. 어느 날 갑자기 백인도 아니고 아시아계도 아닌 아이가 나타났는데 할 줄 아는 영어라고는 굿 모닝 딱 한마디뿐이었으니까. 그나마 알파벳도 미국 가는 비행기 안에서 아놀드가 가르쳐 준 걸 죽기 살기로 외운 거였어."

"여러 가지로 은인이시네. 당신 아버지."

만일 그가 그렉을 거둬주지 않았더라면 어떻게 되었을까. 지나치다 싶을 만큼 머리 좋고 자존심 강한 사람이라 어느 분야에서건 성공을 했겠지만 그러는 사이 그가 입어야 했을 상처들은 또 얼마나 컸을 것인가.

"솔직히 말할게."

자신의 머리를 쓰다듬는 손을 살며시 붙잡아 손바닥에 입을 맞추며 그가 고백했다.

"네 가족들이 끝까지 너한테 다른 남자하고 결혼을 강요하면 널 데리고 그 집에서 나오려고 했어. 그것만은 절대 두고 볼 수 없으니까. 그래서 어젯밤에 전화할 때도 그렇게 말을 했던 거고. 하지만 네 얘기를 들으면서 마음이 바뀌었어. 너를 억지로 결혼시키려는 게 아니라 나를 포기시키려고 하는 거잖아. 그래서 생각했어. 어떻게든 설득을 해야겠다고."

듣고 보니 옳은 말이었다. 지금 송홍 옹에게 중요한 건 손희의 결혼이 아니라 그렉과의 절연이었으니까. 그녀가 간과하고 있었던 걸 그렉은 너무도 쉽게 캐치해 냈다.

"무슨 짓을 해도 끝까지 반대하시면? 그땐 어떡할 거예요?"

어떤 대답을 듣고 싶어하는 것인지, 그 귀여운 속내가 빤히 들여다보이는 물음이었다. 그렉이 웃으며 말했다.

"최선을 다했는데도 안 되는 일은 내게 주어진 것 이상의 힘이 필요한 일이야. 그렇다면 포기를 해야지. 하지만 난 이제 막 시작하려는 거니까. 아직 포기는 이르지 않겠어?"

여자라서 가질 수밖에 없는 허영심도 한껏 채워주는 한편으로 자신의 뜻도 관철시키는 완벽한 대답이었다. 역시 머리 좋은 남자답구나.

"알겠어요. 그러니까 진인사한 후에 대천명하겠다는 거네요. 그럼 우리 그렇게 해요. 나도 최대한 노력할게요."

"응?"

난데없이 튀어나온 요상한 말을 제대로 알아듣지 못한 그렉이 멍하니 눈을 깜박였다.

그 모습에 손희는 속으로 웃음을 터뜨렸다. 그렇지. 역시 점수는 9.8 정도가 딱 좋은 거였다. 완전무결한 10점은 인간적인 매력이 없으니까. 역시 내 남자라니까.

"그런 게 있어요. 다음 한문 시간에 가르쳐 줄게요."

자신의 팔에 매달리는 그녀를 보는 그렉의 눈빛이 한없이 따뜻했다.

오전의 햇살이 커튼 틈 사이를 헤치고 들어와 잠들어 있는 그녀의 얼굴 위로 길게 쏟아졌다. 눈을 감아도 느껴지는 강한 햇빛에 얼굴을 찡그리며 돌아누웠다. 잠에서 깨기 직전의 나른하고 달콤한 시간을 한껏 즐기는 듯 입가에는 기분 좋은 미소를 머금은 채였다.

"흐음."

낮은 신음 소리와 함께 가느다랗게 실눈을 뜨던 손희가 이내 반짝 눈을 뜨고 말았다. 서둘러 몸을 일으킨 후 몇 번이나 눈을 깜박이며 주위를 둘러보았다. 너무도 낯이 익다 못해 눈을 감고도 어디에 뭐가 있는지 한 번도 더듬거리지 않을 자신이 있는 제 방이 아니었다.

영문을 몰라 어리둥절해 있던 그녀가 이내 안도의 한숨과 함께 다시 침대 위로 털썩 쓰러지듯 몸을 뉘었다. 그녀가 지난 밤 머문 곳은 그렉의 침실, 그리고 잠들었던 곳은 그의 침대 위였다.

덮은 이불과 베고 있는 베개 곳곳에서 그의 체취가 풍겼다. 으응. 좋아라. 남자의 체취를 좋다고 느끼게 될 날이 올 줄은 몰랐는데 말이다. 매일 밤 샤워를 마치고 나온 그렉이 지금 그녀가 누워 있는 자리에 똑같이 누워 잠을 청할 것이다. 그 모습을 상상하는 것만으로도 흐흐흐, 저절로 웃음이 나왔다. 많이 헐벗은 쪽이면 더 바람직할 텐데 실제로는 어떤지 알 수가 없으니 그저 상상하는 데 만족할 수밖에.

안타깝고 애석하게도 어젯밤 손희는 그분이 어떤 모습으로 잠자리에 드시는지 알 수 없었다. 그 이유인즉, 그분께서는 어젯밤 이 방으로 그녀를 모시고 온 뒤 이마에—다시 한 번 강조하지만 입술이 아니라 이마다!—가볍게 쪽 하고 입술을 찍은 뒤 미련 없는 걸음으로 이 방을 나섰다.

믿겨지는가? 오로지 키스만으로 사람을 기절 직전까지 몰아갈 수 있는 놀라운 스킬을 장착하신 그분께서 그녀가 혼자 잠들도록 고이 내버려 두었다는 사실이. 차라리 나란히 누워 손만 잡고 잤다는 쪽이 더 설득력 있고 신빙성도 월등했으리라.

어쩌면 그분, 겉보기만 멀쩡하신 걸까. 그가 방을 나간 후 혼자 고민도 해봤지만 키스가 조금이라도 깊어질라 치면 어김없이 존재감을 드러내던 어느 부위를 생각하면 딱히 그런 것 같지는 않았다. 그럼 정말 영화나 드라마에서처럼 널 지켜줄게 하며 손가락 하나도 건드리지 않는 멍멍이만도 못한 님이었단 말인가.

하아. 아침 식전부터 누운 채로 별별 생각을 하고 있던 손희가 이내 부끄러움을 이기지 못하고 키득거리기 시작했다. 막상 그가 같이 침대에 들자고 했으면 허둥거리며 어떻게 해서든 벗어날 핑계를 만들어냈을 거면서. 밤이 지났다고 호기롭게 구는 제가 우스웠다.

잠시 후 방문이 살그머니 열렸다. 살짝 열린 문 사이로 바깥 동향을 살피던 손희가 이내 방문을 활짝 열었다. 냉장고가 돌아가며 내는 모터음이 유일한 소음일 정도로 온 집 안은 조용했다.

"벌써 출근을 했나?"

시간을 확인한 손희가 고개를 갸웃했다.

오늘은 오전 수업이 비는 대신 오후 수업이 꽉 차 있는 날이다. 그래서 당연히 집에서 함께 점심을 먹게 될 거라고 생각했는데, 막상 그의 기척은 어디에서도 느껴지지 않았다.

두리번거리며 주방 쪽으로 다가가자 식탁 위에 긴 메모가 쓰인 종이 한 장이 놓여 있었다.

〈일어나는 걸 보고 싶은데 갑자기 할 일이 생각나서 먼저 출근해. 계속 잠을 설쳤을 것 같아서 일부러 안 깨우고 그냥 나가니까 서운해할 것 없어. 냉장고에 삼각 김밥 있으니까 일어나면 꺼내서 데워 먹어. 소늬는 아침에도 밥을 먹어야 하는 사람이라 일부러 아침에 나가서 사온 거야. 그러니까 먹기 싫다고 건너뛰지 말고 꼭 먹도록 해. 내 정성이 딱 삼각 김밥 정도 크기라서 먹기 싫은 밥을 먹게 할 정도는 안 된다고? 까다로운 소늬가 그럴 줄 알고 한 가지 더 준비했지. 음료 칸에 소늬가 좋아하는 바나나 우유하고 두유 있으니까 그거라도 꼭 먹도록 해.

일찍 들어올게. 사랑해.

나와 결혼하겠다고 해줘서 고마워.〉

코끝이 뜨거워지는가 싶더니 곧 눈가로 뜨끈한 기운이 몰렸다. 이 남자 왜 이렇게 제대로인 거야.

이영이 알면 부러움에 몸부림을 치며, 넌 역시 짬뽕 처먹다 홍합 껍데기에서 진주알 건져 낼 년! 이라며 울부짖을 감동적인 순간이었다.

늦은 시간 야자를 마치고 돌아오는 길. 걸이는 정말이지 죽을 것처럼 피곤했다. 발이 자꾸만 바닥에 끌리고 눈앞이 흐릿한 게, 식구들 몰래 광의 항아리에서 퍼온 인삼주 마시고 취해서 널브러졌을 때와 상태가 비슷했다. 다른 점이라면 이 피곤함이 오로지 누나 때문이라는 사실뿐.

아, 빨아서 널어놓은 배냇저고리에 물기도 안 가신 주제에 술타령이냐고 맞을 일도 없겠구나. 하긴 이 피곤의 원인을 제공한 게 누군데. 사랑에 미치면 약도 없다더니 늘 쿨하다 못해 시크하기까지 하던 누나가 남자한테 눈이 멀어 집을 나가 버린 지 닷새째였다.

아무도 말을 안 해줘서 첫날은 모르고 넘어갔고 둘째 날이 되어서야 비로소 알아차렸는데, 그마저도 혜옥 이모가 혹시 누나에게 연락 온 거 없더냐고 물어서 겨우 알게 되었다. 동네에 혹시 말이라도 돌게 될까 봐 식구들 모두 절대 함구 중이었지만 생각하면 생각할수록 어이가 없었다.

참내. 얌전한 고양이 부뚜막에 먼저 올라간다고, 내내 공부밖에 모르던 송손희가 겁 없이 그런 어마어마한 일을 저지를 줄이야. 차라리 이영 고모라면 그러려니 하겠다. 고모야 원래 멋 부리는 것도 좋아하고 따라다니는 남자들도 많아서 어려서부터 연애도 꽤 했으니까. 그런데 누나는.

하아.

잠시 멈춰 선 걸이 허공을 향해 고개를 치켜들고 길게 한숨을 쉬었다.

이래서 사람은 제 나이에 맞는 경험을 하고 살아야 하는 거다. 남들 한창 연애할 때 공부한답시고 도서관에 콕 틀어박혀 있을 때 알아봤어야 했다. 사랑 때문에 울고불고하는 사람들 한심하다며 무시하더니 결국 자기도 요즘에는 애들도 쪽팔려서 안 하는 짓을 나이 먹어 하고 있지 않은가.

"아무리 그래도 촌스럽게 가출이 뭐냐, 가출이. 쪽팔리게."

집 떠나면 진짜 개고생이다. 한 번씩 집 나가본 경험이 있는 친구들이 입을 모아 하는 말이었다. 그런데 연로하신 연세에 가출씩이나 하신 누님의 고생이야 말할 것도 없겠지. 안쓰러운 마음에 요 며칠 시간이 날 때마다 밤낮 안 가리고 메신저로 말을 걸었다. 그런데 여전히 까칠하신 이 누님 애틋한 동생 마음도 몰라주고 그저 하는 말이라는 게 곧 들어갈 거야. 신경 꺼. 혹은 남 걱정 말고 님 공부나 신경 쓰셔 정도가 전부였으니.

에잇! 걱정하는 동생 마음도 몰라주는 못된 누나 같으니라고!

불쑥 화가 치밀던 차에 발부리에 작은 돌멩이가 걸리자 힘껏 차 버렸다. 포물선을 그리며 저만치 어둠 속으로 사라진 돌멩이는 무언가에 부딪쳤는지 툭 하는 둔탁한 소리를 내더니 바닥에 툭 떨어졌다.

식겁한 걸이 황급히 소리가 난 쪽으로 다가갔다. 들리는 소리로 봐서 부딪친 것의 정체가 분명히…… 아, 역시! 눈앞에 벌어진 참사를 확인한 걸이의 입에서 낮은 탄식이 흘러나왔다. 정말 공교롭게도 그가 걷어찬 돌멩이가 골목에 주차되어 있는 자동차의 사이드미러를 정확히 때리고 떨어졌다.

놀랍도록 정확한 자신의 골 결정력을 기뻐해야 하는 건지, 아니면 대참사와 그에 따른 피해 보상을 염려해야 하는 건지 참으로 애매한 순간이다. 하지만 타고난 현실 감각으로 걸이는 금세 자신의 패배를 인정하고 피해 보상에 대한 고민으로 머리를 감싸 쥐었다. 그도 그럴 것이 자신이 망가뜨린 이 차는 세계 유명 브랜드의 SUV였다. 나중에 학교를 졸업하고 돈을 벌어 차를 살 시기가 되면 가장 먼저 시승을 해봐야겠다고 벼르던 차종이기도 했다.

차창 앞쪽에 있을 차 주인의 연락처를 찾는 손이 달달 떨렸다. 외제차 부품 교환은 시간도 오래 걸리거니와, 돈도 엄청 깨진다던데 과연 감당할 수 있을지. 차를 고칠 동안 차 주인에게 들어갈 렌터카 비용은 어떡하지? 만일 차량 파손에 따른 정신적 위자료라도 내놓으라고 하면……. 불안에서 기인한 걱정은 점점 더 크게 부풀어 올랐다.

차 주인의 연락처를 제 전화기에 입력하던 걸이 응? 하며 고개를 들었다. 그러더니 자동차 앞쪽으로 와서 정면에서 바라보았다. 그리고는 왼편으로, 다시 정면을 지나 이번에는 오른편으로. 마지막으로 걸의 눈이 멎은 건 차 주인의 연락처가 놓인 자리였다.

기억을 떠올리며 한참 동안 그 자리에서 움직일 줄을 모르던 걸이 이내 제 손바닥을 허공에서 부딪쳤다. 그 차다. 사람들 오가는 골목 한가운데서 송손희가 용감무쌍하게 키스를 퍼붓던 남자가 타고 있던 바로 그 차.

형광색을 띤 채 어두운 데서도 빛을 발하던 전화번호의 숫자들 중 가운데 한 자리가 빈 것이 유독 눈에 뜨여 기억하고 있었다. 아놔, 이 감탄해 마지않을 기억력 같으니라고. 이러니 딱히 공부를 안 하고 시험을 봐도 중간 이상은 가는 거다.

잠시 저 잘난 맛에 도취되어 있던 걸이가 순간 머리를 때리는 생각에 이내 화들짝 놀라 들고 있던 전화기를 다급하게 만졌다.

"아이 씨, 전화는 또 왜 이렇게 안 받는 거야."

이 차가 여기 세워져 있다는 건 곧 누나의 남친이 집에 와 있다는 소리였다. 그것도 자기 혼자서. 그걸 어떻게 아느냐 하면, 조금 전 야자 끝나고 나와서 메신저로 말을 걸었을 때도 누나는 여느 때처럼 곧 들어갈 거라고만 했으니까.

"여보세요? 누나!"

세 번을 연달아 걸고 난 후에야 손희가 전화를 받았다.

"누나, 지금 어디야?"

[바빠, 너하고 얘기할 시간 없어.]

이 씨. 제 남자친구가 우리 집에서 진을 쳤다는데 이보다 더 다급하고 바쁠 일이 뭐가 있다고. 야밤에 뜀박질로 동네 한 바퀴라도 하는 건가. 금방이라도 숨이 차 넘어갈 듯 헉헉거리고 있었다. 아, 중요한 건 이게 아니고.

"누나 내 말 좀 들어봐. 지금 우리 집에."

[끊어.]

용건을 꺼낼 사이도 없이 전화는 그대로 끊어졌다.

"아이 씨, 왜 사람이 말을 하는데 듣지도 않고 전화를 끊냐고오! 이게 지금 얼마나 중요한데에!"

조용한 골목에 걸이의 부르짖음이 울려 퍼졌다.

"에이 씨, 급해 죽겠는데!"

걸이의 말을 제대로 듣지도 않고 전화를 끊어버렸다. 들고 있는 전화기를 가방에 넣을 틈도 없이 그대로 손에 쥔 채로 손희는 밤거리를 달리고 있었다.

밤공기는 제법 쌀쌀했고 경황 중에 다급하게 나오느라 걸치고 있는 옷은 얇았지만 오히려 이마에는 땀방울이 맺혀 있었다. 얼큰하게 술이 오른 취객들과 늦은 시각 집으로 가던 사람들의 시선이 잠시 잠깐 그녀에게 머물기를 반복했다.

그러니까 그녀가 아닌 밤중에 머리에 꽃 꽂은 여자처럼 씩씩거리며 달리게 된 건 조금 전 걸려온 전화 한 통 때문이었다.

[설마 네가 가라고 등 떠민 건 아니지?]

그렉의 집 소파에 누워 TV를 보며 오독오독 아몬드를 깨물고 있는 그녀에게 이영이 다짜고짜 물었다.

"응?"

[네가 울그님한테 가서 빌라고 시켰냐고.]

"대체 뭔 소리야. 알아듣게 얘기를 해. 밑도 끝도 없이 그러면 내가 뭐라고 해야 돼?"

느긋한 그녀의 대답에 이영이 빽 하고 소리를 질렀다.

[야, 이년아! 지금 너네 집에 그레기가 와 있다고! 너하고 결혼 허락받겠다고 마당에 무릎 꿇고 백부님하고 대치하고 있다니까!]

급한 나머지 그렉의 이름도 제대로 발음을 못했지만 말하는 쪽이나 듣는 쪽 모두 그런 사소한 것에 신경 쓸 겨를이 없었다. 그 즉시 아무 옷이나 손에 잡히는 대로 걸치고 밖으로 뛰쳐나왔다.

하지만 바쁘고 급할 때면 늘 그렇듯 택시는 쉽게 잡히지 않았다. 지나는 택시를 계속 놓치기만 하다가 비슷한 방면으로 가는 택시를 합승해서 겨우 집 근처까지 올 수 있었다. 하지만 다른 합승 손님 때문에 골목 안쪽까지 들어갈 수 없다는 택시 기사의 말에 하는 수 없이 버스 정류장 부근에서 내린 후 그때부터 오로지 집을 향해 뛰고 있는 중이었다.

한편, 그 시각 집 안으로 들어선 걸이는 눈앞에 펼쳐진 광경에 잠시 할 말을 잊었다.

불이 환히 켜진 마당 한가운데에 누나의 남친이 무릎을 꿇고 있었다. 그리고 대청에는 할아버님이 그 아래 댓돌 옆으로 어머니와 이모, 이영 고모가 서 있었다. 분기탱천한 할아버님과 어이없다는 듯 한숨만 푹푹 쉬는 어머니, 얼굴 가득 걱정하는 빛이 역력한 이모, 그리고 그 옆의 이영 고모까지. 표정은 제각각이지만 그들의 시선은 단 한 사람. 누나의 남친에게 고정되어 있었다.

익히 예상은 했지만 막상 눈으로 직접 확인을 하고 나니 기가 막히다.

"무작정 이러고 있으면 어떡해요. 밤이 늦었으니까 일단은 들어가고 밝은 날 마주 보고 앉아서 얘기해요. 응?"

"할아버님께 결혼 허락을 받고 싶습니다."

다정한 목소리로 달래는 이모의 말에도 그는 요지부동이었다.

걸이를 발견한 이영이 팔짱을 풀더니 주위의 눈치를 보며 잘게 손짓을 했다. 불빛이 드는 곳을 일부러 피해 마당을 빙 돌아서 그 곁으로 살금살금 다가갔다. 지나다 보니 마당 건너편에 자리한 별채 작업실 창문으로 동그란 그림자가 여기저기 울쑥불쑥 올라와 있는 모습이 비쳤다. 어머니의 제자들이 이 희귀한 광경을 구경하기 위해 저마다 목을 늘이느라 정신들이 없는 모양이었다.

"아까 7시 좀 못 돼서부터 저러고 있다."

옆에 서자 묻기도 전에 이영이 그에게 낮은 목소리로 상황을 설명하기 시작했다.

"이모가 그러는데 벌써 닷새째 오는 거래. 손희 집 나간 다음날부터.”

“근데 난 왜 모르고 있었지?”

뜻밖에 알게 된 사실에 놀란 결이가 물었다.

“첫날은 오전에 와서 저러고 있다가 돌아갔고, 둘째 날부터 어제께까지는 오후에 그랬대. 그러다 오늘은 저녁때 찾아와서 저렇게 죽치고 있는 거고.”

“밤을 샐 생각일까?”

“불금?”

“저것도 나름대로 불금이긴 하다야.”

상황 파악 못하고 킥킥대던 두 사람은 곧 그들을 노려보는 정옥의 싸늘한 눈빛에 재빠르게 입을 닫고 고개를 숙였다.

“이렇게 무작정 고집을 부린다고 통할 것 같아요?”

“죄송합니다. 그렇지만 오늘은 허락하시기 전까지 이대로 있겠습니다.”

짜증 가득한 정옥의 목소리는 계속해서 이어졌다.

“어른이 한번 안 된다고 하셨으면 그런 줄 알아야지. 배울 만큼 배웠다는 사람이 한밤중에 남의 집에서 이게 무슨 행패예요. 내가 정말 기가 막혀서 말이 안 나오네.”

단단히 화가 난 정옥의 목소리에 쇳소리가 섞여들었다. 앙칼진 정옥의 모습에 안절부절못하던 혜옥이 다시 나섰다.

“그러지 말고 어서 일어나요. 지금 교수님 때문에 식구들 전부 방에도 못 들어가고 있잖아요. 그러니까…….”

"손희 이 계집애는 대체 어디서 뭘 하고 있길래 전화도 안 받아. 걸이, 어서 누나한테 전화 걸어서 저 인간 좀 데리고 가라고 해. 5분 안으로 안 오면 내가 직접 경찰에 신고할 거야."

번갈아 계속되는 이모와 어머니의 설득과 협박에도 그는 꿈쩍도 하지 않았다. 아주 단단히 결심을 한 모양이었다. 저 정도 배짱이 되니까 누나가 목을 매는 건가 싶어질 정도였다.

하지만 그러는 동안에도 송흥 옹만은 단 한 마디도 입을 열지 않았다. 온갖 말이 오가는 데도 아랑곳없다는 듯 뒷짐을 지고 입을 꾹 다문 채 마당에 벌어지고 있는 광경을 지켜볼 뿐이었다.

"안 되겠다. 지금 시간이 몇 신데 여기서 이렇게 시간 낭비 할 것 없이 경찰 불러. 가택 침입으로 확 신고해 버려."

마침내 정옥이 전화기를 꺼내 들었을 때 요란한 소리와 함께 대문이 열리더니 손희가 뛰어들어 왔다. 마당으로 들어선 그녀는 다른 곳에는 눈길 한번도 주지 않은 채 곧장 그렉에게로 향했다.

"하아, 여기…… 여기에서, 뭐 하고 있는…… 흐억, 거예요?"

잔뜩 헝클어진 머리와 땀으로 범벅이 된 얼굴, 헐떡이는 숨소리로 봐서는 꽤 먼 거리를 뛰어온 듯했다. 갑작스러운 누나의 등장에 놀란 걸이에게 이영이 속닥였다.

"내가 오라고 전화했거든. 쟨 지 낭군 여기서 이러고 있는 거 까맣게 모르고 있었던 모양이더라?"

"낭군은 무슨. 만나는 것도 다들 죽자 사자 반대하는 판국에."

자동차와 죄책감의 결합으로 급상승했던 호감도는 이영의 '낭군' 이라는 한마디 덕분에 급락했다.

심드렁하게 코웃음을 치는 걸이의 머리를 살짝 쥐어박으며 이영이 면박을 줬다.

"짜식! 누나가 연애하는 건 싫은 모양이지? 오빠 대신 남동생이라는 거냐?"

그러더니 마당 한가운데 있는 두 사람을 턱으로 가리켰다.

"내가 말이야. 이날 평생 송손희를 알고 지냈는데 쟤가 저런 표정 짓는 거 처음 봤거든? 넌 본 적 있어?"

고개를 돌린 걸이의 눈에 금방이라도 쏟아질 듯 눈물을 그득 담은 채 애처롭게 남자친구를 바라보고 있는 누나의 모습이 들어왔다. 이영 고모의 말대로 자신도 태어나서 처음 보는 표정이었다. 아이 씨. 좋으면 좋은 거지. 왜 울고 난리야. 사람 심란하게.

다음 순간 둔탁한 소리와 함께 손희가 마당에 두 무릎을 꿇었다. 돌바닥에 무릎이 부딪쳐서 나는 소리가 어찌나 큰지 무릎이 깨진 건 아닌가 걱정이 될 정도였다.

"죄송합니다, 할아버님. 소란하게 해서 미안해요, 어머니. 이모. 그렇지만 무슨 말씀을 하셔도 저 이 사람하고 못 헤어져요. 죽어도 헤어지기 싫어요."

찬 바닥에서 오랫동안 굳었을 연인의 무릎을 애처로운 손길로 어루만지며 손희가 말했다.

"저 지난 며칠간 이 사람 미워했어요. 난 다 버리고 나왔는데 바쁘다고 밖으로만 도는 게 미워서 싫은 소리도 했어요. 나하고 결혼 허락받겠다고 모진 소리 들어가면서 여기서 이러고 있는 줄도 모르고……."

급기야 손희의 눈에서 눈물이 뚝뚝 떨어지기 시작했다. 생전 처음 보는, 굵은 빗줄기처럼 쏟아지는 누나의 눈물에 당황한 걸이 서둘러 앞으로 뛰어나가려는 것을 이영이 재빠르게 팔을 내밀어 막아섰다.

"눈치로 짠지를 담을 놈."

"뭐?"

"이 타이밍에 네가 왜 나서냐? 쟤 눈물 닦아줄 사람은 따로 있는데."

그러고 보니 이미 남친의 커다란 손이 누나의 얼굴에서 눈물을 훔쳐 내고 있었다. 이변이 없는 한 앞으로도 계속 저 모양을 보게 될 거라는 생각에 왠지 모르게 쓴맛이 입안을 가득 채우는 기분이 들었다.

"캬아, 역시 울그님. 전혀 의식하지 않는 와중에도 시선 처리며 얼굴 각도까지 완벽 그 자체잖아? 멋지심의 아이콘답다."

사람 마음도 모르고 이영은 계속해서 멋지심 타령만 반복 중이다. 애들 모이는 데 가면 쌔고 쌘 게 저런 얼굴인데. 피잇!

"지금까지 할아버님이 하라는 대로 살았습니다. 때로는 갑갑하기도 했지만 그게 다 저를 올바른 길로 인도해 주시기 위해서라는 걸 알기 때문에 한 번도 거역한 적이 없어요. 하지만 이번만큼은 제 뜻대로 하겠습니다. 이 사람하고 결혼하겠어요."

"송손희! 너 지금 할아버님께 뭐 하는 짓이야!"

보다 못한 정옥이 서둘러 나섰지만 말 몇 마디로 수습하기에는 이미 늦은 상황이었다.

마당 가운데서 온 집안사람들의 시선을 견디며 찬 바닥에 무릎을 꿇고 있는 그렉을 발견한 순간부터 손희의 마음은 이미 결정이 되어 있었다. 그녀는 이제 무작정 한곳만 보고 그곳을 향해 달리기로 작정했다. 더 이상의 후회나 망설임은 그녀의 사전에 없었다.

"이 사람은 꼭 가족들의 허락을 받고 결혼하고 싶다고 했지만 전 아니에요. 내일 당장이라도 이 사람하고 결혼할 수 있으면 할 거고요, 이 사람이 같이 미국 가서 살자면 그렇게 할 거예요."

그렉이 부르르 떨고 있는 손희의 손을 붙잡았다. 그리고는 그만하라는 듯 고개를 저었다. 말을 하는 내내 쉼 없이 떨구었으면서도 금세 눈물로 가득 차 있는 눈동자와 우느라 엉망이 된 얼굴을 보고 있자니 가슴 아팠다.

자신의 이런 행동이 그녀를 이렇게나 괴롭힐 줄 알았으면 한 번 더 생각할 걸 그랬다. 하지만 이젠 됐다. 허락을 받지 못한 건 마음이 아프지만 그녀에게 자신의 존재가 어떤지를 알았으니 그걸로 됐다.

"그만두지 못하니? 어른들 앞에서 이게 무슨 추태야."

"일어나요, 그렉. 그만 우리 집에 가요."

정옥의 말은 귓등으로 들은 손희가 자리에서 일어났다. 그리고는 그렉을 부축해 일으켜 세웠다. 하지만 오랫동안 무릎을 꿇고 있던 탓에 굳은 그의 다리는 쉽게 말을 듣지 않았다. 몇 번이나 시도를 해도 제대로 몸을 펴지 못했다.

"걸이, 뭘 그렇게 멀뚱히 보고 서 있누."

내내 닫혀 있던 송흥 옹의 입이 드디어 열렸다.

한데 나온 말은 전혀 뜻밖이라 모든 사람들의 고개가 대청을 향한 채로 일시 정지 상태였다.

"네? 네."

눈치만 보고 있던 걸이 이내 서둘러 뛰어나가 그렉을 부축했다. 그렉의 큰 키 때문에 잠시 휘청거리기는 했지만 넘어지는 불상사 없이 똑바로 일으켜 세울 수 있었다.

"고마워."

한쪽 무릎을 세우고 앉아 자신의 다리를 풀어주는 걸이에게 그렉이 인사를 했다. 오래 앉아 있었던 탓에 무릎이 후들거리고 다리가 저렸다. 눌려 있던 혈관으로 피가 돌기 시작하고 굳어 있던 근육이 늘어지면서 통증이 심했지만 이를 악물고 참았다.

송흥 옹의 눈이 두 사람을 차례대로 훑고 지났다. 그러더니 다시 그렉에게 가서 멎었다.

"손희는 그만 들어가고 자네는 나 좀 보세."

그러더니 대청에서 내려와 뒷짐을 진 채 성큼성큼 걸어 금세 뒤뜰을 향해 사라졌다.

"할아버님……."

그렉이 손을 뻗어 앞으로 나서려는 손희의 손을 붙잡았다. 그리고는 걱정 말라는 듯 고개를 끄덕여 주었다.

"할아버님 말씀대로 안으로 들어가."

"하지만……."

"괜찮으니까 어서 말 들어."

이 아저씨가 아직까지 우리 누나를 모르시는구만. 그렇게 말한다고 순순히 들을…….

"네."

걸의 두 눈이 커다래졌다.

내가 지금 맞게 들은 거야? 명령 투인 남자의 말에 얌전한 목소리로 수줍게 대답한 사람이 우리 누나, 송손희가 확실하냐고. 살다 보니 누나가 남자의 말에 '네' 라는 말과 함께 공손히 따르는 광경을 볼 때가 있구나. 순간 그렉을 향한 존경심이 날개를 펼쳤다.

"저쪽으로 가면 되는 거지?"

"그때 나하고 갔던 창고 조금 못 가서 큰 나무 한 그루가 있거든요. 그 부근에 계실 거예요."

마치 눈으로 본 것처럼 자세히 알려주는 말에 그렉은 잠자코 고개를 끄덕였다. 그러더니 난생처음 본 누나의 고분고분함에 아직까지도 얼이 빠져 있는 걸이를 손짓으로 불러 가까이 오게 했다.

"누나가 무릎이 많이 아플 거야. 아까 소리 나는 거 들었지? 그러니까 안에 들어가면 확인하고 약 붙여줘. 한국 사람들 아픈 데다 붙이는 거, 그걸 뭐라고 하더라?"

"파스요."

"아, 맞다. 파스. 집에 파스 있지?"

"그럼요."

"다행이네. 그럼 부탁해."

붙잡고 있던 그녀의 손을 걸이에게 넘겨주고도 마음이 놓이지 않는지 뒤뜰로 이어지는 짧은 거리를 가는 동안 몇 번이나 돌아보는지 모르겠다. 이영과 걸이의 도움을 받아 손희가 무사히 마루에 오른 것을 제 눈으로 확인하고서야 그렉은 빠르게 걸음을 옮겼다.

뒷마당에 선 송흥 옹이 피식 웃었다.

저번에도 느꼈지만 배포 하나는 어디에다 내놓아도 빠지지 않을 녀석이었다. 드러내 놓고 냉대하는 이곳을 며칠간 빠짐없이 드나든 것만 봐도 그렇고, 어지간한 사람은 눈도 제대로 마주치려 하지 않는 자신 앞에서 서슴없이 제 할 말을 하는 것만 봐도 보통은 아니었다.

안채를 빙 돌아 이어지는 길을 뚜벅뚜벅 걸어오는 소리가 들렸다. 키가 커서 걸음걸이도 반듯한지 발을 옮기는 소리가 흐트러진 데 없이 규칙적이었다. 거침없는 발소리가 조심스러워지는가 싶더니 이내 송흥 옹의 뒤에서 멈추었다. 담 아래 장독대에 조금 못 미쳐 심어진 오동나무 옆이었다.

"내가 영어를 전혀 할 줄 몰라서. 한국말로 해도 다 알아들을 수 있는가?"

"한자어는 아직 어렵습니다만, 보통 대화하는 데는 문제없습니다.”

꽤 자신감이 들어 있는 말투에 송흥 옹이 그럼 되었다는 듯 고개를 끄덕였다. 그러더니 자신의 앞에 있는 나무에 손을 얹었다.

“이 나무는 손희 것이야.”

여러 그루의 나무들 중에서 굳이 하나만을 딱 집어 손희의 것이라고 하는 말이 무슨 뜻인지 궁금했지만 그렉은 잠자코 송흥 옹에게서 나올 다음 말을 기다렸다.

“우리 손희가 태어난 지 이레 만에 제 아비가 심었거든.”

나무를 어루만지는 손길이 마치 갓 태어난 아이의 머리를 쓰다듬듯 조심스러웠다.

“첫 손자는 아들이었으면 하고 바랐지. 아는지 모르겠지만 한국에서는 아들이 집안의 대를 잇고 죽은 뒤에도 제사상을 차려주니 아들이 딸보다 낫다고 여기거든. 물론 요즘 젊은 사람들이 들으면 호랑이 담배 피던 시절 얘기라며 손가락질들을 하겠지만 말일세.”

송흥 옹의 말은 계속해서 이어졌다.

“바라던 손자 대신 딸아이가 태어나니 많이 서운하더구만. 그런데 제 아비는 그 어린 걸 보고 얼마나 좋아하던지.”

손희가 10살 무렵에 사고로 아버지를 잃었다는 건 그녀에게 들어서 알고 있었다. 문득 이 노인은 한창때의 아들을 잃었겠구나 하는 깨달음이 들자 그렉의 표정이 더욱 조심스러워졌다.

“아직 갓난아이였던 딸이 나중에 커서 시집갈 때 장롱 만들어주겠다고 심은 게 바로 이 나무일세. 그리고 지금은 내가 이 나무를 키우는 중이고."

지난 시간을 이야기하는 잠깐 사이 만감이 교차하는 듯 송흥 옹이 잠시 눈을 감았다.

"그렇게 허망하게 제 아비 보내고 난 뒤 내가 저 아이를 키웠어. 그러면서 아주 엄하게 다잡았지. 아직 어린아이였으니 많이 힘들기도 했을 게야. 하지만 어디 가도 아버지가 없으니 저런다는 소리 안 듣게 하려고 나로선 최선을 다했다네."

"저는 뿌리가 없습니다."

그렉이 불쑥 입을 열었다.

손희에게 갓 태어난 딸을 위해 나무를 심어주는 아버지가 있었고, 수십 년간 그 나무를 애지중지 돌봐온 할아버지가 있다는 걸 알게 되자 이 순간 눈물이 날 정도로 그녀가 몹시도 부러웠다.

"제 생부는 제가 태어나기도 전에 어머니와 저를 버리고 미국으로 떠났고 저를 낳아준 사람은 제가 10살 때 다시 저를 버렸습니다."

묻기도 전에 털어놓는 이야기에 송흥 옹은 조금 전 그렉이 그랬던 것처럼 잠자코 귀를 기울였다.

"그때부터 보육원에서 살다가 초등학교를 졸업하기 직전 지금 제 아버지를 만나게 됐습니다. 직장 때문에 한국에 잠깐 들어와 살던 중에 저를 알게 된 아버지는 아들로 입양해서 미국으로 데려가고 싶어하셨고 그때부터 전 그분의 아들로 지금까지 살고 있습니다."

흐음.

가느다란 침음성이 노인의 입술 사이로 흘러나왔다. 그저 양놈의 피가 섞였다는 이유만으로 어깃장을 놓기에는 지난했던 과거가 가엾어진 탓이다. 어린 나이에 겪었을 세파를 생각하니 핏줄만을 앞세워 무조건 반대했던 것이 조금은 부끄럽기도 했다.

"어린 나이에 이곳을 떠나며 한국에 다시는 오지 않겠다고 결심했었습니다. 이곳에서의 저는 한국인도 외국인도 아닌 그저 잡종이었으니까요. 그것도 낳아준 부모에게서까지 버려진."

송홍 옹은 뒷짐을 진 채로 조용히 다음에 이어질 말을 기다렸다.

"그런데 얼마 전 아놀드, 그러니까 제 아버지가 저는 한국에 가야 한다고 했습니다. 그곳에서 제 뿌리를 찾아야 한다구요. 아버지는 지금까지 제가 기댈 수 있는 기둥이 되어주었지만 뿌리를 내릴 수 있게 해주지는 못했다면서 미안하다고 했습니다. 그리고 아버지의 그 마음이 제가 한국으로 오게 했습니다."

아놀드의 속마음을 전하며 앤지는 이렇게 말했었다.

『그이는 네가 땅속 깊이 뿌리를 내려 흔들리지 않고 굳건하게 살 수 있기를 바라. 그게 사랑하는 아들을 먼 곳으로 보내려고 애를 쓰는 아버지의 마음이야.』

"그래, 이곳에 와서 찾던 걸 발견했다고 생각하나?"

"물론입니다."

더 이상 뭐라고 할 수 없을 만큼 확신에 찬 답변이었다. 뒤이어 따라올 말을 알 것 같아 송흥 옹은 그대로 눈을 감아버렸다.

"손희를 지지대 삼아 저의 뿌리를 내리고 싶습니다. 핏줄로 이어진 가족을 만들고 싶어요."

한참 동안 묵묵부답이던 송흥 옹이 이윽고 그렉에게 물었다.

"그럼 자네는 우리 애에게 무엇을 해줄 수 있는가? 우리 아이가 자네가 가족을 만들고 뿌리를 내릴 수 있게 해주는 동안 자네는 우리 애를 위해서 무얼 할 건가?"

"제가 해줄 수 있는 건 기둥 노릇뿐입니다. 그녀가 아플 때, 힘이 들 때, 괴로울 때, 슬플 때, 언제든 제 곁에서 기댈 수 있도록 늘 단단하게 옆에 있을 겁니다."

"이제 보니 그런 말로 우리 애를 꼬드겨 넘어가게 한 거로군."

헛기침과 함께 그렉을 힐끗 보며 송흥 옹이 중얼거렸다.

사랑에 빠진 사내의 말은 여자의 귀에는 달콤한 꿀 같지만 같은 남자가 듣기에는 소름이 돋을 정도로 지나치게 민망하고 엄청나게 쑥스러운 말장난일 뿐이다. 하물며 속마음은 500년 전의 시간을 살고 있는 송흥 옹은 더 말할 나위도 없었다.

"손희에게는 아직까지 이 말을 해본 적 없습니다."

그렉은 뒤늦게 억울하다는 생각이 들었다. 사랑하는 여자한테도 아직 하지 않은 고백을 어쩌자고 그녀의 할아버지에게 털어놓았을까. 이래서야 나중에 손희가 알고 저번처럼 낭만 파괴자라고 몰아세워도 할 말이 없을 것 같다.

"그래서, 내가 끝까지 반대하면 어찌할 생각인가?"

"결국엔 허락해 주실 거라고 생각합니다."

"어째서?"

"손희를 많이 사랑하고 아끼고 계시니까요. 할아버님만큼 손희를 사랑해 줄 수 있는 남자가 저뿐이라는 걸 아시게 되면 곧장 허락하실 겁니다. 다만 제가 걱정하는 건……."

잠시 말을 멈춘 그렉이 송홍 옹의 눈치를 살폈다.

"할아버님이 그때 가서 너무 늦었다는 후회를 하시게 될까 봐 그게 좀 염려가 되긴 합니다만."

송홍 옹 쪽의 패배가 확실히 점쳐지는 대화였다.

손희가 걸이와 이영의 도움을 받아 방으로 돌아오기가 무섭게 뒤따라 들어온 정옥이 들볶기 시작했다.

"세상에, 내가 기가 막혀서."

"언니, 그만해요."

혜옥이 나서서 말렸지만 정옥의 화는 쉽게 가라앉지 않았다.

"그만하긴 뭘 그만해! 살다가 이렇게 황당한 경우는 또 처음이야. 고작 사내 녀석하고 결혼 허락이나 받겠다고 집을 나가? 네가 지금 제정신이야?"

"신경 쓰실 것 없다고 말했잖아요."

고작이라는 말에 울컥한 손희가 퉁명스럽게 말했다.

"누군 신경 쓰고 싶어서 쓰니? 날마다 찾아와서 마당 차지하고 아까처럼 그러고 있는데 어떡해?"

"그냥 모른 척하세요. 언제는 집안일에 일일이 아는 척하고 관심 가지셨어요? 새삼스럽게 왜 이러시는 거예요?"

가끔이지만 어머니와 대화를 하다 보면 아무리 가도 절대 접점이 나타나지 않는 평행선을 달리는 느낌이었다. 어떻게 해도 제대로 된 주파수를 찾을 수 없는 라디오를 끌어안고 끊임없이 손가락을 움직여야 할 때의 기분이랄까.

"내가 창피해서 못 살아. 작업실에 오가는 제자들이며 주위 다른 선생님들한테 있는 대로 말이 퍼졌을 텐데. 이 노릇을 어떡하냐고. 우리 집안이 그저 그런 보통 집안도 아니고. 세상에, 외국인인 것도 모자라서 혼혈? 돌아가신 네 아버지가 들으면 무덤에서도 벌떡 일어나시겠다."

"아버지 얘긴 하지 마세요!"

발끈한 손희의 응수에 정옥이 잠시 멈칫했다.

모르는 사람들은 남편이 세상을 떠난 후 재혼을 하지 않고 시부를 모시며 아이들을 키우는 정옥을 무척 대견해했다. 그리고 세간의 그런 평판은 뒤늦게 이 일에 뛰어든 그녀에게 지금까지도 꽤 유용한 메리트가 되어주고 있었다. 그래서 손희는 어머니가 아버지를 언급하는 걸 더욱 싫어했다. 어차피 별다른 애정도 없었으면서 필요할 때마다 자신에게 유리한 쪽으로 써먹곤 하는 게 가증스럽다는 생각이 들 때도 있었다.

"제발 부탁이니까 어머니, 그냥 가세요."

눈을 꼭 감은 채로 손희가 간곡하게 말했다. 조부님이나 혜옥이모라면 모를까, 하다못해 걸이나 이영이 한마디씩이라도 하는 건 참을 수 있지만 어머니는 아니었다.

"그래, 언니. 할 일이 태산이라며 여기서 이러고 있을 시간 있어? 그리고 암만 생각해도 이 일은 언니나 내가 아니라 어르신하고 해결해야 할 문제인 것 같아."

혜옥이 서둘러 나서서 달래듯이 두 사람 사이를 갈라놓았다. 그리고 걸이를 향해 눈짓을 보냈다. 하는 수 없다는 듯 내키지 않는 기색이었던 걸이는 막상 정옥 옆에 다가가자 언제 그랬냐 싶게 어리광을 부렸다.

"그래요, 어머니. 여기 걱정은 마시고 일하세요. 망나니 쌈닭 송손희를 여자로 보는 남자가 있다는 게 어디예요. 우리 모두 상상도 못했던 일이잖아요. 그런 걸 보면 누구에게나 기적은 일어날 수 있나 봐요, 그렇죠?"

하지만 정옥의 굳은 얼굴은 풀릴 줄을 몰랐다. 자신의 팔을 붙잡은 걸이의 손을 탁 소리가 나도록 때려 털어낸 그녀가 손희를 향해 돌아서서 말했다.

"미안하구나. 여태껏 모른 척하고 살다가 새삼스럽게 나서서 귀찮게 해서. 네가 좋다는데 내가 무슨 자격으로 감 놔라 배 놔라 하겠니. 죽을 쑤든 밥을 하든 너 좋을 대로 하렴. 어차피 네 인생 네가 사는걸."

그러더니 요란하게 문을 닫고 나가 버렸다.

동시에 방 안에 남은 네 사람이 일제히 털썩 주저앉아 버렸다.

"에고 에고, 내가 이 나이에 젊은 조카 사랑놀음하는 거에 휩쓸려서 이 무슨 생고생이냐."

행여나 정옥에게서 불똥이라도 튈세라 한구석에서 잔뜩 움츠리고 있던 이영이 그대로 자리에 벌러덩 드러누워 넋두리하듯 말했다. 그 옆으로 자리를 잡고 누우며 혜옥이 덧붙였다.

"피차일반이야, 고모님."

"한창 팔팔한 저도 힘이 듭니다."

덩달아 걸이까지 자리보전하는 시늉이었다.

"그래, 날짜는 언제로 잡으셨나, 우리 조카님은?"

이영의 물음에 반짝거리는 눈동자들이 고스란히 손희에게로 향했다. 잔뜩 기대하는 표정의 그들에게 손희가 해맑게 되물었다.

"무슨 날짜?"

"결혼한다며?"

"아아. 그거. 누가 당장 한데요? 우선은 연애하다가 나중에 봐서 하겠다는 거지."

"뭐어?"

"누나!"

사지 쭉 펴고 누워 있던 일동이 일제히 자리에서 몸을 일으켰다.

"야! 송손희! 너 장난해?"

"당장 결혼도 안 할 거면서 이 사단은 왜 내는 건데?"

하지만 빗발치는 원성 따위 아랑곳할 손희가 아니었다.

"둘이서 몰래 연애하다가 나중에 가서 결혼하겠다고 하면, 그 때 가서 할아버님이 오냐, 그래라 하고 선선이 허락하시겠어요? 어차피 안 된다고 하실 거 뻔하고. 그럴 바에야 아예 처음부터 허락받고 시작하겠다는 거지. 그리고 난 가능성 없는 일에는 안 덤벼요. 다들 알잖아."

다들 입이 떡 벌어졌다. 저게 지금 어디서 나온 자신감인가 하면서도 안 되겠다 싶은 일이라도 마음만 먹으면 기어이 깡으로라도 해결 짓고 마는 성격을 아는지라 반박할 말을 찾을 엄두조차 내지 못했다.

황당함에 멀뚱해 있던 그들은 결국 다른 쪽으로 화제를 옮겼다.

"처음 볼 때부터 느꼈던 거지만 차암. 인물 하나는 기가 막히더라. 찬 바닥에 무릎 꿇고 앉은 남자가 멋있는 줄 이번에 처음 알았다는 거 아니니. 드라마 보고 있는 것 같더라니까."

"그죠, 이모? 1학년부터 교직원들까지 우리 학교에서 울그님한테 안 반한 여자가 없어요. 근데 수천 대 일도 넘는 그 치열한 경쟁률을 손희가 뚫었다는 거 아니에요. 어마어마한 거죠. 확률로 따지면 로또보다 더할걸요?"

그러더니 이영이 이내 손희를 향해 눈을 흘겼다.

"재주 좋은 년."

"아하하하하."

제 누나한테 늘 지고 들어가던 이영의 소심한 반란에 걸이 배꼽을 잡았다.

“근데 어느 쪽 혼혈이야?”

“아버지가 미국인이에요.”

혜옥의 물음에 손희가 간단하게 대답했다.

“그래서 인물이 그렇게 좋았구나. 부모가 어떻게 생겼는지 궁금하네. 저렇게나 잘난 자식을 낳았을 정도면 보나마나겠지만.”

그런가? 손희는 속으로 혼자서 지숙의 얼굴을 떠올려 보았다. 관리 잘하고 잘 가꾼 그저 흔한 중년 여성이었다는 것뿐, 딱히 기억에 남을 만한 미모는 아니었던 것 같다. 결국 내 남자가 잘나서 그런 거지.

“설마 나 곧 조카 생기는 건 아니지?”

그사이 걸이가 갑자기 뜬금포를 날렸다.

“뭔 헛소리야. 저녁 급식 이상한 거 나왔든?”

“아니, 그렇게나 열렬하게 키스를 하길래 혹시나 싶어서.”

이건 순전히 그녀를 곤란하게 할 작정으로 한 말이 틀림없었다. 붉어진 얼굴로 걸이를 향해 눈을 부라리며 살벌한 훗날을 기약하는 사이 손희를 제외한 두 여인들은 아주 난리가 났다.

“진짜?”

“어디서 봤는데?”

“꺄악! 난 몰라. 이제 울그님 얼굴을 어떻게 봐. 부끄러워서.”

계집애, 내숭은. 앞으로 우리 레기 얼굴 볼 때마다 키스 생각에 혼자 좋아서 죽을 거면서.

"다들 이거 왜 이러시나. 왕년에 열렬한 키스 한번 안 해본 사람 있어요, 여기? 한 시간쯤은 어디로 사라진 줄 모를 정도로 다들 해봤잖아요. 근데 새삼스럽게."

하지만 키스라는 두 글자에 퐁당 빠진 두 여자들에게는 손희의 물 타기도 소용이 없었다.

"걸이야, 핸드폰!"

교복 바지 주머니에서 꺼낸 전화기를 걸이 재빠르게 혜옥에게 내밀며 물었다.

"여기. 그런데 그건 왜요?"

"동영상 찍었을 거 아냐. 구경 좀 하자고."

"안 찍었는데요."

"얘! 그 아까운 걸 안 찍고 넌 대체 뭘 한 거야! 요즘 애들은 뻑하면 전화기부터 꺼내던데. 너 고딩 맞니?"

진심으로 아까운 듯 혜옥이 발을 굴렀고 그 모습에는 손희도 웃지 않을 수 없었다.

"다음에 또 그런 장면 보면 바로 폰부터 꺼내는 거야. 알겠지, 우리 조카?"

"명심합지요."

보통 때도 쿵짝이 잘 맞는 사이다운 만담은 그 뒤로도 한참 동안이나 이어졌다. 혼자 두면 이런저런 고민에 가슴을 졸일 손희를 위한 그들 나름의 말없는 배려였다.

방문 밖에서 낮은 헛기침 소리가 들리자 자리에서 벌떡 일어난 걸이가 문을 열었다.

"손희 잠시 좀 나오너라."

잠자코 자신의 방으로 향하는 조부의 뒤를 따라 손희도 조심스러운 걸음으로 방 안으로 들어갔다.

"앉거라."

얌전히 자리에 앉으려던 손희가 살짝 얼굴을 찡그렸다. 아까 땅바닥에 부딪쳤던 곳의 통증 때문이었다. 정옥과 손희 사이에 벌어진 한바탕 설전 때문에 우왕좌왕하느라 걸이는 그렉이 부탁했던 파스도 잊고 있었다.

"집 나가본 소감이 어떠하더냐?"

"죄송합니다."

조부의 물음에 손희가 푹 고개를 수그렸다.

"내 그동안 너에 관해서라면 잘 알고 있다고 생각했는데 그렇지가 않더구나."

하얗던 목덜미가 금세 붉게 물들었다.

감히 집을 나간 것도 모자라 아까는 무슨 생각으로 그렇게 배짱 좋게 내질렀는지. 지금 다시 하라고 하면 죽어도 못할 것 같다. 아니, 그래도 그렉하고 관련된 일이라면 또다시 물불 안 가리고 덤빌 것이다. 그게 사랑이니까.

흠흠.

조부의 헛기침 소리에 손희가 살짝 고개를 들었다.

"내 본의는 아니었다만 조금 전 네가 들어야 할 말을 먼저 들은 것 같더구나."

아, 이 남자. 또 얼마나 열렬하게 사랑 고백을 한 거야.

그 상대가 팔순이 넘은 꼬장꼬장한 제 조부였다는 생각은 미처 할 사이도 없이 팔랑이는 손희의 마음은 그저 그렉이 했다는 그 고백이 어떤 내용이었는지만이 궁금했다.

"사람 마음이야 수시로 변하는 것이 세상의 이치지."

송홍 옹에게서 나올 다음 말을 손희는 조마조마한 채로 기다렸다. 설마.

"그래서 당분간은 너희 둘을 잠자코 지켜보기로 했다."

자그마한 머리가 반짝 들렸다. 속으로 짐작은 하고 있었겠지만 막상 반대가 거둬지자 놀란 듯 눈만 깜박거리는 손녀의 모습에 송홍 옹은 속으로 한숨을 쉬었다.

"오해는 말거라. 그렇다고 둘 사이를 허락하겠다는 말은 아니니. 다만……."

다만?

오디션 프로그램에서나 볼 수 있을 법한 사람 애간장 녹이는 뜸들이기 신공을 발군의 실력으로 보여준 송홍 옹이 말을 이었다.

"더 이상 반대는 하지 않겠다는 게다. 사람 마음은 변하게 마련이라고 했지? 그래서 그 마음이라는 게 변할 때까지 가만두어 볼 생각이다."

잠시 후 손희의 입가에 이윽고 참을 수 없는 미소가 번졌다.

방금 전의 말씀은 그녀와 그렉의 마음이 변할 때가 아니라 조부님 당신의 마음이 바뀔 때를 의미하신 것일 테다. 연애는 곧 결혼이라는 조부님의 평소 지론을 생각해 보면 허락이 떨어질 날은 머지않은 듯하고.

잠시 후 날 듯이 뒤뜰로 뛰어나간 손희가 자신을 기다리고 있던 그렉의 품을 향해 몸을 던졌다. 다급하게 겹쳐진 두 사람의 입술이 한동안 열기가 피어올랐다.

긴 입맞춤을 하는 동안에도 간간이 속삭임이 이어졌다.

"고마워요."

"사랑해."

사랑하는 남자의 속삭임에 그녀의 얼굴 가득 행복한 미소가 피어났다.

"내가 사람답게 살 수 있는 뿌리를 내릴 수 있도록 당신이 도와줘."

"응. 사랑해."

오래전 누군가가 사랑하는 아이의 행복을 기원하며 심은 오동나무의 그림자가 젊은 연인들을 지켜주기라도 하듯 살포시 그들을 감싸 안았다.

사랑하는 사람이 있는 이들 모두에게 행복한 밤이었다.

에필로그— 어느 날의 풍경 하나

통, 통, 통.

경쾌한 도마 소리가 부엌 안에 가득 울렸다. 빠르고 규칙적인 것이 듣기만 해도 칼을 쥐고 있는 사람의 능숙한 솜씨를 짐작할 수 있게 했다.

가스레인지 위에 올라가 있는 큼지막한 솥에서는 미역국이 부글부글 김을 피워 올리는 중이었다. 조리대 한쪽에는 제 모양대로 동글동글하게 썰린 호박과 고기로 만든 소를 품은 표고버섯, 채소와 양념된 고기를 차례로 꽂은 산적 등이 밀가루와 계란 옷을 번갈아 입고 노릇노릇 먹음직스럽게 부쳐져 채반에 놓였다. 그 옆의 동그란 재료 접시에는 살짝만 데쳐 무친 시금치와 표고버섯, 양파, 색색의 파프리카가 곱게 채가 썰린 채로 올라가 있었다.

혼자서도 곧잘 하던 음식들인데 이상하게 오늘은 평소보다 손이 느렸다. 음식을 할 때마다 옆에 붙어 이런저런 얘기를 쉼 없이 하던 혜옥 이모가 곁에 없어서인지 아니면 이제 곧 도착할 손님 때문인지 마음처럼 손이 쉽게 움직여 주지 않았다.

초인종이 울리자 잡채에 들어갈 당근을 가늘게 채 썰고 있던 손희가 잠시 손을 멈추었다. 하지만 으레 뒤따라야 할 빠른 걸음 소리 대신 집 안은 조용하기만 했다.

고개를 갸웃하는 사이 다시 초인종이 울렸다. 이번에는 연달아 세 번이었다.

"걸! 안 나가고 뭐 하고 있어?"

하지만 여전히 감감무소식이다. 이 자식이!

할아버님은 그저께 종친회 참석 때문에 본향에 내려가셨고, 혜옥 이모는 어제 초등학교 동창들과 온천에를 갔다. 어머니마저 전시회 때문에 한국에 안 계셔서 넓은 집에는 그녀와 걸이 단둘뿐이었다. 그러던 차에 오전에 그렉에게서 전화가 왔다. 그리고 하는 말이 아놀드가 한국에 오신단다. 그것도 오늘 저녁 당장!

갑작스러운 상황에 앞치마 입을 생각도 못한 채 허둥지둥 시장에 다녀왔다. 그런데 들어오면서 보니 하필이면 안에서 대문을 열어주는 인터폰이 고장이 나 있었다. 사람을 부르자니 다른 일 같았으면 여느 때처럼 손희가 팔을 걷어붙이고 나섰겠지만 전문가의 손이 가야 해서 사람을 부른다는 게 차일피일 미루어졌다. 조부님을 제외하고 모든 식구들이 제각각 대문 열쇠를 가지고 다녀서 사실 딱히 수리가 절실한 것도 아니었다는 게 핑계라면 핑계였다. 때마침 휴일도 없이 날마다 드나들던 어머니의 제자들도 어머니와 함께 유럽에서 열리는 전시회 때문에 한꺼번에 우르르 출국하는 바람에 꼭 고쳐야 한다는 생각을 하지 못했다.

그런데 하필이면 손이 세 개나 네 개쯤 됐으면 좋겠다 싶을 정도로 한창 바쁠 때 방문객이 찾아온 것이다. 설마 그렉은 아니겠지. 제발 아니어야 하는데. 난데없는 소식에 경황이 없어 도착 시간을 묻지 못했다는 게 그제야 떠올랐다.

들고 있던 부엌칼—참고로 손님맞이를 위한 준비의 일환 중 하나로 날이 아주 잘 세워져 있다—을 탕! 하는 소리가 나도록 도마 위에 던지듯 내려놓고 부엌을 나갔다. 그녀와 걸이 단둘만 있는 집 안이 적막강산인 걸 보면 걸이 녀석은 또 헤드폰을 쓰고 게임 중인 게 분명했다.

마루를 지나며 손희가 살벌한 최후를 약속하는 눈빛을 걸이의 방을 향해 쏘았다. 오늘 오실 귀한 손님들 때문에 누님께서 상당히 바쁠 예정이니, 1분 대기조로 준비하고 있으랬더니 고새를 못 참고 이 모양이다.

죽었어!

대학에 입학한 뒤로 걸이 녀석은 완전히 잉여 인간으로 전락을 해버렸다. 간당간당 턱걸이로 어찌어찌 합격을 했으면 후일을 생각해 전공 공부라도 열심히 해야 하는데, 뒤늦게 게임에 빠져 밤을 낮으로 삼고 낮도 낮으로 삼아 완벽한 게임 폐인으로 살고 있었다.

공부를 그렇게나 무서울 정도로 안 하고도 사범대 지리교육과에 합격하고 나니 의기양양해서 앞날에 대한 걱정이고 뭐고 그저 다 장밋빛으로만 보이는 모양이었다. 온 가족 모두 임용고시의 쓴맛을 눈물 철철 흘리면서 맛봐야 정신을 차리려나.

작년에는 저도 수험생이라고 나름대로 공부에 치여 하고 싶은 것도 못하고 밤잠 설치는 게 불쌍해서 되도록이면 말도 아끼고 잘 해주려고 애를 썼었다. 특히 수능 시험 직전 한 달간은 스트레스를 조금이라도 덜 받게 해주려고 저엉말 순둥이 같은 누나로 살았다.

이른바 '송소늬 차카게 살기' 프로젝트의 최대 수혜자였던 송손걸의 생각은 그녀와 좀 다를지 모르겠다. 하지만 적어도 손희는 태어나 처음으로 동생에게 큰소리로 야단도 안 치고, 성질도 안 내고, 주먹질도 안 하고……. 세상에 다시없는 착한 누나로 한 달을 살았다.

정말이지 딱 죽는 줄 알았다. 원래도 오냐오냐 하며 뜻을 받아주는 성격이 아니었고, 특히나 잘못한 게 있으면 따끔하게 혼을 내다가 그대로 두고 보려니 갑갑증에 미칠 것 같았다. 그렉이 옆에서 잘한다, 조금만 참자 하며 다독여 주지 않았으면 수능 전날 너 죽고 나 살자며 달려들었을지도 모를 일이었다.

아, 그렉 로빈슨. 정말 여러 가지로 훈훈하고 바람직한 내 남자. 그를 생각하자 손희의 입술이 헤벌쭉 벌어졌다.

어느 한군데 빠진 데가 있어야지. 출중하신 인물이야 두말하면 입 아프고, 성격이며 인품은 나무랄 데 없고, 머릿속에 든 지식 훌륭하고. 이건 비밀인데 그 남자 생각보다 돈도 잘 벌고 돈도 많다.

같은 학교에 근무하면서 그렉의 연봉이 어느 정도인지는 그녀도 알고 있었다. 먹고살 정도는 충분히 되지만 넉넉하다고 말하기는 조금 부족했다. 당연한 거 아닌가. 1년 차의 나이 어린—재직 중인 교수님들의 평균 연령을 생각하면 젊다는 말도 부족하다—외국인 교수가 받아봐야 얼마나 받겠는가.

그래서 신혼살림은 그렉이 살고 있는 오피스텔에서 단출하게 시작하려고 마음먹고 있었다. 할아버님께 말씀드려 결혼식도 최대한 간소하게 치를 생각이었다. 어차피 호화로운 결혼식은 달가워하지 않으실 분이었으니 별문제가 없을 것이었다.

결정을 내리고 나서 일생에 한 번뿐인데, 하는 아쉬움이 전혀 없었다고는 말 못한다. 쌈닭이네 뭐네 하고 빈정거림을 받곤 하지만 그녀도 여자다. 사랑하는 사람과 좋은 집에서 예쁜 살림살이 넣어놓고 살고 싶은 마음이 왜 없겠는가.

하지만 그녀보다 앞서 결혼한 친구들 중에서 입이 떡 벌어질 만큼 호화로운 결혼식을 하고, 있는 돈 없는 돈 써가며 혼수 장만해서 시집갔다가 후회하는 케이스를 여럿 봤다. 부모에게서 긁어낸 돈 맘껏 써가며 결혼 준비할 때는 좋지만 막상 결혼해 살다 보면 결혼에 퍼부었던 돈이 아깝다는 생각이 절로 든다고들 했다.

사실, 그래서 약혼식을 대신할 반지를 사러 가면서도 별다른 기대는 하지 않았다. 동그랗게 박힌 거 없는 가느다란 금반지 두 개 사서 나눠 끼면 되겠지, 막연히 그렇게만 생각하고 있었다.

그런데 뜻밖에도 그렉이 그녀의 손을 잡고 이끈 곳은 백화점의 명품관에 자리한 주얼리 샵이었다. 아무 생각 없이 주위를 두리번거리며 그의 뒤만 졸졸 따라가던 손희는 샵의 입구 직전에서야 깜짝 놀라 멈춰 섰다.

"어디 가는 거예요?"

그렉의 얼굴과 입구의 위쪽에 있는 브랜드 이름을 번갈아 보며 그녀가 물었다.

"인게이지먼트 링 사러 가잖아."

"여기서?"

손가락으로 샵 안쪽을 가리켜며 묻는 말을 송손희 스타일로 해석하면 '제정신이야?' 라는 뜻이었다.

"여기 링이 신부들한테 인기래. 알아봤더니 여자들이 가장 가지고 싶어하는 주얼리가 이 브랜드의 웨딩 링하고 시계라던데?"

"헐."

그에게 잡히지 않은 손을 들어 제 이마를 짚은 손희가 입구를 벗어난 쪽으로 그를 끌어당겼다.

"난 괜찮으니까 우리 다른 데 가요."

"왜?"

"왜는……!"

소리를 빽 지르던 손희가 주위의 눈치를 살피더니 목소리를 낮추어 쏘아붙였다.

“여기가 얼마나 비싼 덴 줄 알아요? 줄 서서 기다렸다가 들어가서 사는 명품 백은 콧김으로 찜 쪄 먹을 정도라고요. 전에 이영이가 여기서 귀걸이 하나 샀다가 종조부님, 그러니까 제 아버지한테 사치한다고 얼마나 혼이 났는데요. 무슨 짓을 해도 야단 안 치시는 분이 그러셨다니까요. 심지어 큰 걸 산 것도 아니야. 녹두……아, 그렉은 뭔지 모르겠구나. 아무튼 당신 눈곱만 한 거 샀는데도 혼쭐이 났다고요.”

“내 눈곱 정도 되는 사이즈로 샀으면 비쌌겠지.”

“네?”

“미리 고백하는데 내 눈곱이 사이즈가 좀 되거든. 책 보느라 눈을 많이 써서…….”

“거기까지만 하죠.”

더는 상상하기 싫어서 손희는 재빠르게 그의 말을 잘랐다. 장난기 많은 그가 자신을 놀리기 위해 하는 말이라는 건 알지만, 화장실 드나드는 것도 의아할 정도로 생긴 주제에 저런 농담을 아무렇지도 않게 하는 걸 보면 가끔 깰 때가 있었다. 게다가 알고 보니 이 남자 분비물 개그의 마니아이기까지 했다.

이렇게 실없는 사람인 줄도 모르고 그저 나만 갖고 난리들이지.

그렉과의 사이가 알려지고 난 뒤 열렬하게 쇄도하던 비난들을 상기하며 손희가 속으로 투덜거렸다. 잘생겼다는 사실만으로 모든 게 완벽할 거라고 생각하는 이 죽일 놈의 외모 지상주의 같으니라고!

"어서 들어가자."

잠시 잠깐 뾰로통해 있는 사이 그렉이 다시 그녀의 손을 잡아끌었다. 이 남자, 대체 사람 말을 어디로 들은 거야.

싫다고 발을 뻗대봤지만 소용없었다.

이렇게 무작정 들어갔다가 뒷감당을 어떻게 하려고. 내가 현모양처 삘로 생겨서 아직 자각을 못한 모양인데 나 좋은 거 무지 밝히고 예쁜 거 엄청 좋아하거든요. 이대로 들어가서 매장 반 바퀴만 돌아도 다른 데선 절대 반지 못 산다고오! 이 생각 없는 레기야아!

잠시 후, 과연 예상은 틀리지 않아서 손희는 진열장에서 눈을 떼지 못하고 있었다. 어서 가자며 제 다리를 꼬집어도 봤지만 도무지 말을 듣지 않았다. 그렉하고 키스할 때면 속으로는 '이제 그마안!'을 외치면서도 그와 맞대고 있는 입술은 '계속! 더! 더!'를 부르짖을 때와 마찬가지의 심정이었다.

"저게 마음에 들어?"

멋쩍음 때문인지 손희는 대답 대신 괜히 나오지도 않는 코를 한 번 훌쩍였다.

마음에 드는 정도가 아니라 아주 환장을 하시겠다. 손희는 새삼이 환상적이고 아름다운 개미지옥에 자신을 밀어 넣은 그렉을 원망했다.

그녀 몰래 보낸 그렉의 손짓에 앞에 섰던 직원이 진열장에서 링을 꺼냈다.

"인게이지먼트 링으로 인기 있는 제품입니다. 심플하면서도 장식된 다이아몬드가 화려해서 특히 신부님들이 많이 좋아하시기도 하구요. 전체적인 소재는 플래티넘이고 브릴리언트 컷의 다이아몬드로 장식되어 있어요. 다이아몬드의 반짝이는 아름다움을 가장 잘 나타낼 수 있는 커팅 방법이기도 하죠."

하아.

"구경 잘했습니다. 일단 더 생각해 볼게요."

큰 한숨 한번으로 미련을 털어낸 손희가 과감하게 자리를 벗어났다. 아니, 벗어나려고 했었다. 적어도 그렉이 자신을 붙들기 전까지는.

"끼어봐."

"네?"

"굉장히 마음에 들잖아. 그러니까 끼어보라고."

샵 안의 다른 사람들만 아니면 딱 한 대만 쳤으면 딱 좋겠다. 어쩌면 여자 마음을 이렇게나 모를 수가 있지?

"처음이자 마지막인데 마음에 드는 걸로 해야지. 이번 한 번뿐이잖아. 썩 마음에 들지도 않는 거 대충 맞춰서 사려면 차라리 안 하는 게 나아. 우리 두 사람한테 이 반지가 어떤 의미인데 대충이야. 그러지 말고 마음에 드는 걸로 골라."

거하게 결혼식을 한 친구들이 하나같이 입을 모아 하는 말이

'일생에 딱 한 번' 이라는 말에 바가지를 쓰는 줄 알면서도 평소라면 어림도 없는 돈을 겁 없이 쓰게 되더라고 했다.

그러면서 절대 흔들리거나 넘어가서는 안 되는 말이 그 망할 놈의 '딱 한 번' 이라고 신신당부를 했다. 코웃음 치며 나는 절대 그럴 일 없다고, 그러니까 염려할 거 없다고 큰소리를 쳤던 게 지난 주였나.

에잇! 모르겠다. 어차피 이 자리에서 현금으로 계산하라는 것도 아니고. 일단 카드로 긁었다가 다음 달부터 같이 나눠서 결제하지 뭐. 결혼하고 한동안은 콩나물과 두부로 연명을 해야 할 듯싶었다. 그것도 중국산 콩으로 만들고 재배한.

그러나 손희를 놀라게 한 건, 입김 한 방에 금방이라도 푸스스 사라질 듯한 그녀의 연봉 따위 비웃으며 우습게 뛰어넘은 가격 때문만이 아니었다. 계산을 하기 위해 그의 지갑에서 나온 카드를 본 직원의 낯빛이 확 바뀌었다.

조금 전까지는 으레 손님을 맞이해 대하는 평범한 수준이었다면 이후부터는 갑작스럽게 방문한 본사 사장을 영접하는 극진한 태도로 바뀌었다.

사이즈를 손가락의 크기에 에 맞춰 줄여달라고 한 뒤 그의 오피스텔로 돌아온 직후였다.

나란히 소파 앞에 앉아 영화를 보던 중에 손희가 슬쩍 물었다.

"그렉."

"왜?"

"궁금한 게 있어요."

"얼마든지."

그러더니 곧장 입술을 들이미는 그를 오른손으로 밀쳐 내며 손희가 물었다.

"아까 내가 골랐던 반지 얼마짜리인지 당신은 미리 알고 있었죠?"

잠시 생각하는 듯하던 그렉이 이내 고개를 끄덕였다.

"음…… 대강은. 반지 사러가기 전에 여기저기 물어보고 검색도 많이 했었거든. 그렇지만 들어가는 다이아몬드의 사이즈나 디자인에 따라 가격이 많이 달라지니까 정확히 알고 있지는 못했지.

하아.

"또 궁금한 게 있는데……."

"괜찮아. 궁금한 거 있으면 얼마든지 물어봐도 돼."

미적거리는 이유를 알기라도 한 듯 그가 다정하게 말해주었다.

"아까 그 카드 한도가 얼마나 돼요?"

반지 하나의 가격이라고 하기에는 상식선을 넘어선 가격도 그랬지만 그걸 카드 한 장으로 해결하는 그렉이 놀람을 넘어서 신기하기까지 했다.

"없어."

"응?"

"한도라는 거 없다고."

"왜요?"

지극히 당연한 물음이었지만 입 밖으로 꺼내고 나니 왠지 부끄러워진다.

“계좌 개설하면서 만들었더니 그렇게 나오던데?”

그러다 뭔가 생각났는지 ‘잠깐만’이라고 하더니 서재로 쓰는 방으로 향했다. 잠시 후 그가 손에 무언가를 들고 나와 내밀었다.

“당신 주려고 했던 건데 계속 잊고 있었다.”

“뭔데요?”

“내가 갖고 있던 현금 자산 넣어둔 계좌야. 잃어버리면 절대 안 돼.”

장난으로 덧붙인 말에 절반쯤 나오려던 손이 쑥 들어가 버렸다. 대체 얼마나 되길래.

하지만 펼쳐서 확인한 액수는 상상 이상이었다.

놀란 나머지 넋을 놓고 멍해 있는 그녀를 보며 그렉이 말했다.

“마음 같아선 내가 가진 전부라고 말하면서 멋있는 척하고 싶은데, 사실 100%는 아니야. 그렇지만 앞으로 들어올 투자금 이윤 전부 그 계좌로 들어가게 해놨으니까 생활비 정도는 걱정 않고 쓸 수 있을 거야. 더 많이 벌게 되면 그땐 통장 하나 더 만들어서 줄게.”

“그렉.”

그녀로서는 엄두도 나지 않는 액수를 가리키는 숫자들에서 눈을 떼지 않은 채 손희가 낮은 목소리로 그를 불렀다.

“응?”

“당신 정체가 뭐예요?”

책 들여다보고 공부하는 것만 아는 줄 알았던 남자가 동에 번쩍, 서에 번쩍하는 투자의 귀재라는 걸 누구라서 짐작이나 했을까. 투자며 선물이며 하는 데에 그렇게나 촉이 발달했을 줄 알 도리가 있었겠느냐고.

나중에 그녀에게서 자초지종을 들은 걸이 그녀를 비웃었다.

아무리 눈치가 없어도 그렇지, 그가 타고 다니는 자동차를 보고도 어떻게 아무런 눈치도 못 챘을 수가 있느냐며 저는 진즉 짐작을 하고 있었다나. 자동차라면 큰 차와 작은 차, 검은색 차 아니면 흰색 차 혹은 은색 차만 알면 되지 뭐가 더 필요하냐고 했다가 결국에는 무식하다는 소리까지 들어야 했다.

대문을 여는 손희의 손가락에서 유독 빛을 발하는 물체가 있었다. 겉모습은 차갑고 엄격해 누구에게든 쉽게 곁을 주는 성품이 아니지만, 속마음은 누구보다 따뜻하고 정 깊은 제 주인의 성격을 닮은 듯 맑고 투명한 빛이었다.

문 밖에 서 있는 일행을 발견한 손희가 잠시 놀라는 듯하더니 이내 환한 미소를 지었다.

『소늬, 이분은 내 아버지 아놀드. 그리고 그 옆은 앤지. 그대가 굉장히 궁금해했던 내 마음속 여인의 정체는?』

앤지가 예전 그렉의 여자친구인 줄 알고 잠시 혼자서 속을 끓이던 걸 대놓고 놀리는 말에 얄밉게 눈을 흘긴 손희가 반갑게 인사를 했다.

『어서 오세요. 아놀드, 앤지. 정말 뵙고 싶었어요.』

예상보다 다소 이르게 찾아왔지만 누구보다 반갑고 기쁜 그들의 방문에 손희의 입가에 환한 웃음꽃이 피었다.

「The END」